高等学校教材

信息管理与信息系统

管理信息系统

马慧 杨一平 编著

清华大学出版社

北京

内 容 简 介

本书是一本面向非计算机专业和文科院校学生的"管理信息系统"课程教材。全书共分4篇、8章。第1篇(第1～2章)为基础篇,着重介绍管理信息系统如何帮助企业更具效率和竞争力,同时理解实施管理信息系统与组织变革之间的融合关系;第2篇(第3～6章)为开发方法篇,阐述了管理信息系统的规划与实施方法;第3篇(第7章)为管理挑战与建设篇,介绍了质量管理标准的应用;第4篇(第8章)为综合案例篇,提供了学生教学管理系统案例,人、财、物信息系统和ERP实验典型案例。

本书既保留了传统管理信息系统理论和体系结构风格,又推出了管理信息系统学习与实践的新视角以及最新知识体系。本书强调企业投资于信息系统能够为企业创造价值,增添了质量管理和控制、综合案例分析的知识。特别是,为了培养学生理解、思维和实践的能力,书中附有典型的习题和案例,是学生复习和提升管理信息系统素养有力的铺垫和支撑。本书还附有电子教案以及学习的补充材料,可到清华大学出版社网站(http://www.tup.com.cn)下载。

本书不仅适用于高等院校非计算机专业学生作为教材,也适合广大软件项目管理者、开发人员、科技工作者和研究人员作为参考用书。

图书在版编目(CIP)数据

管理信息系统/马慧,杨一平编著. —北京:清华大学出版社,2010.3
(高等学校教材·信息管理与信息系统)
ISBN 978-7-302-21965-1

Ⅰ. ①管…　Ⅱ. ①马… ②杨…　Ⅲ. ①管理信息系统－高等学校－教材　Ⅳ. ①C931.6

中国版本图书馆CIP数据核字(2010)第018574号

责任编辑:索　梅
责任校对:白　蕾
责任印制:何　芊

出版发行:清华大学出版社　　　　　　　　地　　　址:北京清华大学学研大厦A座
　　　　　http://www.tup.com.cn　　　　邮　　　编:100084
　　社　　总　　机:010-62770175　　　　邮　　　购:010-62786544
　　投稿与读者服务:010-62776969,c-service@tup.tsinghua.edu.cn
　　质　量　反　馈:010-62772015,zhiliang@tup.tsinghua.edu.cn
印　刷　者:北京密云胶印厂
装　订　者:三河市新茂装订有限公司
经　　销:全国新华书店
开　　本:185×260　印　张:19.25　字　数:461千字
版　　次:2010年3月第1版　　印　　次:2010年3月第1次印刷
印　　数:1～4000
定　　价:27.00元

出版说明

改革开放以来,特别是党的十五大以来,我国教育事业取得了举世瞩目的辉煌成就,高等教育实现了历史性的跨越,已由精英教育阶段进入国际公认的大众化教育阶段。在质量不断提高的基础上,高等教育规模取得如此快速的发展,创造了世界教育发展史上的奇迹。当前,教育工作既面临着千载难逢的良好机遇,同时也面临着前所未有的严峻挑战。社会不断增长的高等教育需求同教育供给特别是优质教育供给不足的矛盾,是现阶段教育发展面临的基本矛盾。

教育部一直十分重视高等教育质量工作。2001 年 8 月,教育部下发了《关于加强高等学校本科教学工作,提高教学质量的若干意见》,提出了十二条加强本科教学工作提高教学质量的措施和意见。2003 年 6 月和 2004 年 2 月,教育部分别下发了《关于启动高等学校教学质量与教学改革工程精品课程建设工作的通知》和《教育部实施精品课程建设提高高校教学质量和人才培养质量》文件,指出"高等学校教学质量和教学改革工程"是教育部正在制定的《2003—2007 年教育振兴行动计划》的重要组成部分,精品课程建设是"质量工程"的重要内容之一。教育部计划用五年时间(2003—2007 年)建设 1500 门国家级精品课程,利用现代化的教育信息技术手段将精品课程的相关内容上网并免费开放,以实现优质教学资源共享,提高高等学校教学质量和人才培养质量。

为了深入贯彻落实教育部《关于加强高等学校本科教学工作,提高教学质量的若干意见》精神,紧密配合教育部已经启动的"高等学校教学质量与教学改革工程精品课程建设工作",在有关专家、教授的倡议和有关部门的大力支持下,我们组织并成立了"清华大学出版社教材编审委员会"(以下简称"编委会"),旨在配合教育部制定精品课程教材的出版规划,讨论并实施精品课程教材的编写与出版工作。"编委会"成员皆来自全国各类高等学校教学与科研第一线的骨干教师,其中许多教师为各校相关院、系主管教学的院长或系主任。

按照教育部的要求,"编委会"一致认为,精品课程的建设工作从开始就要坚持高标准、严要求,处于一个比较高的起点上;精品课程教材应该能够反映各高校教学改革与课程建设的需要,要有特色风格、有创新性(新体系、新内容、新手段、新思路,教材的内容体系有较高的科学创新、技术创新和理念创新的含量)、先进性(对原有的学科体系有实质性的改革和发展,顺应并符合新世纪教学发展的规律,代表并引领课程发展的趋势和方向)、示范性(教材所体现的课程体系具有较广泛的辐射性和示范性)和一定的前瞻性。教材由个人申报或各校推荐(通过所在高校的"编委会"成员推荐),经"编委会"认真评审,最后由清华大学出版社审定出版。

目前,针对计算机类和电子信息类相关专业成立了两个"编委会",即"清华大学出版社计算机教材编审委员会"和"清华大学出版社电子信息教材编审委员会"。首批推出的特色精品教材包括:

(1) 高等学校教材·计算机应用——高等学校各类专业,特别是非计算机专业的计算机应用类教材。

(2) 高等学校教材·计算机科学与技术——高等学校计算机相关专业的教材。

(3) 高等学校教材·电子信息——高等学校电子信息相关专业的教材。

(4) 高等学校教材·软件工程——高等学校软件工程相关专业的教材。

(5) 高等学校教材·信息管理与信息系统。

(6) 高等学校教材·财经管理与计算机应用。

清华大学出版社经过 20 多年的努力,在教材尤其是计算机和电子信息类专业教材出版方面树立了权威品牌,为我国的高等教育事业做出了重要贡献。清华版教材形成了技术准确、内容严谨的独特风格,这种风格将延续并反映在特色精品教材的建设中。

清华大学出版社教材编审委员会

E-mail:dingl@tup. tsinghua. edu. cn

前 言

我们从事管理信息系统的教学和软件项目开发工作已有二十多年了,帮助读者理解管理信息系统(Management Information System, MIS)的战略优势、MIS 在企业中发挥的作用越来越重要;针对 MIS 学习难点和特点,通过练习和案例,使读者体会并系统掌握信息系统的知识体系与管理能力是我们必须完成的工作。

我们知道,知识劳动的产出物是无形的产品,一个大型软件项目的源代码可以有数百万行甚至更多,如此规模的知识劳动的产出物其复杂性决定了无法用纯粹的工程活动来解决质量问题,需要依赖于管理手段来保证其质量。也就是说,管理手段仍然是软件质量控制的核心。即便是图灵奖获得者埃德蒙德·克拉克(Edmund Clarke)博士提出的模型检证(Model Checking)方法论证了对代码进行百分之百正确性检证的可能性,但这样的方法也只是在芯片软件等很局部的场合进行了有限应用,用过程改进泰斗沃兹·汉佛瑞(Watts Humphrey)先生的一句话来说:软件开发是大规模"知识劳动"。所以,在可预见的将来,对大规模的应用软件代码来说,进行这样的模型检证仍然是不可完成的任务。为此,加强规划、管理与控制是十分重要的。学习 MIS 课程经常会遇到以下几个问题:其一,相关知识多、发展快,人们容易在 MIS 功能、作用的理解上产生迷惑,所以,其主线不易把握;其二,相关方法与技能不易掌握,似懂非懂,缺少量化、便于自评的相关支撑材料,使学生感到考试前不好复习。为此,我们提出以下建议:对于本科生,完成每章的思考题、实验题以及案例分析题;对于研究生和软件项目技术人员,需要了解世界软件市场对技术的现实需要和发展趋势,建议阅读一些相关的参考文献,包括系统分析员考试试题、软件工程国际会议(International Conference of Software Engineering, ICSE)、信息系统协会等信息,以帮助开发的 MIS 得到社会的认可。同时,我们在以下几个方面做出了努力。

1. 以知识体系构建 MIS 的思维体系

MIS 发展到今天,其研究成果凝聚了很多献身于质量管理的先辈们的努力,涉及的领域不断延伸与扩大。这些新元素数量和种类之多、涉及的领域之广,以至于出现了下面这样一种情形:一方面,提供用于信息系统管理的灵丹妙药琳琅满目,用日新月异来形容一点也不过分;另一方面,实施过程无从下手,不知所措。具体地说,面对相关的诸多元素,如全球化新经济环境、质量文化、供应链管理、开发方法、开发工具、统计质量控制工具、软件成熟能力度集成模型(Capability Maturity Model Integration,CMMI)、6σ质量标准、外包、配置管理、软件质量评价等,人们会反思,什么是保证软件项目实施的主线? 宏观、微观如何管理? 主要技术是什么? 相关领域包括哪些? 事实上,上述问题的回答回避不了一项核心工作,即"知识体系的研究"。从知识体系的角度来看,我们可以从基础+方法+质量控制+案例4个方面来了解知识框架:

(1)"基础"是指 MIS 的相关基础知识,主要包括信息、信息流、系统、管理信息系统的基本概念以及管理信息系统与组织变革相互影响与作用的基本理念等。

(2)"方法"是指管理信息系统总体规划的方法以及开发规范。MIS 的建设绝不仅仅是编写程序或结果测试,它是一项长期、复杂的工程。如果没有合理的系统规划与管理方法,势必会造成人力、物力与财力的巨大浪费。为此,需要针对软件产品的特点来加强过程管理、总体规划以及对人、财、物资源全面的组织和管理。为了提高软件的透明度、质量可控性以及降低维护工作量,软件开发过程需要规范化管理流程与文档模板。

(3)"质量控制"包括信息系统风险管理及其国际质量标准实施。尤其要体会实施国际质量管理标准的重要作用,包括它提升企业的知名度、外包能力与竞争力。更重要的是,国际质量标准的实施是信息系统得到社会认可乃至信息系统生存、发展的必由之路。

(4)"案例"包括信息系统实施案例;典型"人、财、物"系统(包括"用友财务软件"、SAP、"人力资源信息系统"等系统)的应用;信息系统的应用案例。通过这些案例,可以更好地服务于学生实习、就业的需要并服务于专业(尤其是财经类院校专业)案例需要。

伴随着信息技术不断发展,管理流程的不断变化,包括网络的发展、虚拟企业、数据挖掘技术的出现以及供应链管理的演变,需要 MIS 面对更加广泛的市场和研究领域。市场竞争需要管理链条从"库存系统"延伸到"供应源"与"客户",相关的国家质量管理标准也从CMM(软件成熟度模型)发展到 CMMI(软件成熟能力集成模型),软件开发方法与开发工具也不断发生着变革。MIS 的开发与管理的相关领域可以包括计算机技术、计算机网络、战略管理、质量管理、数据库设计、系统工程、软件工程、信息经济学、项目管理、质量标准、软件测试、软件评价等,上述知识既相互碰撞又相互交融。从知识体系的角度学习MIS,便于从不同切入点领会新的领域、新的知识,并不失 MIS 学习与实施的主线。

2. 借助思考题、实验题、案例等掌握知识的细节

在教材每章的后面,我们精心安排了思考题、实验题以及一些案例。在一般情况下,思考题能帮助读者理解理论、概念,尤其是理解课程之间、章节之间以及概念之间的相互关系,同时关注该领域的前沿知识;实验题、练习题能帮助读者掌握相关技术层面的内容,例如数据库规范化设计、数据流程图与数据字典、可行性报告的撰写等;案例以及大作业能帮助读者理解和掌握 MIS 开发的相关知识内容。具体说明如下:

(1)掌握 MIS 的概念,理解 MIS 的应用,如第1章的思考题和案例题。

(2)领会组织与信息系统关系等,如第2章的思考题和案例题。

(3)掌握 MIS 项目规划的方法和绘制数据流程图、系统设计等方法,如第3章~第6章的思考题和练习题,包括数据库设计的具体方法。

(4)理解并掌握开发过程以及相关文档的建立,如第3章~第6章的大作业。

(5)了解 MIS 风险规避知识,理解质量标准在应用中的重要意义,如第7章思考题。

随着质量的重要性逐步为人们所了解，对于 MIS 开发规律的研究也开始升温。各国研究大师以及实践者的成果极大地促进了 MIS 的发展，他们提供了综合的、本土化的实现MIS 的理论、方法、工具和模型，这些卓越模型在过去十几年中对于实践发挥了重要作用。这些知识有碰撞，也有交融。如果能够从知识体系来研究与学习，并针对学习实践中的技术难点与重点多阅读、多练习，读者一定会得到所期待的进步和效果，并理解实施信息系统带来的综合效应及应对策略。

本书由马慧、杨一平担任主编。参加全书编写和审校工作的还有高迎、娄不夜、石新玲、张凡、史晓艳、梁硕、陈湘翠、毛鑫、范茵茵、宋俊梅、邢颖、郝楠楠、吴一娜，同时，本书在编写过程中还得到了北京建筑工程学院的郑文堂教授，北京交通大学的王喜富教授、周雪忠老师，中国人民大学的杨小平教授以及首都经济贸易大学的郑晓玲、郭宁、陈炜、邱月、白晓明等老师的帮助。

总之，在本书的撰写过程中，得到了众多同仁的帮助，在此表示诚挚的感谢！由于我们的水平有限，书中不妥之处，恳请读者批评、指正！

编　者

2010 年 2 月

第1篇 管理信息系统基础与组织建设

第 2 篇　管理信息系统开发的方法与过程

第3篇 管理挑战与建设

第4篇　综合案例与实验分析

第1篇

管理信息系统基础与组织建设

作为一名管理者,尤其是财经领域的管理者,应该知道管理信息系统如何帮助企业更具效率和竞争力。同时,理解实施管理信息系统所面临的风险,从而更好地加强信息系统建设。

本篇由以下两章组成:

第1章　管理信息系统基础

第2章　管理信息系统与组织变革

管理信息系统基础

现在，人们越来越认识到：信息是重要的资源，企业是信息化带动工业化的主力军，管理信息系统(Management Information System，MIS)建设是企业信息化的核心和发展增长点。有效的管理信息系统不仅有助于企业提高效率和工作质量，而且还提供了在全球范围内进行交易、管理、沟通和分析的工具，能够协助企业管理资产和流程，及时响应客户和供应商的需求，从而有助于企业获得商业价值。

但是，信息发挥以上重要作用的前提条件是对其进行有效的管理。事实上，信息系统是一个由技术、管理以及社会组成的结合物。实施管理信息系统是一项长期而复杂的工程，不仅需要计算机技术和科学的应用，还需要重视信息安全与风险规避风险，需要运用系统理论、管理学、数学乃至行为科学等知识进行全面的规划，如图 1-1 所示。

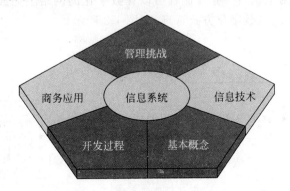

图 1-1　信息系统相关知识图

学习目标

- 理解信息技术能为现代企业活动做些什么，信息系统在今天激烈竞争的环境下扮演什么样的角色，信息系统的战略作用及其主要应用。
- 理解什么是新的商业环境，说明经济全球化对企业的影响。
- 理解信息系统是什么，管理者必须知道什么相关知识。
- 了解实施信息系统的主要挑战有哪些。
- 掌握信息系统是如何支持企业业务流程的，以及其竞争优势是什么。

1.1　新商业环境与管理信息系统的作用

1.1.1　新商业环境

4个遍及全世界的重要变化改变了商业环境：第一，全球经济的出现；第二，工业化的经济转化为以知识和信息为主的服务经济；第三，企业组织的转变；第四，企业数字化。由此带来了一些新的挑战。

以美国、日本、德国为代表的发达国家对外贸易比例不断增高，企业国际化使得在更加广泛的范围内进行资源配置，包括产品的设计、生产、财务管理与客户服务等业务被分散到不同区域，使得成本更低，效率更高。这样的变化要求企业在 24 小时内在不同国家不间断地运转，与世界各地的供应商和经销商谈判；要求企业具有全球市场的管理和控制能力、全球化的工作团队、全球化的配送系统。因此，企业迫切需要一个强大的基于网络的信息系统。在以信息和知识为主的经济中，以知识为基础的产品与服务有着很高的经济价值，如在快递服务、票务或旅游预订系统、信用卡、房地产中介服务、保险等领域，信息技术与信息系统扮演着举足轻重的角色，信息技术投资较大，信息技术平台也成为具有战略性的资产。同时，信息系统的规模和水平也制约着服务规模和竞争能力。

企业数字化是一个发展方向。数字化企业可以定义为企业的商业关系，如与客户、供应商以及员工的关系，都以数字化达成传递。戴尔公司与思科公司是典型的数字化企业，它们的所有商业活动在网络上运行。企业流程可以在数字化的网络上完成。企业的资产，如知识产权、人、财务资产，均以数字化方式管理，如图 1-2 所示。

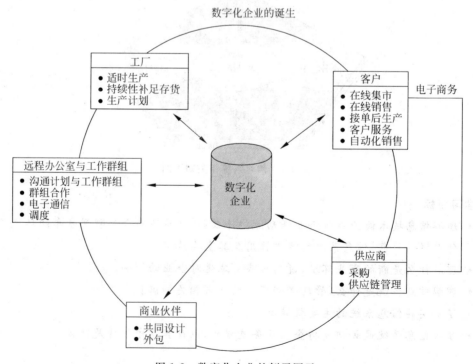

图 1-2　数字化企业的例子图示

由于经济全球化和市场国际化的发展趋势,企业所面临的竞争更加激烈。以客户为中心,利用计算机技术并面向整个供应链(如图1-3所示),成为在新的形势下发展的基本动向。

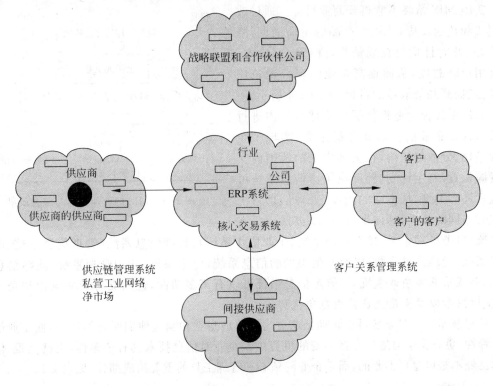

图1-3　企业管理考虑的相关要素

1.1.2　实施管理信息系统的作用

MIS在今天的全球商业环境下扮演着什么角色,它到底能起到什么作用? 在MIS开发和应用过程中会遇到什么风险与挑战? 在学习和运用MIS的过程中,人们会在认识上产生怎样的误区? 在学习MIS时,对这些问题有一定的认识是十分必要的。

1. 信息化竞争环境的威胁与实施MIS的必要性

在信息化程度较强的环境下,企业的资产、流程、文档都会用到信息管理,决策者所需的关键信息,随时随地可以在企业中获得。开发新产品、雇用员工、订单管理以及协调产品和服务均通过信息来完成。全球信息化也为企业带来了威胁,消费者可在全球市场上,全天候地选择商品,因此,管理人员的信息技术水平对单位的繁荣与存亡作用非常大。一个企业要在市场上具有竞争能力,就迫切需要建立一个强大的信息系统。可以说,建立MIS不是可要可不要的,而是必须的,是符合发展趋势的,是企业战略性的选择。

2. 实施MIS的商业目标与作用

信息是重要的资源,管理信息系统建设是企业信息化的核心和发展增长点。有效的管理信息系统提供了在全球范围内进行交易和管理沟通的工具,协助企业开发新产品,弹性管理资产,使企业实现了扁平化、分散的结构。它能够融合企业的流程,与客户和供应商一起及时地实现需求响应,有助于企业提高竞争能力和效率,从而获得商业价值。

实施 MIS 始终不能离开商业目标。通过改变模式和快速反应,缩短新产品的生命周期,降低库存,及时订货与在线销售,降低内部成本,提高用户满意度,从而提高企业的综合竞争能力,实现提高经济效益的目标,如图 1-4 所示。

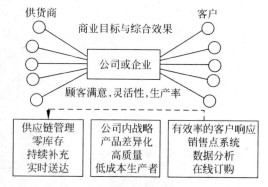

图 1- 4　MIS 的商业目标与综合效果

信息系统为企业提供了在全球范围内进行交易与管理企业的沟通和分析工具,实现了企业扁平化、分散的结构,在更加广泛的范围内实施资源配置,制定计划、辅助决策。信息系统可以包括许多类型,从不同的角度,管理信息系统可以有不同的分类,具体来说,可以包括运营支持系统(事务处理系统、过程控制系统、企业协作系统)、管理信息系统(管理信息系统、决策支持系统、经理信息系统)以及其他类型的信息系统(专家系统、知识管理系统、战略信息系统、职能或跨职能企业系统)。管理信息系统可以有诸多功能,包括支持业务流程和企业运营、支持决策以及支持企业获得竞争优势。

信息技术与信息系统可以帮助企业更为快速地察觉和响应他们所处的环境,使企业能够更有弹性、更有竞争力地生存在多变的世界中。企业对信息技术具有依赖性,也就是说,信息技术已经不是可要可不要的,而是企业的核心和管理工具的重要组成部分,见表 1-1。

表 1-1　应用管理信息系统的例子和作用

企　　业	说　　明	特　　点
沃尔玛 花旗公司	全球卫星网络的商品订货 全球内联网	不是单纯的本地库存系统
戴尔计算机 eBay.com	在线面向订单生产 在线拍卖	低成本 基于拍卖的价格
丰田公司	模型协同设计	计算机辅助设计
UPS 世界最大的陆空邮件递送公司	跟踪系统	在更广泛的范围内及时追踪与准确送达
美国大陆航空公司	模型的应用	模型导向决策支持系统
商场	数据挖掘(例如,啤酒和尿布)	数据导向决策支持系统
沃尔玛/宝洁公司 Staples	供应商的自动存货补充系统 伙伴建立在线一站式购物	联盟

企业利用信息技术形成优势,包括成本低、差异、促进创新、联合、需求锁定、提高和延缓其他企业进入市场的进入门槛等。

1.2　信息与信息流

本节从管理信息系统最基本的研究对象——"信息"入手,介绍信息特性,重点讲述信息流及其在企业中的地位、作用以及信息流与其他流的重要对应关系。理解信息流与其他流的对应关系对于理解管理信息系统的特点、作用乃至其风险特征和集成管理的趋势等都很重要。

1.2.1　信息

伴随着生产力的发展,人类在经历了农业社会、工业社会后,正式步入信息化社会。信息与物质、能源一起构成了人类赖以生存与发展的三大资源。

人类社会各种信息的传播、保存、分析、综合和处理等,构成了五彩缤纷的信息世界。一个管理人员每天时时刻刻都在和信息打交道,其大部分的工作内容是在处理信息,了解业务的进程并控制和管理业务。信息利用得好可以辅助企业管理资源,合理规划,从而达到提高效率、增加经济效益、增进用户满意度以及企业综合竞争能力的目的。究竟什么是信息? 信息与其他资源到底有什么对应关系? 下面将对信息、信息流的概念加以说明。

1. 信息的定义

关于信息的定义有很多,不同的学科由于其研究的内容不同,对信息有着不同的定义。

- 《国家经济信息系统设计与应用标准化规范》对信息的定义是:“构成一定含义的一组数据就称为信息”。
- 信息理论的创始人香农说:“信息是用以消除不确定性的东西”。
- 若从控制论的角度出发,信息是人们在适应外部世界,并且在这种适应反作用于外部世界的过程中,与外部世界进行互相交换内容的名称。
- 决策专家西蒙认为信息是影响人们改变对于决策方案的期待或评价的外部刺激。

总之,关于信息的定义是:“信息是指加工以后的,对人们的活动产生影响的数据”。

关于信息的定义还有以下几点说明:

(1) 数据的多样性。数据是对客观事物的性质、状态以及相互关系等进行记载的符号。数据的概念是广义的。它并不单指数字,还包括声音、图像、视频等以多媒体形式出现的对象。所有用来描述客观事实的语言、文字、图画和模型都是数据。

(2) 信息与数据的关系。信息是经过加工后的数据,信息和数据的关系就犹如原材料和最终产品之间的关系,如图 1-5 所示。上述关系也具有相对性。所谓相对是指:对于一些人构成信息

图 1-5　数据和信息关系图

的东西可能对另一些人仅是待加工的数据。例如:某月的资产负债表是通过凭证输入和加工形成的,对于一般的会计人员已构成了信息,而对于较高层的决策者,某一张表格仅仅是一般数据,在此基础上综合多个报表的数据形成部门报表、月报、年报或比较表才构成有用的信息。

(3) 信息具有价值。信息不是物质,也不是能源,信息就是信息,它是无形的,是企业必不可少的资源,而且是越来越重要的资源。信息可以反映市场需求及其变化;信息可以显示供应商的规模和供应品种;信息可以显示企业产品的库存情况、销售情况、缺陷率、销售收入以及变化等。信息可以减小不确定性。

① 信息可以减少人们对事物的不确定性,可以反映企业资源、管理环境、经营等情况。

② 信息是企业制定计划的基础,它会对决策产生影响。关于企业资源计划的内容可参考本书相关章节中有关 ERP 的内容。

③ 以信息为基础的信息系统影响着人们的工作和生活方式。管理信息系统是为日常管理和企业决策服务的,信息系统的工作方式影响和改变着企业的组织形式、管理方式,也悄悄影响着人们的工作方式。有关信息系统和企业管理相互影响的内容可以学习第 2 章。

④ 信息流的作用。信息反映了事物的属性以及关系。信息流与物流构成了一一对应的关系。管理者可以通过信息了解事物,以适当的手段对人、财、物实施管理与控制。

2. 信息的特性

信息具有很多重要的特性,包括真伪性、层次性、可传输性与可变换性、共享性等。需要说明的是,通过对信息特点的分析我们可以看出,一方面,鉴于共享性、可传递性等特点,我们可以充分地利用信息资源;另一方面,也正是由于它的这些特性,使得应用信息和处理信息的过程存在很大的风险和很多不确定因素。关于如何加强管理和控制的问题,请参考本书其他章节的内容。

(1) 真伪性。信息有真伪之分,信息客观地反映现实世界事物的程度是信息的准确性。一般地,人们希望获得正确的信息,但是,人们获得的信息有时是正确的,有时是不恰当的或是不完全的,甚至有时候是不正确的。符合事实的信息可以为人们的决策起到积极的作用。不符合事实的信息则是假信息,不仅没有价值,而且可能在决策过程中具有负价值。所以,真实性是信息最基本的性质。

(2) 层次性。信息是分等级的。信息和管理层一样,一般分为战略层、策略层和执行层3 个层次。不同层次的信息,其特色也不相同。战略层的信息大多来源于企业外部,使用频率较低,保密要求很高;而执行层的信息大多来源于企业的内部,使用频率较高,保密要求却很低;策略层的信息则介于二者之间,内外都有,使用频率和保密要求也介于二者之间。

(3) 可传输性。信息的可传输性是指信息可以通过各种局域网络、Internet 等快速传输和扩展的特性。企业可以利用 Internet 建立自己的电子商务系统,接受客户的订单,为客户提供相应的产品或服务。这些操作都利用了信息的可传输性。

(4) 可变换性。可变换性是指信息可以转化成不同的形态,也可以由不同的载体来存储。信息通过传输并被加工成不同的多媒体形态,形成了丰富多彩的信息环境。

(5) 共享性。从共享的角度来讲,信息不同于其他资源,它不具有独占性。在一般情况下,是可以被共享的。因此,我们应该充分利用信息以及信息的共享性。另外,鉴于信息的传播和共享性,对信息安全和反盗版问题也必须加以重视。

3. 信息的分类

从不同的角度,对信息分类的结果是不同的。管理信息系统用于研究对象的不同行业的"管理信息",学习时,要重点掌握管理信息的特点以及管理信息的加工规律。下面给出常见的信息分类:

(1) 以认识主体为依据分类。可分为客观信息(认识对象的信息)和主观信息(经过认识主体思维加工的信息);

(2) 以信息的真实性为依据分类。可分为真实信息、虚假信息和不确定性信息;

（3）以信息的运动状态为依据分类。可分为连续信息、离散信息、半连续信息等；

（4）以信息的应用部门为依据分类。可分为工业信息、农业信息、军事信息、政治信息、科技信息、文化信息、经济信息等；

（5）以信息的记录符号为依据分类。可分为语音信息、图像信息、文字信息、数据信息等；

（6）以信息的载体性质为依据分类。可分为文献信息、光电信息、生物信息等。

1.2.2　信息流

企业在整个生产经营活动中，人、财、物、技术、信息等因素构成了多种多样的"流"，具体包括物流、资金流、事务流以及信息流等。其中，信息流起着至关重要的作用。

（1）物流。物流是指物品从供给地向接收地的实体流动过程。在生产加工型企业中，物流是指物资在企业内部的加工处理过程。物流管理将运输、储存、装卸、搬运、包装、流通加工、配送、信息处理等基本功能的实施有机地结合，实现了生产、采购、销售等各个环节的管理过程。对于商业性企业来说，物流过程是指商品在企业内部的进-存-销的过程。当我们把生产流程与原材料的供应环节集成起来，强调原料保障与供应关系时，物流逐步演化成为供应链管理。

（2）资金流。资金流是以货币的形式反映企业经营状况的主要形式，具体包括收款、付款、记账、转账等资金流动的过程。

（3）事务流。事务流是指企业在处理内部或外部活动中产生的各种经营管理行为，这些行为的过程构成了事务流，具体包括管理方法与操作流程、上下级之间的请示报告与命令等。

（4）信息流。信息流是指除去物流、资金流和事务流的物理内容以外的信息的流动过程，如生产计划、销售计划及各种各样的文件、统计、报表构成的信息处理过程。

信息流起着至关重要的作用，具体表现在：

① 伴随着物流等其他流的产生，都有与之对应的信息流产生。

② 信息流反映其他流的状态，并对其他流具有控制和调节作用。因此，必须深刻理解这个概念。

下面以供-产-销的生产过程为例，说明物流和信息流的相互关系，如图1-6所示。

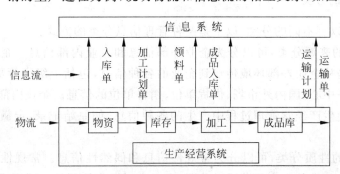

图1-6　物流与信息流

从图 1-6 可以看出，原材料运入仓库，由仓库到车间进行加工，制成产成品，最后，投放市场进行销售，形成了物流。在物流形成的同时，产生出各类信息。例如，原材料入库形成"入库单"；根据"加工计划"领取原材料形成"领料单"等，这一系列信息的流动形成信息流。

企业通过信息流对物流进行管理，对原料进厂、存储、加工、成品出厂、销售做到集中管理，各个部门可以根据自己部门的权责来管理物流中的某个部分，而利用管理信息系统对企业的全部物流和信息流进行统一管理，保证数据的准确性和实时性。同时，物流是单向而不可逆的，而信息流则有反馈功能。企业通过反馈信息对生产经营和管理活动进行控制和调节，使企业中的物流有条不紊地流动。在企业管理中，有以下几种信息流动的情况需要注意：首先，受信息的采集与传递方式的影响，信息流滞后于物流，一般都是在物流发生后，信息流才发生。其次，信息加工通常在部门与部门交接处存在着重复内容（冗余），信息需要统一和规范。最后，信息在层层传递的过程中通常存在着失真的现象。这也是导致企业在贯彻政策时失败的主要原因。显然，滞后和失真的信息达不到有效控制和调节物流的效果。

1.3　管理信息与企业信息化

1.3.1　管理信息概述

1. 管理信息的定义及特性

管理信息是将从企业生产经营活动中收到的原始数据，经过加工处理、分析解释、明确意义后，对其后的企业管理决策产生影响的信息。管理信息反映了企业所进行的生产经营活动以及与之相关的外部环境的状况，是现代企业管理工作的依据。它可以通过实物指标、劳动指标、价值指标与文字图表等形式来表示。管理信息主要有以下特点：

（1）信息量大。企业中有大量的原材料信息、物资设备信息、生产信息、人事信息、产品信息、市场信息、政策法规信息等。

（2）来源分散。企业内各部门，各产、供、销环节，企业外的市场、客户、政府部门、上级主管部门、同行及相关企业都有对企业有用的信息。这使得信息的收集更加困难、复杂。

（3）常用的加工方式。记录、核对、分类、检索、合并、传输、存储、输出等。

2. 管理信息的分类

管理信息可以有不同的分类，以下是两种管理信息分类的方式：

（1）按信息的来源分类，可以分为企业外部信息和企业内部信息。企业外部信息又称为外源信息，它是从企业外部环境传输到企业的各种信息，包括上级主管部门、财政金融部门、有关信息服务中心、国内外市场、供货单位、销售单位的信息。企业内部信息又称为内源信息，它是在企业生产经营管理过程中产生的各种信息，如原始记录、定额、指标、统计报表以及分析资料等。

（2）按信息的性质分类，可以分为常规性信息和偶然性信息。常规性信息又称为固定信息，它反映企业正常的生产经营活动状况，在一定时期内按照统一程序或格式重复出现和使用，而不发生根本性的变化。例如，职工的工资、固定资产折旧费等，一般都不会发生太大的变化,类似的信息就属于常规性信息。偶然性信息又称为突发性信息,它是反映企业非正常事件的无统一规定或格式的非定期信息。例如,原材料的价格大幅度波动,竞争对手的战略调整,这些都是偶然的管理信息。常规性信息是企业生产经营活动的主要依据,偶然性信息对企业进行风险决策具有重要意义。

1.3.2 管理信息的层次

管理信息包括战略信息、战术信息和作业信息 3 个层次。

(1)战略信息(又称为决策信息)。战略信息主要用于确立企业组织的目标;提高企业的产品和服务质量;改变企业的运作方式和经营理念;制定公司长远的发展规划等。例如,厂长或经理一级的企业高层利用战略信息来决策企业生产产品的方向、投资去向等。

(2)战术信息(又称为管理控制信息)。它是企业中层管理人员进行生产经营过程控制所需要的信息,主要用于生产管理、物资管理等。通过运用战术信息,企业主要对运营过程进行控制和调整,以保证原定的计划得到实施。例如,企业的生产调度部门、设备管理部门、财务会计部门各自统管企业的某一业务领域,它们利用战术信息,对各自部门的资源做出计划并合理使用。因而,战术信息一般是对日常执行部门的信息进行汇总、统计与综合所得到的信息。

(3)作业信息是反映企业日常生产和经营管理活动的信息。它来自企业的基层部门,主要为企业掌握生产进度、制定和调整生产计划提供依据。例如对生产车间及仓库进行的基本的记录或登记。这些信息一般是周期性的、重复的,具有一定的规律性。

这 3 个层次的管理信息各有特点,在企业的决策和运行中,起着不同的作用。在实际应用中,这些信息又相互配合,相互协调,是企业不可或缺的重要资源,见表 1-2。

表 1-2　信息的层次特点

信息层次	说　明	举　例	使用时间	使用频率	信息精度
战略信息	环境信息、宏观信息	厂址、新产品的选择	长	低	低
战术信息	一般是与各部门以及部门联系有关的信息	完成情况与计划情况比较,库存控制	较长	较高	较高
作业信息	一般是组织内部的作业信息	每日销售量	短	高	高

1.3.3 企业信息化

信息化一词产生于 20 世纪 70 年代,信息化是指在国民经济各部门和社会活动各领域普遍采用现代信息技术,充分、有效地开发和利用信息资源,使得人们能够在任何时间、任何地点,通过各种媒体使用和相互传递所需要的任何信息,以提高工作效率、促进现代化的发展、提高人民生活质量、增强综合国力和国际竞争力的过程。信息化包括国家信息化、产业信息化、政务信息化、政治信息化、国防信息化以及社区、家庭信息化等。

企业信息化是指企业利用现代的信息技术,通过对信息资源的深度开发和广泛利用,不断提高生产、经营、管理、决策的效率和水平,提高企业经济效益和企业竞争力的过程。从管理的角度看,企业信息化是对企业信息进行系统化、集成化、自动化的过程,也是对企业信息系统规划、实现、运行和管理的过程。企业信息化是我国推进整个国民经济信息化的重要组成部分,是信息化带动工业化的基础和前提。企业信息化可以实现生产经营自动化、管理网络化、决策智能化,有利于理顺和加强企业的管理,提高设计效率,缩短设计周期,保证设计质量,有利于降低企业的库存,节约占用资金,节约生产资料,降低生产成本。

随着信息技术的快速发展,企业所面临的竞争环境日益发生变化,要想使自己在激烈的竞争中立于不败之地,企业信息化的程度是一个重要的决定因素。企业信息化是一项长期、复杂的工程,特别是集团企业的信息化,更是庞大的工程,由于企业自身的特点以及企业信息化的基础参差不齐,决定了企业在信息化的过程中不可能千篇一律。在进行企业信息化建设的过程中,首先应根据企业的特点和财力情况进行总体规划;其次,应该有效地组织实施并做好基础数据收集工作;再次,应高度重视信息安全,正确评价所面临的信息安全风险,制定合理的安全策略,在技术上采取有效的安全机制。关于企业信息化的作用和风险,可以参考"实施管理信息系统的重要意义与挑战"的相关内容。

作为在海内外享有盛誉的大型国际化企业集团,海尔将企业信息化建设作为管理体系的支持,大力推行。该公司不仅把企业内部的所有数据都用计算机来处理,而且建立起了将企业和市场紧密联系在一起的信息系统工程。

目前,海尔已经在企业运营的各方面都采用了先进的软件系统来进行管理,比如实施ERP(企业资源规划系统)、CRM(客户关系管理系统)、物流监控调度系统、电子商务等。通过管理信息化,企业的各项经济指标均得到了明显的改善。同时,企业对市场的响应速度、订单处理速度、资金周转、物流等都有了大幅提升,使海尔在日益激烈的国际一体化竞争中保持良好的战斗力,从而更坚定地向世界500强迈进。

【阅读材料】　信息化促进星级酒店的发展

在信息时代,信息技术的飞速发展及客户对高质量酒店服务的要求促使酒店将服务信息化、智能化作为重点打造的目标。A酒店是一家占地面积近万平方米,拥有总统套房、VIP套房、豪华套房及标准套房、普通间的4星级酒店。作为高档商务办公和休闲、娱乐场所,率先使用了信息管理系统来为客人提供高质量的服务。

该酒店的信息管理系统覆盖了全部的业务部门,并与网络紧密结合,所包括的内容从房间预订、客人入住、餐饮消费、语音留言到电话服务、宽带接入、视频点播等。酒店信息系统连接着POS系统、门锁系统、电话系统等多个子系统,同时又面向客人,提供各种信息服务;另外,随着应用的扩展,后台的一些系统,诸如财务系统、人力资源系统等也逐渐纳入到这一系统中来,成为管理的重要手段。

该酒店主要由下列计算机系统来支持运作:

(1)前台预订系统。包括房间预订、前台接待、收银、客房管理、行李管理等模块。该酒店又推出了网上预订系统。传统旅游中那种赶时间、赶地点的旅游团,已经越来越不能满足旅游消费者日益强烈的对舒适、自主、自由等方面的要求,而这一切可以通过互联网来实现。顾客可以通过登录酒店的网页,对自己所需要的房间和服务进行预订,不但省时而且省力。通过方便、快捷的网上预订系统既可以提升酒店的品牌形象,还可以增进顾客关系,改善顾客服务,开拓网上销售渠道并最终扩大销售。

（2）客房管理系统。客房管理信息为宾客提供与客房住宿相关的服务，提高客房服务的有效性和服务效率。包括客房服务、客房消费及客房状态管理3个模块。

（3）财务管理系统。包括应付账管理、分类总账、固定资产管理、报表工具等模块。数据从前台系统送入财务系统，以进行每日统计和分析。

（4）库存管理和成本控制系统。库存管理和成本控制系统的主要功能包括采购、收货、成本控制、库存移动、成本和销售的计算等。数据要传送到财务系统，用作应付账和分类总账管理。

（5）人力资源管理系统。人力资源管理系统的主要功能包括个人档案管理、考勤管理、在线排班、加班管理、员工产假及年假管理、自动工资计算等。其数据要传送到财务系统。

（6）语音留言和电话计费系统。系统提供的功能主要有语音留言、话费计算、线路开闭、留言提示灯、语音确认以及和前台系统的接口等。

（7）保安监控系统。建立监控、报警、通信相结合的安全防范系统。

应用最新的技术，通过运用宽带数字网络改进布线和网络路径，使同轴电缆的应用减少到最小，同时用新式的等离子显示器代替传统的电视墙。

（8）无线网络系统。网络不仅是酒店的信息工具，也是现代化酒店的重要标志。商务客人一般会要求酒店提供与其办公室和个人家庭相同的高速Internet访问能力，通过无线局域网可以实现灵活且可扩展的网络解决方案。

随着酒店业竞争的加剧，酒店之间客源的争夺越来越激烈，客房销售的利润空间越来越小，酒店需要使用更有效的信息化手段，拓展经营空间，降低运营成本。尽管酒店信息化还存在一些需要提高和改进的问题，但一套好的信息管理系统，不但可以有效地管理大量的信息，而且可以引进先进的管理理念，提高管理和决策效率，从而极大地提高酒店的竞争力。

1.4　系统与系统方法

管理信息系统属于系统科学的范畴，要想对管理信息系统进行全面的研究，首先，必须理解系统的概念，学会运用系统的方法来分析管理信息系统。

1.4.1　系统概述

1. 系统的定义

提到系统，人们就会想到现实生活中的很多系统，如神经系统、循环系统、网络系统、收费系统等。系统是由相互作用和相互依赖的若干组成部分，为了某些目标（或者说是具有某种特定功能）结合而成的有机整体。

系统概念的含义有两点：首先，一个系统必须由两个及两个以上的要素或单元组成，系统的组成部分之间是相互作用和相互依赖的，系统组成元素的相关性；其次，系统的组成部分为了某些目标而结合成为一个有机的整体，即系统具有目的性。

2. 系统的特性

系统具有如下主要特性：

（1）层次性。通常一个复杂的系统由许多子系统构成，而这些子系统又可由它们各自的更小的子系统构成，层层相扣。各个子系统也具有系统的一切特征。例如，我们说整个宇宙是一个巨大的系统，它由很多个星系构成，比如银河系等，而银河系中又包括太阳系，它也是一个完整的系统。太阳系、银河系及整个宇宙正体现了系统的层次性。在系统分析一章中将予以介绍的数据流程图也是管理信息系统层次性的具体应用。

（2）整体性。系统是把原本不相关的元素联系起来，成为一个整体。但是，系统的整体功能不是系统组成要素功能的简单叠加，而是呈现出各种要素所没有的新功能，即整体功能大于要素功能简单相加的原理。所以，要想使系统整体的功能强大，必须使得系统内各个要素之间很好地协调起来；追求整体最优，而不只是局部最优。

（3）目的性。系统的另一特征是系统是有目标的，即为了完成或达到某些目标。例如，神经系统是为了将外界的刺激传递给大脑，企业系统是为了赚取更加丰厚的利润等。

（4）相关性。系统内各个子系统之间相互作用，相互依赖。其中某个要素发生变化，则其他相关要素也要有相应的调整，使系统整体的功能达到最优。

（5）边界性。定义和描述一个系统的特征形成了系统的边界。系统在边界以内，环境在边界以外。系统与环境之间也具有相互作用、相互依赖的关系。系统不是没有边界的，理解这一点对于 MIS 制定合同时的功能范围定义具有重要的意义。

1.4.2　系统方法

1. 认识的方法

系统是由输入、加工、输出、反馈组成的，具有一定的边界和目标，如图 1-7 所示。但当提到系统时，不要误认为周围的环境中会有个明显的系统标识，用来说明什么是系统，什么不是系统。应该这样理解系统：当用系统的观点分析某一事物时，它就是系统；以系统的输入、加工、边界、输出、目标、反馈考察分析事物时，被分析的对象就是系统。

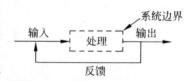

图 1-7　系统组成示意图

例如，学校、医院等是教育和治病的单位，但当人们利用系统的方法进行研究并分析它的输入、加工、输出、目标等时，学校或医院就都成了系统。所以，"与其说系统是一个概念或是一种研究对象，不如说它是一种研究事物的方法"。

2. 分解方法和系统方法

1）分解方法

分解方法把被研究的对象和问题分解成许多人们可以容易处理和理解的细小部分，并通过对这些被分解的部分进行研究来获得对整体的了解和把握，这种处理问题的方法就是分解方法。

2）系统方法

随着人类对客观世界探索的深度与广度的不断提高，单纯的分解方法的不足之处逐渐暴露出来。举例来说，在研究一个家庭成员的行为活动时，社会学家认识到把家庭成员分隔开来独立研究是行不通的,因为在把某一个成员独立分隔出来后家庭成员之间相互作用的方式和性质就和以前有很大的不同了。管理学者在研究企业组织管理时,也发现把某个部门从整个企业环境中孤立出来也是很难得到正确结论的。

自21世纪以来,供应链体系的应用逐渐成为当前经济发展和企业乃至行业发展的必然趋势,如果对一个行业链条中某个链接进行分析,却不考虑它的上游和下游的发展情况,那么这种分析必然得不到理想的答案。人们引申出了强调从整体上认识事物的系统方法。系统方法要求人们做到以下几点:

(1)考虑系统的整体性。系统的各个部分虽然也是重要的研究对象和内容,但如果把整体放在一旁不加考虑而企图只通过研究这个系统的部分来了解系统,那就只能是只见树木不见森林,绝对不可能获得对系统正确而全面的认知和把握。

(2)考虑系统组成部分的内部关系和协同作用。在对系统中任何一个部分进行研究时,不能孤立地拿出一个部分单独研究,必须充分考虑它在系统整体中所处的地位、所扮演的角色以及它与系统中其他部分的相互作用。因为这个部分不是单独存在的,认识到这一点非常重要。系统方法有一个深刻的指导思想,即所谓协同效应。当系统中各个要素(或子系统、部分)协调或共同行动作用时,整个系统的有效性可以远大于这些要素或子系统各自单独行动作用时的有效性的总和,简单地说就是:整体大于其中各个部分的简单求和。协同的现象随处可见,例如,在团队性竞技运动中,同样是11个人,一支训练有素、整体性很强的足球队能够打败临时组织起来的由世界知名球星组成的全明星队,即使这支球队中个人的能力比不上任何一个著名球星。此外,还可以看到,一个经营有方的企业的经济效益显然超过其中的生产、销售和财务等部分单干的经济效益的总和等。

(3)考虑系统与环境的联系。在研究任何系统时必须将它与周围环境联系起来一起研究,充分考虑它和环境的相互作用,因为它是由它与环境所组成的更大系统的一个部分。建立信息系统也同样需要与环境相适应。

系统的方法不仅仅是一种认识方法,同时也是一种实践的方法,是一条行动的指南。如果人们在实践中遵循系统方法,使用系统的方法作指导,就应该处处从系统的整体角度来考虑问题。比如,在一个企业中考虑如何发挥自己所在部门的作用时就要把企业的整体目的作为出发点,并且充分考虑本部门和企业中其他部门的相互联系和相互配合。这样做的目的就是要实现协同效应,从而最有效地实现企业的整体目的。相反地,人们如果违背系统方法,做事不从整体来看,过分注重局部,那么这样是无法认识问题的,成语中所谓"一叶障目"、"管中窥豹"说的就是这种行为。比如在一个企业中每个部门或个人单纯强调自己的局部目的和利益,不仅不考虑与其他部门的配合,更不考虑企业的整体目的和利益,那么结果必然出现所谓局部最优化现象,从而损害企业的整体利益,实际上也损害了本部门的根本利益。

1.4.3　信息系统

1. 信息系统的组成

信息系统是以计算机、网络及其他信息技术为核心,为实现某些系统目标,对信息资源进行处理的系统。它由人、软件、硬件和信息资源组成,在系统中,人与机器共同行动,共同完成系统目标,例如处理业务或做出决策。信息系统的主要部分是为了产生决策信息所制定的一套有组织的应用程序。信息系统可以用各种形式来表示。但无论何种形式,其基本构造都由输入、处理、输出和反馈4个部分组成。

(1) 系统输入。是一个获取原始数据的活动。通过输入,系统捕获或收集来自企业内部或外部环境的原始数据。输入可以是手工的,也可以是自动的。例如,市场调查数据一般是手工输入计算机,而商场销售数据可由 POS 机自动输入。

(2) 处理部分。将原始输入的数据转换成更有意义的形式。处理的方法可以是计算、汇总、逻辑判断等带有决策功能的操作。

(3) 输出部分。将经过处理的信息传递给人或用于生产活动。输出方式可以是打印机打印,也可以通过显示器显示。一个系统的输出可能是另一个系统的输入。

(4) 反馈。是指描述系统运行状况的数据,它将信息返回给组织的有关人员,以便帮助他们评价或校正输入。系统及时的信息反馈可以为决策者提供更好的帮助。

2. 信息系统开发中的分析方法

对于系统开发,一般采用两种系统开发方式:自底向上和自顶向下方式。这两种方式都被人们普遍应用,并且还经常将二者结合使用。

1) 自底向上分析方法

自底向上的方法是指通过调查等方式,将业务的具体功能汇总、归纳成宏观的功能。例如,从库存每一项业务调查抽象出库存子系统的功能,并且类似地归纳出其他一些子系统的功能,最后,形成上级的企业管理信息系统的功能。

自底向上方法的主要优点有:

(1) 自底向上分析方法符合现实应用的逻辑过程,开发出的系统易于适应组织机构的真正需要。

(2) 有助于发现和理解每个系统的附加需要,并易于判断其费用。

(3) 相对来说,每一阶段的规模较小,易于控制和管理。

自底向上方法的主要缺点有:

(1) 由于方法的汇总性质,汇总的系统不一定符合企业的整体目标。为了达到系统的性能要求,往往不得不重新调整系统,甚至要求重新设计系统。

(2) 由于系统未进行全局规划,系统的数据一致性和完整性难以保证。

2) 自顶向下,逐步求精的分析方法

自顶向下,逐步求精的方法主要是从宏观入手,按照事物的性质和规律,分解到微观具体的事物。例如:建立一个企业信息系统,从总体目标出发,建立供、产、销、成本、人事、库存等子系统,每个子系统再继续分解。

该方法的主要优点是:

(1) 支持企业信息系统的整体性规划,并对系统的各子系统的协调和通信提供保证。

(2) 方法的实践有利于提高企业人员的总体观察问题的能力。

该方法的主要缺点是:

(1) 对系统分析和设计人员的要求较高。

(2) 对于大系统而言,其下层系统的实施往往缺乏约束力。

一般来讲,在总体设计和对较大的子系统进行设计时,采用自顶向下,逐步求精的方法,而对于那些不太熟悉的业务进行从底向上逐步调查,逐步向上汇总。两种方法结合使用,共同完成分析的目标。系统分析就是这些方法的应用,具体内容详见第 4 章。

1.5　管理信息系统

在了解了关于信息和系统的相关概念后,本节介绍管理信息系统的结构、类型、功能等内容。

1.5.1　管理信息系统概述

1. 管理信息系统的定义

管理信息系统(Management Information System,MIS)的定义有许多,主要有以下几种:

(1)以书面或口头的形式,在合适的时间向总经理、职员以及外界人员提供过去的、现在的、预测未来的有关企业内部及其环境的信息,以帮助他们进行决策(Walter T. Kennevan,1970)。

(2)管理信息系统是一个用计算机硬件和软件代替手工作业进行分析、计划、控制和决策的系统模型。它能够提供信息,支持企业或组织的运行、管理和决策功能(Gordon. B. Davis,1985)。

(3)管理信息系统是一个有高度复杂性、多元性和综合性的人机系统,它全面使用现代计算机技术、网络通信技术、数据库技术及管理科学、运筹学、统计学和各种最优化技术,为经营管理和决策服务。

(4)组织之中的信息流是对其他流(如物流、能流、资金流、事务流等)进行控制的根据,不同的信息流用于控制不同的业务活动。若几个信息流联系组织在一起,服务于同类管理和控制目的,就形成信息流的网,成为信息系统。

(5)管理信息系统是以人为主导,利用计算机硬件、软件、网络通信设备以及其他办公设备,进行信息收集、传输、加工、存储、更新和维护,以企业战略竞优、提高效益和效率为目的,支持企业高层决策、中层决策、基层运作的集成化的人机系统,如图 1-8 所示。

综上所述,管理信息系统是"以人为主导,以信息技术为基础,将信息流联系起来,对信息进行收集、传输、存储、加工、更新和维护,产生管理者所需要的信息,改善协同合作、效率与决策制定,协助企业管理资源并获利的信息处理系统"。

2. 管理信息系统的结构

按照在企业中所处的层次,对应管理信息的分类特点,管理信息系统一般被看作一个金字塔形的结构,从底层的业务处理子系统到执行控制子系统、管理控制子系统和战略计划子系统,共分为 4 个层次,如图 1-9 所示。

根据上面的层次划分,分别介绍每一层 MIS 子系统。

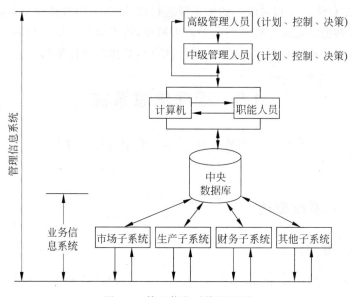

图 1-8   管理信息系统概念图

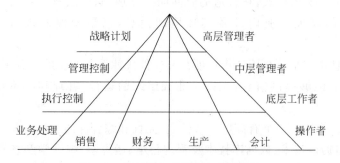

图 1-9   管理信息系统的金字塔结构

（1）业务处理子系统。业务处理子系统主要进行基础业务的处理，比如说打字、算账、造表等工作。

（2）执行控制子系统。MIS 中的执行控制子系统与企业中管理机构的基层管理相对应。该子系统一般包括生产管理、材料管理、设备管理等子系统。执行控制子系统处理的数据量大，但数据是规范的，处理过程和规则是程序化的。该子系统常用的处理有：事务处理、报表处理、查询处理。常用的输出形式有账簿、表格、图形等。这一系统为管理控制子系统和战略决策子系统提供最为基层、最为详细的信息，只有完善了这一层的信息处理，才有可能有效地开发上两层的信息。

（3）管理控制子系统。管理控制子系统是为企业各中层管理部门和管理人员提供控制生产经营活动、制定资源分配方案、评价企业效益等战术级管理所需的信息。该子系统一般包括：财务管理、销售管理、人事劳资管理等子系统。该子系统在整个 MIS 中起着承上启下的作用。其主要任务是：汇集下层传来的信息并结合环境信息，监督、控制低层的运行；处理中层信息上传给高层，理解并执行高层下达的指令，必要时把高层指令分解并下达给低层执行；提供查询功能。管理层次信息化，包括根据企业量身定做 MIS、通用程度很高的企业全面管理软件如 ERP 等。关于 ERP 的内容在本书的后面章节将详细加以介绍。

（4）战略计划子系统。战略决策和计划子系统的主要任务是：汇集管理控制层和企业外部信息，辅助企业最高领导人作战略决策和计划；下达执行命令并监督执行情况，分析执行中出现的问题及产生问题的原因，并提出解决问题的办法；管理、协调全系统的运行；提供查询功能。战略决策和计划子系统一般包括辅助决策子系统。它为高层领导做出战略性的决策提供信息与方案，其功能依赖于下两层的数据与功能。

按照在企业中的功能，管理信息系统大致可以分为市场营销、生产管理、物料供应、人力资源、财务会计、信息管理、客户管理以及办公管理等信息系统。每个子系统都分管着企业运作过程中不同的任务，各自成为一个完整的系统，但当面对整个企业时，这些子系统又有机地结合起来，形成一个有机的大系统，如图 1-10 所示。

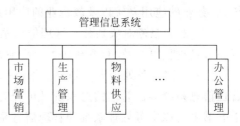

图 1-10　管理信息系统的功能结构

如果在按照功能划分的基础上将每一个功能纵向按层次划分，便可以形成纵横交错的矩阵表达形式，如图 1-11 所示。

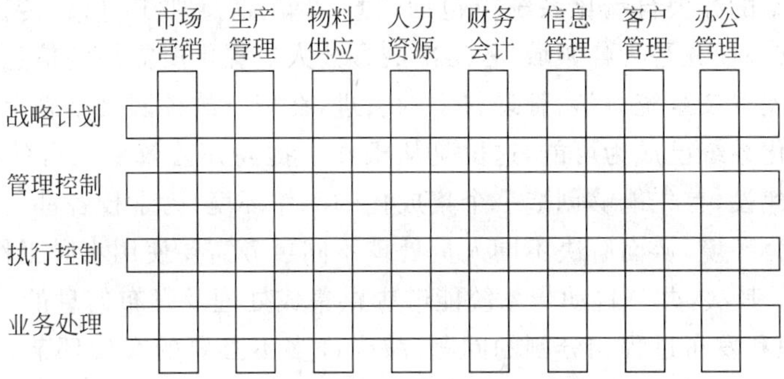

图 1-11　管理信息系统功能矩阵图

3. 管理信息系统的功能

管理信息系统掌握着与企业有关的各种事件和对象的信息，并将这种信息提供给企业内外的系统用户。为了达到提供有用信息的目的，系统内必须实现某些过程，特别是信息联系过程和变换过程。系统接收各种数据，将它们转变为信息，将数据和信息加以存储并提供给用户。管理信息系统辅助计划、控制、预测和辅助决策等功能。

（1）计划功能。根据现存条件和约束条件，提供各职能部门的计划，如生产计划、财务计划、采购计划等。然后按照不同的管理层次提供相应的计划报告。

（2）控制功能。根据各职能部门提供的数据，对计划执行情况进行监督、检查、比较执行与计划的差异、分析差异及产生差异的原因，辅助管理人员及时加以控制。

（3）预测功能。运用现代数学方法、统计方法或模拟方法，根据现有数据预测企业未来的发展前景，从而规划企业的发展目标和方向。

（4）辅助决策功能。采用相应的数学模型，从大量数据中推导出有关问题的最优解和满意解，辅助管理人员进行决策。以期合理利用资源，获取较大的经济效益。

4. 信息系统的主要应用类型

信息系统的应用已经遍及社会的各个行业及各个部门。其类别由于应用企业的规模和组织结构不同、行业不同、所采用的技术不同以及系统对外界环境的反应能力不同,呈现出的状况也千差万别。目前对信息系统的分类也没有统一的模式。

(1) 按照应用的行业划分。管理信息系统可分为制造业的应用系统、金融业的应用系统、服务业的应用系统以及教育业的应用系统等。

(2) 根据服务对象划分。管理信息系统可分为国家经济信息系统、企业管理信息系统、事务型管理信息系统、行政机关办公型管理信息系统以及特定行业的管理信息系统等。

(3) 按照业务处理方式划分。可以把信息系统划分为办公自动化系统、过程控制系统、管理信息系统等。管理信息系统又可分为事务系统、管理信息系统以及决策支持系统。由于本书主要以事务处理系统和管理信息系统为研究对象,这里仅简单介绍办公自动化系统与决策支持系统,过程控制系统不作详细讨论。

① 办公自动化系统。办公自动化系统(Office Automation,OA)是将计算机技术、通信技术、系统科学及行为科学应用于传统的数据处理以及现代的办公事务处理的一项综合技术。一个比较完整的办公自动化系统应包括信息采集、信息加工、信息传输、信息保存这4个基本环节,其核心任务是为各领域、各层次的办公人员提供所需用的信息。随着计算机网络技术的飞速发展以及系统科学、管理科学的引进,在现有的校园网基础上建立高效、协调、集成的办公自动化系统已成为可能,这也是从根本上提高办公效率的有效途径。校园网的办公自动化系统建设,首先能够创造一个集成化的工作环境,为学校各部门的工作人员提供多功能的桌面办公环境,从而解决不同人员处理不同事务需要使用不同工作环境的问题,实现办公资源共享;其次,办公自动化系统能够提供集成处理及发布信息的工作平台,解决以往信息收集、处理和发布过程相分割的问题,减少许多不必要的交接环节,并通过替代传统的人工纸介质或磁介质信息传递提高信息传递效率和可靠性。除此之外,办公自动化系统还能提供具有工作流性质的处理功能和监督功能,有助于推动部门间的高效率协作,进而解决多部门协作问题。高校办公自动化系统的应用可以极大地提高高校办公效率,也是适应未来办公发展的必然趋势。

② 决策支持系统。决策支持系统(Decision Support System,DSS)是以管理科学、运筹学、控制论和行为科学为基础,以计算机技术、仿真技术和信息技术为手段,支持非结构化和半结构化决策的信息系统,所处理的问题大部分属于半结构化性质。

结构化决策(Structured Decision)是指在日常工作中执行的程序化的决策,结构化决策问题相对简单、直接,有固定的规律,能够用明确的语言和模型加以描述。像企业的订货、进货和工资管理等都属于结构化决策。例如,计算工人的工资,如果工人每周的工作时间是40小时,则总工资等于正常工资率乘以工作小时数。如果工作时间超过40小时,则总工资等于正常工资率乘以40小时,再加上超额时间乘以加班工资率。利用信息技术可以轻而易举地完成这类结构化决策。

非结构化决策问题比较复杂,没有固定的决策过程和方法,需要决策者根据情况,依据自身的知识和能力做出自己的判断、评估或提出见解,如产品设计、新产品新市场的设计和创意等。半结构化决策问题介于上述两者之间,其既有标准的程序化,又要依靠人的经验、直觉来辅助决策。例如,证券投资等。半结构化决策相对于结构化决策就更加复杂。半结构化问题与结构化、非结构化的关系和区别如图 1-12 所示。

　　决策支持系统能够为决策者提供决策所需的数据、信息和背景材料,帮助明确决策目标和进行问题的识别,建立或修改决策模型,提供各种备选方案,并且对各种方案进行评价和优选,通过人机交互功能进行分析、比较和判断,为正确决策提供必要的支持。决策支持系统的决策过程和决策模型都是动态的,分析结果可能也是不确定的,需要反复进行分析。因此,决策支持系统的使用相对较为灵活,在使用中,需要使用人员按其对于决策问题的理解来主动控制系统的运行。

　　决策支持系统(如生产设施选址等)支持管理的决策,它解决问题的程序通常并未事先设定。决策支持系统可以利用 TPS(交易处理系统,如应收账款管理系统)及 MIS(管理信息系统,如生产成本核算、编制核算等)所提供的内部信息,也需要外部的数据或人工干涉。决策支持系统明显地更具有分析能力,如图 1-13 所示。

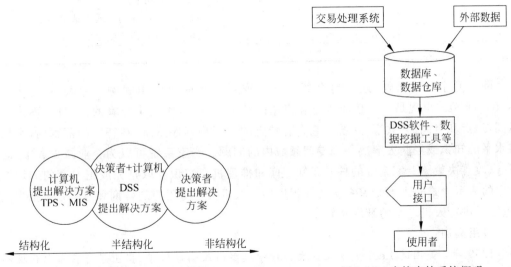

图 1-12　半结构化问题的描述　　　　　　　图 1-13　决策支持系统概观

　　决策支持系统有两种基本形式:模型导向及数据导向。模型导向决策支持系统主要是利用模型进行分析。这些模型分析大多基于较强理论,同时,为了便于使用,附有一个友好的用户界面,允许系统使用者和决策支持系统之间进行简单的互动。典型的模型包括统计模型库、预测模型以及敏感性分析模型等。其中,统计模型库具有完整的统计功能,如均值、方差以及直方图、趋势图等;最佳模型主要是使用线性规划对资源分配进行分析,以达到变量的最大化或最小化;敏感性分析常使用"如果……则"的判断让使用者改变条件来测试结果,并说明数据的适合区间。

　　数据导向决策支持系统是通过分析大量数据来支持决策制定的系统。这种决策一般需要大量的、多方面的数据,所以,计算机和数据挖掘技术的发展是数据导向决策支持系统应用的前提条件。通常,各种交易处理系统(TPS)产生的数据被收集到数据仓库中,利用多维分析和数据挖掘技术对材料进行分析。传统的数据库能够解答类似如下的问题"2007 年 43号鞋卖了多少?"。而多维分析、数据挖掘能够解答更加复杂的问题,如"比较 43 号鞋不同季度的销量",寻找销量的隐藏形态以及销量变化的相关因素,"啤酒和尿布的关系",数据挖掘所产生的信息形态有关联、分类、聚类、序列和预测等。

随着计算机和数据挖掘技术的不断发展,数据导向决策支持系统以及模型导向信息系统都已变得基于更多的数据,变得更加复杂和强大。下面列举一些决策支持系统的范例,见表 1-3。

表 1-3　决策支持系统应用举例

应 用 机 构	主 要 应 用
＊＊公司	整体的计划与预测
铁路公司	辅助火车调度和路线组合
航空公司	航空调度和客户需求预测
＊＊公司	降价方式最佳化
保险公司	顾客购买模式分析和欺诈检测
银行	顾客特征分析
＊＊公司	价格、广告、促销方式的选择
服装公司	商品地点及存货组合的选择
…	…

除了上述系统以外,这里再介绍一下专家系统和简单应用案例。专家系统(Expert System,ES)的出现是人工智能研究和应用的结果,是通过将人类专家的知识库,不拘泥于时间、地点和空间的"共享"系统。它含有特定的知识型程序系统,在特定的范围内,利用专家水平的知识或经验去解决一个专门领域内的问题。专家系统可以为企业减少成本、改善服务、改善决策。专家系统的核心是知识库和推理机。知识获取是完成把专家的知识按照一定的表示形式输入到专家系统的知识库中。人机接口将用户的咨询和专家系统推出的建议、结论进行人机之间的翻译和转换。

应用案例:

1959 年,美国的 Ledley 等人首次将数学模型引入临床医学,提出了可将布尔代数和贝叶斯定理作为计算机诊断的数学模型,并以此诊断了一组肺癌病例,开创了计算机辅助诊断的先例。目前,随着网络技术的发展,已经出现了与网络技术相融合的专家系统,通过网络(局域网或广域网)可实现异地协同工作、资源共享和远程咨询等,使专家系统的应用范围更加宽泛和便捷,还可极大地提高专家系统的使用效率与价值,也为专家系统更好地服务于人类、应用于社会提供更优越的条件。

1.5.2　管理信息系统的发展

管理信息系统的发展主要经历了以下 4 个阶段。

(1) 单项数据处理阶段(20 世纪 50 年代中期～60 年代中期)。该阶段是电子数据处理的最初阶段。当时,计算机的软、硬件水平较低,计算机处理功能较弱,数据与程序一起输入,处理效率低。人们利用计算机只是为了单纯地代替部分手工劳动来解决企业中数据处理增加与人力局限性的矛盾,如工资计算等工作。虽然当时的数据处理功能不是很强,但面对着要求迅速处理的大量的业务数据,与手工操作相比,电子计算机已显示出其优越性。该阶段的数据处理方式是批处理。

（2）综合数据处理阶段（20世纪60年代中期～70年代初期）。该阶段计算机软、硬件技术有了很大的发展，出现了磁鼓、磁盘等大容量直接存取的外存储器，出现了多用户分时操作系统。系统软件方面，已经开发了具有文件组织的数据管理系统，COBOL数据处理语言也应用广泛。因此可以通过通信线路连接异地终端，实现数据共享，局限于单项业务的数据处理可以发展成为某个管理系统的多种业务的综合处理，并有一定的反馈功能。在上述条件下，可以在局部范围内开发多功能的数据共享的事务处理系统。如一个库存控制系统，可以统计每天物资出入库的数量，还可以查询库存、确定物资供应计划和物资合理库存量。该阶段的数据处理方式主要是联机实时处理。这个阶段可以说是由单项事务处理向管理信息系统过渡的阶段。

（3）管理信息系统阶段（20世纪70年代初期～90年代）。该阶段的特点是企业中全面实现计算机管理。计算机网络、微机、数据库等先进技术的出现和发展可以在企业各职能部门实现数据处理的基础上，通过计算机网络连接起来，形成分布式企业管理信息系统，实现数据的充分共享。同时，在管理科学上开发了一大批为管理服务的预测、决策模型，决策支持系统发展起来，这又为管理信息系统的发展提供了新的模型与方法。管理信息系统正向着网络化、集成化趋势发展。

（4）战略支持系统（20世纪90年代至今）。随着计算机软、硬件技术水平的不断提高和人工智能技术的发展，决策支持系统、专家系统等更高级的管理信息系统逐渐走向成熟，管理信息系统也将迈向更高级的发展阶段。主管信息系统、办公自动化系统、专家系统和战略信息系统等各种更为高级、更为智能的管理信息系统纷纷涌现出来。这些系统模拟人类的思维方式而设计，在信息的管理和企业的决策上起着越来越重要的作用。

从不同的角度，管理信息系统可以有不同的分类，具体来说，可以包括运营支持系统（事务处理系统、过程控制系统、企业协作系统）、管理信息系统（管理信息系统、决策支持系统、经理信息系统）以及其他类型信息系统（专家系统、知识管理系统、战略信息系统、职能或跨职能企业系统）。

1.6　本章小结

企业面临的挑战有全球化市场，大量和复杂的数据，存储与客户需求的变化，快速反应的需求以及紧急事件的协调处理需求等。

因为信息每时每刻都发生着变化，所以，及时获取信息对企业来说至关重要，而且是获得竞争优势的重要手段之一。戴尔公司的工人从监视器里读完订单内容之后，3～5分钟就可以装配一台新的桌面计算机，能够保证在两小时内向顾客供货。与工业标准需保留45天的库存相比，戴尔公司通过计算机网络和供应链管理软件的帮助只需保留三四天的库存。ZARA是西班牙Inditex集团旗下的一个子公司，它既是服装品牌，也是专营ZARA品牌服装的连锁零售品牌。仓储主管在门店里判断出哪种款式即将畅销之后就立刻通过计算机网络向总部发出订货单，总部的设计人员和生产主管每天都从各个门店的仓储主管处获得建议，并且尽快决定要制作何种款式的产品，几天之内，制作工作即将展开，3个星期之内就可以到达各个门店。与其竞争对手一般从订货到交货的时间需要9个月相比，ZARA足足快了 12 倍。

信息系统的应对措施：网络数据管理、产品设计、提供在线服务、需求预测以及提供有竞争力的外包信息。信息系统的主要作用表现在如下两个方面：

（1）提升竞争优势、企业竞争力。例如：对于建立在计算机基础之上的信息系统，沃尔玛公司提供了面向需求的产品进货、库存管理方面较强、迅速、全球管理的功能，他们将产品供应商的信息系统与沃尔玛公司的信息系统相连接，同时对低于门限值的产品给出供货提示，从而保证了产品品种齐全，满足消费者的需求，提升自身竞争力[35]。

（2）支持决策。例如，通过对信息系统数据的分类和筛选，可以帮助超市经理和其他相关人员制定更好的决策。业务人员决定哪类商品需要增加品种或者是停止经营，从而达到资源优化，为消费者带来便利，为企业带来更大利润[3]。

1.7　思　考　题

（1）信息的主要特性是什么？利用所找到的材料解释 CIO，CFO。

（2）信息流在企业中起什么作用？举例说明信息流与物流的关系。

（3）信息系统的结构和主要功能是什么？企业内信息系统有哪些类型？

（4）说明管理信息系统的层次与管理层次性的关系。信息系统如何改变企业的组织与管理？什么是企业的扁平化？举例说明企业的扁平化与管理流程的改变。

（5）阐述你对系统方法的理解。

（6）如何理解 MIS 的战略作用与所面临的主要挑战？

（7）举例说明信息系统的主要资源（例如人力、硬件、软件、数据、网络、信息产品等资源）。

（8）举例说明数据挖掘技术、人工智能技术对决策支持系统的支持。

（9）举例说明全球业务以及 IT 技术在全球化环境下的发展和作用（例如全球资源、客户和生产的某种渗透、IT 标准、世界市场和大规模定制等）。

（10）为什么管理者要特别注意企业流程？为什么需要企业流程的整合？信息系统如何支持供应链管理与商业协作？

（11）信息系统如何影响我们的工作和日常生活？信息系统在个人隐私和知识产权等方面引发的思考。

（12）利用找到的材料解释以下概念缩写：CAD，CAM，CIMS，OA，EDI，EDP，MIS，DSS，MRP，ERP，DBMS，ISO9000，6σ，CMMI，BPR。

（13）试阐述信息系统与相关学科的主要关系。

（14）什么是系统的直接经济效益和间接经济效益？

1.8　本　章　案　例

通过以下案例，对 MIS 基本管理功能、决策功能、供应链管理等系统进行分析。

案例 1. 丰田公司的模型协同设计[2]

丰田通过采用信息系统实现了作为一家汽车制造公司的梦想，那就是在客户下订单时

才及时制造汽车。在 2002 年 3 月,丰田与法国的达梭系统公司以及 IBM 签订一纸 8 亿~
12 亿美元的软件、硬件与服务的采购合约,用来连接分散在 25 个国家的 64 座工厂与其
1000 多家供货商。这项科技使丰田有能力为汽车制造过程中的每一个步骤模型化,包含汽
车的外观、让汽车运转的零件、每一个零件装配的顺序都与工厂本身的汽车设计相关。丰田
的设计师可以广泛收集,以设计出新方案,特别地,这种新方案可以通过软件直接与远方的
供应商共同讨论,并对方案的生产性进行测试。一旦设计、生产计划与工厂制造战略相互结
合,丰田便可以将新车型的规格输入它的生产与供应链管理系统。数字化设计与生产的结
合,缩短了丰田新车上市的时间,帮助经销商依据客户的喜好制定汽车规格。

达梭为丰田提供了一套三维产品生命周期管理软件,功能包含协同设计、产品生命周期
管理与支持生产的应用程序。IBM 则提供了硬件与服务以及一套用来连接丰田这套新系
统与公司内其他系统的软件。这套新系统将会替换丰田自行研发的计算机辅助设计与产品
数据管理系统。一旦设计、生产计划与工厂制造战略相互结合,丰田便可以将新车型的规格
输入它的生产与供应链管理系统,使丰田新车的上市时间由数年缩短到仅需 10 个月。目
前,丰田汽车的买主平均年龄为 45 岁,他想要吸引更多以最新流行趋势为买车考虑因素的
年轻群体。丰田希望这套新的设计和生产支持系统能够帮助它迅速转换年轻消费者的营销
数据,在数周内设计出可以上路的新车。

丰田最终的理念是,让他使用这些新工具与工作方法来支持其依靠订单交车的模式,依
照客户要求的规格生产汽车并在数日内交车。

分析

丰田汽车公司的改变说明了企业在重建自己以转变成为完全数字化的企业。他们使用
Internet 与网络技术,使得数据可以在组织中的各个部分顺畅地流动,并创造在客户、供货
商以及其他组织间的电子连接。因此,作为一位管理者,必须知道信息系统如何帮助企业具
有竞争力、效率与获利能力。

案例思考题

(1) 信息系统在丰田公司的现代化管理中扮演什么样的角色?

(2) 需求等变化是否会引起对组织与流程的变化? 信息系统如何协助改变丰田公司的
组织与管理?

(3) 你认为企业的管理者应该具备什么样的信息系统素养?

(4) 信息系统如何影响我们的工作和日常的生活?

案例 2. UPS 的跟踪系统实现高效与良好的服务[2]

UPS 是世界上最大的陆空邮件递送公司,它创始于 1907 年,开始仅在小小的地下室办
公,两个西雅图的十几岁的小伙子仅有一台电话机和两辆自行车以及"最好的服务质量与最
低廉的收费标准"的经营理念,使 UPS 生存下来并不断发展。目前,每天递送多达 1300 万
个包裹与信件,传递的范围包括美国各地以及 200 多个国家和地区。

通过掌上计算机(款名为 DIAD, Delivery Information Acquisition Device),UPS 对送
件人的信息(包括签名、时间等)进行自动记录,全球各地可以从主机上查询信息。

UPS 提供了自动包裹追踪功能,任何有包裹寄送的人都可以利用 UPS 的网站来追踪,
查询包裹的运送路径,从而估计出收件的时间。该公司借助掌上计算机、条形码扫描仪以及
无线通信技术快速、准确地管理包裹信息,搭建了自动包裹追踪系统,可以随时追踪包裹的

递送状况。公司的管理人员以及任何有包裹寄送的客户都可以查询包裹的运送路径、计算时间和费用、可以在网上预订通过信用卡或转账付款。UPS 公司利用在信息系统方面的投资保持了低成本和整个运作的高效率。以低成本实现包裹的及时追踪与准确送达是企业努力争取的目标,UPS 利用信息系统应对竞争与挑战。

案例思考题

(1) 信息系统在 UPS 案例中扮演什么样的角色?

(2) 为了保证管理流程跟踪和不断线,信息系统应该具有什么样的特征?

(3) 如何理解市场全球化是信息系统的挑战和机遇?

案例 3. 对《大英百科全书》的建议[36]

被认为是经典参考书的《大英百科全书》(EncyclopediaBritannica)诞生于 1768 年,迄今已有 200 多年的历史,十多年前精装版标价每套 1600 美元,在我国过时三四年的也要卖几千元人民币。《大英百科全书》是世界上最权威的综合性百科全书,它的一流知名品牌地位是全球公认的。《大英百科全书》由 32 册组成,共有 33 000 页,4.4 亿个词。《大英百科全书》原先的市场定位是高档用户,因此它的质量是绝对保证的,价格也是很高昂的。百科全书市场一直是一个相对稳定的传统市场,但自 20 世纪 90 年代初发生了变化。

1992 年微软公司购买了 Funk&Wagnalls 的版权,开始进入百科全书市场。微软将 Funk&Wagnalls 删节后制成带有多媒体功能和友好界面的光盘,以 49.95 美元的价格在超级市场出售。虽然 Funk&Wagnalls 是一个二流的百科全书,但对普通消费者来说,已足够。面对信息技术的挑战,《大英百科全书》很快意识到生存的风险,也开始制定电子出版战略,1994 年正式发布了《大英百科全书网络版》(EncyclopediaBritannicaOnline),该版本成为互联网上第一部百科全书,可检索词条达到 98 000 个,以每年 2000 美元的订阅费提供网上图书馆服务,但这只能吸引大型图书馆。对小图书馆、企业和家庭来说,微软公司那样简化的光盘已够用了。因此,《大英百科全书》在电子出版市场仍然不具有竞争优势,销售额大幅下滑,到 1996 年只有 3.25 亿美元,跌去一半。

1996 年早期,瑞士银行家雅格布·萨弗拉购买大英公司后,裁减了 110 名代理人和 300 名独立承包商,实施大胆的减价策略。每年的订阅费降至 85 美元,尝试差异价格的直接邮购销售。然而尽管《大英百科全书》被《电脑杂志》评为质量最好的多媒体百科全书,获得了多项电子出版物奖项,受到多方好评,但当时也只吸引了 11 000 名付费订阅者。1998 年,大英推出由 3 张光盘构成的《大英百科全书 CD98》,其中包含了 32 卷印刷版的全部内容,还提供了多媒体信息和快速搜索功能,邮购价为 125 美元。与 1500 美元的纸版相比,价格已是极其便宜。21 世纪初,大英百科的版权卖给了美国。但光盘版百科全书市场竞争还在延续,价格仍在下跌,《大英百科全书》能否夺回原有市场,收回成本以及能否再生存下去是摆在人们面前的一个很严峻的问题。

分析

过去的《大英百科全书》是传统的纸质出版企业,属于传统的信息服务业。《大英百科全书》在信息时代面临的问题具有普遍性,许多传统的信息服务业,如专业的或综合的出版社、有一定历史的律师事务所、会计事务所、咨询服务公司等,都带有传统的观念,形成了旧时代的经营模式。这些企业面临着现代信息服务业的挑战,面临着生存与发展的危机。传统的工业企业与信息服务业,在产品的生产和服务上有着显著的差别,但在观念上、在经营模式的本质上是有共同之处的,他们面临着类似的挑战问题和生存与发展问题。《大英百科全书》的案例告诉我们,现代信息技术对传统企业的影响是巨大的和革命性的,保守的、不能跟上时代发展的企业即将被淘汰。传统企业要生存与发展,就必须在战略层面和战术层面进行全面的变革,而变革所依靠的就是现代信息技术。传统企业如何正视信息时代,如何结合信息技术进行变革,将决定他们的未来。

案例思考题

围绕上述案例,请阐述你的分析并提出建议。

案例 4. 信息战①

2003 年 3 月 20 日,美、英等国不顾国际社会反战的呼声,对主权国家伊拉克发动了战争,其间是非曲直自有公论,而在战争之外,更值得思考的是,信息化对于战争制胜所起的重要作用。亲眼目睹美伊战争直播的人都说,如果没有现代计算机技术和信息化,美国兵根本不知道该如何去打这场战争。作为世界军事强国,美国军力的强大在很大程度上得益于其信息化水平。从这场战争我们可以发现,军事信息化与企业信息化具有很多相通之处,并有很多惊人相似的地方。因此,对美伊战争以 IT 应用为核心的军事信息化的深入分析,将有助于人们理解并领悟企业信息化的本质及重要价值,认识到在未来的竞争中,信息手段的广泛运用是企业立于强手之林的基石。

从美伊战争打响第一炮开始,双方展开了名副其实的"信息战"。只不过程度有所不同而已。伊拉克更多地只是依靠新闻媒体传播真真假假的战场信息,而美国则不仅借新闻媒体"迷惑"敌人与民众,更是将 IT 技术应用到了战争的每一个细节。如果说朝鲜战争、越南战争是传统战争的话,海湾战争就是信息战的雏形,其信息化水平相当于 MIS 阶段。到了科索沃战争时,已经是信息战的成长阶段,其信息化水平达到了 MRP II 阶段。而现在进行的美伊战争则是信息战的成型阶段,可以说其信息化水平已经达到了 ERP阶段。

今天的军事技术就是明天的民用技术。1946 年,为解决大量弹道数据的计算难题,美国陆军部开发出了首台电子计算机;20 世纪 60 年代,美国高级研究计划署建立了一种计算机通信网,成为互联网的前身。信息化方面也不例外,军事信息化的今天,也许就是企业信息化的明天。美伊战争呈现出来的几个基本趋势也许就是未来很长一段时间内企业信息化发展的脉络。

美伊战线的第 1 个趋势是战争的成本中心从劳动力成本向信息成本转移。第 2 个趋势是信息成本中心从信息搜寻成本向信息处理成本转移。第 3 个趋势是作战思想和作战理论的根本变革。企业信息化也同此道理,在信息化的早期阶段主要是用软件固化一些先进的管理制度,实现生产效率的提高。而在用软件固化原来的管理制度后,又带来了管理思想的根本性变革。人有自我调节的能力,但不能集散得很精密,而信息系统可以恰到好处地发挥耐力精密的作用。因此,这就要求企业在信息化的同时不断革新管理思想和管理理论。

案例思考题

(1) 如何理解企业成本中心从劳动力成本向信息成本转移?

---

① 资料根据《计算机世界》2003 年第 14 期改编。

（2）如何理解今天战争展现出来的信息化趋势就是明天企业信息化发展的脉络？

案例 5．美国大陆航空公司[2]（模型导向决策支持系统）

美国大陆航空公司从两度坠入破产保护期的"折翅秃鹫"发展到全球第七大航空公司，其中部分原因在于成功地借助决策支持系统争取了收益最佳化。

大陆航空公司的货运部门开发了一个决策支持系统（如图 1-14 所示）以确保公司能够以最获利的价钱卖掉所有可用的货运空间。该软件检查机舱可用的空间，考虑货物的大小和重量以及季节、燃油价格等因素。利用开发的模型估算和比较，得出方案如何既满足客户的需要，又获得较多的利益。

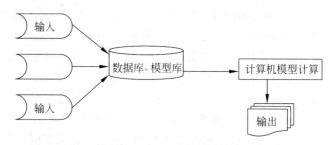

图 1-14　大陆航空公司模型导向决策支持系统

案例 6．Gap 的决策支持系统[2]（模型导向决策支持系统）

Gap 是美国提供大众休闲服饰的服装公司。公司不仅在国内，在海外也开设了 Gap and Banana Republic 店铺，另外还开设了 Old Navy 店铺，同时在网上销售。2001 年，当 Gap 销售量成长的同时，净收益却在下降，因为 4100 家商店中的存货和商品变得很难管理。

公司的采购人员很难预测要买多少件 T 恤衫，或是何时将它们送到店里。Gap 的规划与预测系统副总裁说：店内的每一个商品都是一项投资。这些货品形成了很大的投资，如果它们被放在货架上太久的话，则公司投资在存货上所得到的回报就太低了。

2001 年 3 月，Gap 安装了 Retek 的规划与预测软件。规划人员可以利用软件衡量客户对重新定价的反应，安排季前的规划活动，调整服装运送的速度、上市时间还有季节性销售模式等。通过该软件，提供了零售商和规划人员的沟通平台，他们可以看到彼此的计划和预测情况，并共同做出价格和活动时间的决策。

案例 7．应用于供应链管理的决策支持系统[2]（数据导向决策支持系统）

对于一家大型连锁公司，通常的做法是在各连锁店中存储同样数目的存货，如一定量的男士衬衫，并且存货水准基本保持不变。但是，这种存货方式不能满足客户的需求和购买模式。一种情况是，由于货品受到欢迎，存货一售而空，消费者不能找到他们想要的商品。另一种情况是，商品一直摆在商店的货架上，因为客户不想要它们。因此公司需要一个能够根据顾客以往的购买习惯而针对不同货品动态调节库存的决策支持系统。Federated 是一个拥有 450 家百货店的公司，1995 年使用这种库存决策支持系统后（如图 1-15 所示），大约 30％的总销售额是由利用软件自动补货的物品产生的。每月缺货物品的数量从 10％减少到 5％，同时库存数量也降低了，从而减少了成本。使用这种软件，Federated 公司每年可以节省几百万美元。

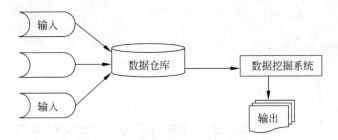

图 1-15　大型连锁公司数据导向决策支持系统

案例思考题

(1) 试举例说明管理信息系统与决策支持系统的异同。

(2) 试举例说明模型库的作用。

(3) 试举例说明数据挖掘系统对决策的作用。

第 2 章

管理信息系统与组织变革

　　新型的企业组织形式与信息技术的应用紧密相连。传统的企业多以层次、结构化组织企业的员工,工作主要依据一些标准化的程序执行。而在新型的企业组织中,实施实时的信息反映和定制化的客户服务,满足特定客户和市场的需要,相应地呈现了与之相适应的扁平化、分权化、弹性化的组织形式。新型企业中的管理者依据承诺建立目标,以项目形成弹性组织人员。在组织中建立信息系统需要与组织资源要素之间密切结合并相互影响。可以说,信息系统的建设目标要依赖于企业环境、组织文化、管理战略,信息系统流程要融入企业的流程。同时,管理者也要对企业不适宜的、过时的流程进行改造,充分利用信息技术对企业资源进行整合、规划。

　　开发管理信息系统既是技术的应用问题,又是管理实践的问题。大量的案例说明,企业环境、文化、管理战略与信息系统相互依赖。信息技术战略优势要发挥作用,不是一件容易的事情,至少要有以下 3 个方面需要考虑:

　　(1) 当信息技术不能融入企业计划、流程时,需要对信息系统流程加以修改。

　　(2) 当企业计划、战略过时时,信息技术与企业流程需要同时修改。

　　(3) 应用的信息系统过时。

　　起初,信息系统使企业获益,之后,信息系统成为常用工具或不构成竞争优势,甚至成为障碍。所以,信息系统的成功必须与组织文化、管理幅度的改变相配合。本章介绍了管理、组织结构等基本概念,阐述了信息系统必须与组织相契合的重要理念,说明了企业流程再造、企业资源计划的相关概念。

学习目标

- 理解信息技术对组织结构产生的影响。
- 理解企业需要不断流程重组。了解企业流程再造的必要性和风险。
- 理解信息系统与组织之间的相互作用关系。
- 掌握企业资源计划的工作流程及其发展过程。
- 了解供应链管理与库存管理的差异以及发展过程。能够阐述信息技术供应链管理发展的作用。

2.1　信息系统与管理

本节从管理的概念、职能和层次结构出发,分析了信息系统在组织中的地位和作用,以及管理与管理信息系统的层次特点。

2.1.1　管理概述

1. 管理的含义

不同的管理学派,按照各自的管理理论,对管理的概念有不同的解释,下面列举几个典型的管理定义:

- 管理是一种程序。通过计划、组织、控制、指挥等职能完成既定目标。
- 管理就是决策。决策程序就是全部的管理过程,组织则是由作为决策者的个人所组成的系统。
- "管理就是领导",强调管理者个人的影响力和感召力对管理工作的重要意义。
- 管理就是做人的工作,它的主要内容是以研究人的心理、生理、社会环境影响为中心,激励职工的行为动机,调动人的积极性。

综合各种观点,可以把管理理解为是"管理者或管理机构,在一定范围内,通过计划、组织、控制、领导等工作,对组织所拥有的资源(包括人、财、物、时间、信息等)进行合理配置和有效使用,以实现组织预订目标的过程"。这一定义有以下含义:

(1) 管理是一个过程;

(2) 管理的核心是达到目标;

(3) 管理达到目标的手段是运用组织拥有的各种资源;

(4) 管理的本质是协调。

2. 管理的职能

管理的过程就是基于信息的决策过程。具体来讲,管理又可进一步分为5大职能,即计划、组织、指挥、协调和控制,它们的意义如下:

(1) 计划。管理的计划职能就是要选择组织的整体目标和各部门的目标,决定实现这种目标的行动方案,从而为管理活动提供基本依据。这是管理的首要职能,它对未来事件做出预测,以制定出行动方案。计划工作是为事物未来的发展规定方向和进程,重点要解决好两个基本问题:一是目标的确定问题,这是计划的关键;二是进程的时序,要理清行动的先后顺序,这是计划的准则。

(2) 组织。这是指完成计划所需的组织结构、规章制度、人财物的配备等。它有两个基本要求:一是按照目标要求设置机构、明确岗位、配备人员、规定权限、赋予职责,并建立一个统一的组织系统;二是按照实现目标的计划和进程,合理组织人力、物力和财力,并保证它们在数量和质量上相互匹配,以取得最佳的经济和社会效益。

(3) 指挥。这是指对所属对象的行为进行发令、调度、检查。指挥职能就是运用组织权限,发挥领导的权威作用,按照计划目标的要求,把所有的管理对象有机地结合起来,保证人财物在时间和空间上的相互衔接,从而形成一个高效的指挥系统。

（4）协调。它是指使组织内部的每一部分或每一成员的个别行动都能服从于整个集体目标,是管理过程中带有综合性、整体性的一种职能。它的功能是保证各项活动不发生矛盾、重叠和冲突,以建立默契的配合关系,保持整体平衡。与指挥不同,协调不仅可以通过命令,也可以通过调整人际关系、疏通环节、形成共识等途径来实现平衡。

（5）控制。控制职能是按照既定的目标、计划和标准,对组织活动各方面的实际情况进行检查和考察,发现差距,分析原因,采取措施,予以纠正,使工作能够按原计划进行。或者,根据客观情况的变化,对计划作适当的调整,使其更符合实际。控制必须具备 3 个基本条件：一是明确的执行标准,如数量、指标、规章制度等;二是及时获得发生偏差的信息,如报表、原始记录、口头汇报等;三是纠正偏差的有效措施。缺少任何一个条件,管理活动便会失去控制。

管理的上述职能并不是相互独立的,而是相互关联、不可分割的一个整体。例如,控制职能与计划职能密不可分。计划是控制的前提,为控制提供目标和标准;控制是实现计划的手段,为计划的实现提供保证。在组织的管理活动中,通过计划职能,明确组织的目标与方向;通过组织职能,建立实现目标的手段;通过指挥协调职能,把个人的工作与所要达到的集体目标协调一致;通过控制职能,检查计划的实施情况,保证计划的实现。管理的这几项职能的综合运用,归根结底是为了实现组织的目标。

3. 管理的层次

管理层次是指把管理组织划分为多个等级。不同的管理层次标志着不同的职责和权限。企业的组织结构犹如一个金字塔,从上至下,责权递减,而人数都在递增。

通常情况下,我们将管理分为 3 个层次：高层管理、中层管理和基层管理。例如：在一个工厂中,影响全局的工作属于高层管理,各职能部门（如销售部、财务部等）的工作属于中层管理,而车间主任的工作则属于基层管理。不同层次的管理者面临的决策活动不同,其管理活动对信息的需求也不尽相同。

（1）高层管理。属于战略级管理,是指一个组织的最高领导层。其主要职能是根据组织内外的全面情况,分析和制定该组织长远目标及政策。高层管理者面临的是战略决策,一般与企业远景规划有关,常表现为非结构化决策,因而所需的信息涵盖面广,多属于综合类的信息,涉及企业内部和外部信息,以及历史信息和预测信息。但高层管理人员对信息的精确程度、详细程度和及时程度的要求不高。关于非结构化问题参见第 1 章的相关内容。

（2）中层管理。属于战术级管理,主要任务是根据最高层管理所确定的总体目标,具体对组织内部所拥有的各种资源,制定资源分配计划和进度表,并组织基层单位来实现总体目标。中层管理有时也称为控制管理。中层管理者面临的是管理决策和知识决策,工作既要涉及宏观的、长期的规划,又要和具体的工作安排有关,决策活动有时表现为非结构化,有时表现为结构化,因而他们的信息需求也就介于高层和基层之间。

（3）基层管理。也称为职能层或作业层管理,是按照中层管理制定的计划,具体组织人力去完成计划。基层管理者面临的是业务决策。操作层的工作主要是解决既定的、明确的、按部就班的任务,多数表现为结构化决策,需要了解的信息直接与他们的工作任务相关。这些信息是客观的、可以定量描述的、有把握的。因此,可以事先明确他们的信息需求,能够尽可能全面地收集到所需的信息。

总之,信息系统一定要从各层管理者对信息的不同需求出发,为各层的管理活动提供恰当的支持。

2.1.2 影响信息系统的重要因素

信息系统不仅是技术系统,而且更是管理系统、社会系统。近年来,信息时代的经济发展趋势越来越明显,信息化已成为跨世纪的世界潮流,信息技术已成为现代科技的主流技术。信息技术的发展,推动了社会的变革和进步。企业为了适应经营环境的变化和提高竞争能力,为各种用户提供更快捷、质量更高、成本更低、更具个性化的产品和服务,使用信息系统成为最佳的解决方案。信息系统作为一种管理思想、方法和技术,体现了信息技术在管理领域的实践,把企业的管理思想和理论提升到了一个新的高度。

图 2-1 表明了组织中信息系统的构成。明确地阐述了信息系统在组织中的地位,以及与其他组织资源要素间的关系。信息系统不只是计算机。有效地利用信息系统需要了解影响系统建设的组织、管理及信息技术。所有的信息系统都可以描述成组织及管理上对来自环境挑战的解决方案,目标是为组织创造价值。

图 2-1 组织中信息系统的构成

1) 组织与变革

信息系统是组织整体的一部分,组织包含不同的层级与特定的功能。企业组织采用阶层架构与正式的标准作业程序来协调工作,这个阶层以金字塔架构安排人员的权力与责任,上层是一些管理或专业技术人才,下层则为作业人员。许多企业的流程与标准作业程序都已并入信息系统的管理范畴,例如向供货商付款的活动等。

每个组织都有自己独特的文化背景、价值观与行事风格,并且被大部分成员所接受;而一部分组织文化常常是可以在信息系统中被发现的。组织中不同的层级与职能部门会各持自己的利益与观点,有时甚至是互相冲突的。信息系统就是从这些充满不同观点、冲突和妥协的组织中产生出来的。信息系统的建立也是信息技术与组织流程融合的过程,也是信息系统与组织相互影响、相互制约、相互促进的过程,关于两者的相互关系参见后面两节的内容。

2) 管理

管理者的工作是要了解组织所面对的众多情况,做出决策并规划行动方案来解决问题。管理者必须清楚地认知环境带来的挑战,必须制定组织的应对策略,分配人力、财力去协调工作以实现战略。

管理者除了要做现有的工作外,还应该能够开发新产品、新服务,并在适当的时机重新调整企业组织。因此,管理上有一项非常重要的工作就是利用新信息与知识来从事一些创造性工作。信息技术在重新设计组织并赋予其新方向方面扮演着重要的角色。正如前面管理的层次所讲的那样,组织中各层级的管理角色与决策不尽相同。高层主管负责公司产品与服务长远的战略规划,中层管理者负责执行高层主管的计划,而作业管理者则负责监控公司的日常运作。因此,每一阶层的管理者有其特定的信息及信息系统需求,必须有针对性地加以研究,才能使信息系统更好地为各层管理者服务。

3) 技术

信息技术是管理者应对改变的众多工具之一。信息技术主要包括计算机硬件、计算机软件、存储技术和通信技术。所有这些技术都是可以让整个组织分享的资源,并且形成了信息技术基础建设。它提供了让企业建立特定信息系统的基础或平台,每个组织需要仔细规划与管理自己的信息技术基础建设,从而拥有通过信息系统完成各项工作所需的技术服务。

4) 世界范围的商业竞争环境

建立 MIS 需要与企业目标一致,需要考虑技术的发展趋势、企业自身的能力和拥有的资源,需要考虑世界范围的商业竞争环境特点和规律,需要考虑商业目标和综合效益。

2.2　信息系统与组织结构

信息系统的应用改变了原有的传统的企业组织形式,引发了许多基于信息技术的新型组织结构。本节首先简要介绍几种传统的企业组织结构以及它们的适用条件,然后,重点介绍虚拟组织和扁平化组织等新的组织形式。它们通过企业的组织重构简化内部组织结构,促进组织内部信息交流,提升组织竞争实力。

2.2.1　传统的企业组织结构

组织结构就是表明组织各部分排列顺序、空间位置、聚散状态、联系方式以及各要素之间相互关系的一种模式,是执行经营管理体制,是为实现既定的经营目标和战略目标而确立的一种内部权力、责任、控制和协调关系分配的形式。

传统的企业组织形式主要有直线制、职能式、直线-职能式、事业部制、矩阵制等。下面概括地介绍各种组织形式的特点,以及所适用的组织结构类型。

(1) 直线制组织结构是最传统和古老的组织结构形式,许多企业开创时所采用的就是这种形式。在直线结构的组织形式下,企业的各层级沿着指挥链进行各种作业,每个人只向一个上级负责,而且绝对服从这个上级的命令,一切活动都在这种一级管理一级的链条下进行。直线制的有效运作要求管理者必须具备生产经营所需要的全部知识和经验,这样才能对下级正确下达指示和实现对下级的有效管理,这就要求管理者应当是"全能式"的人物,尤其是对企业最高管理者的要求特别高。由于单个管理者受到自身能力的限制,因此,直线制组织结构的应用也受到了一定的限制,只适用于企业规模小、生产技术简单的情况。同时,直线制中过多的管理层又使信息在上下级间的传递效率大打折扣。直线制逐渐显露出的缺陷呼唤新型组织结构的诞生,而职能式组织结构正好弥补了直线制的一些不足。

(2) 在职能式组织结构中,组织从上至下按照相同职能将各种活动组织起来。这样一来,管理者也可以将精力集中于自己知识经验较丰富的领域,而不再需要成为精通各个方面的"全才",从而大大提高了管理效率。当企业组织的外部环境相对稳定,而且,组织内部不需要进行太多的跨越职能部门的协调时,这种组织结构模式对企业组织而言是最为有效的。对于只生产一种或少数几种产品的中小企业组织而言,职能式组织结构不失为一种最佳的选择。

（3）直线-职能式组织结构以直线制为基础,在各级行政领导下,设置相应的职能部门,即在直线制组织统一指挥的原则下,增加了参谋机构。直线-职能式组织结构模式既保留了直线制组织结构模式的集权特征,同时又吸收了职能式组织结构模式的职能部门化的优点。目前,直线-职能式仍被我国绝大多数企业所采用。这种结构关系清晰,稳定性较好,适合于任务种类较少、工作不太复杂、环境相对稳定的企业。随着企业规模的不断扩大,经营领域的拓展和日趋复杂,任务种类增加,环境变动频繁,这种结构的复杂度就会急剧上升,导致部门增多、协调困难、适应性降低。因此,它适合产品相对稳定、规模较小、外部环境相对稳定的企业采用。

（4）事业部制组织结构又称为联合分权制、产品部式或战略经营单位,这是被欧美国家以及日本的许多大型企业广为采用的典型的组织形式。在企业组织的具体运作中,事业部制又可以根据企业组织在构造事业部制时所依据的基础不同区分为地区事业部制、产品事业部制等类型。事业部制结构的特点包括:把企业的生产经营活动按照产品类别或地区类别划分经营事业部;各事业部在企业统一领导下实行独立经营、单独核算、自负盈亏;各事业部都是一个利润中心,都是实现公司目标利益的责任单位,统一管理所属产品或区域的生产、销售、采购等全部经营活动,在经营管理上是拥有相应自主权的"自治经营单位",对公司赋予的目标全面负责。事业部的设立是为了实现一定的经营绩效,而不是简单地为了完成某些工作和任务,因此它是一种以绩效为中心的组织结构,也是一种分权制结构。但事业部制结构同时也应该重视在统一战略目标领导下的各事业部之间的协同,强调总体目标下的服从。

（5）矩阵制组织结构是对直线-职能式结构的一种发展,是在原来的直线-职能式垂直形态组织系统的基础上,再建立一套横向的领导系统。矩阵结构是在同一组织结构中把按职能划分部门和按产品划分部门有机地融合起来,形成"矩阵"式的一个组织结构。这种模式的独特之处在于事业部制与职能式组织结构特征的同时实现。矩阵组织的高级形态是全球性矩阵组织结构,目前这一组织结构模式已在全球性大企业如杜邦、雀巢等组织中进行运作。矩阵制的主要优点是:加强了横向联系,对外界压力做出灵活反应;集中调动资源,使专业设备和人员得到了充分利用,以较高效率完成某些项目;具有较大的机动性;促进各种专业人员之间的相互交流,互相帮助,互相激发,相得益彰。矩阵制的缺点是:成员位置不固定,有临时观念,有时责任心不够强;双重领导可能导致执行人员无所适从,领导责任不清,决策延误等。

有关管理和组织结构的知识,读者可以参考管理的相关书籍。

2.2.2　基于信息技术的组织结构变革

自20世纪80年代以后,面对组织环境的激烈变化,以飞速发展的信息技术为依托,出现了一系列具有创新性质的组织结构形式,虚拟组织、扁平化组织等尤为突出。这些新型组织结构形式的一个共同特点就是通过企业的组织重构,简化内部组织结构,尤其是弱化了等级制度,促进了组织内部信息的交流、知识的分享和每位成员参与决策的过程,使得企业组织对外部环境的变化更敏感、更具灵活性和竞争实力。

1. 虚拟组织

4个遍及全世界的重要变化改变了商业环境：第1个是全球化经济的出现与增强；第2个是工业化的经济及社会转变为以知识和信息为主的服务经济；第3个是企业组织的转变；第4个是数字化企业的出现。这些商业环境的变化使企业面临着更为激烈的竞争环境。在这种情况下，加之供应链管理与协同商务概念的出现，促使了"虚拟组织"的产生。

自从1992年William H. Davidow和Michael S. Malone出版了第一本专著《虚拟公司》以来，出现了多种关于虚拟企业的不同描述。1993年2月，Business Week中提出：虚拟企业是指通过技术把人、资金和构思网罗在一个临时的组织内，一旦任务完成即解散组织。1994年3月，美国的Michael S. Malone指出：虚拟公司像一个公司一样，临时性地把各方面联合在一个"变形的企业内"，在共同信任的基础上，建立一个长久的联盟。其成员可以包括制造商、供应商、分销商和顾客。Harrison指出：虚拟企业是由若干独立而实在的企业组成的临时性、动态的"虚拟"企业。这一企业对最终用户来说是一个实实在在的企业。台湾《经济时报》认为：虚拟企业的基本精神在于突破企业的界限，延伸企业的企图，借助外部资源进行整合。倡导经理尽可能地将所有的事情分包给其他成员的理念。企业将变得小型化、分散化。公司内部投资尽可能地小，以适应对市场的快速响应，从而获得全球竞争优势。Mowshowtiz指出：虚拟企业最本质的特点是以一种不依赖于它的实际存在方式而进行的目标导向作业的管理，这就意味着某一作业的计划与实施在逻辑上的分离。虚拟公司通过输入上的最佳组合来实现所需实现的任务，尽管它们在空间与时间上是分离的。至今，对于虚拟组织还没有一个统一的定义。

综合上述观点，可以把虚拟组织（virtual organization）的概念理解为：它是由若干独立而实在的企业组成的临时性、动态的"虚拟"企业。通过网络将公司人员、资产和构想连接在一起，也可以连接供货商、客户甚至一些竞争厂商，以建立和分配新的服务及商品，不再受限于传统的组织界限和实体地理位置的局限。

1）虚拟企业的基本战略

虚拟企业具有以下基本战略：

（1）与联盟伙伴分享基础设施和资源，分担风险。

（2）核心能力互补。

（3）通过分享减少碰撞的时间。

（4）提高设备使用率和市场覆盖范围。

（5）进入新的市场并分享市场和客户忠诚度。

（6）工作从销售产品转向关注于销售解决方案。

其成员包括制造商、供应商、分销商和顾客等。尽管它们在空间与时间上是分离的，但企业适应市场的快速响应，通过最佳组合来实现任务，从而获得全球竞争优势。

2）虚拟组织的主要特点

虚拟组织与传统的直线制或直线-职能式组织结构有着根本的区别。传统的组织结构有多层次的垂直管理体系，有各自划分的职能部门。为保证公司的有效运作，必须雇佣大批财会、销售、后勤、人力资源管理等人员。虚拟组织则不同，它要到组织外部去寻找这些资源，把各种日常业务部门推到组织外部去，把制造部门、销售网点、广告宣传等交给其他企业,与这些企业建立伙伴关系,自己则集中精力于所擅长的业务上。这种组织往往只负责产品设计、营销战略、产品质量和标准等重大问题,因此,这种组织有很大的灵活性和反应的敏捷性。虚拟组织有下述主要特点:

(1)通过计算机网络与中间商、承包商、合作伙伴保持联络。

(2)可以把每个伙伴的优势集中起来,设计、制造和销售最好的产品。

(3)具有很大的灵活性、机动性和反应的灵敏性。各公司为了应付市场的竞争可以紧密捆绑在一起,一旦市场发生变化又可松绑,重新组合。

(4)各公司之间很难确定边界。组织的边界不是隔离的、封闭的,而是互相渗透的。合作的伙伴可以通过计算机网络互相沟通、共享信息、交流经验。这种组织可以包括中间商、承包商,甚至客户。

(5)在虚拟组织的环境下,组织与管理上非常依赖于信息技术。对虚拟组织的管理者而言,信息技术不只是强化的工具,更是企业的核心与主要的管理工具。值得注意的是,鉴于虚拟企业的灵活性强,管理弹性大,变化因素较多,不是所有的企业或公司都能有效地以虚拟企业形式运作。

2. 组织扁平化

组织扁平化主要是指通过组织结构的调整,削减中间管理层数量的工作过程。扁平化组织致力于废除等级制度,创建精练的管理结构,进行一系列结构性调整,赋予一线管理人员更多参与决策的权力,从而提高管理效率。

在采用扁平化组织结构的大型公司中,每个管理人员的管理范围增大,对管理人员的组织管理能力提出了更高要求。由于中间管理层次减少,一线管理人员在企业发展中的作用日益突出,他们直接面对市场,行使企业家职能,负有为公司创造和寻求新的增长机会的责任。而公司的高层领导负责确立宗旨和总体战略,通过授权来界定纳入控制和协调的企业家活动,并为这些活动制定标准。由于组织的扁平化使得一线人员的信息能够很快地传递给公司的上层,从而帮助战略制定者迅速发现公司的弱点和市场商机所在,及时决策,保证企业的生存与发展。最著名的扁平化组织是由通用电气前CEO韦尔奇提出并实施的。在他的大力推行下,通用电气居然不可思议地降低了组织的管理层次,实现了管理效率的极大提高。图2-2和图2-3形象地刻画了组织的扁平化过程。

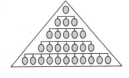

图 2-2 原组织结构图

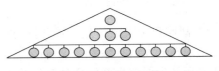

图 2-3 组织扁平化

如图2-3所示,在扁平化组织中,信息系统可以向管理者提供信息使其能够监督更多的员工,同时给予低级员工更多的决策权,从而减少组织的层级。高层主管对员工的控制跨度加大,可跨越地理界限直接领导更多的部属。这样的改变也让许多公司的中层管理者数目大幅度缩减。

这里需要特别指出的是,不同的组织结构适合于不同类型的企业。在选择信息系统时,企业必须充分考虑企业规模、外部环境等因素,使系统与企业原有组织结构相适应,或者对其作适当调整后相适应,绝对不能盲目投入,否则将适得其反。企业组织与信息系统是相辅相成的。在当代的系统中,组织的信息系统与组织的企业战略、规范及程序间的相互依赖度越来越高。战略、规范与程序的不断改变也相应地改变了信息系统的各个方面。如果二者不相适应的话,现有的信息系统会成为组织的限制条件和障碍。

2.3　组织变革及企业流程再造

　　本节阐明了信息系统和组织相互依赖、相互影响的密切关系。说明了企业流程再造对于建设 MIS 的重要作用,以及信息技术、ERP 对企业资源的整合和科学规划的重要意义。

2.3.1　信息系统与组织的相互关系

　　管理信息系统即信息技术或信息系统与组织和管理的相互融合,如图 2-4 所示,首先,利用信息技术可以建立具有各种功能的信息系统,当组织的管理者提出信息化需求时,信息系统便融入了企业组织内,二者的结合就构成了管理信息系统。需要注意的是,这个融合过程并不像想象中的那么轻而易举,图中的双向箭头表明信息系统与组织之间是一种双向互动的关系,二者相互影响、相互制约。一旦组织中的管理信息系统建立起来,它又会反过来促使信息系统以及组织与管理的不断变革。变革后的信息系统、组织结构、管理方式等再次作用于管理信息系统,由此产生了一个循环。下面将重点介绍信息系统与组织之间的互动关系,这将帮助读者从组织的宏观高度认识信息系统。

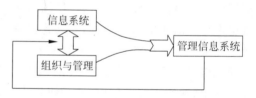

图 2-4　管理信息系统与技术和组织的关系

　　信息系统与组织之间是互动的关系。具体地说,一方面,组织的目标决定信息系统的目标,组织的变化以及企业外界环境商业需求促进了信息技术的发展;另一方面,信息化有助于加强企业的竞争力。推动业务流程重组,促进组织结构优化,有利于降低成本,扩大企业的竞争范围,提高为顾客服务的水平。

1. 组织对信息系统的影响作用

　　1)组织战略目标决定信息系统开发的目标

　　一个组织在开发信息系统之前,首先必须明确开发目的,即为什么要开发这个系统,然后需要明确所开发的信息系统应具备的功能和应完成的任务,以及如何组织信息系统的开发工作。在这些方面,组织的决策对信息系统开发起着决定性的作用。

　　通常,建立信息系统的需求是由组织内的管理者提出来的,有的主要是为了达到经济目的,有的可能是为了提供更好的服务,有的也可能是为了改善工作环境或方式。无论其内在需求是什么,信息系统在组织内的应用取决于管理者的决策,服务于组织的总体目标。

　　2)组织变化促使信息技术发展

　　如前所述,组织外部的环境变化和内部自身的变化激发了组织对信息系统需求的变化。

组织对信息技术的变化需要,促使信息技术的不断发展。信息系统在组织中并不是一成不变的,必须不断加以改进,才能保持与组织战略的一致性,持续地满足企业不断变化的需求。

3) 组织的约束条件制约信息系统的变革

企业的竞争优势不会永远持续,企业的计划、流程以及战略也可能过时,企业的现状也可能与科技不兼容。如果现有计划、流程、战略过时了,将会成为利用信息技术的障碍。

组织结构和规模也决定信息技术的开发规模和功能。信息系统的规模不一定相同,这取决于信息系统在组织中的角色,组织结构的形式,组织的规模、能力等因素。

2. 信息系统对组织的影响作用

信息系统引入组织,对组织战略的制定和实施发挥了巨大的支持作用。与此同时,信息技术的广泛应用也给组织的各个方面带来了变革。

1) 信息系统对组织战略的支持

企业战略是指企业谋略,是对企业整体性、长期性、基本性问题的计划与谋略。企业竞争战略主要是指企业产品和服务参与市场竞争的方向、目标、方针及其策略,其内容一般由竞争方向(市场及市场的细分)、竞争对象(竞争对手及其产品和服务)、竞争目标及其实现途径(如何获取竞争优势)几个方面构成。

企业可以利用信息系统来实施竞争战略以及企业的战略目标。假如企业采取成本领先战略,那么自动化制造系统和适时制库存生产管理系统可以助企业一臂之力,这两个信息系统的应用可以极大地降低企业的生产成本和库存成本;如果企业采取的是产品差别化战略,则可以利用信息系统来增强产品或服务的性能,如汽车的 GPS 定位功能和手机的铃声下载功能都属于此类;如果企业选择的是目标集聚战略,如将客户群定位在某一特定的团体,那么信息系统就可以用于帮助企业收集客户相关的信息,便于按照他们的要求设计有个性的定制化产品和服务。为了以更低的价格销售产品,提供不同产品和服务的企业之间可能会建立战略联盟,如航空公司和信用卡公司可以结成战略联盟,设置航空里程和信用卡积分奖励,互相奖励各自的消费者,信息系统有助于此类战略联盟的实施。再比如,沃尔玛就是利用其复杂的 POS 系统和库存控制系统来实施批发商和供应商锁定战略的,批发商要从沃尔玛批发商品或供应商要将其产品进驻沃尔玛,都必须建立与沃尔玛的 POS 系统和库存控制系统相适应的信息系统,复杂的信息系统和较高的构建成本使得批发商或供应商很难再与沃尔玛的竞争对手建立合作关系。此外,信息系统也有助于其他竞争战略的实施,如应用新技术的企业可以建立一个较高的壁垒,增加新进入者的进入难度,或是借助于信息系统提供的新功能,使客户可以很方便地参与到产品设计过程中,开发出客户需要的、不同于竞争对手的新产品和服务。

随着战略信息系统概念的提出,人们逐渐意识到信息技术应当对企业战略提供支持,使组织在市场竞争中处于有利地位。信息技术对企业的支持可以概括为两个主要方面:一是对企业产品生产和制造过程的支持,包括降低生产和服务成本,减少管理工作的复杂性,通过信息沟通和共享实现合作,通过协调工作与一体化集成来提高效率等;二是信息系统对产品营销和服务过程的支持,包括根据顾客的现实需求和潜在需求,提供适宜的产品,发现目标市场,提供差异化的服务,使企业具有良好的应变能力。例如,美国的大型连锁超市沃尔玛,其每一家商店都建立有计算机数据库,对货架商品的变动信息进行实时监控,基层销售人员利用手持计算机就可以连通数据库,及时了解商品销售情况,并根据销售的历史记录和边际收益等来确定订货项目和订货数量,将商店的订货权下放到了基层。他们还利用 EDI 处理大宗订货项目,将订货链延伸到了供应厂家,大型供应商可以随时获知沃尔玛的库存变动信息,库存达到订货水平之后便会自动供货。

2) 信息技术为企业变革提供支持

传统的企业都以层级式、集中式和结构化方式来安排企业的专业人员,主要依靠固定的一套标准操作程序来提供规模生产的产品或服务。而新型的企业组织则扁平化(层级更少)、分权化、弹性化地安排一般人员的工作,依靠实时信息为客户量身打造大量定制化的产品与服务,迎合特定的市场与客户的需求。信息技术使这一转变成为可能。

传统的管理团队依赖于正式的计划、人员的严格分工与正式的企业规则。新的管理者依赖于非正式的承诺与网络来建立目标,团队和个人在项目中采取弹性安排,以任务组工作方式灵活地安排个人和集体,以客户需求导向来协调员工活动,借助专业技能和知识来确保企业的正常运转。信息技术为这种管理方式的实现提供了保障。

信息技术取代了中层经理和职员的劳动,会导致这一阶层的人数减少。信息技术可以帮助公司降低交易成本,使公司直接与外部供应商签订合同而不用内部生产。即便公司要增长收入,其规模可能会不变或缩减。通过减少获取信息和分析信息的成本,信息技术使组织减少全面的管理成本,在增加收入的同时减少中层经理和办公人员。信息技术扩展了小型组织的威力和经营范围。在适当的情况下,信息技术也能让大型组织具有小型组织的灵活性和精巧性。它可能会引起企业工作流程重新设计、重新分工,改变工作时间和工作地点的相对位置和数量等。信息技术既可以支持企业文化,又可能影响与改变企业文化。

3) 信息系统也会成为组织的累赘

如果 MIS 设计的流程没有考虑到企业的目标,或者没有和具体情况与流程真正地融合,或功能过时,则开发出的 MIS 不能为企业带来商业价值,不能带来实效,或许只是作为一个打印机而被使用,从而变成了累赘。

3. 企业变革的发展历程与趋势

面对越来越激烈的市场竞争,需要企业的管理效率越来越高,不使用新的技术手段,不掌握新知识,企业就无法生存。信息技术的引入,使企业在组织功能与管理方式上发生转变,一些企业已开始从变革中获益。

信息技术是导致企业组织变革的有力手段,这种变革使企业比过去更加依赖于雇员个人的知识、学习和决策。信息技术已经改变了企业创造价值的方式,改变了经理们的管理方法。信息技术导致企业组织变革主要有以下 4 种方式:自动化、合理化、流程重组和立足点转移。4 种方式的风险性和收益性逐渐加大,如图 2-5 所示。

自动化是信息技术支持组织变革的最基本方式。信息技术最早的应用就是帮助员工提高工作效率,比如打印票据和工资单、快速存取顾客的存款记录等。自动化直接支持组织业务环节工作模式的改善,带来工作质量和服务效率的提高。

合理化是为适应自动化发展的要求而对生产过程的变革。由于自动化改善了生产过程中的某些环节,也会同时产生新的瓶颈,暴露出原有过程的繁琐和不便。过程合理化就是简化标准的操作过程和不必要的环节,消除明显的瓶颈,使自动化操作过程更加有效。

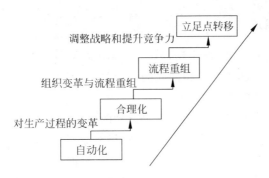

图 2-5　企业组织变革的主要方式

　　流程重组是更强有力的组织变革方式。在这一变革过程中,要对企业的业务流程进行分析、简化和重新设计,包括对工作流的重新认识,为降低成本而重新审视企业原有的产品制造和服务过程等。企业的业务流程是指为企业产出而执行的一系列逻辑相关的任务。在信息技术的支持下,企业可以用一种全新的眼光来规划企业的任务,重新组织起与以往完全不同的业务流程,并获得较高的效率和服务质量。

　　立足点转移是一种震动性更强的组织变革形式,它包括对企业性质及组织工作自身性质的重新认识。比如:一家运输公司可能不再将着眼点放在内部运力组织和运输质量的提高上,而是对运输业本身的意义进行重新思考,并从"物流服务"这一新的定义出发,利用Internet 技术,连接客户和企业的供应商。

2.3.2　企业流程再造(BPR)

　　信息流与企业工作流程需要密切呼应。新的信息系统需要具备强大的整合能力,包括整合分散不同工作领域、不同部门、不同组织的信息,以及协调企业与供应商及其他商业伙伴的流程。管理信息系统需要企业流程重组,包括创新的挑战。有统计数据表明,约 70%的组织流程再造没有达到最初的承诺。失败的原因很多,包括使用者对变革的担忧、管理者的反对、员工的恐惧和焦虑以及教育培训不足,上述构成的威胁往往比信息流程变化引起的危机更加严重。处理复杂的大型系统会影响很多组织中的单位和人员,并且,产生广泛的信息需求与企业流程重组,通常花费几年或更长的时间,不容易协调、管理和规划。流程是指一种状态,流程重组目标在于组织、协调和集中产生更多有价值的产品和服务。

　　信息系统的应用推动着企业流程改革,市场需求的不断变化决定企业流程必须不断地改革。那么,企业流程再造工作的特点是什么? 企业流程再造的主要工作步骤是什么?

　　组织流程变革是实施信息系统的关键。信息系统的实施绝非仅仅将企业原有的管理体系、运作机制简单地计算机化,而是要对企业原有的运作流程进行全方位的考察,摸清企业的经营底细,然后进行细致、科学的分析,总结出其中合理的部分给予保留,而对其他不太合理的部分进行改善甚至是完全抛弃,并将最终的运作置于信息系统的框架之下,用信息技术来实现,从而提高企业经营管理效率。在信息系统的实施过程中最关键、最核心的部分就是对企业流程的变革。从这个意义上讲,关注信息系统实施中组织变革的重点是关注企业流程的变革。

1. 企业流程再造概述

根据迈克尔·哈默的定义,企业流程再造(Business Process Reengineering,BPR)是对企业流程所进行的根本性的再思考和彻底的再设计,以使企业的速度、质量、服务和成本等关键业绩指标得到根本性的改善。

企业流程是指生产或服务过程中一连串活动的工作流程。企业流程再造的要点在于简化和优化任务之间的联系,减少冗余过程。要想做到这一点,首先,必须准确地识别出企业中哪些流程需要重新设计。比较明显的低效率或业务瓶颈过程的特点是:冗余数据过多、信息重复输入、处理例外情况和纠错需要花费很多的时间。如果企业中有类似的现象,很可能存在着利用信息技术和流程重组来改善绩效的机遇。

企业流程再造成功的例子之一是福特公司的"无票据处理"流程的再造。当福特公司借助办公自动化将北美财务部门的员工从 500 多人减少到 400 多人时,他们发现马自达公司的财务部只有 5 人,办公效率却是福特的 5 倍。福特公司的管理者在对现有系统进行分析后,发现负责结算付款业务的员工把大量的时间都花在对采购部门的订货单、验收部门的收货记录和供应商提供的发票的审核过程上,只有确认 3 种单据无误后才办理付款。而订货单、收货记录和发票之间不一致的现象极为普遍,核对工作集中在财务部,对各种问题的调查和确认花去了业务人员很多时间,使付款业务的办理效率极低。对这一业务流程进行彻底性改造的核心是实现"无票据处理",防止不一致现象的发生。经过重组后的流程无须供应商提供发票,采购部门在发订单给供应商的同时,将订货单输入联机数据库,验收部门收到货物后,便查询数据库中的资料,核对无误后便整理签收,系统会自动提示财务人员签发付款支票给供应商。重组后的流程使福特公司财务部门的员工减少了 75%,工作质量也明显提高。

可以用 3 个关键词来描述 BPR 的特性,即根本性的、彻底的和巨大的。

- "根本性的"是指不是枝节的,不是表面的,而是本质的,是革命性的,要对现存系统进行彻底的怀疑。强调要用敏锐的眼光看出企业的问题。只有看出问题,看透问题,才能更好地解决问题。
- "彻底的"是指要动大手术,要大破大立,而不是一般性的修补。
- "巨大的"是指"成倍的提高"。例如有的企业人员减到只剩 10%,产量提高 10 倍,这种巨大的增长是在原来线性增长的基础上的一个非线性跳跃,是量变基础上的质变。抓住跃变点对 BPR 十分关键。

信息技术支持业务流程优化与重组。应用信息技术的流程是物流、资金流和信息流的统一。在信息时代,信息流指引物流及资金流的方向和流量,信息流是企业业务流程的载体。信息技术增加了提高流程质量的潜力,现代企业必须利用信息技术来支持流程创新,优化或重组新流程。信息系统能够通过部分流程的自动化帮助组织达成很高的效能或重新思考及简化这些流程。通过更紧密协调或整合企业流程,企业会变得更有弹性并更具效率,这样便可专注于有效率的资源管理与客户服务上。信息技术使信息流动最佳化,从开始到结束都使用数字信息流动以简化整体的流程,流程交接点和经手人也有所减少,从而提高了流程运行质量。可以说,信息技术是业务流程优化和重组的技术基础,它使企业克服时空的限制,流程沟通不受到时间和空间的约束。企业系统、供应链管理系统、客户关系管理系统与知识管理系统等企业应用系统用于支持整个组织流程的协调和整合。

2. 企业流程再造的主要工作步骤

信息技术的应用应与管理上的变革，特别是业务流程的优化实现有机地结合。如果两者结合得不好，信息技术的应用虽然投入了大量的资源，但效果仍然停留在计算机软、硬件的购置和一部分工作的简单自动化上；在管理变革和流程优化方面虽然做出了巨大的努力，但组织的惯性往往使得变革出现频繁的反弹。如果组织内部原有的，以手工为主的信息系统本身设计得不合理，那么计算机化以后也只能更加扩大原有的缺陷。即使是原有手工作业时比较合理的流程，也不一定就适合计算机信息处理系统，计算机信息处理优势的发挥往往要求对组织的业务流程和管理机构进行必要的调整。例如，联想业务流程的调整分为3个步骤：第1步主要理清、规范原有流程，找出实现计算机系统管理时缺少的流程，把不规范的流程规范化；第2步对流程加以系统化和集成化，形成几个相互协同作业的支持子系统，如财务、销售、生产制造、采购等；第3步将这些优化、统一的流程在计算机系统中实现，达到信息集成、准确和实时的要求。

一般情况下，在建设 MIS 的过程中，需要对手工业务流程或原信息系统的工作流程进行调查。新的业务流程不是原流程的照搬，而是需要结合市场需求，结合企业发展目标，结合企业拥有的资源和优势，对原流程进行改造的过程。可以把企业流程再造的工作步骤划分为如下几个阶段：

（1）描述环境，明确目标。流程变革与企业环境、管理战略、组织文化相互依赖。流程改造之前，需要描述企业的环境，明确企业发展战略，明确建立 MIS 的目标。

（2）规范原流程。对原流程进行调查，规范流程，弥补不足，删掉冗余。

（3）整合与再造流程。对流程进行整合，以达到顺畅的信息交换，使其系统化、集成化，以满足提高效率、及时准确地满足用户的需要，使新的流程有利于适应市场竞争环境的需求，有利于提高用户满意度，有利于降低成本、提高企业效益和能力。

流程企业系统创造了各企业流程间的信息流和连接，以帮助企业共享信息资源、减少重复劳动、更好地制定管理决策。以前，由不同部门、不同系统所维护的数据需要整合成一个体系。为了实现这一目标，需要大量的组织变革。企业的软件包括一组相互支持的模块，如：物料管理、生产计划、人力资源、财务会计、销售与配送等，这些模块可以通过分享相同的数据进行沟通，也可以使用客户机/服务器运算架构。典型的企业软件包括 SAP、Oracle、仁科（PeopleSoft）以及 Baan，这些软件提供了供应商管理以及和其他的企业交换数据的能力。一些企业无法马上抛弃已有的系统，应用的基础仍是老旧的大型主机上的软件，改变这些是有风险的。因此，在不同模块、软件之间进行整合是很有必要的。一种整合老旧应用程序的方式的软件，称为中间件。中间件是一种连接两种不同应用程序的软件，可以让它们相互传递数据，如图 2-6 所示。有关 BRP 的例子参见本章后的案例。中间件帮助流程整合。

图 2-6　相互传递数据

2.4　面向供应链的企业资源规划

　　信息系统的开发环境是在不断变化的,以网络技术为基础的全球化的竞争环境逐渐形成。在这种变化的商业竞争的大环境下,在资源规划方面,信息系统显现了更加重要的功能。信息系统不再仅以库存量的控制为中心,而是转向快速响应相应市场,以用户的需求为导向的企业资源整合与规划过程,即面向供应链环境的企业资源规划。

　　信息技术的不断成熟和信息系统的普遍应用悄然改变着企业的商业环境,而这种改变又要求信息系统规划与之相适应,由此产生了一系列新的理念。企业资源计划(Enterprise Resource Planning,ERP)是一个集合企业内部资源,进行有效的计划和控制,以达到最大效益的集成系统。ERP代表的管理思想支持企业内部的管理业务,向着支持决策、制定整个供应链优化方案的方向发展。ERP企业资源计划是在原有企业管理方式的基础上逐渐发展起来的。要真正理解ERP,首先需要了解库存管理订货法、物料需求计划(Materials Requirements Planning,MRP)、制造资源计划(Manufacturing Resource Planning,MRPⅡ)和企业资源计划等相关内容。

2.4.1　库存订货点法

　　库存管理对于所有企业来说一直是非常重要的。如果库存量过少会耽误生产,库存量过大又会占用大量资金。在20世纪30年代初期,企业控制物料的需求通常采用控制库存物品数量的方法。

　　库存订货点法是指制定一个数量额,当库存达到这个数量水平时便可下达订单去采购订货的方法。具体来说,需要设置一个最大库存量和安全库存量,以确定订货点与订货批量。由于物料的采购需要一定的时间,因此不能等到物料的库存量消耗到安全库存量时才补充库存,而必须有一定的时间提前量,即必须在安全库存量的基础上增加一定数量的库存。如图2-7所示,这种控制模型必须确定两个参数:订货点与订货批量。

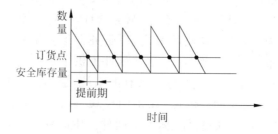

图 2-7　订货点示意图

　　订货点方法的应用条件是:物料的消耗与供应相对稳定、物料的价格不是很高等。订货点方法这种模型在当时的环境下确实起到了一定作用,但随着市场的变化和产品复杂性的增加,其应用受到一定的限制。当需求急剧增大时,订货点法不能及时满足市场需要;当市场原需求未达到或发生转移时,便造成库存大量积压,甚至形成死库存。随着面向市场、物流以及供应链管理的发展,要求尽量减少库存量并保证满足用户的需要。图 2-8 显示了减少用户库存的情况。

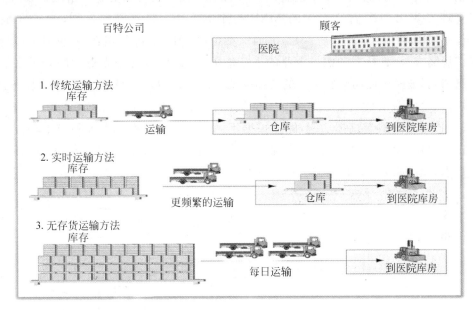

图 2-8 用户库存不断减少的情况

2.4.2 物料需求计划与制造资源计划

订货点法存在缺陷的原因是没有反映物料的实际需求。1965 年,美国的约瑟夫·奥列基博士提出了把对物料的需求分为独立需求与相关需求的概念。在此基础上,人们形成了"在需要的时候提供需要的数量"的重要认识。在该理论的研究与实践的推动下,物料需求计划(MRP)理论应运而生。

1. MRP

MRP 是 20 世纪 60 年代在美国出现,20 世纪 70 年代发展起来的一种管理技术和方法。

MRP 的基本原理是:根据需求和预测来测定未来物料供应和生产计划,它提供了物料需求的准确时间和数量,如图 2-9 所示。MRP 是根据主生产计划表上需要物料的时间来决定订货和生产的。

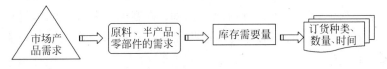

图 2-9 市场需求驱动制定库存采购

2. MRP II

MRP 给出了物料的需求计划,但是,它没有考虑企业自身的生产能力。显然,计划不能脱离实际。对此,MRP II 在两方面给予了重要的补充:一方面,在制定计划时不仅考虑市场需求,而且考虑了企业的生产能力;另一方面,将资金概念引入 MRP,不仅有实物计划,而且包括了资金的指标,比如:采购支出、产品成本、存货的占用资金等情况。1977 年,美国著名管理专家第一次倡议为新的 MRP 起个名字——制造资源计划,为了区别于原 MRP,记为 MRPⅡ(如图 2-10 所示)。下面概括说明 MRPⅡ的特点:(1)在制定计划时不仅考虑市场需求,而且补充考虑了企业的生产能力。(2)MRPⅡ把企业中的各子系统有机地结合起来,形成一个面向整个企业的一体化的系统。其中,生产和财务两个子系统的关系尤为密切。(3)MRPⅡ的所有数据来源于企业的中央数据库。各子系统在统一的数据环境下工作。(4)MRPⅡ具有模拟功能,能够根据不同的决策仿真模拟出各种未来将会发生的结果。比如,MRPⅡ系统能够模拟未来物料需求而提出任何物料缺料的警告;或者模拟生产能力需求,发出能力不足的警告,等等。

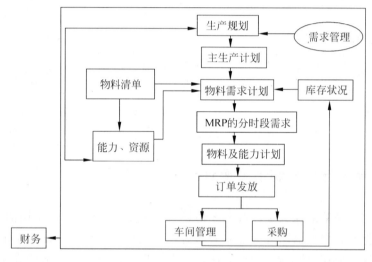

图 2-10　MRPⅡ

2.4.3　企业资源计划

企业资源的合理计划一直是企业重要的工作。它直接关系到企业对市场的响应速度、企业的资源整合能力与获利能力。伴随着信息技术的发展和供应链模式的应用,企业资源计划(ERP)方法发生了深刻的变化。其中,信息技术发挥着重要的支撑作用。

大多数系统是围绕不同功能分别建立的,彼此不能沟通,对于管理者很不方便,不能重组所需的数据来综观企业的总体运行情况。例如:顾客无法跟踪他们的订单,销售人员无法说出订单所需要的商品是否还有存货。这些相互孤立的系统产生了数以百计的数据,给企业计划带来负面影响。

ERP 通过一个信息系统,整合企业的流程来解决以上问题,消除各个部门的分裂的系统障碍,使得信息能够在制造、会计、人力资源、销售和生产部门之间共享,形成整合整个企业的流程。举例来说,在天津的业务代表输入一张客户订单,此订单可以传给公司的其他员工,在香港收到订单后,可以开始生产,库存可以在线查询缺货,并安排出货流程。同时,销售和生产等情况自动转给会计,也可计算出薪金以及定期的一系列报表。在系统设计之初,并没有涉及其他外部实体,随着市场整合的需要,系统将其软件的功能与供应商、批发商和零售商、客户联在一起,扩充了原来的系统,以减少时间和库存成本,形成了基于市场需求的计划。

自20世纪90年代以来,由于经济全球化和市场国际化的发展趋势,制造业所面临的竞争更趋激烈。以客户为中心,利用计算机技术,面向整个供应链成为在新的形势下发展的基本动向,MRPⅡ已经无法满足企业全面管理资源的需要,MRPⅡ发展到了一个新的阶段——ERP。下面对ERP进行概括说明。

(1) ERP的核心仍然是MRPⅡ,并在其基础上向企业内、外扩充。

(2) ERP实现全球大市场营销战略。ERP实现战略信息系统管理,面向全球大市场环境,为决策者提供营销战略。

(3) ERP实现集成市场营销。MRPⅡ是面向企业的生产/制造部分,而ERP的管理范围则包括了整个企业的各个方面,包括财务、制造与人力3个大的职能区域。ERP系统把企业的销售、营销、生产、运作、后勤、采购、财务、新产品开发以及人力资源等各个环节集成起来,响应市场,见表2-1。

表 2-1　模块和信息流

模　　块	主要的信息流
制造	库存管理、生产、采购、物料需求计划、设备维护等
财务会计	应付账款、应收账款、现金管理和预测、成本、资产、总账及财务报表等
销售及营销	订单处理、定价、出货、账单、销售管理及销售规划等
人力资源	人事管理、工时计算、薪资、职业生涯规划、福利计算、差旅费报告等

(4) ERP扩充了供应链管理等功能。ERP扩充了供应链管理。提供了敏捷的后勤管理功能。敏捷的后勤管理主要是指及时发现制约供应链发挥作用的环节,增加与外部协作单位技术和生产信息方面的交流,以缩短关键物料的供应周期。有关供应链的内容,下面将另有介绍。

(5) 适用行业范围增大。从适用范围上讲,ERP打破了MRPⅡ局限在传统制造业的格局,可应用于诸多行业,如金融业、通信业、高科技产业、零售业等。

(6) ERP系统的主要模块。作为一种管理信息系统,ERP系统通常呈现出较明显的模块化结构,一般包含以下模块:销售管理、采购管理、库存管理、制造管理、计划管理、车间管理、JIT(Just In Time)管理、质量管理、财务管理、成本管理、应收账管理、应付账管理、现金管理、固定资产管理、工资管理、人力资源管理、分销资源管理、设备管理、工作流管理、系统管理。

(7) ERP的内容仍在不断发展。ERP整合的功能仍在不断发展,包括整合功能与整合其他系统。例如,整合商业功能、决策功能、数据挖掘等,特别是与电子商务的整合。另外,ERP可以与SCM(Supply Chain Management,供应链管理)、CRM(Custom Relation Management,客户关系管理)整合。

ERP 与 MRP,MRPⅡ的关系如图 2-11 所示。

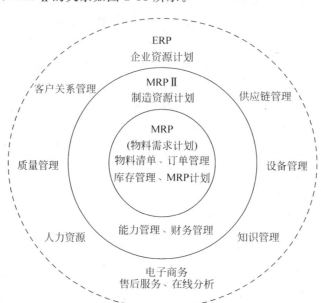

图 2-11   ERP 与 MRP,MRPⅡ的关系图

2.4.4   供应链管理

1. 供应链概述

供应链指的是具有供需关系的上下游企业所构成的组织链条。涉及产品设计、生产以及将产品传递到市场上的所有企业构成供应链。供应链是围绕核心企业,通过对信息流、物流、资金流的控制,从采购原材料开始,到制成中间产品以及最终产品,最后,由销售网络把产品送到消费者手中的过程中,将供应商、制造商、分销商、零售商,直到最终用户联成一个整体的功能网链结构模式。供应链实质上也是一种集成。这种集成可以看作是企业系统及管理集成突破企业边界向外的延伸。这种集成是物流的集成,也是资金流/价值流的集成,然而,从管理的角度来看,归根结底是信息流的集成。

在供应链中,每个企业既是链中某个对象的顾客又是另一个对象的供应者。供应链的管理目标就是把这个供需的网络组织好,让这个有机组织比它的竞争对手更高效。供应链的发展经历了由初期的单纯企业内部供应链,发展到包含企业内部供应链,以及围绕核心企业,包括上游供应商的供应商、下游客户的客户的集成供应链,如图 2-12 所示。

供应商系统是可以帮助协调企业与供应商之间关系的管理流程,而供应链信息系统帮助企业协调、安排与控制采购、生产、存货管理及产品和服务交付,使得供应链管理更加有效。

客户关系管理通过信息系统来协调所有与客户互动有关的企业流程,客户关系管理系统从不同的来源,例如电话、电子邮件、无线装置或万维网来整合客户的信息,从而,有效分享、传播信息,辅助企业决策。

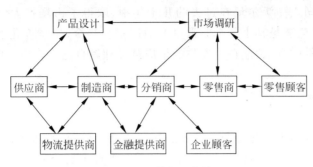

图 2-12　供应链结构

2. 供应链管理

供应链管理是指协调供应链中生产、存货、选址以及运输活动,从而在市场上达到响应速度与效率的最佳组合。供应链管理有助于增加商品和服务的最终销售量,同时,降低存货和运营费用,达到高水平的订单满足率、按时发货率以及较低的无理由产品退货率、较高的投资回报率,找到降低运营和销售费用的途径。下面对供应链作进一步说明。

(1) 供应链管理帮助管理者在以下几个方面进行决策:

① 生产。市场需要什么产品?数量是多少?什么时间需要?这些都与生产计划相联系。

② 存货。在各阶段需要存货的品种、数量以及再订货点,包括原材料、半成品和制成品。

③ 选址。设备和存货安排的位置。

④ 运输。运输工具的选择,如航空、卡车、海运、铁路等,比较它们的费用及风险。

(2) 在供应链管理理论中,库存不一定是必需的,它只是起平衡作用的最后工具。

(3) 供应链管理关注的不是企业本身,而是许多公司的网络,他们一起工作把产品送到市场,如图 2-13 所示。

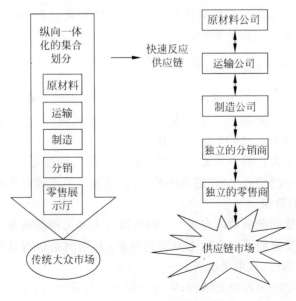

图 2-13　传统的市场与供应链市场

北美最大的公司之一沃尔玛在过去的几十年中,取得了市场扩大、稳步发展的骄人业绩,利用和改善其供应链是其中一个非常重要的因素。当今,市场变化的迅速和不确定性,使得企业需要理解供应链,关注自己参与的供应链并理解自己在供应链中所扮演的角色。

2.4.5　电子商务

各种各样的信息技术正在改变全世界的商务活动,每一项技术都产生了新的商业模式和战略。严格来讲,与前面所讨论过的 ERP、供应链管理等概念有所不同,电子商务并不是一种信息技术应用系统,也不是一种特定的管理模式,而是一种用以实现商务活动的手段。事实上,在 ERP、供应链管理等系统中几乎无一例外都要使用到电子商务技术。

1. 电子商务的基本概念

具有"商务"概念的电子商务活动是伴随着计算机网络技术的实用化而产生的。20 世纪 70 年代,工业化国家中的一些大公司利用计算机网络,实现了以电子数据交换(Electronic Data Interchange,EDI)的方式进行传送和接收订单、发票、交货单及付款单等商务活动,可以说,这是电子商务的最早期形态。进入 20 世纪 90 年代后期,由于个人计算机的广泛应用、Internet 的迅速发展、信用卡的普及和电子安全交易协议的制定,以及政府的支持与推动,才使得电子商务真正开始发展起来。电子商务最早兴起于美国以及欧洲发达国家。1997 年,IBM 公司第一次使用了电子商务(Electronic Commerce)一词,后来电子商务一词的使用逐渐普遍起来。那么,到底什么是电子商务呢?

从狭义上讲,电子商务是指在网上进行交易活动,包括通过 Internet 买卖产品和提供服务。电子商务系统是以电子数据处理、环球网络、数据交换等技术为基础,集订货、发货、运输、报关、保险、商检和银行结算为一体的综合商贸信息处理系统。从广义上讲,电子商务是指利用 Internet,Intranet,Extranet 来解决商业交易问题,降低产、供、销成本,开拓新的市场,创造新的商机,通过采用最新网络技术手段,从而增加企业利润的所有商业活动。电子商务的革命性在于对整个过程的影响。

2. 电子商务对社会和经济的影响

随着电子商务魅力的日渐显露,网络经济、信息经济、虚拟企业、虚拟银行、网络营销、网络广告等一大批前所未闻的新词汇正在为人们所熟悉和认同,这些词汇同时也从另一个侧面反映了电子商务正在对社会和经济产生着影响。

(1)电子商务改变人们的消费方式。网上购物的最大特征是消费者的主导性,购物意愿掌握在消费者手中;消费者可以"足不出户、货比三家",可以拥有更加个性化的选择与更多的便利,甚至更低的价格。

(2)电子商务改变商务活动的方式。人们可以进入网上商场浏览、采购各类产品,而且还能得到在线服务;商家们可以在网上与客户联系,利用网络进行货款结算服务;政府还可以方便地进行电子招标、政府采购等。

(3)电子商务改变组织内部的结构,同时也使企业与供应商、客户之间原来的松散关系转变为相互依存、集成的供应链关系。

（4）电子商务给传统行业带来了一场革命。电子商务在商务活动的全过程中,通过人与电子通信方式的结合,极大地提高商务活动的效率,减少不必要的中间环节,为传统的零售业和批发业开创了"无店铺"、"网上营销"的新模式。

3. 电子商务系统结构

电子商务系统的基本结构如图 2-14 所示。

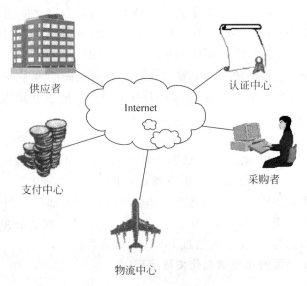

图 2-14　电子商务系统基本结构

从图 2-14 中可以看出,电子商务是由许多系统角色构成的一个大系统。由于电子商务系统中的各方没有像传统商务活动那样直接联系,而是完全通过网上进行信息沟通,因此需要一些传统商务活动中没有(如认证中心)或者重要程度不同(如物流中心)的电子商务系统角色。

电子商务系统的主要角色有采购者、供应者、支付中心、认证中心、物流中心等。

（1）采购者。这里的采购者,可以是企业,也可以是个人,只要通过电子商务系统购买商品(包括有形商品、无形商品和服务),就是电子商务系统中的采购者。

（2）供应者。与采购者类似,这里的供应者,可以是企业,也可以是个人,只要通过电子商务系统出售商品(包括有形商品、无形商品和服务),就是电子商务系统中的供应者。

（3）支付中心。支付中心的功能是为电子商务系统中的采购者、供应者等系统角色提供资金支付方面的服务。此角色一般由网上银行承担,网上银行包括完全在网上运作的纯网上银行,也包括提供网上银行服务的传统银行。支付中心应该做到:提供网上支付服务、发放电子钱包、自行查询和管理账户、全天候 24 小时服务、保证支付安全等。

（4）认证中心。认证中心(CA)是一些不直接从电子商务交易中获利的受法律承认的权威机构,负责发放和管理电子证书,使网上交易的各方能够相互确认身份。

（5）物流中心。物流中心主要接收供应者的送货请求,组织将无法从网上直接得到的有形商品送达采购者,并跟踪商品流向动态。

（6）网络平台。网络平台是电子商务系统得以运行的技术基础,电子商务必须在一定的网络平台上运行。

4. 电子商务的类型

电子商务通常是在 3 类群体之间进行的,即企业、政府管理部门和个人消费者。

电子商务的类型有很多,其划分方法也不尽相同。按信息在上述 3 类群体之间的流向进行划分,可以分为以下 4 种主要的电子商务类型。

(1) B2C 电子商务。B2C(Business to Customer)。B2C 的 B 是 Business,意思是企业,2 则是 to 的谐音,C 是 Customer。电子商务是指企业与消费者之间的电子商务,即网上企业销售产品给消费者,属于传统商务中的零售业务。B2C 电子商务是讨论得最多的一种电子商务类型,也是消费者最愿意参与的一种电子商务类型。

(2) B2B 电子商务。B2B 电子商务是指企业与企业之间的电子商务,即网上企业销售产品给其他企业,在 B2B 电子商务中,企业的目标是把商品销售给其他企业,这是电子商务中业务量最大的一种类型。

(3) C2C 电子商务。C2C 电子商务是指消费者与消费者之间的电子商务,即消费者销售商品给其他消费者。C2C 电子商务借助于像拍卖网站 eBay 这类网上市场创建者的帮助,给消费者提供了一种向其他消费者销售商品的渠道。

(4) B2G 电子商务。B2G 电子商务是指企业与政府管理部门之间的电子商务,即企业与政府管理部门之间各类信息的电子化交换。例如,政府将采购清单在 Internet 上公布,通过网上竞价方式进行招标,企业也可通过 Internet 进行投标。

【阅读材料】 A 公司的企业信息化发展历程

1. 案例背景

A 公司是一家建立于 20 世纪 60 年代的老国营企业,长期处于亏损状态。1996 年企业新领导班子上任。在当时大环境和政策背景下,新的领导班子决定对 A 公司进行资产重组,剥离不良资产。在各方面领导的大力支持下,企业终于成功地实现资产重组,盘活存量资产,减轻了企业负担,将原 A 公司进行了改组。针对公司中存在的观念落后、管理粗放、亏损严重等现实问题,企业提倡创新精神,在制度和流程方面实施改革,在销售、生产、财务、质量、物资、仓储、工资制度、人事制度管理等方面进行了一系列重大改革。A 公司向全体员工灌输市场观念、效益观念和成本管理意识,开展目标成本管理,借鉴先进的方法严格控制成本。

2. 企业信息化改革

A 公司改革之前,由供应处一个部门承办采购计划、合同、验收、仓储,产品质量次、价格高,暗箱操作使产品成本居高不下。营销人员和客户联手对付企业,销售领域不透明,企业高层经理往往受制于营销人员。生产过程更是若明若暗,产品成本控制滞后,每月一次财务报表分析,数据传递不及时,周期太长,不能实施实时管理。

管理者清楚了解管理对象、管理过程的各个环节是管理的基本要求。利用现代化的信息技术可以迅速传递、交换信息,可以打破黑洞、提高透明度。只有重塑生产、经营和管理体系,建成责权清晰、制度规范、机制灵活、管理科学的现代企业,形成一套构筑于信息技术基础上严密的决策、控制、约束机制,才能有效地利用现代化的信息技术。

1) 组织结构改造

A 公司改革之初,机构臃肿庞大、部门职能重叠、职工人浮于事、工作效率低下。全厂有十几名厂级领导、一百多名处级领导和四百多名管理人员,有将近五十个分厂、处室,各系统分成条块,每个厂级领导各管一摊,部门局部利益的意识很浓,相互沟通困难。虽然过去也曾多次精简,但始终没有跳出精简-恢复-膨胀的怪圈。

合资后的 A 公司通过实现企业全面信息化来提高业务处理效率,利用软件程序来替代重复作业的职能,压缩了冗员,将原来的将近五十个分厂、处室减为二十多个,管理人员由四百多人减为不到二百人,厂级领导干部减为 5 人,处级干部减为四十多人,生产经营性员工由三千多人减到两千多人。组织结构上取消了过多的中间层,采取事业部制结构,分别是生产部、技术开发部、财务部、企管部、销售部和事务部。各事业部之上设有由高级经理所组成的,并有 8 名参谋管理人员、13 台计算机支持的总经理办公室,下设数据管理中心和文件管理中心,协助总经理管理这些多功能的事业部。全公司建立了以总经理为首的决策中心,以总工程师为主的技术管理中心,以总经济师为主的经济控制中心和以总会计师为主的资金运作中心。经过这些改革,A 公司成功地实现了组织的扁平化。

2) 内部流程改造

A 公司在原来职能分工管理体制下,企业按照生产经营的顺序设置开发、供应、生产、销售和财务等管理部门。这种分割式管理方式存在着诸多问题:既无法灵活处理突发性问题,又易于造成物流周期延长和服务水平低下。比如,企业中,尤其是采购和销售环节,吃回扣、损公肥私等暗箱操作现象严重,存在各种违规和不规范操作。企业对于顾客需求和各种市场信息反应迟钝,不能适应外界的各种变化。由于管理混乱,造成公司库存和流程所需时间严重超标。缺乏有效的成本控制体制,产品成本居高不下。

A 公司认真分析现状,本着增值、简化、整合、自动化、可控的原则,按照供需链的基本要素,即信息流、物流、资金流、价值流和工作流,对内部流程进行重新设计。与此同时,对企业内部资源进行深度开发,在科学配置物流、资金流的基础上,对供应、生产、销售、财务、人力资源等十几个企业内部系统进行信息化改造。

再造后的流程以顾客订单为起点,根据销售信息,自动制定出排产计划,同时系统可以根据排产计划同步给出质量标准、操作工艺、品种成本、物资需求、能源计划和作业计划等。

3) 实现企业信息化

完成组织结构的改造和内部流程重新设计之后,A 公司开始着手信息化的实现,最终达到以数据信息为基础,通过网络把握两个市场,以成本电算化为中心,逐步形成两级控制、两级制约,促进定性管理向定量管理转变,静态管理向动态管理转变,事后管理向超前控制转变的目标。

(1) 硬件、软件支持。硬件方面,A 公司先后投入 600 多万元进行硬件建设,购买 200 多台计算机,购买高效计算机网络数据信息处理系统。软件方面,采用完全自主开发的方式,共编制程序 1 万多个,逐步扩展为包括成本电算化、生产管理、物资管理、销售管理、能源管理、质量管理、工资考勤及办公自动化等十多个子系统。

(2) 信息系统结构。A 公司管理信息系统逐步形成了数据管理中心和文件管理中心两个中心,局部工控计算机网络、监控计算机网络和管理计算机网络 3 个网络。其中,数据管理中心负责公司计算机网络的数据流向控制和公司大型数据软件的集中运算;文件管理中心主要负责公司办公自动化的所有文件和网上文件传递的控制、公司预算文件的编码存档;局部工控计算机网络在主要机台实行数字控制;监控计算机网络的作用是在总调度室确定各生产线设备运行工艺参数,建立集中监测网络;管理计算机网络在数据管理中心和文件管理中心的统一控制下,以企管部为核心,对全公司的成本、销售、生产、财务、质量、能源、物资的采购、仓储与流通、人事管理等进行综合统计与管理。至此,A公司的信息化管理大致形成了相互关联的集成信息系统。

3. 改革成果

改革之前的A公司是20世纪60年代建厂的老国营企业,装备落后,辅助生产设施差。为了避免一味追求新装备导致的投资大、资金筹措困难、投资成本高、收效甚微,A公司利用信息技术改造传统企业,挖掘现有企业管理资源的潜力,走出了投入少、回报大的第1步。第2步是利用适度的投资,采用新技术,针对老装备的影响产量、质量、新品种开发和成本的关键部位进行改造,通过"管控一体化"进一步提高企业的效益。经过资产重组和信息化改革之后,前两步目标初步达到,企业的各项经济指标都有了明显提升。在此基础上,第3步才是靠企业良好的收益,获得国内外资本市场的认可,通过资本市场融进大量资金,新建具有现代化水平的生产线,进一步扩大企业的盈利能力和竞争能力。可见,A公司改革发展之路还很长。

成功地安装客户关系管理(CRM)和供应链管理系统是很有难度的事情,需要企业进行工作重心的转移,即从以产品为中心转移到以顾客为中心,这需要企业文化的根本转化,需要信息系统与销售、营销部门之间紧密结合。

2.5 本章小结

环境的变化通常比组织的变化更快。导致组织失败的主要原因是组织无法适应环境的快速变化,或者是缺乏渡过短期困境的准备及资源。组织结构具有通性:劳动力的明确分工、阶层性、标准的规则与程序、公平的裁决、职位选拔、致力于效率原则、追求组织效率。组织除了具有共同的特征(结构、标准的流程、政治等)外,还有其独特性,这类独特性包括组织类型、环境、目标、领导风格、企业流程等。组织特色包括组织类型(机械式、官僚式、区域式、专业式、创业型等)、环境、目标、功能以及领导风格等。所以,管理信息系统对组织的影响会有所不同。管理者只有对个别企业深入了解后,才能对信息系统进行设计与实施。

一般情况下,大多数组织没有能够配合环境的变迁。习惯已经成为组织的一部分,对既有秩序的改变威胁到所持有的文化价值观,甚至可能会引起政治冲突。为此,需要认真对待和采取相关措施以支持企业的变革。

2.6 思 考 题

(1) 组织结构的通用性一般包括哪些?

(2) 什么是组织扁平化?说明扁平化与信息技术发展的关系。

(3) 阐述虚拟企业的主要特征。举例说明互联网支持虚拟企业的价值。

(4) 阐述企业组织变革的主要方式和过程。举例说明企业如何进行业务流程重组。

(5) 如何理解企业资源计划能够消除部门联系的障碍,并形成基于市场需求和企业资源的计划？

　　（6）如何理解企业组织和信息系统的关系？

　　（7）举例说明信息系统如何把客户订单、存货系统及其供应商系统连接起来。

　　（8）分析以下案例，并回答相关案例思考题。

2.7　本章案例

　　以下有 10 个案例，包括两部分：第 1 部分（案例 1～案例 6）讨论组织和信息系统关系，以及 BPR 的实施；第 2 部分（案例 7～案例 10）讨论供应链的管理等。

　　案例 1. 电子商务在中东地区的应用缓慢[2]

　　作为一种新型的营销模式，电子商务受到了全球各个企业的追捧。但是电子商务在世界各地的发展速度不尽相同。韩国与中东的阿拉伯国家是两种很不同的电子商务发展类型。

　　在韩国这个仅有 1100 万户家庭的国家，电子商务迅速成长。根据调研，韩国在 2001 年电子商务的营业收入为 36.9 亿美元，在 2004 年可达到 160 亿。同时，2004 年企业对企业的电子商务攀升到 140 亿美元。为什么在韩国电子商务会有这么好的发展状况呢？其中一个因素是相关科技成本（如上网）对于韩国人来说不算高，韩国 Internet 使用者的上网时间约是美国人的两倍。另一个因素是政府大力推动了这些科技的使用。当时韩国电子商务发展所遇到的挑战是，韩国国民使用 Internet 的主要用途是沟通与取得信息，只有 12.3% 的网络使用者会在线购物，原因是他们对 Internet 的安全感到恐惧。韩国政府发展了一套高度安全的数字签名系统，这样，在很大程度上促进了网络使用者通过电子商务在线购物。

　　与韩国相比，中东地区的阿拉伯人口为 2.7 亿，仅约 4.22% 的人有上网的经历，而且，电子商务网站从数量到规模都没有发展起来。仅有的少数几家商务网站规模都很小，并且一天的登录人数也不过 1000 人。高昂的成本是一个主要的因素。此外，在中东地区，讨价还价等淳朴的购物方式是当地居民的乐趣和习惯。

　　案例思考题

　　（1）组织和环境的关系是怎样的？环境等因素的变化是否会引起组织和流程的变化？

　　（2）信息技术的应用程度是否受组织以及文化的影响？

　　案例 2. Calyx and Corolla——鲜花销售虚拟商店[2]

　　由于得到先进的无线通信技术的支持，信息系统使得人们的工作不再受到地理区域的限制，一些虚拟组织应运而生，网上店铺就是其中最为典型的代表。

　　摆脱了传统店铺的束缚，网上店面对于消费者而言更加方便、灵活。由于可以直接面对消费者，取消了为数不少的中间环节，使得商品具有非常高的价格竞争力。比如，Calyx and Corolla 是一家网上的鲜花销售虚拟商店，在网上接收顾客订单后由公司直接将订单转到花卉农场，并利用快递公司将鲜花直接送到顾客手中。

　　分析

　　虚拟组织不再受到地理区域的限制，虚拟组织将公司人员、资产和想法连接在一起，或将供应商、客户连接在一起，从而建立新的服务及商品。不是所有的公司都能有效地以虚拟企业运作,到现在为止,没有人能够回答是否所有的现代组织都会经历这种转变,比如,通用汽车公司的某些部门仍然保留规模庞大的传统树型体制。也有人这样解释虚拟组织,由于信息系统尤其是"虚拟组织"潜在地改变了组织的结构、文化、政治与工作,因此常在应用时遭到抗拒。信息系统不可避免地会与组织政治相联系,信息系统会影响组织中的人在什么时间、什么地点做什么事情。

读者可以暂时这样来理解:在企业的高层与关键核心位置,不适合用信息技术完全替代,毕竟技术不能完全替代人,人是决策的主人;在企业的中、下层可以不同程度地建立新组织形式并结合新技术的应用。

案例思考题

(1) 信息系统如何催生新的组织形式?

(2) 什么是虚拟企业? 虚拟企业能否替代其他组织形式?

案例 3. Telefonica 迈向数字化之路[2]

Telefonica 是西班牙语、葡萄牙语系世界最主要的通信服务提供商,服务对象超过 5 亿人口,同时也是西班牙最大的跨国公司,在超过 40 个其他国家经营相关的电信企业。但是由于欧盟的电信自由化已使 Telefonica 丧失了近乎垄断的地位,把市场开放给许多新加入的竞争者,尤其是在电信服务与长途电话方面。

Telefonica 的应对措施是将内部与外部的企业流程转移到网上,以改变他们的工作方式。Telefonica 以 Internet 造就出的企业流程拓展了整个价值链,包括在线采购和客户销售应用系统,同时还有内部融资与人力资源应用系统。Telefonica 与企业伙伴已经合作创立了一个网络市场,利用它来采购间接的产品与服务,包括通信、办公室设备、家具与配件、旅游、金融与保险产品、维护与维修以及清洁服务。Telefonica 已经经营了 75 年之久,拥有稳固建立的企业流程,因此需要改变其企业文化,才能有效地进行电子商务与电子化企业的建立工作。员工需要改变完成其工作任务与处理客户服务的方式。公司的 CEO 与高层管理者向全公司宣传 Internet 的重要性,使全体员工上下一心,全力支持这项电子化转型流程的工作,以找出电子商务与电子化企业影响企业流程最深远之处。目前,许多公司开始利用 Internet 连接客户和供应商,建立新的数字化电子商务网络以摆脱传统配销渠道,许多企业也利用 Internet 技术来整顿企业内部流程。Telefonica 的改变初见成效,公司员工的每日访问量逐渐升高,Telefonica Online 网站也为客户提供了新的销售产品和服务的渠道。Telefonica 的案例表明,仅有技术上的支持是远远不够的,必须在企业的思想上完成应有的改变,同时找出成功的适应本企业的 Internet 企业模式,这是管理者面临的挑战。

分析

Internet 技术正在建立全球性商品买卖技术平台和推动公司内重要的企业流程。它也激发了新的组织和管理方式。许多公司开始利用 Internet 来连接客户和供货商,建立新的数字化电子商务网络以摆脱传统的配销渠道。企业也用 Internet 技术来整顿企业内部流程。利用数字化驱动企业流程以及与其他组织的关系,有助于公司实现更新的竞争力和效率水平。但是,这种方法也面临新的思考:电子化企业需要思想上彻底的改变。公司必须思考不同的组织结构,不同的组织文化,不同的信息系统自制架构,不同的员工管理程序和网络化处理功能,甚至一个不同的企业战略。此外,必须找出成功的 Internet 企业模式,仅有 Internet 技术不足以替代一个有效的企业战略。

案例思考题

(1) 结合本例说明 Internet 如何改变消费者与供货商之间的关系。

(2) Internet 技术如何改变企业模式?

案例 4. 海军/海军陆战队的内部网整合进度迟缓[2]

美国海军/海军陆战队内部网项目的设计目标是,将上百个不同的海军/海军陆战队网络以及 80 000 个传统的应用程序整合成单一、完整、安全的架构,最初的价钱是 69 亿美元,由外包厂商 EDS 负责管理。这项计划必须克服严重的文化以及多种障碍,具体包括:内部人士形容海军是一个由几百个信息技术领域组成的聚合体,这些信息技术领域对于失去其系统和网络的控制权会强烈抵制。大量传统应用程序必须被整合到内部网中,工作和测试的延迟造成内部网的实施落后越来越多。系统迫使 2/3 的使用者必须使用两台分开的计算机,一台访问内部网,另一台用来处理不能被安全测试以及遗留的程序。实施过程充满问题,结果造成严重的延迟。

案例思考题

(1) 资源整合的好处与困难是什么?

(2) 通过案例说明管理信息系统实施绝不仅仅是技术问题。试列举一些影响因素。

案例 5. 福特汽车公司的业务流程再造[2]

著名的福特汽车公司是美国三大汽车巨头之一,20 世纪 80 年代初,日本工业的发展延伸到美国,福特等美国大企业面临着越来越强劲的日本竞争对手的挑战,开始企图通过削减管理费用和行政开支来应对。福特公司设在北美的采购应付账款部门当时有 500 多名员工,过多的员工反而使得工作效率低下。为此,公司决定应用信息技术进行改革,以提高效率。

20 世纪 90 年代初,其位于北美的应付账款部有多达 500 多名员工,采购部门向供货商发出订单,并将订单的复印件送往应付款部门;之后供货商发货,福特的验收部门收检并将验收报告送到应付款部门;同时供货商将产品发票送至应付款部门。应付账款部本身只是负责核对"三证",也即订单、验收报告以及发票三者一致则付款,不符则查,查清再付。该部门的大部分时间都花费在处理这三者的不吻合上,从而造成了人员、资金和时间上的浪费。福特公司应付账款部门原来的业务流程如图 2-15 所示。

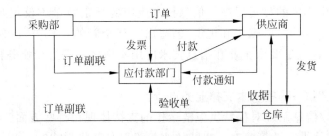

图 2-15 改造前的采购付款流程图

福特公司应付账款部门原有业务流程的处理共有 9 个环节,经过分析,发现这些环节主要在两个方面耗去大量的人力。第一一式多份单证的制作和传递,第二订单、验收单和发票的核对。依照企业业务流程再造的思想和方法,福特公司决定通过原有业务流程的分析、新业务流程的设计、支持业务流程再造的应付款管理信息系统的设计以及新业务流程的实施等几个步骤来完成应付账款部门的业务流程再造。同时得出以下流程再造意见：

（1）建立采购、采购付款和库存管理等部门的数据共享的采购业务管理系统。

（2）取消付款中必须要有发票的条件，取消发票与订单和验收单等的核对业务。

（3）采购部门不再向付款部门和库存管理部门传送采购订单，而直接将订单送入共享的数据库。

（4）库存管理部门在收到采购物品并根据数据库中的订单核对后，只需发出确认信息。

（5）采购付款部门在数据库中订单与到货信息一致后即向供应商付款。

由此，福特公司确定了采购付款部门的业务流程再造方案，结合应付款管理信息系统的构建予以正式实施。应付账款部门的新业务流程如下：福特公司采购付款部门的新业务流程建立在以计算机网络信息系统的基础上，新流程通过采购付款业务管理系统的支持得以高效运行，如图 2-16 所示。新的业务流程是一个无发票处理的流程，采购部向供应商发出订单的同时也向数据库写入订单数据，仓库与数据库中的订单核对，正确就收货，然后无须供应商的发票，计算机即可在线自动地以电子方式或打印支票向供应商付款。这样的 BPR使福特公司应付账款部门减少了人员，并提高了正确率。

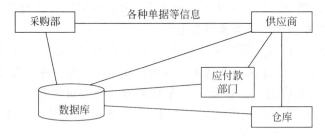

图 2-16 改造后的采购付款流程图

分析

从案例中可以看出，建立一个新的信息系统是一次有计划且牵涉到组织内许多不同人员的组织变革。因为信息系统是社会科技的实体，所以信息系统的改革会牵涉到工作、管理阶层和组织的改变。技术驱动的改变有自动化、流程合理化、企业流程再造、典范专业，其广泛的改变会带来极高的风险与报酬。许多组织借由组织流程再造来重新设计工作流程与企业流程，希望实现生产率的显著提高。信息技术应用的真正力量不仅仅是使以往的活动做得更好，更要突破原有的一些默认和规定，创造出一种全新的工作方法，使企业的管理模式与国际惯例接轨。这就是要求企业在信息技术应用实施之前先进行业务再造的真正原因。

案例思考题

（1）在上述案例中，哪些技术支撑业务再造？

（2）信息技术/信息系统对福特供应链运作的支持体现在哪些方面？

（3）虚拟集成的供应链策略对于福特的业务流程有哪些影响？

案例 6. 住房抵押贷款业务流程改造[2]

美国某银行以前完成每笔住房抵押贷款业务平均费时 17 天，引入新的流程处理程序后，大量减少了办理每笔业务的步骤和所需填写的表格，整个贷款申请过程只需 2 天。类似的还有全美第 18 大人寿保险公司 MBL（Mutual Benefit Life Insurance），它再造了保单受理流程，如今，保单受理时间已从原来最快的 24 小时缩短为 4 小时；IBM 信用卡公司通过业务流程再造工程,使信用卡发放周期由原来的 7 天缩减到 4 个小时,提高生产能力 100 倍;柯达公司对新产品开发实施企业业务流程再造后,把 35 毫米焦距一次性照相机的开发时间从原来的 38 周降低到 19 周。

上述美国某银行过去的处理过程是:抵押贷款的申请人先填写一份贷款申请书,银行将数据输入计算机系统,然后由 8 个不同部门的信用分析专家、承贷专家等依次审议,如果此项贷款获批就出具各项手续,最后转到其他服务机构,如保险、公证等单位,由这些单位依次提供一系列服务,属于一站传一站的顺序处理方式,如图 2-17 所示。

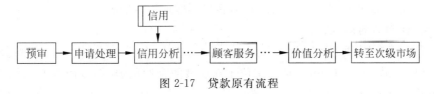

图 2-17 贷款原有流程

在业务流程重新设计过程中,银行将原来的依次审批方式改为协同并行工作方式。首先,贷款承办员在计算机上输入贷款申请并由软件自动检查输入内容的正确性与完整性;其次,申请人通过拨号联网方式与银行的地区业务中心连通,并将申请表输入银行的计算机系统,审批过程改为由各部门专家组成一个小组并行工作;最后,经批准将此业务转交给另一个专家组,并行地完成保险、公证等服务。流程再造后此项业务过程缩短为 2 天,不但便于处理,而且方便了贷款人随时拨号联网,查询此笔贷款有关的费用、状态等信息,如图 2-18 所示。

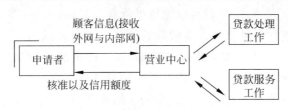

图 2-18 贷款新的流程

案例思考题

(1) 如何理解流程重组不是对原先的贷款处理过程自动化,而是对流程再思考和重新设计?

(2) 流程重组如何提高工作效率?

案例 7. 销售和供应商系统(库存案例)[3]

西科国际有限公司是一家公开上市的《财富》500 强控股公司。在西科公司应用信息系统之前,当企业接到库存之外的订单时,销售人员需要先给制造商打电话确认产品的报价和可供货量,随后再打电话给客户传达相应的信息。尽管非库存产品的订单只占西科公司销量的 20%,但销售人员却要投入超过 40%的时间为客户获取相应的信息。

应用了信息系统之后,销售人员可以直接进入主要供货商的产成品库存系统,在收到非库存的订单时,只需要点击鼠标,30 秒内就可以收到回复并返回给客户信息。

西科国际有限公司的电子商务主管提到,采用了新的电子化企业系统后,既增加了非库存产品的销售额,又减少了电话费成本,节约了销售人员的时间,从而达到增加利润降低成本的目的。

案例思考题：说明信息系统替代手工库存的作用。

案例8. 以客户为中心的电子化企业信息系统[29]

澳大利亚的 P&C Direct 构建了包含典型顾客信息、统计数据以及生活方式代码等相关信息的顾客信息仓库，同时还将市场拓展信息包含在数据库中。这样做的目的是给这些典型的顾客提供有针对性的贴身服务，并且保证更好地为客户服务，进而又实现了跨区销售保险产品。P&C Direct 的代理商可以查看已有顾客所购买的全部产品，以便有针对性地拓展市场。

案例思考题：说明信息系统为何能够为客户更好地提供服务。

案例9. 伟创力的供应链管理[2]

读者可能没有听说过伟创力（Flextronics），但是在日常生活中人们却经常使用 Flextronics 的产品。Flextronics 是一家位于新加坡的合约制造商，专门为知名的厂商如思科系统、戴尔计算机与爱立信手机等技术产品生产内部零件。在市场竞争如此激烈、电子制造商的利润不断缩减的情况下，Flextronics 能从十几年前一家默默无闻的小公司摇身一变，扩展到今日拥有数10亿美元全球营运规模的大公司，一个主要的竞争战略就是"拥有优良的供应链管理"。

Flextronics 持续收集与分析它的供应链信息，以标准化并协调其散布在世界各地的工厂的作业流程。该公司在中国内地、新加坡、墨西哥与世界其他地区建立低成本的生产制造网络。Flextronics 的生产区是一座铺设有供水设备、下水道、计算机线路的园区，为供应商专门提供了进驻的建筑大楼，这样做可以缩短供货商与 Flextronics 工厂之间的距离。

在技术上提供的支持包括支持寻找较低的价格。访问 Flextronics 的全球信息系统，可以看到每一家 Flextronics 工厂整合得到的数据、零件的质量、可获得性以及供应商的历史数据。另外，Flextronics 重视外包，其 85%～90% 的订单来自外包收入。Flextronics 的一个竞争战略就是让客户把更多的流程交给他们。例如，思科把除了产品设计与营销的剩下部分交给 Flextronics，爱立信与 Flextronics 签约，将整个制造商流程给了该公司。

案例思考题

（1）如何理解供应链管理的重要性？

（2）结合下面的图 2-19 来说明 Flextronics 公司如何通过改变流程实施供应链管理战略。

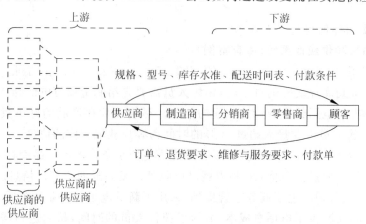

图 2-19　供应链示意图

案例 10．海尔集团的信息化发展之路①

海尔集团成立于 1984 年，几十年的发展历程使海尔集团由一个亏损 147 万元的集体企业成长为国家特大型企业集团，成为中国家电行业销售额最大、生产的产品品种和规格最多、出口量最大的企业集团，是名副其实的中国家电行业的排头兵。海尔集团在发展的过程中之所以能够一年一个新台阶，这与海尔集团高度重视、运用、推广、发展信息化工作是分不开的。

基于国际化发展思路，海尔过渡到市场链管理模式，形成了以订单信息流为中心的业务流程。海尔的信息化建设从最初起步到现在，大致经历了基础应用、总体构架和优化调整 3 个发展阶段，其中每个阶段都会根据当时企业的实际需求而有不同的侧重点。

第 1 个阶段是基础应用阶段。企业自发地提出了信息化应用的需求，搭建海尔集团的骨干网络和基础的办公应用，主要代表是构建的基础网络和 OA 应用。从 1997 年到现在，海尔集团已经构建了千兆为骨干的企业内部网，覆盖了 40 多个销售公司和 30 个电话中心，实现数据、视频、IP 电话三网合一。

第 2 个阶段是总体构架阶段。进入 WTO 之后，由于在中国市场上国际化竞争对手的大量进入，中国的制造业面临着越来越多的挑战。为了应对激烈的市场竞争和企业内外部的各种挑战，海尔开始实施以市场链为纽带的业务流程再造，同时改造海尔集团的信息化应用系统，提高企业的整体管理水平。从 1998—2003 年，海尔内部进行了 40 多次结构调整，企业在发展过程中不断探索业务流程再造的最佳模式。为了适合集团的战略发展需求、突出流程再造的成果、加速企业管理的现代化，海尔集团系统地设计和建立了信息化应用框架和系统，配合业务管理的需求，主要实施了以下几个方面的应用：

（1）建成电子商务平台，形成以信息流带动物流和资金流的业务应用平台，使海尔的供应链运行在信息化高速公路上。2000 年，海尔成为国内首家发布和建立 B2C 电子商务平台的企业，并实现了网上支付。

（2）建立全球领先的网上协同交易平台（B2B）：2000—2001 年，建立了海尔集团的电子协同商务平台，2005 年 1～4 月实现网上交易 250 亿元。

（3）集成的同步供应链管理平台：2000 年，在集团范围内实施了销售、生产、采购、仓储、财务与成本等应用。

（4）生产的跟踪与控制：2000—2004 年，在集团各产品事业部实施了 MES 全程跟踪生产质量。

（5）一站到位的顾客服务系统：1998—2005 年分 4 期，构建了集中的海尔顾客服务管理系统，主要包括覆盖全国的超过 500 个座席的呼叫中心、超过 10 000 个服务网点和全国42 个大中城市的备品备件管理。

（6）具有国际水平的产品设计与模具加工系统：应用业界领先的 PRO/E，UGII，Cimatron，C-Mold 等系统，可以为用户提供从产品概念设计到制造的全过程服务。

（7）先进的第三方物流管理系统：2001—2003 年，海尔集团构建了第三方物流管理系

① 本案例改编自：特约记者孙永杰对海尔副总裁喻子达在 2005 年的采访记录，《计算机世界》，2000 年 12 期 及 赛迪网中"信息化龙虎榜：海尔集团首席执行官"一文。喻子达：海尔集团副总裁，他牵头实施了海尔 ERP 项目，推进海尔电子商务，参与实施了海尔 B2C 和 B2B 的应用，在海尔企业内部实施了"同步信息"工程。

统,为海尔及其他知名品牌提供服务。

第 3 个阶段是优化调整阶段。2003—2005 年,海尔集团进入了业务流程再造的第 3 个阶段,目标是对人的再造,是定义每个 SBU(策略事业单位)的买入、卖出、成本、费用、增值和损失。为了满足企业的流程再造、市场链和 SBU 的需求,必须以采用信息化的手段来实现,也就是企业如何应用电子商务手段来体现出 SBU 的经营效果。信息化的目标是推进 SBU 的电子损益表,搭建一个集团化业务绩效平台。

总而言之,海尔集团通过采用信息化的手段,不仅提高了生产效率,更重要的是提高了管理流程化、业务标准化的水平,最终提高了企业的竞争力水平。

海尔集团于 2000 年 3 月投资成立海尔电子商务有限公司,全面开展面对供应商的 B2B 业务和针对消费者个性化需求的 B2C 业务。海尔通过电子商务采购平台和定制平台与供应商和销售终端建立起紧密的互联网关系,建立起动态企业联盟,并使企业和供应商、消费者实现互动沟通,使信息增值。在业务流程再造的基础上,海尔形成了"前台一张网,后台一条链"(前台的一张网是海尔客户关系管理网站(haiercrm.com),后台的一条链是海尔的市场链)的闭环系统,构筑了企业内部供应链系统、ERP 系统、物流配送系统、资金流管理结算系统、遍布全国的分销管理系统以及客户服务响应 Call Center 系统,并形成了以订单信息流为核心的各子系统之间无缝连接的系统集成。

随着海尔集团信息化建设的不断推进和深入,海尔将继续引进国际先进的应用管理经验,实现企业的国际化,并在国民经济和社会发展中发挥越来越重要的作用。

案例思考题

(1) 海尔启用管理信息系统的原因是什么?

(2) 海尔信息系统进程 3 个阶段各自实现的对于企业的改造内容是什么?

(3) 你认为建立和使用信息系统对于企业管理者而言会面临哪些挑战?

第 2 篇

管理信息系统开发的方法与过程

多年来,随着信息技术的发展,管理信息系统的规划、方法和步骤也发生了一定的变化。本章将重点介绍 4 个方面的内容。首先,强调系统战略规划的重要性。战略规划是在系统开发之前制定的总体战略,它的活动主要包括描述系统总体结构,给出资源配置计划,选择开发方法和确定子系统的开发次序等,这对复杂的管理信息系统建设是必不可少的。需要说明的是,把很多书中是放在规划中的系统规划的可行性分析部分放在本书的第 4 章系统分析阶段,我们认为这样做没有什么本质上的区别,都可以进行可行性分析,只是侧重点不同而已。其次,介绍开发方法和开发方式。这样做是希望给读者一个清晰的概念,以了解信息系统建设的方法和步骤。

本篇由以下几章组成:

第 3 章　管理信息系统战略规划与开发方法

第 4 章　系统分析

第 5 章　系统设计

第 6 章　系统实施与评价

管理信息系统战略规划与开发方法

本章介绍了管理信息系统的战略规划以及相关实施方法。如果开发者和管理者了解规划的意义、方法以及信息系统几种开发方法与开发方式特点，非常有助于根据具体情况对方法进行有效选择和组合应用。

学习目标

- 了解信息系统战略规划的常用方法。
- 掌握各种管理信息系统开发方法的特点。
- 掌握生命周期法的主要文档。
- 掌握外包的特点和风险。
- 了解管理信息系统的各种开发方式。

3.1 管理信息系统战略规划

本节介绍了在开发信息系统以前进行战略规划的必要性，说明战略规划的重要意义和指导作用，并介绍几种常用的战略规划方法。

3.1.1 信息系统战略规划与执行规划

一个组织的信息系统规划分为战略规划和执行规划两个层次。战略规划是宏观指导性的长远计划，执行规划是对战略规划的具体化。

1. 信息系统的战略规划

战略规划是在系统开发之前制定的总体战略，它的活动主要包括描述系统总体结构，给出资源配置计划，选择开发方法和确定子系统的开发次序等。战略规划是宏观指导性的长期计划，是制定执行规划的基础，也是保证信息系统开发全过程顺利进行的重要因素。

企业组织中所要实现的信息技术应用或所开发的信息系统往往不止一个，企业要全面实现计算机管理也不是一项短期的任务。信息系统的战略规划是关于信息系统的长远发展规划，需要在组织战略业务规划的指导下，考虑企业管理环境和信息技术水平，对企业内部的信息技术和信息资源开发工作进行合理安排，确定信息系统在组织中的地位以及结构关系,并制定分阶段的发展目标、发展重点、实现目标的途径和措施等(如图 3-1 所示)。通过战略规划的制定,可以使系统的开发严格地按计划有序地进行,以保证信息技术应用和信息系统的开发能够为企业的发展目标服务,同时,也可以使各种独立开发的应用系统良好地衔接,对企业业务形成全面的支持,使各种应用系统与组织环境相匹配,实现信息系统开发的经济效益。

图 3-1　制定信息系统战略规划的相关因素

2. 信息系统的执行规划

企业信息系统执行规划又称为开发规划,是对战略规划的具体落实。考虑企业在特定时间、环境下的资源约束的同时,对战略规划制定的各项任务进行具体安排,包括开发项目的具体时间、资金筹措、人员组织、管理办法、工作步骤和控制指标等。制定企业信息系统执行规划的主要内容及步骤如图 3-2 所示。

3. 信息系统规划的准备工作

在制定信息系统开发规划之前,需要成立一个规划领导小组,进行有关的人员培训,明确规划工作的进度等。

图 3-2　信息系统执行规划的主要内容

(1)成立规划领导小组。规划领导小组应由组织的主要决策者之一负责。领导小组的其他成员最好是本单位各部门中的业务骨干,他们的任务是协助系统分析人员完成有关数据及业务的调研和分析工作以及数据准备工作。

(2)人员培训。制定战略规划需要掌握一套科学的方法,为此,应对组织的高层管理人员、分析员和规划领导小组成员进行培训,使他们掌握制定信息系统规划的方法,学会识别和分析组织中的业务过程,保证信息系统规划的可靠性和可行性。

(3)规定进度。明确了战略规划方法之后,应为规划工作的各个阶段给出一个大体上的时间限定,以便对规划过程进行管理。

(4)其他。包括资金、企业内外材料以及规划管理评审制度的建立等。

3.1.2　信息系统战略规划的常用方法

信息系统的规划方法有很多,每种方法的侧重点不同,这里介绍几种最为典型的方法。

1. 关键成功因素法

关键成功因素就是指使组织能够达到目标的关键因素,关键成功因素法(Critical Success Factors,CSF)是分析出企业成功的关键因素,围绕关键因素识别企业的主要信息需求和相关工作的规划方法,即关键成功因素法是可以帮助企业识别信息需求的方法。

关键成功因素法的主要步骤如下:

(1) 了解企业的战略目标。遵循信息系统规划与组织目标的一致原则。

(2) 识别关键因素。识别关键因素,包括子因素。

(3) 分析信息需求。明确关键因素的性能,分析信息需求,进行企业系统规划。

需要说明的是:在运用 CSF 方法的过程中,自始至终需要努力做到保持组织目标与信息系统规划的一致性。例如,分析缺陷订单的原因(如图 3-3 所示),缺陷出现的主要原因是"工厂设备"、"方针"、"人"、"程序"。其中,影响"人"的主要要素有"干扰"、"缺乏责任心"等。

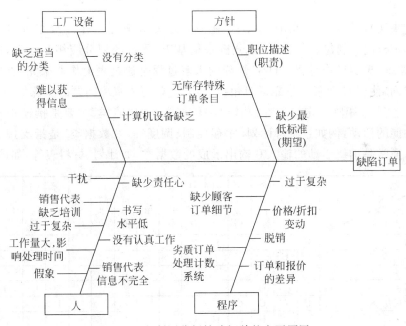

图 3-3　鱼刺图分析缺陷订单的主要原因

2. 企业系统规划法

企业系统规划(Business Systems Planning,BSP)是根据企业目标为管理信息系统建设而建立的一种规划方法。该方法根据企业目标分析企业过程、数据类等,然后再从数据类分析出系统的主要功能(子系统、模块),最后建立基于目标的企业规划。规划的基本思路是"自上而下"的系统规划和"自下而上"的实施。这样设计出来的信息系统能够以模块化方法进行建设,并兼顾企业的目标和资源等具体情况,如图 3-4 所示。

3. 功能/数据分析法

功能/数据分析法是通过 U/C 矩阵的建立和分析来实现的。功能/数据分析法是 IBM 公司于 20 世纪 70 年代初在 BSP 中提出来的一种系统化的聚类分析法。功能/数据分析法

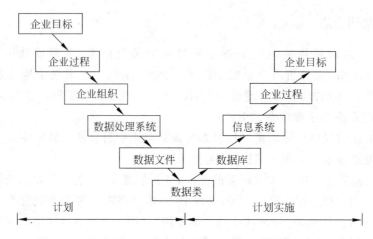

图 3-4　自上而下的分析和自下而上的实施

是通过矩阵来实现的,该类矩阵称为 U/C 矩阵。U/C 矩阵是一个二维矩阵,U(Use)代表使用,C(Create)代表创建。功能/数据分析法是基于"子系统划分应相互独立,而且内部凝聚性高"的原则,聚类操作过程。U/C 矩阵的求解过程是通过表上作业来完成的,通过调换表中的行或列,使得 C 元素尽量靠近对角线。用 U/C 矩阵解决问题的步骤如下:

(1) 建立 U/C 矩阵。定义过程(功能)和数据类。"功能类"主要是指逻辑相关并能够完成管理功能的活动,例如:经营计划、库存控制、调度等。"数据类"是指支持上述活动的相关数据。通常是围绕活动的输入和输出形成的数据类,如计划、材料表等,如图 3-5 所示。

功能　　数据类	计划	财务计划	产品	零件规格	材料表	材料库存	成品库存	任务单	设备负荷	物资供应	工艺流程	客户	销售区域	订货	成本	职工
经营计划	C	U												U	U	
财务规划	U	C													U	U
资产规模		U														
产品预测			U									U	U			
产品设计开发	U		C	C	C							U				
产品工艺			U	U	U	U										
库存控制						C	C	U		U						
调　度			U					U	C	U	U					
生产能力计划								C	U	U						
材料需求			U		U	U				C						
操作顺序								U	U	U	C					
销售管理	U		U				U					C	U	U		
市场分析	U		U									U	C	U		
订货服务			U				U					U	U	C		
发　运	U		U				U						U	U		
财务会计	U	U	U				U					U		U	U	U
成本会计	U	U	U											U	C	
用人计划																C
业绩考评																U

图 3-5　U/C 矩阵中数据类和功能类

（2）填上 U 或 C。沿着数据类寻找其产生的过程（功能），在交叉处画 C（Create），在使用数据类的地方画 U（Use）。例如：数据类"计划"是由功能"经营计划"产生的，由功能"财务规划"等功能使用。

（3）正确性检验。对建立的 U/C 矩阵进行正确性检验。正确性检验可以包括以下两个方面：

- 空行、列检验。U/C 矩阵不允许有空行或空列。
- 一致性和完备性检验。数据项（或类）必须有一个产生者和至少一个使用者。如果数据项（或类）没有产生者或者有多个产生者都是不对的。功能则必须有产生和使用的元素。

（4）调整矩阵元素。调整矩阵元素，调换矩阵的行列顺序，使得 C 尽量地靠近对角线，如图 3-6 所示。

功能＼数据类		计划	财务	产品	零件规格	材料表	原材料库存	成品库存	工作令	机器负荷	材料供应	操作顺序	客户	销售区域	订货	成本	职工
经营计划	经营计划	C	U													U	
	财务规划	U	U													U	U
	资产规模			C													
技术准备	产品预测	U		U									U	U			
	产品设计开发			C	C	U							U				
	产品工艺			U	U	C	U										
生产制造	库存控制					C	C	U		U							
	调度			U					C	U							
	生产能力计划								C	U	U						
	材料需求			U		U					C						
	操作顺序								U	U	U	C					
销售	销售区域管理			U									C		U		
	销售			U									U	C	U		
	订货服务			U									U	U	C		
	发运			U				U							U		
财会	通用会计			U									U				U
	成本会计														U	C	U
人事	人员计划																C
	人员招聘/考核																U

图 3-6　U/C 矩阵的聚集模块过程

（5）划分模块。沿着对角线划分模块。将 C 和与之紧密联系的 U 画在一个框中，这些框便构成了系统的功能模块。在模块划分过程，必须把所有的 C 都包括在内，如图 3-7 所示。

需要说明的是：有些情况模块的划分不是唯一的，如矩阵中的虚线代表不同的模块划分方法。另外，在"小方块"以外的 U 表示了数据的联系，可以在今后的系统传递设计中加以考虑。

数据类\功能	计划	财务	产品	零件规格	材料表	原材料库存	成品库存	工作令	机器负荷	材料供应	操作顺序	客户	销售区域	订货	成本	职工
经营计划	经营计划子系统														U	
															U	U
技术准备	U		产品工艺子系统								U	U				
											U					
				U												
生产制造			U			生产制造计划子系统										
			U—U													
销售			U								销售子系统					
			U													
			U													
			U			U										
财会		U										U—U		财务子系统		U
													U			
人事															人事档案子系统	

图 3-7　调整行列并形成模块

3.2　管理信息系统的开发方法

从 20 世纪 50 年代开始，人们就已经开始研究信息系统的开发方法和开发工具。经过反复的改进，60 年代形成了最常用的结构化生命周期法（SADT）。结构化方法严格区分 5 个开发阶段，明确规定文档标准，采用自顶向下的方法把复杂的全局性问题分解成一个个局部问题，解决了当时复杂大系统的开发难题。然而，由于系统开发经常出现跟不上需求的变化、逻辑设计和物理设计难以衔接等情况，结构化方法的不足日益凸显。80 年代初，随着系统开发环境技术的逐渐成熟，原型法（Prototyping）应运而生。原型法与生命周期法的思路正好相反，它采用自底向上的方法，先从局部的小问题着手做出原型，然后再不断修改完善，最终实现系统开发。原型法恰恰弥补了结构化方法的弱点，于是有些企业就将结构化方法与原型法结合使用，相得益彰。90 年代，随着 IT 技术的飞速发展，软件开发技术又有了质的突破。新的面向对象技术（Object Oriented）将数据和操作封装在一起作为一个对象，使得人们可以按照人类认识现实世界的方式进行计算机系统的设计和实现，也使软件复用大为提高。计算机辅助软件工程（CASE）为系统开发提供了云集先进技术的大型综合开发平台。目前，信息系统开发已经从个别、分散阶段发展到批量、集成阶段，系统开发领域呈现出两个最有潜力的未来发展方向：一个是 IT 外包，即企业为了专心于自己的核心能力领域，将不熟悉的信息化问题交给专业的 IT 服务提供商处理；另一个就是基于构件的开发方法，即直接将可以复用的独立功能模块（构件）集成为信息系统软件，为软件工业化生产提供了前提条件。系统开发方法种类很多，鉴于生命周期法与原型法是传统开发方法的代表,是所有开发方法的基础,而面向对象的开发方法又有其特殊性,下面重点介绍生命周期法、原型法和面向对象等开发方法,请读者体会开发方法的异同,并掌握典型方法的核心内容。

3.2.1 生命周期法

1. 生命周期法的开发步骤

信息系统的开发过程一般包括系统规划、系统分析、系统设计、系统实施、系统运行与维护 5 个步骤。这 5 个阶段是首尾相接的,当系统运行后又会面临新的系统请求,开始新的周期循环,所以形象地称其为"生命周期",即一个信息系统从它的提出、开发、应用到系统的更新,经历了一个发生、发展和灭亡的循环过程。如图 3-8 和图 3-9 所示,生命周期法要求系统开发按照以上步骤逐步完成开发任务,对每一个开发阶段规定了各自的任务、流程、目标等内容,从而使开发工作规范统一,易于管理和控制。表 3-1 详细列出了每个阶段需要完成的文档报告及其主要内容。上一阶段结束后,将文档交给用户并取得审批才能进行下一阶段的开发。表 3-1 与图 3-8、图 3-9 可以结合起来看。

(1) 系统规划。系统规划阶段要从用户提出的初始要求出发,派遣有关人员进行初步调查。初步调查的范围是整个业务系统,主要任务是初步明确用户的需求。初步调查的内容包括现行系统的目标、组织结构情况、业务流程运行情况、数据处理情况、出现的问题、新系统的功能和目标等。充分调查人力、物力、财力等资源拥有程度后,组织成立专门的新系统开发小组,制定新系统开发进度、费用、人员等方面的计划。系统规划结束时要提交可行性分析报告,从经济可行性、技术可行性、社会可行性 3 个方面研究是否有必要和有可能开发此信息系统。

(2) 系统分析。系统分析是信息系统开发最关键的环节,解决的是"做什么"以及"应该做什么"的问题,并为系统设计奠定基础。系统分析结束时,要完成系统分析报告(包括数据流程图、数据字典等)。系统分析的内容较多,有关细节参看系统分析一章的内容。

(3) 系统设计。系统设计是运用系统分析成果并为系统实施提供基础的重要一环,其主要任务是进行新系统的物理设计,解决的是"怎么做"的问题。首先,根据系统分析报告中的系统逻辑模型综合考虑各种约束,确定系统的总体功能结构设计方案,然后进行代码设计、数据库设计、输入输出界面设计、物理配置方案设计,最后制定系统的实施方案。为了保证系统的质量,设计人员必须遵守共同的设计原则,尽可能地提高系统的各项指标,如系统可变性、可靠性、工作质量、工作效率、经济性等。系统设计结束时,要完成系统设计报告(又称为系统物理设计说明书或技术方案)。

(4) 系统实施。系统实施的主要任务是将新系统付诸实践。系统实施阶段的主要工作包括系统硬件的购置与安装、程序的编写(或购买)与调试、系统调试和转换等。在进行以上各个环节的同时展开人员培训工作,编制操作手册,使所有人员了解新系统的基本功能和使用方法。其中,文档管理在整个开发过程中发挥着至关重要的作用。因为,不仅开发时需要建立与管理好文档,而且,维护工作同样需要对文档进行修改和管理。

（5）系统运行与维护。系统运行与维护是系统生命周期的最后一个阶段，系统维护工作的好坏可以决定系统生命周期的长短和使用效果。这个阶段要进行系统的日常运行管理，评价系统的运行效率，对运行费用和效果进行监理审计，如出现问题则对系统进行修改、调整，直至提出系统更新的要求，从而进入下一个阶段。

表 3-1   生命周期法形成的主要文档

生命周期阶段	阶段性成果	说　明
系统规划	可行性分析报告	问题是什么，解决问题的可能性是否存在 初步调查及技术、经济、社会可行性研究 提出项目管理计划并获批准
系统分析	系统分析报告（数据流程图、数据字典等）	解决新系统"做什么"的问题 详细调查、组织结构与功能分析、业务流程分析、数据流程分析、功能数据分析 研究并确定新系统逻辑模型
系统设计	系统设计报告（系统设计说明、数据库设计、代码设计）	解决新系统"怎么做"的问题 进行系统的功能结构设计、代码设计、数据库设计、输入输出设计、物理配置方案设计 研究并确定新系统物理设计方案
系统实施	程序、测试报告、用户使用说明书等	安装硬件和软件，程序编写、系统测试、人员培训，系统试用，并转换为新系统
系统运行与维护	运行记录、修改记录等	系统运行后，对系统进行监控、评估

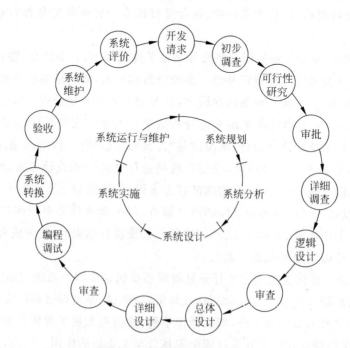

图 3-8   系统开发的生命周期

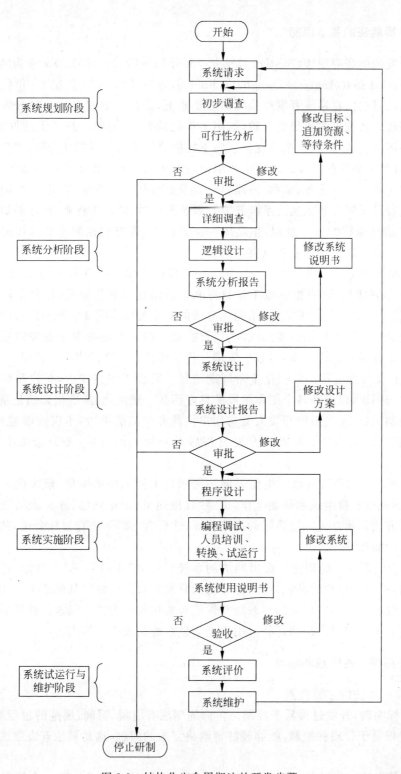

图 3-9　结构化生命周期法的开发步骤

2. 生命周期法的基本思想

系统开发的生命周期法(System Development Life Cycle，SDLC)又称为结构化分析与设计技术(Structured Analysis Design Technique，SADT)，是 20 世纪 60 年代西方发达工业国家在吸取以前信息系统开发经验教训的基础上，逐步发展起来的一种开发方法。结构化生命周期法以系统工程思想为基础，运用工程化的方法，遵照用户至上的原则，从系统的角度分析和解决问题，先将整个系统自顶向下按模块化结构进行模块分解，然后逐步编程实现，最终实现整个系统的开发。该方法要求信息系统的开发工作按阶段与步骤顺序进行，每一个阶段规定要完成的任务、流程、阶段目标以及要编制的文档等，形成一个操作规范，使开发工作的过程易于管理和控制。系统开发是系统分析员、软件工程师、程序员以及最终用户建立计算机信息系统的一个过程，生命周期法是组织、管理和控制这个过程的一种基本框架。结构化生命周期法的主要特点有：

(1) 严格区分工作阶段。生命周期法每个阶段的工作内容明确，便于开发过程的控制。每一阶段工作完成后，要根据阶段工作目标和要求请用户进行审批，使每阶段工作有条不紊，也避免为以后的工作留下隐患，结构化方法的工作流程如图 3-9 所示。系统开发的每个阶段均可设置检查点来评估开发系统的可行性，避免由于系统开发中途失败造成更大的损失。该方法重视系统分析工作，尽量把需求分析工作做好以降低维护工作量。

(2) 工作文件规范化。结构化生命周期法每一阶段工作完成后，要按照要求完成相应的文档报告与图表，以保证各个工作阶段的良好衔接。规范化、标准化文档是系统开发的一种记录与控制工具，又是系统开发人员与用户沟通和交流的手段，不仅能够避免混乱，还能及时发现问题、解决问题。在系统开发过程后期和投入运行后，还为系统维护提供原始依据。

(3) 自顶向下的系统观点。生命周期法采用自上而下的结构化、模块化分析与设计方法，以系统的观点看待组织和研制工作，贯穿"自顶向下、由粗到细、逐步求精"的基本原则。自顶向下的方法是指首先确定系统的最终目标，然后自上而下进行目标分解，从而确定每一个子目标的功能和任务。

(4) 用户的观点。结构化生命周期法的系统开发以"用户第一"为目标，开发中保持与用户的沟通，取得与用户的共识，使信息系统的开发建立在可靠的基础之上。用户是否积极参与信息系统的开发全过程是信息系统开发能否成功的一个关键因素。这是因为信息系统的开发需求是由用户提出来的，同时，用户是信息系统的最终评价人。

3. 生命周期法的优点和缺点

1) 生命周期法的主要优点

(1) 目标明确，开发过程易于控制。生命周期法有清晰、明确、规范的过程和步骤，使得整个开发过程易于管理和控制，能够较好地解决复杂的问题，这是其他开发方法的主要借鉴之处。

(2) 质量保障措施完备。阶段划分清楚，前一个阶段的完成是后一个阶段工作的前提和依据，而后一个阶段的完成往往又使前一个阶段的成果在实现过程中上了一个层次。结构化方法要求对每一个阶段的工作完成情况进行审查，将出现的错误或问题及时地加以解决,不会转入下一个工作阶段。错误纠正得越早,所造成的损失就越少,从而降低了系统开发的风险。从时间的进程来看,整个系统的开发过程是一个从抽象到具体的逐层实现的过程,每一阶段的工作都体现出自顶向下、逐步求精的结构化技术特点。逻辑设计与物理设计分开,即首先进行系统分析,然后再进行系统设计,从而大大提高了系统的正确性、可靠性和可维护性。

(3) 文档齐全。结构化生命周期法每一阶段工作完成后,要按照要求完成相应的文档报告与图表,以保证各个工作阶段的良好衔接、交流以及维护。

2) 生命周期法的主要缺点

(1) 系统开发跟不上需求的变化,系统开发周期过长。结构化方法的基本前提是能够在系统开发早期就冻结用户需求。然而,系统开发之前,用户对系统的功能很难提出明确的要求。系统开发过程中出现了新的需求又难以修改。同时,系统开发周期长,很容易出现预算超支等问题。

(2) 逻辑设计到物理设计的过渡难度大。系统分析的结果直接转换成系统设计方案难度较大,需要开发人员根据实际情况并结合经验提出系统设计方案。

(3) 文档化工作量大。结构化方法在系统开发的每个阶段都要以前一个阶段的文档为基础,结构化方法编写文档的工作量很大。

结构化开发方法通常适用于组织结构相对稳定,业务处理过程相对规范、成熟、定型的企业单位,而且其系统需求应明确、稳定。从规模上讲,结构化开发方法适合开发系统规模大、功能与数据关系复杂的大型复杂系统,如银行管理信息系统、大型企业物流管理信息系统等。为了弥补结构化开发方法的不足,人们通常采用生命周期法和原型法相结合来开发系统。

软件的项目开发需要对文档进行规范管理,以便于项目组成员共享以及版本记录和维护。Microsoft Visual SourceSafe(以下简称 VSS)就是一种很流行的源代码控制系统,它提供了基本的版本和配置管理功能以及安全保护和跟踪检查功能。VSS 通过将有关项目文档(包括文本文件、图像文件、二进制文件、声音文件、视屏文件等)以特有方式存入数据库进行项目研发管理工作。用户可以根据需要随时而快速、有效地共享文件。文件一旦被添加进 VSS,则其每次改动都会被记录下来,用户可以恢复文件的早期版本,项目组的其他成员也可以看到有关文档的最新版本,并对它们进行修改,VSS 也同样会将新的改动记录下来。用 VSS 来组织管理项目,可以使得项目组间的沟通与合作更简易而且直观。

3.2.2　原型法

在信息系统的开发过程中,明确需求是非常重要的,但是要想事先给系统一个明确的描述又是比较困难的。首先,人们对自己的工作和计算机在企业中的应用都有一个认识的过程,随着系统开发的不断深入,会有新的需求不断地产生。用传统的结构化开发方法要求系统分析阶段完成后,冻结需求,那么适应变化是很难做到的。为此,人们提出了原型法的开发方法。原型法根据用户提出的基本要求,采用快速技术,在短时间内,开发出一个简单的、带有实践性的、可执行的系统原型,交给用户试用,开发人员根据用户反馈的信息,对系统原型进行修改、完善,再交给用户试用,反复这个过程,直至产生用户满意的系统原型为止。原型法需要一些开发工具支持快速的变化,我国市场上的信息系统快速开发工具有 Power Builder,Visual Basic,Visual FoxPro,Delphi 等。

1. 原型法的开发步骤

(1)确定用户的基本需求,开发初始原型系统。通过调查获取用户的基本需求,明确系统的基本用户界面形式和数据来源,了解用户期望的功能、应用范围、约束条件,估算研制原型的费用等。在这个阶段,用户和开发者对系统功能要求的认识是不完善的,这种不完善可以在今后的循环过程中加以弥补或纠正。

根据基本需求建立的初始原型,只包括一部分功能或是概括性的功能,目的是进行讨论并从它开始迭代。这个模型是在计算机上实现的,包括数据库模型和系统功能模型。在构造原型时比较强调预期的评估,而不是为了正规的长期使用。对于最终产品的一些要求,如安全性、可靠性、工作效率、界面完美程度等一般暂时不予考虑。

(2)使用原型系统确认用户需求。用户使用系统原型,发现问题,消除误解,验证原型的正确程度并提出新的修改意见,进而开发新的原型。

(3)修改和改进原型需求。原型的使用和修改不断地循环迭代。从图 3-10、图 3-11 中可以看到,每次开发出一个系统原型就要交付用户试用,如果用户不满意就修改原型,直到用户满意为止,否则就要不断地循环修改。

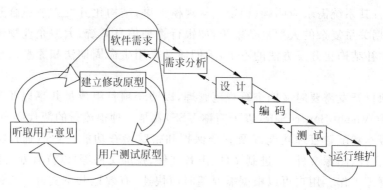

图 3-10   原型法示意图

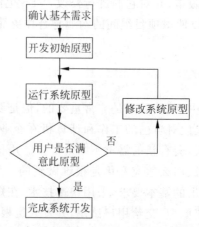

图 3-11   原型法步骤图

2. 原型化方法的主要特点

1）原型法的主要优点

（1）便于满足用户要求。原型法与用户交流比较多，能够较好地满足用户要求，使用户容易接受和使用系统。发挥了用户和开发人员的密切配合作用，容易激发用户积极性，增强用户信心，更好地体现了逐步完善、逐步发展的原则。在上述反复迭代的修改过程中，每循环一次都要求用户体验原型并提出修改意见。这样的开发机制较好地沟通了开发人员与用户的思想，极大地提高了用户参与的积极性，从而为开发成功提供了重要保障。

事实上，用户的所有需求不可能在开发初期确定，用户只有实际使用一个系统时才能对其需求有准确的把握。原型法就是遵循了人们认识事物的这种规律，先建立原型，在此基础上不断地修改和完善。从图 3-11 中可以看到，原型法最核心的部分就是用户运行原型、检验用户需求、修改系统原型这个反复的迭代修改过程，每一次迭代都使原型向用户满意的方向迈进一步。

（2）开发时间短、效率高。较早地和用户确认需求，减少修护总工作时间。原型法充分利用了最新的软件工具，强有力地支持了原型法的开发思路。

2）原型法的主要缺点

频繁的需求变化使开发进程难以管理。由于需求依赖用户修改意见，如果用户本身考虑不周，可能会造成系统偏离开发方向。

原型法比较适合于用户需求不清、业务理论不确定、需求经常变化的情况。当系统规模不大也不太复杂时适于采用该方法。信息系统实际开发中也经常使用综合法。综合法是将生命周期法和原型法两者结合使用，总体上采用结构化生命周期法的开发思想，局部采用原型法做出原始模型，与用户反复交流达成共识后，继续按照结构化生命周期法进行。

3.2.3　面向对象法

1. 面向对象法的基本概念

面向对象（Object Oriented，OO）是当前计算机界关心的重点，它是 20 世纪 90 年代软件开发方法的主流。面向对象的概念和应用已经超越了程序设计和软件开发，扩展到了很广的范围，如数据库系统、交互式界面、应用结构、应用平台、分布式系统、网络管理结构、CAD 技术、人工智能等领域。

面向对象至今还没有一个统一的概念，这里把它描述为：按人们认识客观世界的系统思维方式，采用基于对象（实体）的概念建立模型，模拟客观世界分析、设计、实现软件的办法。通过面向对象的理念使计算机软件系统能够与现实世界中的系统一一对应。它的基本思想是将客观世界抽象地看成是若干相互联系的对象，然后根据对象和方法的特性研制出一套软件工具，直接完成从对象客体描述到软件结构之间的转换，从而实现信息系统的开发。面向对象的思想已经涉及软件开发的各个方面，如面向对象的分析（Object Oriented Analysis，OOA）、面向对象的设计（Object Oriented Design，OOD）以及面向对象的编程实现（Object Oriented Programming，OOP）。当然，面向对象法和原型法一样需要支持其系统开发的工具,其中应用最广泛的一种就是统一建模语言(Unified Modeling Language, UML)。下面结合实例来说明面向对象方法的基本概念。

(1)对象(Object)。对象是对客观世界里的任何实体的抽象,是客观世界实体的软件模型,由数据和方法两部分组成。面向对象方法就是把数据及施加在这些数据上的操作合并为一个统一体,并把它称为对象。这种方法把客观世界看成是由各种对象组成的,因此用面向对象方法开发出来的系统也由对象组成。

(2)类(Class)。类是对一类相似对象的描述,这些对象具有相同的属性和行为、相同的变量(数据结构)和方法实现。类定义就是对这些变量和方法实现进行描述。类代表一种抽象,作为具有类似特性与共同行为的对象的模板,可用来产生对象。比如,可以把客观世界的车看作由各种车辆对象组成,车这个抽象的概念就是一个类,将车具体化即为车的对象,如奔驰车等,如图 3-12 所示。每个类都定义一组数据和一组方法。数据用于表示对象的静态属性(Attribute),是对象的状态信息。方法(Method)是允许施加于该类对象上的操作,为该类对象所共享。以图 3-12 所示汽车这个类为例,类的数据包括汽车的时速、耗油量等,类的方法包括开车、加油等操作。

(3)继承(Inheritance)。把若干个对象类组成一个层次结构的系统,下层的子类具有和上层父类相同的特性,称为继承。如图 3-12 所示,车即为一个父类,自行车和汽车除继承了与车类相同的数据和方法以外,还分别增加了新的数据和方法,自行车和汽车都是车类的子类。

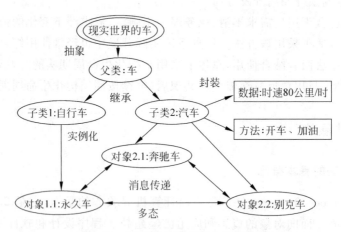

图 3-12   面向对象基本概念及其关系

(4)消息(Message)。对象之间的相互作用是通过消息发生的。消息由某个对象发出,请求其他某个对象执行某一处理或回答某些信息。对象之间只能通过外部接口传递消息来相互联系。比如,奔驰车、别克车、永久车在进行相互消息传递时,并不知道传递的对象内包含什么样的数据和方法,但仍然可以正常完成消息传递。

2. 面向对象法的开发步骤

面向对象法按系统开发的一般过程可分为如下几个阶段。

(1)系统调查和需求分析。第 1 步要对系统将要面临的具体管理问题以及用户对系统开发的需求进行调查研究,即先弄清"要干什么"的问题。

（2）面向对象分析（OOA），即分析问题。在系统调查资料的基础上，将面向对象方法所需的素材进行归类、分析和整理。面向对象分析模型包括对象模型、动态模型和功能模型3个层面，主要的任务是：先通过对用户需求陈述的分析，识别出问题的实质及所涉及的对象、对象间的关系和服务等，建立对象模型；然后，以对象模型为基础，将对象的交互作用和时序关系等建立成动态模型；再进一步设计有关对象功能的功能模型。

（3）面向对象设计（OOD），即整理问题。从 OOA 到 OOD 是一个逐渐扩充模型的过程，OOA 模型反映问题域和系统任务，OOD 模型则进一步反映需求的实现，填入或扩展有关需求的信息。OOD 工作内容主要包括主体部件设计和数据管理部件设计。

（4）面向对象编程（OOP），即程序实现。OOP 任务是为实现 OOD 各对象应完成的预定功能而编程，分为可视化设计和代码设计两个阶段。可视化设计阶段主要是进行用户界面设计。代码设计阶段的主要任务是为对象编写所需要响应的事件代码，建立不同对象间的正确连接关系等。

3. 面向对象法的优点与缺点

1）面向对象开发方法的主要优点

（1）与人们习惯的思维方法一致，面向对象以对象为核心，按照人类对现实世界的认识将现实世界中的实体抽象为对象，避免了其他方法可能出现的客观世界问题领域与软件系统结构不一致的问题。

（2）稳定性好。面向对象方法基于构造问题领域的对象模型，而不是基于算法和应完成功能的分解。当系统功能需求发生变化时，并不会带来软件结构的整体变化。

（3）可重用性好。对象固有的封装性、多态性等特点使对象内部的实现与外界隔离，因而具有较强的独立性，为可重用性提供支持。类和对象提供了面向对象软件系统的模块化机制，极大地提高了类的可重用性，这种重用也较为规范。

（4）可维护性好。面向对象的软件容易理解、修改、测试及调试，从而缩短了开发周期，并有利于系统的修改维护。

2）面向对象开发方法的主要不足

目前，这种方法需要有一定的软件环境支持，对系统开发的人力、财力、物力要求也比较高。由于面向对象的视角缺乏全局性的控制，若不经自顶向下的整体划分，而是一开始就自底向上地采用 OO 方法开发系统，可能会造成系统结构不合理、各部分关系失调等问题。面向对象方法特别适合于图形、多媒体和复杂的系统。由于存在上述不足，在大型信息系统开发过程中，要将 OO 方法和结构化方法互补使用，以防止系统结构不合理的情况发生。

3.2.4 计算机辅助软件工程方法

计算机辅助软件工程方法（Computer Aided Software Engineering，CASE）是一种自动化或半自动化的方法，能够较全面地支持除系统调查外的每一个开发步骤。它是 20 世纪80 年代末从计算机辅助编程工具、第 4 代语言（4GL）及绘图工具发展而来的一个大型综合计算机辅助软件工程开发环境，为具体的开发方法提供了支持开发过程的专门工具。目前，

CASE 仍是一个发展中的概念,各种 CASE 软件也比较多,没有统一的模式和标准。采用 CASE 工具进行系统开发,必须结合一种具体的开发方法,如结构化系统开发方法、面向对象方法或原型化开发方法等。随着技术的发展和人们认识的深化,CASE 已逐渐朝着可以进行各种需求分析、功能分析、结构图表生成(如数据流图、结构图、实体联系图等)的方向发展,进而成为支持整个系统开发全过程的一种大型综合系统。

1. CASE 方法的主要特点

(1) 既支持自顶向下的结构化开发方法,又支持自底向上的原型化开发方法,更加实用。

(2) 解决了由现实世界到软件系统的直接映射问题,强有力地支持信息系统开发的全过程。

(3) 简化了软件管理维护,使开发者从繁杂的分析设计图表和编程工作中解放出来。

(4) 自动生成文档和程序代码,使系统产生了统一的标准化文档。

(5) 着重于分析与设计,具有设计可重用性,使软件开发的速度加快而且功能进一步完善。

2. CASE 平台上的信息系统开发工具

目前,信息系统自动化开发工具朝着集成化方向发展,形成集成开发环境。软件集成开发环境是一组软件工具按照一定的软件方法,或遵循一定的软件生产和维护模型组织起来的有机开发平台。主要工具包括:

(1) 系统分析、设计工具。系统分析、设计工具为系统生命周期的前期、中期提供支持,处在信息系统开发过程的中、上游,辅助定义需求,进行系统分析,产生一套分层的数据流图、数据字典及文字说明,共同组成新系统逻辑设计的文档资料。此外,还可以辅助设计人员生成新系统的控制结构图和功能模块图,共同组成系统物理设计的文档资料,成为后续工作的依据。

(2) 代码生成工具。代码生成工具主要支持软件编程工作,适用于系统生命周期的后期工作,处在信息系统开发过程的下游。在程序设计阶段,可以为程序员提供各种便利的编程作业环境。有些工具还可以自动生成程序代码,为系统开发提供方便。

(3) 测试工具。软件测试是系统开发正确性的必要保证,测试工具能够通过执行程序,发现系统中存在的错误,从而避免不必要的损失。测试工具涉及测试的全过程,包括测试用例的选择、测试程序和数据的生成、测试执行及结果评价等。

(4) 项目管理工具。项目管理是保证开发项目顺利进行所必要的对开发范围、时间、成本、人员、质量等方面的管理。项目管理工具能够协助项目管理人员进行有效的管理和控制,这类工具主要有 PERT 图、Gantt 图以及软件配置管理工具等。

3.3 管理信息系统的开发方式

经过实际开发经验的证明,要成功开发信息系统必须具备一些必要的条件。企业必须满足这些条件,此外,要开发出好的信息系统,企业还应从自身的背景状况出发,选择合适的开发方式,以最低的投入和成本获取最大的信息系统效益和企业战略实现的支持力。随着系统开发成本的增加和 IT 技术的飞速发展,IT 外包的方式越来越流行,但并不是每个企业都适合 IT 外包,各企业要根据自身情况慎重选择,并采取适当的措施尽量避免外包的风险。本节介绍开发管理信息系统的必要条件,讨论几种常用的开发方式,特别针对外包的特点与风险管理进行了说明。

3.3.1　信息系统开发的必要条件

1. 信息系统开发是复杂的社会过程

随着社会经济的迅速发展和市场竞争的日益激烈,信息系统已经成为现代企业、政府部门等各类组织提高自身核心竞争能力、实现组织目标不可缺少的战略性支持,许多企业都竞相开展了各自的信息化建设之路。然而,这条道路却历尽坎坷。大多数企业由于建设过程耗资巨大,开发方法、开发策略选择错误等方面的失误,所得到的效益远远不及预先的承诺和期望,甚至半途而废,反而使建设单位背上沉重的包袱,阻碍未来的发展。因此,信息系统建设者必须认识到,系统建设需要运用科学的建设方法,结合人、财、物各方面的资源条件,经过一个长期的、渐进的建设和完善过程。信息系统不仅仅是一个技术系统,还是先进的科学技术和现代管理相结合的综合系统,同时又是人类及其活动相互协调、影响、发展的社会系统。信息系统建设周期长、投资大,具有较大的建设难度和复杂性,具体包括:

(1) IT 技术的复杂性。信息系统以现代技术,尤其是数据库技术、网络技术等为依托,利用新的技术平台优化企业的业务流程,发现及解决企业运营中依靠传统方法难以解决的问题。进行信息系统建设需要大量拥有最新科学技术的工作者根据企业具体的实际背景条件,有针对性地设计企业信息系统的技术方案,保证系统成本不会过高,在短时间内不因技术的迅速发展而被淘汰。掌握这些先进而复杂的技术并合理地运用是系统开发要解决的重要技术问题。

(2) 信息系统开发是技术问题,更是管理问题。目前,信息系统开发存在的问题不仅仅是技术问题,更多的是管理问题。从图 3-13 中可以看到,信息系统开发的成败取决于技术和管理两个方面,缺一不可。有些项目经理过分强调系统开发的技术问题,而忽略了对用户需求、开发环境、开发团队及开发过程的重视,致使开发人员工作随意、缺乏规范性等,造成系统

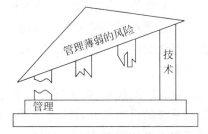

图 3-13　信息系统中管理的重要性

开发延迟、预算超支、质量无法满足用户的需求。项目管理包括对系统开发过程的范围、时间、成本、风险、质量、人员等方面进行的计划和控制。在信息化建设的实践当中,人们还越来越重视管理思想、管理制度、权力结构、人文特点等管理因素对信息建设的影响。另外,信息系统需要和管理流程融合,与企业发展战略相适应,等等。

(3) 用户需求的复杂与变化性。信息系统是在 IT 平台上建立的有管理和决策功能的系统,管理的复杂性就决定了系统用户需求的复杂性,而用户需求的提出本身就是一个复杂

的认知过程。企业各部门管理人员对于信息的要求不尽相同,有些比较模糊,有些可能相互冲突,有些还会在系统开发期间发生变化。有时,企业的管理工作者由于对技术问题不了解,提出的需求难以实现。

(4) 环境的多样性。随着市场竞争的日益激烈,信息系统已成为获取核心竞争力的必要支持。而企业要想使信息系统成为有力的竞争武器、加快企业对环境的适应能力和反应性,就必须建立一个时时刻刻与市场环境紧密联系的信息系统。这就要求系统建设者十分重视、深刻理解企业面临的内外环境及发展趋势,考虑到现行的管理体制、管理方法,人的习惯、心理以及社会、政治等诸多因素,同时给系统留有足够的可变余地,使企业可以按照变化了的环境进行相应的信息系统调整。

(5) 维护费用的不易预见。维护工作量不好预测。软、硬件的日常维护以及升级连带的多方面的支出难以预测。

(6) 需要借鉴国际标准。信息系统的应用处于国际市场的大环境中,开发系统无论从输入、输出还是数据交换方式都需要考虑到国际市场环境的要求和惯例。另外,软件产品的质量管理和评价借鉴国际质量标准有助于提高外包交易的机会,提高企业的知名度和综合竞争力。

2. 信息系统开发的必要条件

如上所述,信息系统开发是一个复杂的社会过程,建立信息系统并使它正常运行,取得效益,必须具备一定的条件。

(1) 合理地确定信息系统的目标。信息系统的目标会直接影响到系统能否开发成功,目标的确定应坚持先进性和实用性相结合的原则。目标应与企业发展战略相符。目标的定义也是评价的基础。

(2) 企业具备一定的科学管理基础。如果管理基础数据处于不健全、混乱、混沌的状态,数据不统一、不完备,流程不健全,则很难建立管理信息系统。

(3) 具备一定的物质资源保证。系统开发是耗费财力和物力的庞大项目,而且,物质资源投入还要在需要时源源不断地给予供应,否则项目就会中途夭折,完全损失前期投入的资源。系统交付后,还要持续支付系统运行、维护的相关成本,这些开销在系统开发之前都要予以考虑。

(4) 领导重视,业务人员配合。经验表明,企业主要领导的重视和亲自参与是成功建立信息系统的重要条件,即"一把手原则"。一方面,信息系统是为管理服务的,只有最高领导最了解企业的目标和信息需求;另一方面,建立信息系统是一项复杂的系统工程和管理工程,涉及组织结构的调整和改变等全局性的问题,只有最高领导亲自过问才能解决。另外,业务人员的积极性也是一个重要因素,他们的业务水平、工作习惯和对新系统的态度,是影响系统正常使用的重要因素。

(5) 开发方配备结构合理的开发队伍。信息系统涉及多门学科、多种人才,必须根据系统的实际情况,合理组织系统开发所需要的各种人才,共同完成任务,具体见表 3-2。

表 3-2 信息系统开发队伍

人 员	工 作
项目管理人员	系统开发、运行和维护的组织与领导工作等
系统分析员	系统分析等
系统设计员	系统设计等
程序员	应用程序设计等
系统维护人员	系统硬件和软件维护等
操作员	硬件操作和信息处理等
文档管理员	文档管理、配置管理
质量管理员、审计	质量管理、风险管理
其他专业人员	特殊的设计工作

3.3.2 信息系统的开发方式

信息系统的开发方式主要有独立开发、委托开发、合作开发、购买现成软件 4 种。这 4 种开发方式各有其优点和不足,需要根据开发单位的技术力量、资金状况、外部环境等各种因素进行综合考虑和选择,也可将多种开发方式结合使用。

1. 独立开发方式

独立开发方式适合于有较强的系统分析与设计队伍的组织和单位,如大学、研究所、高科技公司等。相比而言,独立开发的优点是开发费用较少,实现开发后的系统能够适应本单位的需求,单位满意度较高,系统维护工作方便。缺点是由于不是专业开发队伍,容易受业务工作的限制,系统优化不够。由于开发人员是临时从各部门抽调出来的,在其原部门还有其他工作,精力有限,容易造成系统开发时间长,开发人员调动后系统维护工作没有保证,新平台兼容性等问题,系统维护问题也比较突出。

2. 委托开发方式

委托开发方式适合于使用单位无系统软件开发人员或开发队伍力量较弱,但资金较为充足的单位。双方应签订系统开发项目协议,明确新系统的目标和功能、开发时间与费用、系统标准与验收方式、人员培训等内容。委托开发方式的优点是省时、省事,开发的系统技术水平较高。缺点是费用高、系统维护需要开发单位的长期支持。

3. 合作开发方式

合作开发方式适合于使用单位有一定的系统分析、设计及软件开发人员,但开发队伍力量较弱,希望通过信息系统的开发完善和提高自己的技术队伍,便于系统维护工作的单位。该方法的优点是相对于委托开发方式而言节约了资金,并可以培养、增强使用单位的技术力量,便于日后的系统维护工作。缺点是双方在合作中易出现沟通问题,需要及时协调以达成共识。

4. 购买现成软件

目前,软件的开发正在向专业化方向发展。一批专门从事信息系统开发的公司已经开发出一批使用方便、功能强大的专项业务信息系统软件。为了避免重复劳动,提高系统开发的经济效益,也可以购买信息系统的成套软件或开发平台。这一方式的优点是节省时间和费用、技术水平较高。缺点是通用软件的专用性较差,需要有一定的技术力量根据用户的要求作软件接口改善等二次开发工作。

3.3.3　IT 外包与主要风险

IT 外包是随着社会经济的发展流行起来的一种经营管理方式,近年来,我国的外包市场增长很快。外包有利于降低成本、形成战略联盟。但是,外包并不适合所有的单位,不可预见的因素很多,存在较大风险,甚至可能导致重大的法律纠纷。对 IT 外包项目风险的分析和控制是十分必要的。

1. IT 外包概述

IT 外包(IT Outsourcing)是将组织中与信息相关的活动,部分或全部交给组织外的信息服务提供者来完成。外包内容包括信息处理服务、业务流程支持、应用软件系统开发、网络系统建设、硬件设备选型与维护、IT 知识培训、企业信息化方案咨询等。

软件行业是人力资源成本、技术含量相对较高的行业,采用外包形式,有利于利用外部资源,降低人力资源成本,提高效率,用较为先进的信息科技增强企业对环境的应变能力。更重要的是,企业可以把精力放在自己最擅长的领域,充分发挥自身核心竞争力,支持其战略目标的实现。

2. 采用 IT 外包的主要优点

(1) 有益于企业将力量集中到核心能力上。选择 IT 外包及相关的顾问咨询服务将外围业务逐渐外包出去,可以利用外部专业人员、资源优化企业 IT 投资,企业的 IT 工作由对过程的管理转变为对结果的管理,能够充分发挥企业在信息化建设上的投资效益。更重要的是,外包的目的不仅仅是简单地变换一种经营方式,而是有助于企业核心竞争力的提升,有利于企业差异化、创新化的战略方向。外包并不是一种"卸包袱"的手段,而是基于对成本和利润的战略分析与评估的一种结果。

(2) 有益于预见成本。通过 IT 业务外包,企业不必对 IT 人员进行无休止的培训,也不必担心人才流失,从而,节省了人力资源成本和管理成本。另外,外包需要签订合同,以合同价款为参考可以提高未来信息化成本的可预见性。

(3) 简化内部的管理工作。提高办公效率和质量,减少 IT 系统故障发生率,避免网管人员的流动给企业 IT 系统带来的不稳定,确保企业网络系统始终处于良好的运行状态,让系统及时得到合理优化和升级,简化了企业内部的管理工作。IT 外包还可以使企业以较低的成本不断地接触最新的信息技术创新与升级。

(4) 促进企业资源整合。IT 外包后,企业原有 IT 部门的去留、部门功能的全面程度等都将发生重大变化。业务流程的优化改进必将给企业的核心业务部门带来较大调整。外包企业所提供的是经过整合的 IT 服务包,具有很强的系统性和完整性,是一般企业靠自己的力量难以达到的。通过对企业业务流程和数据流程的分析、重组与优化,为企业带来更有效的经营、生产模式,增强了企业在市场当中的竞争力。

3. IT 外包的主要风险

当然,我们对 IT 外包也不应过分乐观。从外包的委托方本身和外包商两个角度讲,他们都将面临一定的风险。从委托外包的公司角度讲,如果没有透彻理解产业模式的变化和这种新的商业关系的意义就将自己 IT 的业务外包出去,就有可能面临很大的风险。具体来说,IT 外包的主要缺点如下:

(1) 降低了企业的控制能力。某些 IT 外包可能导致企业自动放弃对信息系统的控制,从而丧失企业的部分职能。外包还会降低企业对在某些技术的跟踪和对新技术的了解程度。

(2) 委托代理关系复杂容易引起法律纠纷。企业一旦把工作交给了外包商就基本不再插手管理,造成管理过程不易控制,特别是在合同内容不明确或者含糊的情况下,一旦企业和外包商发生误会或不一致,双方各自站在自己的立场上,则会产生矛盾甚至法律纠纷,这样,就很难形成战略合作伙伴关系了。

4. IT 外包与风险管理

规避 IT 外包的风险可以参考以下方法:

(1) 依照相关法律和政策健全合同文档管理。按照相关法律和政策定义和规范合同和子合同。制定承包商开发计划,跟踪开发计划,实施规范的更改管理,定期审核、评价承包商的能力。为此,企业一定要对整个外包项目有足够的了解,其中包括项目需求、实现方法和预期的经济利益效益等。建立一个交叉职能的合同管理团队,制定各方可度量和实施的共享目标。在合同签订和项目启动之前,双方应就项目的工作范围达成明确的一致,包括项目需求、所有要完成的任务以及完成任务的基础条件等,否则,项目实施时会有很多不清楚的地方,验收时将会出现由于项目范围理解不一致而带来的许多麻烦。

(2) 供应商的选择需要参考国际评估标准。IT 服务商最好选择通过 ISO 9000 或 CMM 认证级别较高的规范企业。项目开始前就要建立起完整的服务和质量保证规则,并将其写入签订的合同中。对于已经完成的部分,要有一套合理的评估方法,建立绩效基准,执行定期竞争性评估和基准检查。

(3) 引入多个供应商。选择同一家服务供应商会节省一些管理费用,但是不利于分散风险。IT 外包有时候也可以考虑将大项目分割成多块能够更好管理的小计划,每一块都有特定的目标,可以独立运作,每一块都可以由不同的服务商来开发。如此一来,外包厂商就可以不止一家,从而减少风险。

综观 IT 外包市场,目前占主导地位的仍是大型的传统外包服务供应商。国内许多传统 IT 厂商、增值经销商都看到了外包服务的前景,正纷纷向这一领域转型。与具有丰富经验的外国专业服务商相比,国内企业在外包市场中还略显稚嫩。但随着国内 IT 企业技术水平、管理机制和管理观念上的提高,用户对于外包服务认识程度的加深以及外包服务运作水平的提高,国内 IT 资源外包服务市场将进一步发展并走向成熟。

3.4　思　考　题

(1) 信息系统战略规划中有哪些活动？

(2) 什么是关键成功因素？如何应用关键成功因素法？

(3) 什么是业务系统规划法？

(4) 生命周期法的主要文档包括哪些？VSS 软件如何进行版本管理？

(5) 原型法的主要特点是什么？解释原型法如何支持终端用户和专家改进过程。

(6) U/C 矩阵的模块划分是否是唯一的？U/C 矩阵分析法的求解步骤是什么？

(7) 在系统规划中，如何利用"自下而上、自上而下"的策略？

(8) 外包的特点和风险是什么？如何进行外包风险管理？

(9) 描述信息系统开发周期的每一个步骤。

3.5　实　验　题

(1) 以一个项目为例，列出文档的目录和文档的基本内容。

(2) 参考本章例子，设计一个例子，说明 U/C 矩阵的模块划分的方法。

(3) 寻找和设计一个例子，说明外包风险以及规避风险的措施。

第4章

系 统 分 析

　　信息系统开发是一项系统工程。如果把信息系统的规划和开发方法的选择比作宏观战略分析,那么系统开发中的分析、设计和实施工作就相当于微观的战术操作。

　　系统分析是项目开发的最重要的阶段。系统分析不是初步分析而是一项深入的研究,其目标就是要对用户的需求进行定义,为信息系统设计取得成功奠定良好的基础。在这个阶段,系统分析师通过对企业管理业务的调查分析,理解企业的组织结构,对现行系统进行分析。理清原系统的业务流程和管理模式,找出其中的问题和不足,并从功能和数据分析的角度对系统加以改进和完善,利用数据流程图、数据字典和处理逻辑的表达方式进行定义,提出新系统的逻辑模型解决方案。系统分析的本质是通过对现有系统的描述和分析来回答未来系统"要做什么"的问题,即从抽象的信息处理角度看待系统应该具有怎样的功能,而不涉及这些功能用什么具体的技术去实现。

　　本章主要介绍系统分析所涉的关键环节和重要方法,包括对现行系统的调查、可行性论证、系统功能分析、数据分析、为完成系统分析工作需要掌握的方法和工具,以及在此基础上提出的新系统的逻辑方案。

学习目标

- 理解系统分析工作的重要性,掌握系统分析报告的撰写内容。
- 掌握可行性分析报告的主要内容。
- 理解数据字典的作用,掌握数据字典的编制方法。
- 掌握数据流程图的绘制方法,理解数据字典与数据流程图的对应关系。
- 了解系统分析阶段形成的主要文档。

4.1　初步调查与可行性分析

　　信息系统的开发工作往往从初步调查开始,以企业发展的目标和信息系统的总体规划为指导,针对用户提出的各种问题和要求进行识别和论证分析,通过可行性分析确定是否进行系统开发的问题,最终以系统可行性分析报告的形式标志可行性分析阶段任务的完成。

　　说明:本书从系统开发的角度(执行规划)出发,把可行性分析放在系统分析阶段,实效性较好。如果管理者为了战略规划的需求,需要论证是否建立管理信息系统时,也可以把本节内容放在第3章的系统战略规划中完成。

4.1.1 初步调查

系统初步调查站在"高层"观察组织的现状,分析系统的运行状况。它对现行系统的主要业务流程和数据流程、企业外部环境、企业内部经营管理状态、信息化水平、员工素质等一系列的情况进行考察,并对用户提出的要求和任务做出一个准确的认识和估计。初步调查的内容如下:

(1) 了解系统基本状况。包括读者对象、目的、技术要求和限定条件等。

(2) 调查内容。系统分析人员要调查有关组织的整体信息、有关人员的信息及有关工作的信息(做了什么,有什么问题),包括主要输入、主要输出、主要处理功能以及与其他系统的关系。

(3) 分析内容。现有什么;需要什么;在现有资源下能够提供什么;此项目有无必要和可能作进一步的调查与开发。

(4) 收集与系统相关的参考材料(系统简介)。

(5) 初步调查阶段的主要目的就是从总体上了解原系统的基本功能和信息需求,从系统分析人员和管理人员的角度来看新项目开发有无必要和可能。

4.1.2 可行性分析

可行性分析也称为可行性研究,它已经成为新产品开发、工程投资等领域中决策的重要手段。信息系统的开发同样也需要进行可行性研究,以避免盲目投资,减少不必要的损失。

1. 可行性分析的目标与工作内容

可行性分析进一步明确系统的目标、规模与功能,对系统开发背景、必要性和意义进行调查分析,并根据需要和可能提出拟开发系统的初步方案与计划。可行性研究是在初步调查的基础上,进一步明确问题,对系统规模、目标及有关约束条件进行整体、全面的分析与论证,提出系统的逻辑模型框架和可能的各种参考方案。可行性分析从必要性和可行性方面入手,为系统开发项目的决策提供科学依据。

1) 必要性分析

必要性分析是可行性分析的前提,非常重要,但却往往被用户和技术人员忽略。很多信息系统还未能发挥其应有的作用就被放弃了,甚至完全失败,其中很重要的一个原因就是没有进行必要性分析。分析信息系统的必要性主要包含以下 3 个方面:

(1)"显见"的必要性。"显见"的必要性是指随着组织的发展和对管理要求的提高,系统目前所使用的管理和数据处理方法已无法满足管理的需要,必须更新管理方法和手段,建立新型的系统。例如,现有的系统已经不适合或不能满足企业的需要,企业的发展使得数据量越来越大,对精度的要求也越来越高,而这些都是原有系统无法解决的。

(2)"预见"的必要性。"预见"的必要性是指根据组织和技术发展的趋势而对将来进行的预想措施。预想将来如果不进行必要的更新,就有可能不适应管理和信息处理的需要,不能适应竞争的环境。"预见"的必要性可以提前采取措施,使组织始终处于领先地位。例如,企业的发展以及技术的进步使得企业领导预见到未来不久信息处理手段必须更新,否则不能适应未来信息处理的需要。

（3）"隐见"的必要性。"隐见"的必要性是指系统的缺陷是长期的、分散的、不直接的或不明显的,通过改进能够提高管理效率,更好地满足管理和数据处理的要求。有些系统,如社会服务系统,服务效率很低,明显地影响到社会利益和经济利益。这种影响不是直接看得见、摸得着的,不是集中的而是分散的,不是突发的而是长期积累的。但是,如果这种问题长期积累下去,量变就会引起质变。所以必要性分析应该重视这些"隐见"的系统危害性,建立一个新的高效率的系统。

2）可行性分析

可行性是建立在必要性基础之上的,建立信息系统的可行性主要包括以下几方面的内容：

（1）经济可行性。经济可行性分析一方面是对项目支出费用进行的分析,另一方面是对项目取得收益进行的分析,即分析新系统所带来的经济效益是否超过开发和维护信息系统所需要的费用。其中,费用包括购置硬件设备的费用,购置软件的费用,系统的开发、运行和维护的费用以及培训用户管理人员、操作人员及维护人员的费用。效益包括系统交付使用后,在某一时期能够产生的明显的经济效益和新系统带来的间接经济效益,如工作效率的提高可以提升企业管理水平。如果不能提供研制系统所需要的经费,或者不能提高企业的利润,或一定时期内不能收回它的投资,就应该放弃该项目。投资分析主要是估算成本,计算项目投资总额。成本包括初始成本与日常维护费用。如图4-1所示。除此以外,还应该分析经济合理性,考虑如何将资金合理使用以提高经济效益的问题。效益包括直接效益和间接效益。信息系统所带来的间接效益是不可忽视的,有些信息系统所带来的效益主要是间接效益。

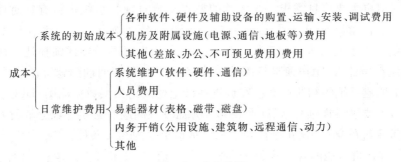

图 4-1 成本估算

直接效益主要表现在节省人员、压缩库存、产量增加及废品减少等对利润的直接影响方面,这些效益可直接折合成货币形式。

间接效益主要体现在提供以前提供不了的统计报表与分析报告功能；提供比以前更准确、及时、适用、易理解的信息；为领导决策提供了有力支持；促进体制改革,提高工作效率；减少人员费用；改进服务,增强了顾客信任,增强企业的竞争地位；改善工作条件,以及将来需要的潜力等方面。

（2）技术可行性。技术方面的可行性分析,就是根据现有的技术条件,分析所提出的要求能否达到。其中,技术的可行性分析应在已经普遍使用并已成为商品的技术基础之上,不能以刚出现的甚至正在研究中的技术为依据。信息系统的建设要应用高技术产品,缺乏高技术物质基础以及高科技人才的系统开发项目是无论如何不能实现的。技术可行性主要包括硬件、软件和人员3个方面。

硬件方面的可行性分析主要包括计算机,通信设备,外部设备,辅助设备的功能、效率、可靠性等方面的能力,质量是否满足要求等。

软件方面包括系统软件、应用软件。一方面要分析系统软件和应用软件各自的性能,另一方面要分析系统软件和应用软件之间的衔接、支持能力,同时还要分析系统软件和应用软件对环境的要求和对环境的适应性等。其中,系统软件包括操作系统、数据库管理系统、语言处理系统、软件开发工具等,应用软件主要包括应用软件包、通信协议软件、管理软件和工具软件等。

人员方面主要是指各类技术人员的数量、水平、来源情况等。

(3) 管理上的可行性。管理可行性是指所建立的信息系统能否在该组织实现,在当前的组织环境下能否很好地运行,即组织内外是否具备接受和使用新系统的条件。它主要是保证系统建设中所需要的人力资源,并为系统设计开发建立一套管理制度。

管理可行性包括的因素很多,包括领导是否支持、管理是否科学、组织机构是否健全、基础数据是否齐全、当前系统的管理体制是否有条件提供新系统所必需的各种数据、企业最高层领导及各级管理人员对新系统所提供信息需求的迫切性(即新系统的必要性)、新系统运行后对各方面产生的影响、当前系统的业务人员对新系统的适应性等。例如,用计算机处理大批信息,可以代替某些管理人员的工作,于是也涉及他们的工作安排问题。

2. 可行性分析的步骤

(1) 确定系统的规模与目标。分析系统的出发点是否正确,目标是否正确。

(2) 明确用户主要信息需求。此步骤的前提是要对现行系统进行有针对性的调查,明确现行系统是否能够满足用户需求,如果不能,问题在什么地方。这一活动容易出现的问题是在现行系统调查上费时太多。系统分析员要注意此步骤不是要详细描述系统做什么,而是要理解系统在做什么,用户通常只谈论症状,系统分析员要明确问题所在。

(3) 提出拟建系统的初步方案。在调查基础上要画出顶层数据流图(DFD)和相应的数据字典(DD),不要进行详细分解(除非在哪一方面发现问题有必要详细分解时)。要弄清楚此系统与相关系统的接口,这在设计新系统时是很重要的约束条件。

(4) 提出并评价可能的替代方案,并进行可行性研究(技术可行性,经济可行性,管理可行性)。这里的可行性研究涉及物理方案,即解决问题的可能途径。例如,软、硬件的配置方案。

(5) 给出该项目做还是不做的选择,同时确定方案。

(6) 制定项目开发计划,包括人、财、物等方面的安排。

(7) 撰写可行性分析报告。

(8) 向用户审查小组与指导委员会提交结果。

在对上述几个方面的可行性进行分析后,以文字材料的形式写出新系统开发的可行性分析报告,并上交有关部门。到此为止,初步调查与可行性分析的工作就告一段落。

3. 可行性分析报告

可行性分析报告是可行性分析的最后成果。该报告必须用书面的形式记录下来,以作为论证和进一步开发的依据。下面通过表4-1给出可行性分析报告的框架。

表 4-1 可行性分析报告的框架

1. 引言

    1.1 编写目的 [阐明编写可行性研究报告的目的]

    1.2 项目背景 [a.所建议开发软件的名称；b. 本项目的任务提出者、开发者、用户及实现软件的单位；c. 本软件与其他系统的关系]

    1.3 参考材料

    1.4 系统简介

    1.5 技术要求及限定条件

2. 可行性研究的前提

    2.1 要求

    2.2 目标

    2.3 条件、假定和限制

    2.4 可行性研究方法

    2.5 决定可行性的主要因素

3. 对现有系统的分析

    3.1 处理流程和数据流程

    3.2 工作负荷

    3.3 费用支出

    3.4 人员

    3.5 设备

    3.6 局限性 [说明现有系统存在的问题以及为什么需要开发新的系统]

4. 所建议技术可行性研究

    4.1 对系统的简要描述

    4.2 处理流程和数据流程

    4.3 与现有系统比较的优越性

    4.4 采用建议系统可能带来的影响

    4.5 技术可行性评价 [包括在限制条件下功能目标是否能够达到、利用现有技术功能目标能否达到、对开发人员数量和质量的要求并说明能否满足、在规定的期限内开发能否完成]

5. 所建议系统经济可行性研究

    5.1 支出

    5.2 效益

    5.3 收益/投资比

    5.4 投资回收周期

    5.5 敏感性分析 [敏感性分析是指一些关键性因素，例如：系统生存周期长短、系统工作负荷量、处理速度要求、设备和软件配置变化对支出和效益的影响等的分析]

6. 社会因素可行性研究

    6.1 法律因素 [例如，合同责任、侵犯专利权、侵犯版权等问题的分析]

    6.2 用户使用可行性 [例如，用户单位的行政管理、工作制度、人员素质等能否满足要求]

7. 其他可供选择的方案

    [逐个阐明其他可供选择的方案，并重点说明未被推荐的理由]

8. 结论和意见

    [结论意见可能是：可着手组织开发或需待若干条件(例如资金、人力、设备等)具备后才能开发或需对开发目标进行某些修改或不能进行或不必进行(例如技术不成熟，经济上不合算等)或其他]

可行性报告是系统开发人员对系统的看法。这一报告应该提交到正式会议上加以讨论,这种会议除了用户的领导、管理人员、系统研制人员之外,还应该尽可能地邀请一些有经验的局外人员参加,这是非常必要的。因为,初步调查所形成的概念还是较为粗略的,在这种情况下做出判断,很大程度上要依赖于经验,尤其是与其他开发项目的比较。只有各个方面的专家来共同讨论,充分估计各种可能出现的问题,集思广益,才有可能做出符合实际的判断。

4.2　系统的详细调查

一个成功的系统从来不是由人们凭空想象出来的。无论是整个系统从外边购买、引进或是由开发过同类系统的人员开发出来,它都是凝结了管理者多年的管理经验和设计者艰辛劳动的产物。熟知本企业的实际情况、业务状况、问题焦点、建立新系统的真正需求是什么等,始终是我们进行系统分析的关键环节。系统调查就是要解决这个问题。下面介绍进行系统调查所应具备的一些基础知识。

4.2.1　系统调查的目的和原则

系统分析阶段的系统调查工作是将企业和组织的现行系统(即当前正在运行的系统,它可能是人工系统,也可能是采用了计算机的信息系统)为研究对象,进行详细调查与分析工作。详细调查与初步调查不同,它要了解现行系统中信息处理的具体情况,而不是系统的外部情况;要弄清现行系统的基本逻辑功能及信息流程,其重点在于调查分析系统内部功能结构,包括组织结构、业务流程、数据流程、数据存储及其组成等。这些正是新系统研制中有可能要加以修改、更换的内容。详细调查的程度比初步调查要细致得多,工作量大,参与人员多,而且要有一些熟悉现行系统业务和管理工作的人员参加。

详细调查的目的在于完整地掌握现行系统的各个方面。这是由于新系统一般都是以当前系统为基础,只有通过对当前系统的详细调查,收集整理有关数据,弄清业务现状,查明执行效果,发现薄弱环节,才能为改进系统和开发高质量的新系统提供可靠的资料,为建立新系统的逻辑模型打下坚实的基础。

在调查中,必须强调用户参与原则。用户最熟悉他们工作的环境、业务情况、现行系统的优点和缺点,只有充分调动了他们的积极性,系统的成功才能有保障。

4.2.2　系统调查的主要内容

系统调查是对企业和组织现行系统及其周围环境现状的了解,从而掌握与系统开发有关的基本情况,确定信息需求。一般而言,系统调查的主要内容包括以下一些方面。

1. 现有系统的基本情况

即企业概况。例如,企业的规模、战略目标、核心竞争力的水平、外部约束、面临的主要问题、信息系统的系统目标、希望信息系统解决的主要问题等。

2. 管理业务

严格地说,管理信息系统的开发目的在于提高企业整体的管理水平、员工工作效率和企业的经济效益。随着企业信息化建设的提升,企业各方面的变革也是不可避免的。因此,调查管理业务的过程,不是一个简单的接受过程,而是一个发现问题、提出问题和为今后解决问题做准备的过程。管理业务调查的好坏,将直接关系到将来新系统能否完成系统目标的问题。调查内容包括组织结构的调查、管理功能体系的调查、业务流程的调查和数据流程的调查等。

1) 组织结构的调查

要建立企业信息系统,就必须知道当前系统的组织结构状况,即各部门的划分及其相互关系、人员配备、业务分工、信息流和物流的关系等,并关心那些与计算机管理有关的机构和关系。

组织结构图用于反映组织内机构的设置情况以及各机构之间的关系。组织结构图采用层次模块的形式绘制,图的结构为分层树形。机构的名称用矩形框表示,一个矩形框代表一个机构,最高层只有一个矩形框,用来表示组织最高层的管理机构,相同级别的机构在图中处于同一层次上,不同层次上的各管理机构通过连线来表明隶属关系。

以某高校图书馆里信息系统为例,图书馆的组织结构图如图 4-2 所示。其中办公室和财务室是同级别的机构,而采编室、图书借阅室、期刊阅览室、学术论文室和技术支持室是同一级别的机构。

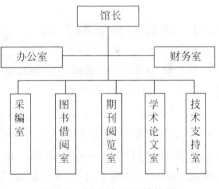

图 4-2 图书馆组织结构图

2) 管理功能体系的调查

系统有一个总目标,为了达到这个目标,必须要完成各子系统的功能。而各子系统功能的完成又依赖于下面各项更具体功能的执行。功能结构调查的任务就是要了解或确定系统的这种功能构造。

3) 业务流程的调查

为了弄清楚在各部门的信息处理工作中,哪些工作与系统建设有关,哪些无关,就必须了解组织的业务流程,从一个实际业务流程的角度将系统调查中有关该业务的资料串起来,以便于对企业现有的工作过程有一个动态的了解。对业务流程的调查通常可按业务活动中的信息流动过程来逐个调查当前系统中的每个环节。

4) 数据流程的调查

虽然业务流程已经在一定程度上表达了信息的流动和存储情况,但业务流程调查的工作重点是将组织与功能匹配起来,将功能与功能关联起来。调查对象包括物资、材料等内容。详细调查的范围是围绕组织内部数据流所涉及领域的各个方面,但有些数据流又是通过物流产生的,物流和数据流又都是在组织中流动的。所以调查的范围就不能仅仅局限于信息和数据流,还应该包括企业的生产、经营、管理等各个方面。具体地说,详细调查包括组织目标和发展战略、组织机构和功能业务、管理模式和管理方法、业务流程与工作形式、数据、数据处理与数据流出、可用资源和限制条件、现有问题和改进意见等。

3. 信息需求、处理手段和信息资源

在系统分析中，比较困难的工作就是定义满足系统目标的特定信息需求，它包括确认何人、何时、何地需要何种信息。正确的信息需求将为系统带来新的功能，从而围绕它的处理、传递和存储等产生创新点。因此，调查者应给予其高度的重视。另外，现行系统中大量存在的单据、原始凭证和各种各样的报表都是信息的资源，对它们的调查、收集和分析，能够对现行系统的数据收集、输入、存储、处理和输出等环节作进一步研究，为今后系统的详细设计提供依据。

例如，在对图书馆业务流程的分析中，图书借阅业务的输入信息是图书借阅信息，输出信息是写入借阅表的借阅信息和对图书表的改写信息，而图书表中的信息又是下一次借书的依据。

4. 信息化现状

了解现有企业信息化的应用、服务水平现状、现在有哪些计算机应用系统、员工使用计算机的情况等。

4.2.3　调查的步骤和方法

在系统调查中，如果能够掌握合适的方法，会起到事半功倍的效果。下面介绍几种企业信息系统开发中常用的调查方法。

（1）研究资料法。任何组织和单位中都存有大量的计划、报表、文件和资料，对这些资料进行分析和研究是获取需求的有效方法之一。收集资料时一定要明确目的，必须收集和选择符合目的的资料来阅读。这些资料可分为两类：一类是企业外部的资料，如各项法规、市场信息等；另一类是企业内部的各种资料，如企业的有关计划、指标、经营分析报告、合同、账单和统计报表等。对这些资料的研究分析，可以了解生产经营情况和正常的操作程序，熟悉信息的处理方式，有助于弄清需求。但这些资料只反映静态的和历史的情况，无法反映企业的动态活动和过程，因此，还必须借助于方法获取更复杂、更全面的需求。

（2）开调查会。开调查会是一种集中征询意见的方法，适合于对系统的定性调查。调查会有助于互相补充大家的见解，以便形成较为完整的意见。大规模的调查会一般用于解决涉及企业总体业务框架的关键问题，需要来自多个相关部门的骨干人员参加。小规模的调查会一般用于了解某个业务处理过程的细节。

（3）用户访谈。用户访谈就是面对面地与用户交谈，开发人员对业务人员和管理人员等个人、部门的访谈是非常重要的。用户访谈一般可分为两种类型：结构化访谈和非结构化访谈。在非结构化访谈中，没有事先确定的一系列问题，开发者只是向访谈对象提出访谈的主题或问题，只是一个谈话的框架。在结构化访谈中，开发者向访谈对象提问一系列事先确定好的问题，问题可以是开放式的或封闭式的。开放式问题允许访谈对象按照某种合适的方式来回答问题。例如，"为什么不满意当前的统计报表？"等。封闭式的问题是限制回答

者只能按照指定的选择或简短、直接回答的问题。访谈是否成功在很大程度上取决于开发者的访谈能力。访谈的步骤如下：

① 选择访谈对象。在访谈前应选择那些将要成为待开发系统的终端用户、对企业组织管理或业务非常熟悉的人员，并了解访谈对象的背景。

② 准备访谈资料，包括访谈内容和进度安排等。

③ 进行访谈，并注意做好访谈记录。访谈内容要经过被访者的认可和确认。

④ 整理访谈记录。

（4）问卷调查法。此方法是利用调查问卷的方式进行调查的一种收集需求信息的技术。调查问卷可以大量发送，因此，这种方法可以从许多不同的人员那里得到相应的数据。调查问卷一般分为两种类型：自由格式和固定格式。自由格式的调查问卷为回答者提供了非常灵活的回答问题的方式。例如，"每天收到哪些报表和数据，如何使用和处理这些数据和报表？"，"这些数据是否适用？数据是否及时、准确？格式是否合理？"等。固定格式的调查问卷则需要事先设定选项或几种答案供用户选择。这种形式的问卷便于信息的归纳和整理，结论比较清晰、明确。

使用问卷调查技术的步骤如下：

① 确定必须收集哪些事实和向哪些人收集数据，如果对象的数量过于庞大，那么可以采取随机样本的方式。

② 基于所需的事实数据，确定采用自由格式还是固定格式的调查问卷，也可以将两种形式综合起来。

③ 设计调查问题，确保问题明确、没有歧义或遗漏，编辑调查问卷。

④ 复制和分发调查问卷，组织调查，注意回收。

（5）实地观察法。为了深入了解系统需求，有时需要采用实地观察的方法辅助开发者挖掘需求。这种方法一般用来验证通过其他方法调查得到的数据。当系统非常复杂时，应该采用这种技术，实地观察法应遵循以下原则：

① 明确需要观察的内容、地点以及观察的周期，并明确如何进行观察。

② 从用户那里得到去现场观察的许可。

③ 事先通知将要被观察的用户，告诉他们观察的目的。

④ 禁止打断别人的工作，边观察，边记录。

⑤ 不要事先进行假设。

（6）发电子邮件。如果企业已经具有网络设施，可以通过 Internet 和局域网发送电子邮件进行调查，这样可以大大节省时间、人力、物力和金钱。

最后，在系统调查的过程中还应注意以下问题：

（1）事先计划。系统分析人员要和用户共同制定调查进度的计划，以便事先安排时间、地点和内容，并通过有关人员做好准备。

（2）调查态度。为了取得理想的调查效果，系统分析人员应该始终具有耐心，并掌握一定的调查技巧和处理人际关系的能力。

（3）调查顺序。先自上而下初步调查，在了解总体和全局的基础上，再由下而上地进行具体调查。

（4）研究分析。对现行系统的调查过程主要是原始素材的汇集过程。系统分析人员必须对调查结果进行整理、研究,并绘制成描述现行系统的有关图表,以便在较短时间里对现行系统有全面和详细的了解。

4.2.4 现行系统的描述

前面介绍了系统调查的目的、方法和内容,但如何将调查的结果记录下来呢? 这里介绍一种常用的图形描述工具——数据流程图,它可以综合地反映出信息在系统中的流动、传递、存储和处理的情况,是人们描述系统逻辑模型的主要工具。在本节中,首先介绍如何使用数据流程图,然后在系统详细调查的最后阶段,用它来完成对现行系统的描述,即产生数据流程图。

1. 数据流程图概述

数据流程图(Data Flow Diagram,DFD)是一种便于用户理解、分析系统数据流程的图形工具。它摆脱了系统的物理内容,精确地在逻辑上描述系统的功能、输入、输出以及数据存储等。数据流程图具有抽象性和概括性,它可以用少量的符号、图形和与此相关的注释来表示系统的逻辑功能,表示所开发的系统在信息处理方面要做什么。由于图形描述简明、清晰,不涉及技术细节,所描述的内容是面向用户的,所以数据流图是系统分析人员与用户进行交流的有效手段,也是系统设计人员用于系统设计的主要依据。在本书中用数据流程图来描述现行系统和最终产生的新系统逻辑模型,两个阶段的图在形式上虽然没有太大差异(即使用的符号都一样),但在反映的内容和逻辑关系上却有本质的区别。

1) 基本符号

数据流程图由 4 种基本符号组成,如图 4-3 所示。

图 4-3 数据流图符号示例图

(1) 外部实体。外部实体是指系统以外与系统有联系的人或事物。例如,顾客、职工、供货单位或其他信息系统等。它们表达该系统数据的外部来源或去处,是外界与本系统有信息关联的部分。例如,在绘制某一子系统的数据流程图时,凡属本系统以外的人和事物都被列为外部实体。

(2) 数据流。数据流表示流动的数据,它可以由一项或一组确定的数据组成。例如,"领料单"数据流由物资编号、物资名称、规格型号、领用数量、出料仓库、领用单位、日期等数据组成。数据流上的箭头表示数据的流向,符号的上方标有数据流的名称,当图上空间有限时,也可以用字母 F 表示。例如,F1,F2,F3,…,F10 等。

说明:对不同层次数据流的符号,设计者可以采用一些方式加以区别。

对数据流的表示通常有以下约定:

- 名字最好能反映出数据流的含义,不同的数据流间不能同名。
- 对流进或流出数据文件的数据流可以不标注名字,因为数据文件本身就足以说明数据了,而其他数据流必须标出名字。
- 两个数据处理之间可以有多个不同的数据流,这是由于它们的用途不同或它们之间没有联系,或它们的流动时间不同。

注意:数据流程图描述的是数据流而不是控制流,因此,业务流程图中的一些控制流应从数据流图中删去。

(3) 数据处理。数据处理实际表示的是一种处理功能。例如,对数据进行的操作,它把流入的数据流转换为流出的数据流,就是一种处理。每个处理都应取一个名字表示它的含义,并规定　个编号用来标识处理在层次分解中的位置(P 表示顶图中的处理,P1,P2,P3,P4 表示下一层次图的处理)。名字中必须包含一个动词,如"计算"、"打印"、"汇总"等。处理的作用主要是对数据进行计算、排序、查询、汇总和统计等操作。

(4) 数据存储。数据存储表示数据保存的地方。数据存储名应与它的内容一致,写在开口长方形内。当从数据存储流入或流出数据流时,数据流方向是很重要的。如果是读数据存储,则数据流的方向应从数据存储流出,写数据存储时则相反。如果是又读又写,则数据流应是双向的。在修改数据存储时,虽然必须首先读数据存储,但其实质是写数据存储,因此,数据流应流向数据存储,而不是双向的。

2) 使用数据流程图进行分析应遵循的原则

采用数据流图的方式进行数据流程分析一般应遵循以下原则:

(1) 明确系统边界。一张数据流图表示某个子系统或某个系统的逻辑模型。系统分析人员要根据调查材料,首先,识别出那些不受本系统控制,但又影响系统运行的外部环境。例如,系统数据输入的来源和输出的去处可以作为外部实体确定下来。只有划清系统和外部环境的边界,才能够集中力量分析和确定系统本身的功能。

(2) 自顶向下逐层分解,即按照结构化方法的思想,采用分层的数据流程图,把大问题或复杂的问题分解成若干个小问题,然后分别解决。实际上,管理信息系统涉及的具体的数据处理可能成百上千,关系错综复杂,不可能用一两张数据流图明确、具体地描述整个系统的逻辑功能,自顶向下的原则为我们绘制数据流图提供了一条清晰的思路和标准化的步骤。

(3) 在局部上遵循由外向里的原则,即先确定每一层数据流图的边界或范围,再考虑数据流程图的内部;先画处理的输入和输出,再画处理的内部。

2. 使用数据流程图描述现行系统

在系统调查中,从业务流程分析开始,可以将业务处理过程中的每一个环节用一个完整的图形组织起来。在绘制流程图的过程中发现问题,分析不足,优化业务处理过程。本书采用不画业务流程图而一步产生数据流程图的做法是有一定道理的。在实际工作中,多一个层次的图,就意味着工作量的剧增。因此,除了在系统调查中必须用文字来描述企业一般概况等以外,企业现行系统的管理模式、逻辑模型等均可以由数据流程图描述出来。

根据对图书馆现行系统各模块的系统调查,可以用数据流程图工具来描述其现行系统的数据流程,如图 4-4 所示。

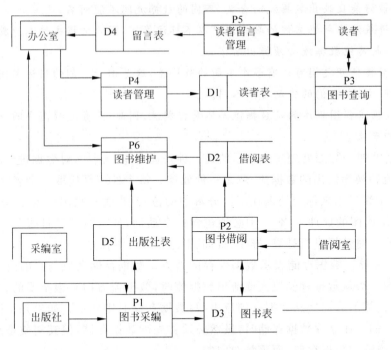

图 4-4　图书馆现行系统数据流程图

4.3　分析与优化

系统调查使人们清楚地了解了现行业务系统"是什么",而分析与优化工作的目的是为新系统"能做什么"提出具体的信息处理方案。它的任务是通过对现行系统的管理模式、业务流程、数据流程、功能划分和数据关系的分析,找出存在的问题和不足之处,从而提出优化和改进的方法,为新系统逻辑模型的产生奠定良好的基础。分析和优化的主要内容包括以下几个方面。

4.3.1　重新审定系统目标

系统目标是开发工作的指南,同时也是系统的验收标准。它对系统建设工作意义重大。在系统详细调查完成之后,有必要根据调查时掌握的实际情况,重新审定并及时修订完善系统目标,使之更适合企业发展的战略目标和组织的管理需求。

4.3.2　管理模式的分析和优化

信息系统的目标和建设是围绕着企业的管理目标而进行的。管理是对组织的资源进行有效整合以达到组织既定目标与责任的动态创造性活动,是企业所有活动的核心。信息系统是使管理的各项工作得以顺利完成的一种技术支持手段。因此,企业管理的提升和优化才是信息系统发挥作用的关键。

所谓管理模式是指组织综合性的管理范式。一个好的管理模式能够提高生产效率、协调人际关系和调动员工的积极性,可使组织的资源得到有效整合以达到组织的既定目标。

例 4-1 美国的戴尔(Dell)计算机公司采用了网上直接销售管理模式,而它的竞争对手依然在延用传统的零售商模式来销售。它们同样都有良好的信息系统支持,可取得的成效却大不一样。好的管理模式将为企业带来巨大的竞争优势和丰厚的经济效益。

例 4-2 联邦快递公司利用数据库、Internet 和网页浏览器等先进的信息技术改变了传统的邮递管理模式,设计了一套先进的查询系统,为消费者和公司都带来了好处。消费者可以随时通过网络系统了解到自己邮件的情况(包括邮件在传递中地点、时间等信息),公司也加强了邮件传递中的管理。由于给用户提供了方便,公司的业务得到了迅速的发展。这是一个典型的双赢案例。

例 4-3 某管理水平较低的企业开展信息系统的建设,虽然系统分析做得较细,现行系统了解得也很清楚,但忽略了管理模式上的问题,使得管理者在系统开发的过程中没有发挥真正的作用,而系统设计者又提不出有建设性的意见。最后,系统开发虽然完成了,但除了在速度上比原系统提高以外,并没有达到人们预期的效果。

从以上例子中不难看出,管理模式对信息系统的重要性,很多系统失败的真正原因都是管理模式的问题。我们根据多年从事此项工作的经验提出一些建议供读者参考。

(1) 成立由管理专家组成的小组研究这个问题。

(2) 选用前面章节介绍的关键成功因素法、业务系统规划法、企业资源计划(ERP)、供应链和企业流程再造等方法来综合分析和优化现有系统的管理模式。

(3) 要充分重视信息系统对组织变革的影响,反之,组织变革(包括管理模式)也同样对信息系统的建设有影响。

综上所述,只有管理者自己真正认识到这个问题,新系统逻辑模型的设计才可能成功。

4.3.3 需求分析

需求分析(信息需求、功能确定、处理手段的落实)实际上是在系统分析阶段对处理对象的功能分析。在完全弄清用户对新系统的确切要求后,用统一、规范的图标和书面语言表达出来。

1) 信息需求分析

在系统调查中了解用户的信息需求和功能需求,这些需求中哪些是合理、有效并能最终由信息系统满足的,在此阶段应该给出定义。信息需求分析可以采用企业分析法和关键成功因素法。

2) 目标分析和系统范围界定

围绕企业的目标对系统目标、业务目标、信息需求和关键功能需求进行综合分析,将分析的结果文档化,还要确定并文档化系统范围,确定哪些在系统范围的边缘,即如果系统范围将来发生变动,哪些将被包含进来,哪些将有可能被排除。

3) 功能分析及划分

在功能分析中,需要对原系统的功能进行分析和改进,对于用户提出的信息需求,以功能的形式加入系统功能图中。在系统分析阶段,从组织内部整体管理状况和信息处理过程的角度对功能进行分析。

4.3.4　业务流程优化

　　业务流程优化根据系统调查阶段了解到的情况,从业务全过程的角度摸清现状、找出问题的关键点,对业务流程进行彻底的分析和改进。业务流程优化绝不是原有业务流程的翻版或简单调整,其实质是对现有业务流程进行重组,即以业务流程为对象和中心、以关心客户的需求和满意度为目标、对现有流程进行根本性的再思考和彻底的再设计,利用先进的信息技术以及现代化的管理手段最大限度地提高业务流程效率和用户的满意度。业务流程优化的主要内容有:业务和数据的流程是否通畅,是否合理;数据、业务过程和管理功能之间的关系;原系统管理模式改革和新系统管理方法的实现是否具有可行性等。

　　以图书馆管理信息系统为例,将图 4-4 所示图书馆现行系统数据流程图与图 4-5 所示优化后的图书馆管理信息系统数据流程图进行比较,可以发现优化后的系统有如下较大的变化:

　　(1) 从系统流程效率的角度看,在现行手工操作方式下,图书的编目、维护、借阅等的工作量很大,准确性却很低,利用条码阅读器等新型 IT 设备后明显提高了工作流程的效率和数据质量。

　　(2) 从用户满意的角度看,读者以前只能到图书馆以手工方式查找书目,且只能直接借阅图书,效率较低。新系统增加图书预订子系统和图书查询系统,且利用了网络技术等信息技术将系统平台建立在网络上,超越了地域的界限,使读者可以随心所欲地查询与预订图书,较大程度地满足了用户的需求。

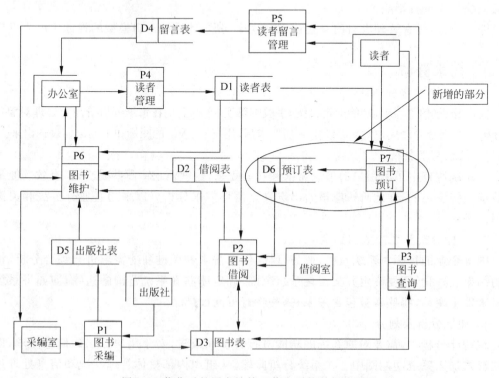

图 4-5　优化后的图书馆管理信息系统数据流程图

（3）从系统管理效果的角度看，新系统还增加了一些管理功能，例如将各种表格文档传入图书维护进行图书信息统计，及时地向采编室提供购书信息等。

4.3.5 数据分析

系统分析（收集、来源、去处、存储和流量）阶段的数据收集工作量很大，故要求系统分析人员应具备经营管理的素质，耐心细致地深入实际，配合业务人员收集与系统有关的一切数据。

1. 整理收集的数据资料

对调查阶段收集的数据加以归纳和整理，形式如下：

（1）输入信息。包括输入信息名称、使用密度、搜集方式、发生周期、信息量、编码方式、保存期、相关业务、使用文字等。

（2）输出信息。包括输出信息名称、使用单位、实验目的、发行份数、发行方法、使用文字、输出时间、输出方式等。

（3）信息处理过程。包括处理内容、处理周期、处理方法、处理时间、处理场所等。

（4）存储方式。包括文件名称、保管单位、保存时间、总信息量、保密要求、使用频率、删除周期、追加周期、增加比率、删除比率。

（5）代码信息。包括代码名称、分类方式、编码方式、使用目的、起始码、终止码、未使用码、追加频率或废弃频率等。

（6）信息需求。包括所需信息名称、需求目的、需求单位、需求者、时间和期限、所需信息的形式、信息表达的要求。

2. 分析数据

收集上来的数据是"原材料"，其中有些数据不能用作系统设计的依据，要把这些原材料处理成系统设计可用的资料。因此，必须进行数据的分析工作。数据分析应从以下几个方面进行：

（1）围绕系统目标进行分析。为了满足正常的信息处理业务，要考虑需要哪些信息是冗余的，哪些信息暂缺，有待于进一步收集。为了满足科学管理的需要，应该分析这些信息的精度如何，能否满足管理的需要；信息的及时性如何，可行的处理区间如何，能否满足对生产过程及时进行处理的需求；对于一些定量化的分析（如预测、控制等）能否提供信息支持等。

（2）弄清信息源周围的环境。分清这些信息是从现存组织结构中哪个部门来的，目前用途如何，受周围哪些环境影响较大（如有的信息受具体统计人员的计算方法影响较大，有的信息受检测手段的影响较大，有的受外界条件影响起伏变化较大）。

（3）围绕现行的业务流程进行分析。分析现有报表的数据是否全面，是否满足管理的需要，是否正确反映业务实况以及需要做出哪些改进。进行这些改进以后，对信息与信息流应该做出怎样的改进，对信息的收集、处理有哪些新要求等。

3. 数据特征分析

数据特征分析是为下一步设计工作做准备的。特征分析包括以下几方面的内容:

(1) 数据的类型以及长度。数据是数字型还是字符型,是定长的还是变长的,长度多少(字节数),以及有何特殊要求(如精度、正负号)等。

(2) 合理的取值范围。这对于将来设计校验和审核功能都是必需的。

(3) 数据所属业务。哪些业务要用到这个数据。

(4) 数据业务量。单位时间如每天、每周、每月的业务量(包括平均数量、最低的可能值、最高的可能值)以及要存储的量有多少,要输入、输出的频率有多大,保留的时间周期是多长等。

(5) 数据重要程度和保密程度。重要程度即对于检验功能的要求有多高,对后备存储的必要性如何。保密度即指是否需要有加密措施和读、写、改权限等。

4.4   新系统逻辑方案

在系统分析中,系统的逻辑方案是新系统开发中要采用的管理模式和信息处理方法。它是在系统调查、分析和优化的基础上,通过管理者和系统分析师的共同努力,完成的整个系统分析阶段的最后一步,它所产生的成果为以后的系统设计和系统实施奠定了基础。在本节中,首先介绍逻辑方案所包含的内容,然后对产生新系统数据流程图和数据字典的关键部分给予重点介绍,最后给出系统分析报告的样本。

4.4.1   新系统逻辑方案

系统分析阶段,产生新系统的逻辑方案应该包括以下几个方面:

(1) 确定新系统目标。以系统调查阶段了解的情况为依据,根据分析和优化阶段对系统目标进行调整和审定,最终确定系统目标。需要说明的是,在可行性分析中也提出了系统目标,那时的系统目标是在初步调查基础上产生的,可能有所偏差,但在系统分析中系统目标一旦确定就不允许再变动了。

(2) 确定新系统的管理模式。企业管理模式的确定非常关键,它关系到信息系统能否最大程度地发挥作用的问题。对现行管理系统的管理模式是有所创新、有所改进,还是完全复制,在系统分析阶段必须要有明确的答案。

(3) 确定新系统的业务流程关系。它是企业为了建立新系统,适应发展的需要,对业务流程进行的调整。

(4) 确定新系统的数据流程图和数据字典。前面所做的各项工作实际上都是为产生新系统的数据流程图和数据字典做准备,只有通过数据流程图和数据字典才能把整个系统的各种连接关系描述清楚。它是逻辑方案的核心部分,4.4.2节会专门加以介绍。

以上4点内容,在操作方法上已在前面的系统调查、分析和优化中有所涉及,但内容的实质和意义却大不一样,它包含着一个旧系统转换成新系统的分析和设计过程,是一个反复调查、不断改进和逐步完善的过程。

4.4.2 调整数据流程图与数据字典

在系统调查时,为了描述业务关系和数据流的情况,我们简单介绍了数据流程图,并用这个工具完成了现行系统的数据流程图。本节将进一步介绍一些数据流程图的规则和用法,然后以图书馆管理信息系统为例产生数据流程图和数据字典。

1. 数据流程图的分层结构和一般注意事项

1)数据流程图的分层结构

数据流程分析可以通过分层的数据流程图来实现。对于一个规模较大且结构复杂的信息系统,它的数据流图可能包括几千个数据处理,要把它们都画在同一张纸上是不可能的。为了控制复杂性,通常按照"自顶向下,逐层分解"的技术分层处理。通常情况下,数据流程图分 3 个主要层次,如图 4-6 所示。

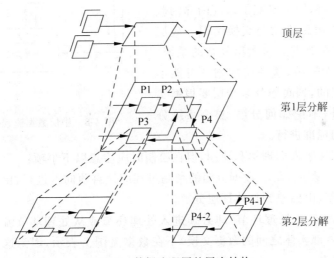

图 4-6 数据流程图的层次结构

(1)顶层。顶层数据流程图是把整个系统看成一个整体,视系统为一个总的数据处理模块。顶层数据流程图只需指明处理与有关外部实体之间的信息交换关系就可以了,无须考虑内部的处理、存储、信息流动问题。顶层数据流程图的基本结构如图 4-6 的最上端所示。

例 4-4 图 4-7 描述的顶层数据流程图是一个与两个外部实体有信息交换关系的系统。两个实体的名称分别为 A 和 B,系统与实体 A 信息交换的关系是实体 A 把信息传给系统,也就是系统数据处理需要使用实体 A 提供的数据;系统与实体 B 信息交换的关系是系统处理需要实体 B 提供信息,处理结果传给实体 B。

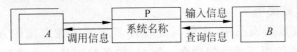

图 4-7 顶层数据流程图的基本结构

　　不论是顶层,还是后面要介绍的中层或底层,图中所有数据流都必须有确定的信息,所以,绘制数据流程图要标明图中每个信息流中的具体信息的内容,有关的描述请看后面的实例。

　　(2) 中层。中层数据流程图是对顶层数据流程图的分解,分解的原则是以系统的模块(子系统)为划分标准。中层数据流程图中增加了数据存储,数据存储增加的标准是只增加模块(子系统)共用的数据存储,所以仅存在于功能模块的接口中。

　　例 4-5　中层数据流程图的基本结构如图 4-8 所示。它描述了一个包括 M 和 N 子系统的数据流程图。图中的信息流反映了数据存储 D 与两个子系统之间的信息往来关系,反映了两个子系统与两个外部实体之间的信息交换关系(这里省略了对数据流的描述)。

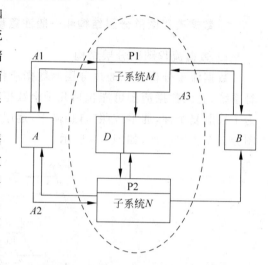

图 4-8　中层数据流程图的基本结构

　　(3) 底层。底层数据流程图是对中层数据流程图的进一步分解,用于研究子系统内部的数据处理、数据存储、信息流动与交换情况。底层分解要特别注意的问题是:对大型复杂的系统,由于功能复杂,层次较多,这一层的划分可能不是最终的或最底层的,到底划分多少层要根据实际情况而定。另外,不论如何分层,整个系统分层都应该按同样的标准进行。

　　分层数据流图便于人们理解和使用,但在绘制时应注意以下事项:

　　(1) 自顶向下,逐层分解。数据流图的绘制过程应该自顶向下进行,由系统外部至系统内部、由总体到局部、由抽象到具体逐层分解。

　　(2) 数据流必须经过处理环节,即必须进入处理环节或从处理环节流出。不经过处理环节的数据流(如外部实体之间的数据交换)不在数据流图上表示,因为这类数据流与所描述的系统无直接关系。

　　(3) 注意不同层次图的编号规范。每个数据处理环节和每张数据流图都要根据逐层分解的原则编号。父图与子图的编号要有一致性,一般子图的图号是父图上对应的处理的编号。从图 4-6 所示的数据流程图分层结构中可以看出,图中的符号表示也是按层次结构编号的,这是后面数据分析等一系列的工作进行的基础,所以按层次关系为符号进行编号是非常重要的工作。

　　2) 一般注意事项

　　(1) 对数据流图的检验,数据流图的正确性可以从以下几方面进行检验:

　　① 数据守恒。一个处理环节的输出数据流仅由它的输入数据流确定,这个规则绝不能违背。数据不守恒的错误有两种,一种是漏掉某些输入数据流;另一种是某些输入数据流在处理环节内部没有被使用。

　　② 文件使用。在数据流图中,文件与处理环节之间的数据流的方向应按规定认真标注,这样有利于对文件使用正确性的检查。例如,如果发现某个文件只有输入流,而没有输出流,要么是画错了,要么是系统分析出现了问题,因为一个不产生任何输出流的文件是没

有意义的。

③ 上下平衡。父图与子图数据的平衡。例如：如图 4-7 所示，对于系统处理部分来说，输入信息包括"信息 A"和"查询信息"。子图的数据要和父图对应，如图 4-8 所示，增加了一个虚线环，输入信息 A_1，A_2，A_3 与父图的"信息 A"和"查询信息"是一回事，是一致的。

（2）数据流图的可读性。如果数据流图的可读性不强，即使正确无误，也不会很好地发挥作用。一般可以从以下几个方面提高数据流图的可读性：

① 简化处理之间的联系。各处理之间的数据流越少，各处理的独立性就越高，因此，应尽量减少处理之间的数据流数目。处理间的数据流最好控制在 $1\sim2$ 条，否则就应该考虑对处理进行合并或删除。

② 分解应当均匀。在同一张数据图上，应避免出现某些处理已是最小功能单元，而另一些处理却还等待继续分解好几层的情况出现。

③ 命名应当恰当。理想的处理名由一个具体的动词和一个具体的宾语组成。数据流和文件的名字也应具体、明确。命名应尽量做到一目了然。

2. 新系统的逻辑模型(数据流程图)

以某图书馆为实例，新系统的逻辑模式将采用 3 层数据流程图进行描述。图书馆管理信息系统有 7 部分内容，它包括读者管理、图书维护、读者留言管理、图书采编、图书借阅、图书查询、图书预订等。由于篇幅的限制，在此只画出图书采编、图书借阅、图书维护、读者管理和图书预订子系统的部分数据流程图。

1）顶图

顶图是图书馆管理信息系统的总体数据流程图，通过这张图可以很清楚地知道哪些外部实体(人和物)与系统有关联。在只涉及图书采编、图书借阅、图书维护、读者管理和图书预订子系统的情况下，图书馆管理信息系统与实体办公室、读者、采编室和借阅室交换信息。例如，办公室与系统间的信息交换：办公室把读者信息输入到系统中，而系统则把读者的借阅情况统计、库存统计信息、留言汇总输出给办公室，而这里输出的读者借阅情况统计、留言汇总则是系统把图书借阅信息和读者的留言信息处理后输出给办公室的，如图 4-9 所示。

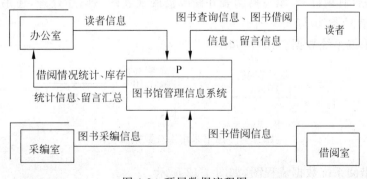

图 4-9 顶层数据流程图

2）中图

在中图里，把顶层数据流图分解为图书采编、图书借阅、图书维护、读者管理和图书预订5 个子系统，并且增加了数据存储读者表、借阅表、图书表和预订表。中图中的信息流反映了数据存储与各个子系统之间的信息往来关系,反映了各个子系统与外部实体的信息交换关系。如图 4-10 所示,图书维护子系统从借阅表和图书表获得图书库存信息,从而制定出采编计划给采编室。

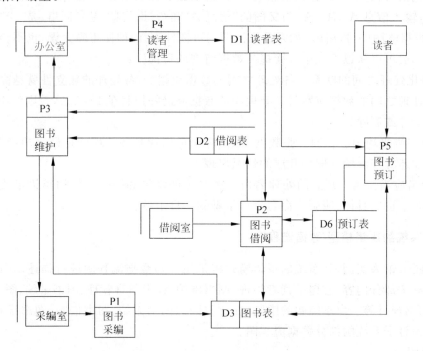

图 4-10　图书馆管理信息系统中层数据流程图

3) 底图

对中层数据流图进一步分解,从而得到底层数据流图。每一个子系统即为一个图,图中给出子系统内部的数据处理、数据存储、信息流动与交换情况。中图中有 5 个子系统,因此底图要分别画出这 5 个子系统的流程图。这里只给出图书采编和图书借阅子系统的数据流图。如图 4-12 所示,图书借阅子系统的功能又具体划分为 5 个:检查读者身份、检查图书是否在库、检查是否有预订书、填写借阅表并修改借阅表和图书归还处理,还书记录经过图书归还处理修改借阅表、预订表和图书表。

(1)图书采编系统数据流程图,如图 4-11 所示。

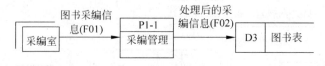

图 4-11　图书采编系统数据流程图

(2)图书借阅系统数据流程图,如图 4-12 所示。

数据流程图从总体上描述了系统的逻辑功能、系统内各部分的信息联系及与系统外各有关事物的联系,反映了系统中信息运动的规律,是系统逻辑模型的主要描述形式。数据流程图清晰、明了,容易理解,使人对描述系统的逻辑功能和各部分的数据联系有一目了然的感觉,便于交流。

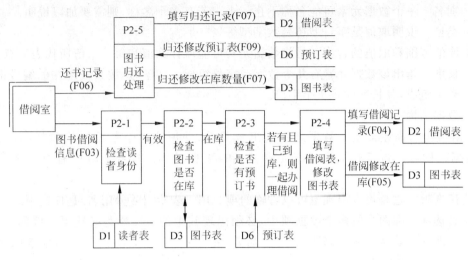

图 4-12 图书借阅系统数据流程图

但数据流程图在描述系统逻辑功能和有关信息内容的细节方面仍存在较大的局限性。例如：

- 难以在数据流图上标识出数据流、数据存储、处理和外部实体的具体内容，如数据流的组成元素、数据存储的数据结构、存取要求、数据量、处理过程与算法等。
- 不能反映系统中的决策与控制过程。
- 难以对系统中人机交互过程以及信息的反馈与循环处理进行描述。

因此，在系统分析中，除了用数据流图描述系统逻辑模型以外，还要辅以其他工具，例如，数据字典、结构化语言、决策表、决策树等。本书在下一节只重点介绍数据字典的知识，其他辅助工具（结构化语言、决策表、决策树等）就不再介绍。

说明：在此只给出了图书采编和图书借阅系统的底层数据流程图，其他子系统的底层数据流程图以及图书馆管理信息系统中层数据流程图的全图可参考 8.1 节的内容。

3. 数据字典

数据流图描述了新系统的逻辑模型框架结构。因为它是以图形方式出现的，对于每个图形符号（例如，每个数据流、文件和数据项），将通过表格和文字的描述定义它们的细节，而这些描述和定义所组成的集合就是数据字典。数据字典的作用是对数据流程图上每个成分给以定义和说明，目的是进行数据分析和归档，同时也是数据库/数据文件设计的依据。除此之外，数据字典还要对系统分析中其他所需要说明的问题进行定义和说明。这样一来，数据流程图配上数据字典，对新系统逻辑模型的描述就完整了。

数据字典中主要有 6 类条目：数据元素、数据结构、数据流、数据存储、外部实体和加工处理，不同类型的条目有不同的属性，下面分别给予说明。

1）数据元素

数据元素是最小的数据组成单位，即不可再分的数据单位。例如，学号、姓名等。对每个数据元素，需要描述以下属性：

- 名称　数据元素的名称要尽量反映该元素的含义，便于理解和记忆。

- **别名**　一个数据元素可能名称不止一个。若有多个名称,则需要加以说明。
- **类型**　说明取值是字符型还是数字型等。
- **取值范围和取值的含义**　是指数据元素可能取什么值和每一个值所代表的意思。
- **长度**　指出该数据元素有几个数字或字母组成。如学号,按某校现在的编号由 7 个数字组成,其长度就是 7 个字节。

2) 数据结构

数据结构的描述重点是数据之间的组合关系,即说明这个数据结构包括哪些成分。一个数据结构可以包括若干个数据元素或(和)数据结构。这些成分中有以下 3 种特殊情况:

- **任选项**　这是可以出现也可以省略的项。用[]表示,如[曾用名]是任选项。
- **必选项**　在两个或多个数据项中,必须出现其中的一个称为必选项。例如,任何一门课程是必修课或选修课,二者必居其一。必选项的表示办法,是将候选的多个数据项用"{}"括起来。
- **重复项**　即可以多次出现的数据项。例如一张订单可订多种零件,每种零件有品名、规格、数量,这些属性用"零件细节"表示。在订单中,"零件细节"可重复多次。

3) 数据流

关于数据流,在数据字典中描述以下属性:

- **数据流的来源**　数据流可以来自某个外部实体、数据存储或某个处理。
- **数据流的去处**　某些数据流的去处可能不止一个,如果有多个,则每个去处都要说明。
- **数据流的组成**　一个数据流可包含一个或多个数据结构。若只包含一个数据结构,则需注意名称的统一,以免产生二义性。
- **数据流的流通量**　是指单位时间(每日、每小时等)里的传输次数。可以估计平均数或最高、最低流量各是多少。
- **高峰时的流通量**。

图书采编信息的数据流见表 4-2。

表 4-2　图书采编信息

数据流			
系统名:　图书馆管理信息系统		编号:F01	
条目名:　图书采编信息		别名:	
来源:采编室		去处:P1-1 采编管理	
数据流结构:图书采编信息:BookID(图书编码)＋BookType(图书类别)＋BookName(书名)＋Auth(作者)＋Publisher(出版社)＋Price(单价)＋PubDate(出版日期)＋Quantity(购买数量)			
数据流量:100 本/日		高峰流量:500 本/日	
简要说明:			
修改记录:	编写	刘凌	日期	2006 年 7 月 1 日
	审核	李文	日期	2006 年 7 月 4 日

4）数据存储

数据存储的条目主要描写该数据存储的结构及有关的数据流、查询要求。有些数据存储的结构可能很复杂，例如，"学籍表"，包括学生的基本情况、学术动态、奖惩记录、学习成绩、毕业论文成绩等，其中每一项又是数据结构。这些数据结构有各自的条目分别加以说明。因此在"学籍表"的条目中只需列出这些数据结构，而无须列出这些数据结构的内部构成。数据流图是分层的，下层图是上层图的具体化。同一个数据存储可能在不同的层次的图中出现。描述这样的数据存储，应列出最低层图中的数据流。举例见表 4-3。

表 4-3 读者表

数据存储		
系统名： 图书馆管理信息系统	编号：D1	
条目名： 读者表	别名：	
存储组织： 每个读者一条记录	记录数： 约 3000 条	主关键字： ReaderID
记录组成： 项名：ReaderID＋ReaderName＋Password＋Department＋E-mail＋Phone＋PreOrderUser 近似 长度 10 　 20 　　　 10 　　　 20 　　 16 　　 10 　　 1 （字节）		
相关联的处理：P2-1，P4-1，P6-1，P7-2		
简要说明：读者信息，读者在本馆注册后成为注册读者。		
修改记录：	编写	姜玉	日期	2006 年 7 月 1 日
	审核	李文	日期	2006 年 7 月 4 日

5）外部实体

外部实体是数据的来源或去向。因此，在数据字典中关于外部实体的条目，主要说明外部实体产生的数据流和传给该外部实体的数据流，以及该外部实体的数量。外部实体的数量对于估计本系统的业务量有参考作用，尤其是关系密切的主要外部实体。以借阅室为例，见表 4-4。

表 4-4 借阅室

外部实体		
系统名： 图书馆管理信息系统	编号：S2	
条目名： 借阅室	别名：	
输入数据流：	输出数据流：F06，F03	
简要说明：图书馆的借还书场地		
修改记录：	编写	姜玉	日期	2006 年 7 月 1 日
	审核	李文	日期	2006 年 7 月 5 日

6）处理

数据处理描述系统对信息进行处理的逻辑功能。在数据流图上这种逻辑功能由一个或一个以上的输入数据流转化成一个或一个以上的输出数据流来表示。需要在数据字典中描述处理框的编号、名称、功能的简要说明及有关的输入、输出。关于功能的描述,使人能够有一个较为明确的概念,了解这一框的主要功能。功能的详细描述,还要用"简要说明"进一步描述。例如表4-5。

表 4-5　图书采编

数据处理				
系统名: 图书馆管理信息系统		编号: P1-1		
条目名: 图书采编		别名:		
输入数据流: 图书采编信息 F01		输出数据流: 处理过的数据 F02		
处理逻辑: 采编数据录入,要求录入数据正确				
处理频率: 100 本/日				
简要说明: 图书采购入库后,经过编目等处理后,将其目录信息存入数据库,提供给读者检索使用。目录信息包括图书编号、图书类别、书名、作者、出版社、定价、出版日期和数量等。				
修改记录:	编写	姜玉	日期	2006 年 7 月 1 日
	审核	李文	日期	2006 年 7 月 5 日

编写数据字典是一项十分重要而繁重的任务,其基本要求是:

- 对数据流图上各种成分的定义必须明确、易理解、唯一。
- 命名、编号与数据流图一致,必要时(如计算机辅助编写数据字典时)可增加编码,方便查询搜索、维护和统计报表。
- 符号一致性与完整性的要求,对数据流图上的成分定义与说明无遗漏项。数据字典中无内容重复或内容相互矛盾的条目。
- 格式规范、风格统一、文字精练,数字与符号正确。

数据字典可以用人工方式建立,事先印好表格,填好后按一定顺序排列,就像一本字典;也可以建立在计算机内,数据字典实际上是关于数据的数据库。

4.4.3　完成系统分析报告

系统分析报告是系统分析阶段的工作成果,完成整个系统分析阶段的工作后,应提交一份完整的系统分析报告,全面总结系统分析阶段的工作。系统分析报告一经确认,就成为具有约束力的指导性文件,成为下一阶段系统设计工作的依据和今后验收目标系统的检验标准。系统分析报告形成后必须组织各方面的人员(包括组织的领导、管理人员、专业技术人员、系统分析人员等)一起对已经形成的方案进行论证,尽可能地发现其中的问题和不足。对于有争论的问题要重新核实当初的原始调查资料或进一步地深入调查研究,对于重大的问题甚至可能需要调整或修改系统目标,重新进行系统分析。只有系统分析报告经过系统开发工作的领导部门审查批准后才能进行下一阶段的工作。

1. 系统分析报告的作用

系统分析报告应达到的基本要求是全面、系统、准确、翔实、清晰地表达系统开发的目标、任务和系统功能。在系统分析报告中,数据流图、数据字典和处理说明这 3 部分是主体,是系统分析报告中必不可少的组成部分。而其他各部分内容,则应根据所开发目标系统的规模、性质等具体情况酌情选用,不必生搬硬套。总之,系统分析报告必须简明扼要、抓住本质,反映出目标系统的全貌和开发人员的设想。

系统分析报告主要有以下 3 个作用:

(1) 描述了目标系统的逻辑模型,作为开发人员进行系统设计和实施的基础。

(2) 作为用户和开发人员之间的协议或合同,为双方的交流和监督提供基础。

(3) 作为目标系统验收和评价的依据。

因此,系统分析报告是系统开发过程中的一份重要文档,必须完整、一致、精确且简明易懂。

2. 系统分析报告的内容

一份完整的系统分析报告应该包括下述内容。

1) 引言

说明项目名称、功能、背景资料(例如,核准的计划任务书或合同)、文本所用的专门术语等。

2) 项目概述

简要说明本项目在系统分析阶段所进行的各项工作的主要内容。这些是建立新系统逻辑模型的必要条件,而逻辑模型是系统分析完成的核心工作(初步调查和可行性报告的内容,是否写入,可以根据情况而定)。

3) 现行系统的调查情况(系统详细调查)

新系统是在现行系统的基础上建立起来的。设计新系统之前,必须将现行系统调查清楚,掌握现行系统的真实情况,了解用户的要求和问题所在。

调查内容包括现行系统的目标、主要功能、组织机构、用户需求、对外联系、组织与外部实体之间有哪些物质以及信息的交换关系、研制系统工作的背景如何等。

(1) 组织情况概述。包括以下内容:

• 对分析对象的基本情况作概括性的描述,包括组织的结构、组织的目标、组织的工作过程和性质、业务功能等。

• 系统与外部实体(其他系统或结构)间有哪些物质以及信息的交换关系和联系。

• 参考资料和专门术语说明。

(2) 现行系统概述。包括以下内容:

• 现行系统现状调查说明。通过现行系统的组织结构图、数据流图、概况表等,说明现行系统的目标、规模、主要功能、组织机构、业务流程、数据存储和数据流,以及存在的薄弱环节。

• 系统需求说明。用户要求以及现行系统主要存在的问题。

以数据流程图、数据字典为主要工具,说明现行信息系统的概况。这部分所占的篇幅可能比较大,可以在报告中作为附件形式。但是由它们所得到的一些主要结论,例如主要的业务量、总的数据存储量、处理速度等,应列在报告正文中。

4) 分析和优化

内容从略。

5) 产生新系统的逻辑模型

通过对现行系统的分析,找出现行系统的主要问题所在,进行必要的改动,即得到新系统的逻辑模型。同时，系统研制人员应对这些变动所带来的结果和影响做出客观而全面的介绍，既要指明这些变动会带来的收益，也要指明变动会对组织的哪些部分发生影响，对组织的工作方式及人员配置发生什么影响，为将来建立一套与新系统相配套的管理制度与运行体制做好准备工作。

- 新系统拟定的业务流程及业务处理工作方式。提出明确的功能目标，并与现行系统进行比较分析，重点要突出计算机处理的优越性。
- 新系统拟定的数据指标体系和分析优化后的数据流程，各个层次的数据流图、数据字典和处理说明，以及计算机系统将完成的工作部分。
- 出错处理要求。
- 其他特性要求。例如，系统的输入、输出格式、启动和退出等。
- 遗留问题。根据目前条件，暂时不能满足的一些用户要求或设想，并提出今后解决的措施和途径。

6）其他

内容从略。

7）实施计划

（1）工作任务的分解。根据资源及其他条件确定各子系统开发的先后次序，在此基础上分解工作任务，指定专人分工负责。

（2）进度。根据系统开发资源与时间进度估计，制订进度安排计划，给出各项工作的预订开始日期和结束日期，规定任务完成的先后顺序及完成的界面，可用 PERT 或甘特图表示进度。

（3）预算。逐项列出本项目所需要的劳务以及经费的预算，包括各项工作所需人力及办公费、差旅费、资料费等。

4.5 思 考 题

（1）系统调查主要从哪几方面展开？一般可用的调查方法有哪些？

（2）举例说明现行系统的分析与优化方法。

（3）数据字典包括哪几类元素？

（4）数据流程图中有哪些元素？符号如何表示？如何理解数据流程图的绘制过程是"自顶向下，由粗到细，逐步求精"？

（5）系统分析报告包括哪几方面的内容？

（6）分析以下数据流程图，并说明父图与子图的信息对应关系。

① 补充订货流程图，如图 4-13 和图 4-14 所示。

图 4-13 补充订货流程图的父图

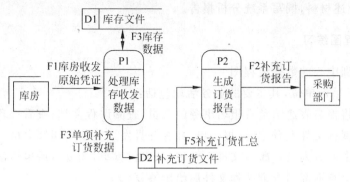

图 4-14　补充订货流程图的子图

② 泡泡数据流程图,如图 4-15 所示。

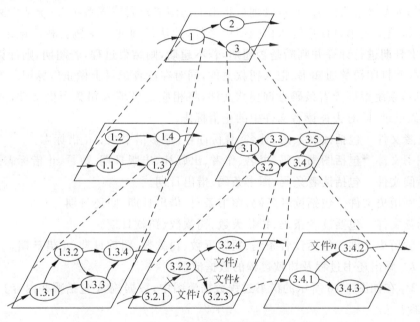

图 4-15　泡泡数据流程图

(7) 试绘制一张确定物资采购批准权限的判断表,内容如下:

① 购买 100 元以下物资不需要批准手续。

② 购买 100～800 元的物资应由供应部门领导批准。

③ 购买 800 元以上物资需副厂长批准。

4.6　大　作　业

1. 要求

(1) 找材料,试对某单位信息系统开发进行可行性分析,并写出可行性分析报告。

(2) 找材料,试绘制数据流程图,并写出数据字典。理解数据流程图不同层次关系,以及数据字典与数据流程图之间的关系。

（3）依据上述材料，撰写系统分析报告。

2. 数据流程图练习

1）绘制培训中心的数据流程图

假定要一个培训单位，其主要的业务活动包括：

- 报名　将报名表送给负责报名事务的人员，查阅课程文档，查看课程是否满额，然后在学生课程文件上登记，开报名单，并在开具发票复核后通知学员。
- 付款　由财务人员在账目文件上登记，开出付款单，经复审后也给学员一张通知单。
- 查询　交查询部门查询课程文件后给出答复。
- 注销　由注销人员在课程、学生、账目文件上作相应修改，经复核后通知学员。

2）绘制还书过程的数据流程图

还书的读者将书交给管理员，管理员将书上的图书条码读入系统，系统从借阅文件上找到相应记录，填上还书日期后写入借阅历史文件，并从借阅文件中删去相应记录。同时，系统对借还书日期进行计算并判断是否超期，若不超期，则结束过程，若超期，则计算出超期天数、罚款数，并打印罚款通知书、记入罚款文件，同时在读者记录上做止借标记。当读者交来罚款数据后，系统根据读者条码查询罚款文件，将相应记录填入罚款历史文件，并从罚款文件中删除该记录，同时去掉读者文件中的止借标志。

- 读者文件　包括读者条码、姓名、身份证号、最多借书数、止借标志。
- 图书文件　包括图书条码、书名、作者、出版社、出版日期、数量、止借标志。
- 借阅文件　包括读者条码、图书条码、借出日期。
- 借阅历史文件　包括读者条码、图书条码、借出日期、归还日期。
- 罚款文件　包括读者条码、罚款天数、罚款数、罚款日期。
- 罚款历史文件　包括读者条码、罚款天数、罚款数、罚款日期、止借日期。

问题 1　画出还书过程及罚款过程的数据流图。

问题 2　在如图 4-16 所示的借书过程数据流图中，数据流 A 包括哪些内容？处理 B 包括哪些内容？

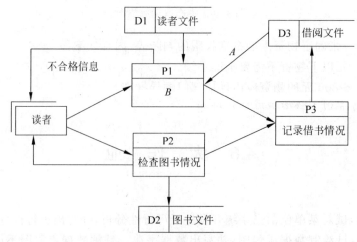

图 4-16　借书过程流程图

3）绘制某大使馆办理签证业务的数据流程图

办理签证业务的过程如下：

（1）申请人把申请表及证明材料、证件交到受理窗口后，先检查申请表上有无错误，然后查询申请人文件及申请人入境历史文件，并打印出一份背景材料连同其他全部申请材料送交面试窗口。

（2）面试人根据这些材料以及签证管理条例的规定进行面试，并当场决定是否给予签证。

（3）对拒签的申请人先将本次申请的有关数据写入申请人文件，然后发还全部材料，否则就发给申请人一张缴纳签证费通知单，然后在申请材料上签署意见并将材料交送签证组。

（4）签证组根据所签署意见签证盖章后，将本次申请的有关数据写入申请人文件，并将申请材料存档备查。

（5）把已签证的证件转交收费窗口，收费人员凭缴纳签证费通知单收费，并将已签证证件交给申请人。

签证业务的另一项工作是入境历史文件的维护工作，即收到本国有关单位送来的申请人入境的信息后，先将这些信息写入申请人历史文件，并将申请人文件内有关的记录加以删除。

思考：由于申请人可能多次入境，所以申请人历史文件中可能有多条记录。为了便于查询，对此文件的记录链该怎样设计？

4）绘制某储蓄所取款业务的数据流程图

取款业务过程是：储户填写取款单后与存折一起交给业务人员，业务人员经查验储户账，将不合格单据退回储户，将合格单据进行取款处理。处理时要修改储户账和现金账，并将取款单存底，最后将存折、打印的信息单和现金交给储户。

5）某邮局的报刊订阅流程

某邮局的报刊订阅流程如下：订户根据所需报刊填写订单，邮局根据订单记入订报明细表，并给订户回执。订报期截止后，邮局每天要做下列工作：产生本邮局各报刊订数统计表，交报刊分发中心，产生投递分发表给投递组，如图4-17所示。

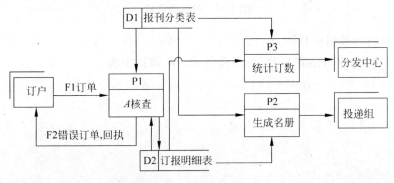

图 4-17　报刊订阅流程图

部分数据存储和数据流说明如下：

· 报刊分类表　包括报刊号、报刊名。

116

- 订单　包括姓名、邮编、街道名、门牌号、报刊号、份数、起订日期、终止日期。
- 订报明细表　包括订户编号、订户姓名、邮编、街道名、门牌号、报刊号、份数、起订日期、终止日期。
- 订数统计表　包括报刊号、报刊名、数量。
- 投递分发表　包括姓名、邮编、街道名、门牌号、报刊名、份数。

回答下列问题：

（1）A 进行哪些处理？可发现什么错误？

（2）同一个订户可能订阅多种报刊，为了减少冗余，可将订报明细表分成订户表和订报表。请设计这两张表的项目，并修改数据流程图。

6）绘制就餐系统的数据流程图

某单位新建就餐卡自动化售餐系统来替代用饭票的手工方式。在该系统中对就餐的职工建立就餐卡管理文件。该系统具有如下功能：

- 就餐卡申请功能　申请者填写申请表送系统处理，系统核实申请者为本单位职工后，在就餐卡管理文件中填写一条记录，并发给申请者一张就餐卡。
- 存款功能　新的就餐者在使用就餐卡前必须在卡上存入一定数量的钱，老的就餐者在卡上的钱用完以前也须续存。存款时就餐者将卡和钱交管理人员，由管理人员输入系统，系统根据卡号将存款数加到就餐卡管理文件中。
- 购餐功能　购餐时就餐者将卡插入售餐窗口上的读卡机，系统根据卡上的卡号从就餐管理文件上减去所用金额。当卡上的钱数不够时，不予购餐。
- 对账功能　当就餐者要求时，可根据卡号打印该月的就餐者存款和购餐的对账单，对账单格式如图 4-18 所示。

卡号：　　　　姓名：　　　　日期

日期	存款金额	购餐金额

余额：

图 4-18　对账单格式

7）绘制看病的数据流程图。

8）针对第 6）题就餐信息系统，写出部分元素的数据字典。

第 5 章

系 统 设 计

系统分析给出了信息系统开发的逻辑方案,定义了系统"做什么"的问题。而系统设计则要在此基础上设计出系统的物理方案,解决"怎么做"的问题。系统设计不仅与系统分析阶段的成果密不可分,而且还是系统实施阶段的蓝图和依据,是系统开发从逻辑设计到物理设计、从理论到实践的一个重要的过渡阶段。系统设计是在系统分析的基础上,考虑企业的实际情况,提出的新系统逻辑模型与物理模型,为系统实施工作准备实施方案和必要的技术资料,如图 5-1 所示。

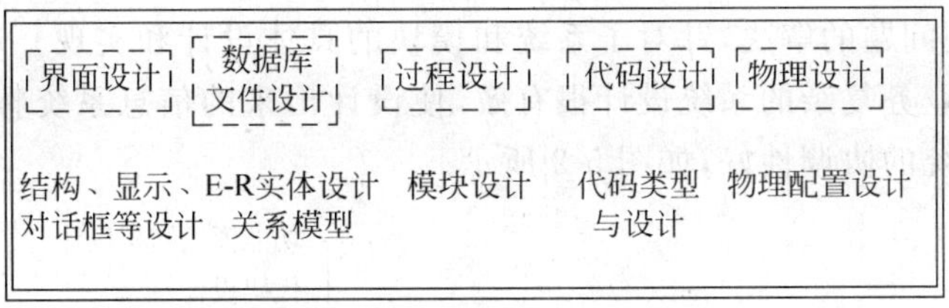

界面设计	数据库文件设计	过程设计	代码设计	物理设计
结构、显示、对话框等设计	E-R实体设计 关系模型	模块设计	代码类型与设计	物理配置设计

图 5-1　系统设计的主要工作

学习目标

- 了解系统设计与系统分析、系统实施的关系。
- 了解界面设计的主要思路。
- 掌握数据库文件的规范设计方法。
- 理解过程设计的主要内容。

5.1　系统设计的任务与原则

1. 系统设计的任务

系统设计的主要任务就是以系统分析中所提出的逻辑方案为基础,根据系统实现的内、外环境和主、客观条件,从技术的角度去考虑系统的划分、功能结构等问题,从提高系统的运行水平、工作效率和质量方面,去完成系统物理方案的设计,使企业能够从信息系统的应用中获得最大的综合经济效益。

系统设计的主要内容包括功能结构设计、代码设计、数据库设计、输入输出设计、物理配置方案设计等。功能结构设计将整个系统划分为具有独立性的模块,以便于系统实施阶段的程序设计。代码设计是实现计算机管理的一个前提条件,制定了人和机器的共同语言,使系统通过代码完成鉴别、分类、排序等功能。数据库设计将现实问题转化为计算机世界的问题,为系统实施提供了具体依据。物理配置方案设计构建了一个信息系统实现的物理平台。系统设计结束时,要完成系统设计报告,通过此报告进一步为系统实施人员提供完整、清晰的文档依据,以保证系统实施的顺利进行。

2. 系统设计的分类

由于人们在进行系统设计阶段考虑问题的出发点和角度不尽相同,对系统设计内容的分类、完成任务的先后次序、方法和步骤也有所不同。比较流行的划分形式有以下两种:

(1)从开发内容的角度看,系统设计可以划分为逻辑设计和物理设计两个层面。逻辑设计是指系统有哪些具体设计任务要完成,从技术上把系统分析时的各种需求转化为计算机软件能够处理的功能需求;物理设计是指各个部件如何协调配合,从实现任务的角度去考虑、设计完成这些任务的一切问题。这种划分形式的特点有利于发挥系统设计人员的积极性和创造性,有利于打破现有管理方式的约束,设计出质量较高、功能结构紧凑和能够最大限度地发挥计算机作用的系统。

(2)从设计任务的角度看,系统设计可以划分为总体性设计和详细性设计。总体性设计着眼于宏观问题的研究,侧重系统的整体规划和设计、子系统之间的连接和关系等;详细性设计着眼于微观问题的解决,针对子系统和模块的具体设计和实现。这种划分方式对系统规模较大,管理业务复杂的系统设计很有效,使设计出来的信息系统整体结构好、子系统之间关系清晰,系统的协调性好,如图 5-2 所示。

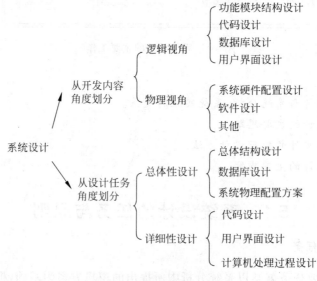

图 5-2　系统设计的划分

两种方式各有利弊,系统设计时设计人员可以根据实际情况选择其一。因为从完成的具体设计内容来看,两种设计形式差异并不大。

3. 系统设计的原则

为了保证系统设计的顺利完成,系统设计应遵循以下原则:

(1) 系统性原则。系统是作为一个整体而存在的。因此,在系统设计中要从整个系统的角度进行考虑,注意保证系统的一致性和完整性。系统的代码要统一,设计规范要标准,传递语言要尽可能地一致,对系统的数据采集要做到数出一处、全局共享,使一次输入得到多次利用。

(2) 灵活性及可变性原则。灵活性是指系统对外界环境变化的适应能力。企业的信息系统必须具有相当程度的灵活性才能支持企业在不断变化的外界环境中取得竞争优势。可变性是灵活性的一个方面。系统的可变性是指允许系统被修改和维护的难易程度。一个可变性好的系统各个模块独立性强,模块内部关系紧密,模块间的相互依赖较少,容易进行变动,从而可以提高系统的性能,并保持长久的生命力。

(3) 可靠性原则。可靠性是指系统抵御外界干扰的能力及受外界干扰时的恢复能力。一个成功的 MIS 必须具有较高的可靠性才能保证系统质量并得到用户的信任。衡量系统可靠性的指标有平均故障时间、平均维护时间、安全保密性、抗病毒能力等。平均故障时间是指平均的前后两次发生故障的时间,反映了系统安全运行时间。平均维护时间是指故障后平均每次所用的修复时间,反映系统可维护性的好坏。

(4) 经济性原则。经济性是指在满足系统要求的前提下,不仅追求给用户带来一定的效益,还应尽可能地减少系统不必要的开销。一方面,在硬件的投资上不过分追求先进;另一方面,系统应尽量简单,避免不必要的复杂化,将模块设计得更加简洁,从而减少处理费用,提高系统效益,便于实现和管理。

5.2　系统划分以及功能结构设计

系统划分和功能结构设计是系统设计阶段首先要考虑的问题。从设计任务的角度看,它归属于系统的总体结构设计范畴。从开发的角度看,它归属于逻辑设计的范畴,其主要任务是根据系统的总体目标和功能,将整个系统划分为具有独立性的子系统和模块(其中独立性意味着子系统和模块内具有较高的相关性,模块间具有较低的联系性)。正确处理模块之间的调用关系,合理安排模块内功能结构设计的问题是模块结构设计的关键。本节重点介绍系统划分、模块结构产生、模块设计和功能结构设计的原则和方法。

5.2.1　系统划分

一般情况下,一个系统可以分成若干子系统,一个子系统又由若干模块组成。有时,人们将系统划分最上层的模块就称为子系统。子系统和模块从形式上并没有明显的界限。

1. 方法

在系统设计中,进行系统的划分和模块结构图(功能结构图)的设计通常采用以下两种方法:

（1）规范的方式是由数据流程图导出初始模块结构图,再予以优化。当人们设计一个不太熟悉的新系统时,这种方法比较科学、逻辑性强,不容易出错。其缺点是复杂、繁琐。因此,在实际中人们用这种方法的时候越来越少。本书讲解的目的仅是把它作为一种参考的划分方法,使读者在实际的系统开发中多一种划分思路。

（2）常用的方式是设计者根据系统功能结构、管理业务的逻辑顺序、人们工作的习惯和设计者开发同类系统的经验直接划分出子系统。例如,图书馆管理信息系统就是根据图书馆的组织结构、业务流程、功能和资源分布、信息技术平台等实际情况,参照同类系统的条件约束直接划分的。

2. 原则

系统划分的一般原则如下:

（1）在结构化方法中,系统划分要遵循自顶向下逐层分解的原则,先将整个系统划分为若干个子系统,再将子系统进一步划分为若干个子系统或模块。

（2）子系统在功能上具有独立性、简洁性,还要尽量给系统实施、维护提供便利,并充分考虑到开发单位目前和未来的经营管理需要。

（3）子系统之间的信息关联低,接口关系简单明确。

（4）系统划分的结果,不会引起子系统中的数据大量冗余,也不会出现子系统之间数据频繁交换的现象。

（5）子系统的设置要充分考虑系统的扩展性,即今后管理发展的需要。

5.2.2 模块和模块化设计

为了使复杂的问题简单化,降低系统的开发难度,人们在系统划分的基础上进一步采用了模块来描述局部的功能。模块化设计的过程使子系统各部分的功能详细和完善。

模块化设计的核心思想是把信息系统分解成一些规模较小、功能较简单的独立的模块。模块之间的相互联系通过一定的方式予以规定和说明。模块化可以提高系统的灵活性,便于系统的修改和扩充。

1. 模块和模块化

模块是指独立命名并且拥有明确定义的实体。系统中任何一个处理功能都可以看成是一个模块。根据模块功能具体化程度的不同,可以分为逻辑模块和物理模块。在系统分析逻辑模型中定义的处理功能可视为逻辑模块;在系统设计中,物理模块是逻辑模块的具体化;在系统实施中可以是一个计算机程序、子程序或若干条程序语句,也可以是人工过程的某项具体工作。一个模块应具备 4 个要素,即输入输出、处理功能、内部数据、程序代码。前两个要素是模块的外部特性,后两个要素是模块的内部特性。

（1）输入输出。模块的输入来源和输出去向都是同一个调用者,即一个模块从调用者处取得输入,进行加工后再把输出返回给调用者。

（2）处理功能。指模块把输入转换成输出所作的工作。

（3）内部数据。指仅供该模块本身引用的数据。

（4）程序代码。指用来实现模块功能的程序。

结构化方法的基本思想就是模块化，即把系统功能自顶向下地、由抽象到具体地划分为多层次的独立功能模块，每个模块完成一个特定的功能，一直分解到能够简单地用程序实现为止。这些模块以某种结构形式组成一个整体，可以完成指定的功能。模块划分要兼顾组织实际情况，经过对实际系统业务流程、管理功能、数据流程等方面的详细了解和分析后，从整体上考虑新系统的功能。这种设计方法能够使整个系统结构更加清晰，提高了系统的可理解性和系统可行性。通过简化软件的设计和实施，有助于信息系统的开发和组织管理，增强可维护性。

2. 模块结构图

模块结构图又称为控制结构图、系统结构图，它用一组特殊的图形符号按照一定的规则描述系统整体结构。模块结构图是结构化系统设计的一个主要工具，它可以描述的问题包括模块化分解后的系统结构层次、模块间组成层次的调用关系、模块间传递的数据信息及控制信息等。

1）模块结构图的基本符号

模块结构图由模块、调用、数据信息、控制信息和转接等基本符号组成，如图 5-3 所示。

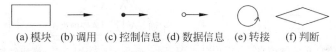

(a) 模块　(b) 调用　(c) 控制信息　(d) 数据信息　(e) 转接　(f) 判断

图 5-3　模块结构图的基本符号

（1）模块。在模块结构图中，用矩形框表示一个模块，矩形中间标上模块名称。这个名字应该能够反映模块的处理功能。

（2）调用。在模块结构图中，用连接两个模块的箭头表示调用。模块结构图规定调用关系只能是上层模块调用下层模块，不允许下层模块调用上层模块，但是应该理解成下层模块执行后又返回到上层模块。因此，调用箭头总是向下，不允许向上。通常不允许同层模块之间的调用。如果一个模块是否调用一个下层模块取决于调用模块内部的判断条件，则该调用称为模块间的判断调用，采用菱形符号表示，如图 5-4(a)所示。如果一个模块通过其内部的循环功能来循环调用一个或多个下层模块，则称该调用为循环调用，用弧形箭头表示，如图 5-4(b)所示。

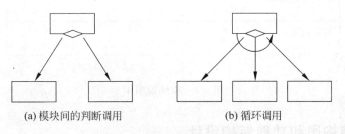

(a) 模块间的判断调用　　　　　　(b) 循环调用

图 5-4　判断调用和循环调用

（3）数据信息。用带空心圆的小箭头表示数据信息，并在旁边标上数据信息名。数据可以从一个模块传递到另一模块，再将处理的结果数据送回原模块。如图 5-5(a)所示，读图书表模块传给图书查询模块具体的图书数据信息等。

（4）控制信息。用带实心圆的小箭头表示控制信息，并在旁边标上控制信息名。控制信息是为了指导程序下一步的执行必须传送的某些信息，如图 5-5（b）所示，读预订表模块传给是否预订模块的没有预订控制信息等。

（5）转接符号。当模块结构图在一张图上画不下需要转接到另外一张纸上，或为了避免图上线条交叉时，都可使用转接符号。

2）模块结构图

模块结构图为系统中功能结构设计、输入输出设计、系统实施的各个方面都提供了依据。一个功能模块一般对应一个输入输出用户界面，系统实施编写程序时也以此为依据实现相应的一个功能。图 5-6 给出了模块结构图大概的、抽象的形式，其中主模块是要实现的整体功能，每个模块框中都标明了此模块的功能，数据从输入端获得，通过变换处理从输出端流出。

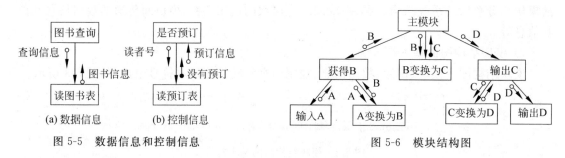

图 5-5　数据信息和控制信息　　　　图 5-6　模块结构图

模块结构图设计后，还应对各模块的功能进行说明。内容包括模块名、模块编号、模块上下层调用关系、输入流、输出流、模块处理功能、所用语言及算法说明等，格式可以参考图 5-7 的样本。

XX 系统模块说明书

模块名：	模块编号：
有哪些模块调用：	调用哪些模块：
输入流：	输出流：
模块处理功能：	
算法说明：	

编写者：

图 5-7　模块说明书

5.2.3　模块结构图和功能结构设计

在系统设计中，模块结构图和功能结构设计经常用到两种方法：一种方法是规范地由数据流程图导出初始模块结构图；另一种方法是系统设计者根据功能等因素直接进行功能结构设计。

1. 数据流程图导出初始模块结构图

通过系统分析中的数据流程图导出模块结构图的导出方法是：首先要区分数据流程图中每一部分的结构类型是变换型还是事务型，然后根据不同的类型相应地采用变换分析法或事务分析法把数据流程图转化成相应的模块结构。整个导出过程分为 4 个部分：确定图中有几种导出类型；按事务型导出分析；按变换型导出分析；完成合并，给出完整的模块结构图。

下面通过图书馆管理信息系统"图书借阅"这个简单的流程来运用变换型和事务型分析方法，从数据流程图导出模块结构图。其具体的数据流程如下：

(1) 读者提供借阅信息。

(2) 处理判断读者是否预订。如果预订了，就更改预订表中的借阅状态属性；如果没有预订，就更改图书表中的可借数量属性。

(3) 更改借阅表。

(4) 显示借书单，即屏幕输出。

(5) 打印借书单，即打印机输出。

注：图 5-8 给出的数据流程图与系统分析时所作的有些改动，目的是更清楚地演示导出的过程。

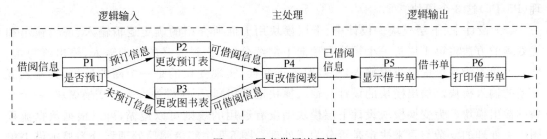

图 5-8　图书借阅流程图

1) 确定数据流程图中有几种导出类型

(1) 变换型。如果数据流程图是可以明显地分成输入、处理和输出 3 部分的线性结构，则它就是"变换型"的数据流程图。

(2) 事务型。如果数据流程图大致呈束状结构，即某个处理将它的输入分离成一束平行数据流，根据对外部信息的判断处理从多条数据流中选择其中某一条数据流，则它就是"事务型"的数据流程图。

现在将图 5-8 中加上必要的虚线，将 P1，P2 和 P3 的并行结构看成一部分，P5 和 P6 看成一部分，那么，[输入 P1，P2，P3]-[处理 P4]-[输出 P5，P6]就构成了一个标准的线性结构，则它是"变换型"的数据流程图。接着进一步分析输入虚线框的内容，从 P1 开始的信息判断可分离成 P2 和 P3 两个数据流，数据流程图呈现束状结构，则这个左虚线框中的部分就是"事务型"的数据流程图。一般来说，实际业务中的数据流程图都是变换型、事务型等典型类型的复杂结合。

2）按变换型导出分析

变换分析法可以分为 3 步：找出系统的主处理、逻辑输入和逻辑输出，设计模块的顶层和第 1 层，设计中下层。

（1）找出系统的逻辑输入、逻辑输出和主处理。从物理输入端开始，一步步地向系统的中间移动，直到数据流不能再看作是系统的输入为止，则其前一个数据流就是逻辑输入。在图 5-8 中，物理输入流是借阅信息，然后是已预订或未预订信息输入流，然后是可借阅信息输入流，再往后就都是输出流了，所以，P2-P4，P3-P4 是逻辑输入。同理，从物理输出端开始，逆数据流方向一步步向系统的中间移动，直到数据流不能再看作是系统的输出为止，则其后一个数据流就是逻辑输出。在图 5-8 中，借书单、已借阅信息都是前一个处理输出后不再加工的信息输出流，再往前可以看作是输入流了，所以，P4-P5 是逻辑输出流。介于逻辑输入和逻辑输出之间的就是主处理。主处理一般是对几支数据流的汇合处的处理，是逻辑输入和逻辑输出之间的处理。图 5-8 中的 P4 即为主处理。

（2）设计模块的顶层和第 1 层。主处理为顶层模块，也叫主控模块，其功能是完成整个程序要做的工作。本例的主处理命名为图书借阅。下层的结构按输入、变换、输出 3 个分支来处理。一为每一个逻辑输入设计一个输入模块，向主控模块提供数据。二为每一个逻辑输出设计一个输出模块，向主控模块提供输出的功能。三为主处理设计一个变换模块，将逻辑输入变换为逻辑输出。每个模块的命名都应反映这个模块的功能。根据以上导出原则，图 5-9 中将图书借阅下层结构划分为借阅前处理（P1，P2，P3）、更改借阅表（P4）、借阅后处理（P5，P6）这 3 个模块。

（3）设计中、下层模块。设计中、下层模块用上面所介绍的确定逻辑输入、逻辑输出和主处理的方法将第 1 层每一个模块自顶向下继续分解，直到最终的物理输入、输出流为止。输入模块要为系统提供逻辑输入，一般要进行变换，实现变换的是一个新的模块，其输入流是新的输入模块。输出模块的设计与输入模块道理相同，下层模块一个是变换模块，一个是新的输出模块。为变换模块设计下层模块则没有通用的规则可以遵循，可以根据数据流程图中主处理的复杂与否来决定是否分为子处理。图 5-9 中将借阅后处理划分为显示借书单和打印借书单两个模块。由于借阅前处理部分流程图不属于变换型，下面用事务型流程图导出方法将其进行模块分解。

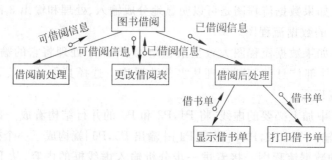

图 5-9　变换分析举例

3）按事务型导出分析

如果数据流程图是事务型的，则应采用事务分析方法导出模块结构图。如图 5-10 所示图书借阅部分的流程图就是事务型的，可以按照事务分析方法处理。

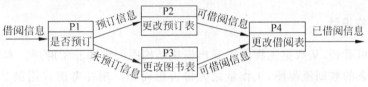

图 5-10 事务分析流程图

事务分析法首先设计主模块,即代表整个系统功能的顶层模块。下面一层是完成判断分析和分配调度的两个模块。判断分析模块根据外部信息进行数据的判断处理,得到分配处理的依据。分配处理模块按照判断处理信息调度给代表某一判断结果的下设模块。图 5-9 中已标明主模块名称为借阅前处理,与总流程图导出的模块图中的模块名称相一致。下设借阅类型判断及类型分配处理两个模块。类型判断下设输入借阅信息和判断借阅类型两个模块,向上层模块传入借阅类型的控制信息和其他数据信息。类型分配处理模块利用传来的类型信息判断进行哪一个下层处理。事务分析举例如图 5-11 所示。

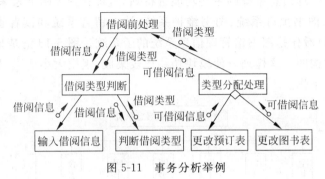

图 5-11 事务分析举例

4) 完成合并,给出"图书借阅"模块的结构图

将用两种方法导出的模块结构图合并,如图 5-12 所示,即为完整的图书借阅模块结构图。从变换分析和事务分析分解得到的模块结构都具有较紧密的模块内联系和较低的模块间依赖,因此便于修改和维护。上面讲解了针对变换型和事务型两种较典型的数据流程图模式导出模块结构图的方法,当遇到较复杂的实际问题时,就要将这两种分析技术联合使用,比如图书借阅的例子顶层采取变换分析,下层模块按照其形式分别选择分析方法。

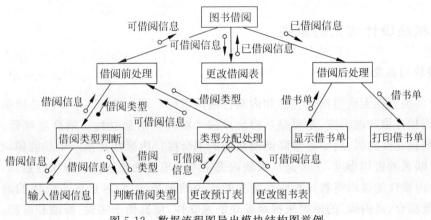

图 5-12 数据流程图导出模块结构图举例

2. 功能结构设计

通过上例可看到,从数据流程图中导出模块结构图的方法非常麻烦。本例则较为简单,如果是一个复杂的数据流程图,工作量之大将可想而知。现在考虑采用第 2 种方式产生模块结构图。主要的思路就是以功能直接划分,简单明了。首先,以系统数据流程图中的"处理(功能)"为依据。从系统的上层开始,大功能分解为若干小功能,层层分解,直到一个复杂的问题简单化,一个抽象的功能具体化为止。产生一个按功能从属关系划分的所谓的"功能结构图"。图中每一个框均称为功能模块。

说明:在系统设计中发现,如果将功能对应于模块,那么功能分解、功能结构设计、功能结构图和模块划分、模块化、模块结构图非常相似。它们只是对某个问题的不同描述而已,在实际的工作中人们对它们的叫法经常是不加区别的。从不同的角度,侧重哪一个都无关紧要,请读者注意,以上的两种叫法在书中以后部分都会采用。

下面对图书馆管理信息系统的主要功能进行划分,将其分为图书采编系统、图书借阅系统、图书查询系统、图书预订系统、图书维护系统、读者留言系统和读者管理系统这 7 个模块,这些模块也可以看作是图书馆管理信息系统的子系统。图 5-13 清楚地描述了图书借阅信息系统的模块结构图。这样划分使模块功能比较集成、规模大小适当、易于进行后续的系统设计和系统实施工作。

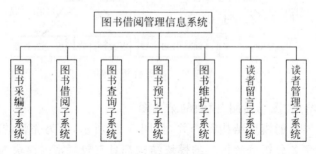

图 5-13　功能结构图

模块结构划分完毕,要对模块作进一步的说明,给系统实施提供依据。图 5-14 给出了图书馆管理信息系统模块说明书的实例。

5.2.4　模块设计优化的原则

1. 模块的独立性

模块的独立性大致包括耦合性和内聚性两项指标。耦合性(Coupling)是指多个模块间相互联系、相互依赖的程度,主要是从模块外部考察模块的独立性。耦合度越低,相互影响越小,系统独立性越强,故应尽量降低模块间的耦合度。内聚性是指一个功能模块内部各项处理相互联系的密切程度,主要是从模块内部来考察模块的独立性。内聚性越高,系统独立性越强。内聚性的强弱将直接影响系统功能实现的复杂性,应尽量提高模块的内聚性。通过这种"低耦合、高内聚"的原则来提高模块的独立性,使其便于实现、修改和维护。

图书管理信息系统模块说明书

模块名：图书采编系统	模块编号：M1
有哪些模块调用： 图书借阅系统、图书查询系统、图书预订系统、图书维护系统	调用哪些模块： 无
输入流： 图书信息	输出流： 图书表、出版社表
模块处理功能： 按照采编规则编写图书号，输入图书信息形成图书表和出版社表	
算法说明： 利用 Access 及其内嵌的 VBA 编程工具编写程序设计人机界面	

模块名：图书借阅系统	模块编号：M2
有哪些模块调用： 图书维护系统	调用哪些模块： 图书采编系统、图书预订系统
输入流： 借阅信息、预订表、图书表、读者表	输出流： 借阅表、预订表、图书表
模块处理功能： 根据输入流判断是否预订、以不同的借阅方式借阅图书并修改相关表格。 将借阅表输出给图书维护系统生成借阅统计信息	
算法说明： 利用 Access 及其内嵌的 VBA 编程工具编写程序设计人机界面	

编写者：×××

2006 年 9 月 16 日

图 5-14　模块说明书

2. 内聚

内聚是对一个模块内部各成分之间相关联程度的度量，标志着一个模块内各个元素彼此结合的紧密程度，它是信息隐蔽和局部化概念的自然扩展。在软件设计的时候，设计者应尽量争取高内聚，因为高内聚的模块便于修改，并且易于实现模块的功能独立。内聚按强度从低到高有以下几种类型：

（1）偶然内聚。如果一个模块的各成分之间毫无关系，则称为偶然内聚。

（2）逻辑内聚。几个逻辑上相关的功能被放在同一模块中，则称为逻辑内聚。如一个模块读取各种不同类型外设的输入。

尽管逻辑内聚比偶然内聚要合理一些，但逻辑内聚的模块各成分在功能上并无关系，即使局部功能的修改有时也会影响全局，因此，这类模块的修改也比较困难。

（3）时间内聚。如果一个模块完成的功能必须在同一时间内执行（如系统初始化），但这些功能只是因为时间因素关联在一起，则称为时间内聚。

（4）过程内聚。如果一个模块内部的处理成分是相关的，而且这些处理必须以特定的次序执行，则称为过程内聚。

（5）通信内聚。如果一个模块的所有成分都操作同一数据集或生成同一数据集，则称为通信内聚。

（6）顺序内聚。如果一个模块的各个成分和同一个功能密切相关,而且一个成分的输出作为另一个成分的输入,则称为顺序内聚。

（7）功能内聚。模块的所有成分对于完成单一的功能都是必需的,则称为功能内聚。

3. 耦合

耦合是对软件结构中各模块之间相互联结的一种度量,耦合的强弱取决于模块间接口的复杂程度、进入或访问一个模块的点以及通过接口的数据。在软件设计的时候,设计者应尽可能地实现模块之间的低耦合。耦合按从强到弱的顺序可分为以下几种类型:

（1）内容耦合。当一个模块直接修改或操作另一个模块的数据,或者直接转入另一个模块时,就发生了内容耦合。此时,被修改的模块完全依赖于修改它的模块。这是最高程度的耦合,也是最差的耦合。

（2）公共耦合。两个以上的模块共同引用一个全局数据项就称为公共耦合。

（3）控制耦合。一个模块在界面上传递一个信号(如开关值、标志量等)控制另一个模块,接收信号的模块的动作根据信号值进行调整,称为控制耦合。

（4）标记耦合。模块间通过参数传递复杂的内部数据结构,称为标记耦合。此数据结构的变化将使相关的模块发生变化。

（5）数据耦合。模块间通过参数传递基本类型的数据,称为数据耦合。

（6）非直接耦合。模块间没有信息传递时,属于非直接耦合。

4. 模块的大小

模块的大小指的是实现模块所需编写程序的行数。过大的模块常常使系统分解不够充分,其内部可能包含了若干部分的功能。过小的模块则有可能降低模块的独立性,造成系统接口的复杂。模块的大小设计应尽量减小设计复杂性,提高程序可读性和可维护性。虽然模块设计得不能过大也不能过小,但也不能生硬地划分,设计的出发点还是要保证功能划分的合理性。

5. 扇入与扇出

在进行系统模块结构的层次设计时,模块的扇入系数和扇出系数要合理。所谓扇出系数就是一个模块直接调用其他模块的个数。所谓扇入系数就是直接调用该模块的模块个数。经验表明,一个设计好的系统应有较高的扇出系数和较低的扇入系数,平均扇入、扇出系数通常是 3 或 4,一般不应超过 7,否则会引起出错概率的增加。通常,好的系统结构是"清真寺"型的,即高层扇出系数较高,中间扇出系数较少,底层扇入系数较高。

6. 作用范围与控制范围

判断的作用范围是指所有受这个判断影响的模块,即操作执行依赖于此判定的模块。模块的控制范围是指模块本身及其所有的下属模块。好的模块结构设计应满足判定的作用范围在模块的控制范围以内,判定所在的模块在模块层次结构中的位置不能太高。

5.3 代 码 设 计

代码是用数字或字符代表事物名称、属性或状态等的符号。它以简短的符号形式代替具体的文字说明,唯一地标识系统中的某一事物。在信息系统中,代码是人和机器的共同语言,是系统进行信息鉴别、分类和排序等处理的依据。代码设计是实现信息管理的一个前提条件,其主要任务就是要提供给信息系统所需使用的代码标准。

5.3.1 代码的主要功能

通过代码设计可以建立起统一的信息描述规范,提高了通用化水平,加强了信息处理性能。具体来讲,代码的主要功能有以下几点:

(1) 标识。这是代码最基本的功能,在一个信息分类的编码标准中,一个代码只能唯一地标识一个分类对象,而一个分类对象也只能有一个唯一的代码。

(2) 分类。按分类对象的属性分类时,要给不同的类别分别赋予不同的代码。这个代码又可以作为分类对象的标识,从而利用计算机进行分类统计。比如,按照用途分为 A 和 B 两类,则可以利用 A 和 B 对用途情况进行统计。

(3) 排序。按分类对象的产生时间、所占空间等顺序关系分类时,代码可以作为分类的标识,利用计算机的排序统计功能。

(4) 专用含义。有时可以利用代码提供一些专用符号来表示专门的含义。

5.3.2 代码的种类

代码的种类很多,根据代码符号的表示形式可以分成数字码、字符码和混合码。根据代码的组成及含义可以分为顺序码、区间码、助记码等。本书只介绍部分类型的代码,给读者一个代码知识的感性认识。

1. 顺序码

顺序码是用连续的数字代表编码对象的代码,如流水号等。顺序码短小简单,易扩充,但是没有逻辑含义,不易记忆,不便汇总,增加的代码只能列在最后,造成已删除码空间的浪费。这种码通常放在其他编码之后作为细分类的一种补充手段。

2. 区间码

区间码把数据项分成若干组,每个组分配一个代码的区间段,该区间中的数字值和位置都代表一定特殊的意义。区间码主要分为层次码、十进制码、特征码等。

(1) 层次码。层次码按照编码对象类别的不同从属层次,将代码的各数字位分成若干个区间,每一区间都规定不同的含义。因此,该码中的数字和位置都代表一定意义。层次码逻辑性强,便于查询和管理,缺点是代码过长,占用空间大。

例 5-1 学生学号的层次码代码设计。某学生的代码为 2002 102 4 22,它的含义描述见表 5-1,如图 5-15 所示。

表 5-1　学生学号代码

代 码 层 次	第 1 层代码	第 2 层代码	第 3 层代码	第 4 层代码
代码内容	2002	102	4	22
代码区间意义	入学年份	所在院系	所在班级	学生学号

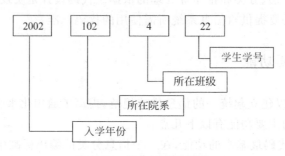

图 5-15　学生号码示意图

（2）十进制码。十进制码是由层次码发展而来的。它先把整体分成若干层,每划分一层用一个小数点隔开,然后把每一层再分成若干层,这样继续不断地划分。一个层次代表一个子类,通过小数点后添加新的层次可以不断地增加新的子分类。当编码对象的数量不能预先估计时,就适宜采用这种方法。

例 5-2　图书章节划分,举例如下:

1　第 1 章

1.1　第 1 章　第 1 节

1.1.1　第 1 章　第 1 节　第 1 部分

1.1.2　第 1 章　第 1 节　第 2 部分

1.2　第 1 章　第 2 节

2　第 2 章

（3）特征码（多面码）。它是按照编码对象的不同层次将代码的各位数字分为若干区间、每个区间规定不同的含义。特征码的各类别层次间没有从属关系,而是代表了编码对象的不同特征方面。

例 5-3　某职工的职位代码为 1322,通过表 5-2,可以看出职位代码为 1322 代表工作不满 5 年,工资水平在 2000 元以上,学历水平为硕士的一名行政人员,如图 5-16 所示。

表 5-2　职工代码设计

代 码 层 次	第 1 层代码	第 2 层代码	第 3 层代码	第 4 层代码
代码区间意义	工作经验年份	所在岗位性质	工资水平	学历水平
代码内容	1：5 年以下 2：5 年以上	1：市场销售 2：技术支持 3：行政管理	1：2000 元以下 2：2000 元以上	1：本科及以下 2：硕士 3：博士及以上

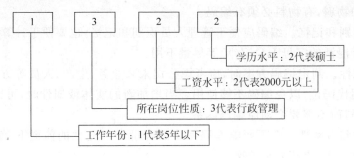

图 5-16　职工职位代码示意图

3. 助记码

助记码是为了帮助记忆,用数字、符号将编码对象的名称、规格等描述出来并作为代码的一部分的代码类型。例如,用 TV-A-28 可以表示 28 英寸、A 等彩色电视机。助记码适用于数据项数目较少的情况,否则容易引起联想出错。

5.3.3　代码的校验

代码作为计算机输入的重要内容之一,其正确性直接影响到整个计算机处理的质量,如果出错,将会带来不可挽回的损失,因此需要对输入计算机中的代码进行校验。为了保证输入的正确性,通常有意识地在原有代码的基础上另加一个校验位,并且将它作为代码的组成部分。此校验位事先由一定的数学方法计算出来。代码输入时,计算机会用同样的数学方法按输入的代码数字计算校验位,并将其与输入的代码的校验位相比较,若不一致,则说明输入的代码有误。

校验位的产生方式主要是模数加权法。这种方法是先将代码各位(C_i)乘以权数(P_i)得到积 $S=C_1P_1+C_2P_2+\cdots+C_nP_n(i=1,\cdots,n)$,再以常数 M 为模求得余数 $R=\mathrm{mod}(S,M)$,最后用模减去余数就是校验位 $J=M-R$。权数一般可以选取几何级数$(1,2,4,8,16,32,\cdots)$、算术级数$(1,2,3,4,5,6,\cdots)$、奇数$(1,3,5,7,\cdots)$等有规律的数列。模可以选取 10,11,13 等。比如,读者号为 20080321001,如果设计校验码并选择算术级数为权数、10 为模,则有

$$S=2\times1+8\times4+3\times6+2\times7+1\times8+1\times11=85$$

$$R=\mathrm{mod}(85,10)=5$$

$$J=10-5=5$$

则此读者号的校验位为 5,将其填写在号码最后一位,读者号应为 200803210015。

5.3.4　代码设计的原则

代码设计一定要考虑周全、反复推敲,逐步优化后再确定。编码设计时应遵循以下原则:

(1) 唯一性。在信息系统中,每一个编码只代表唯一和确定的实体或属性,每一个实体或属性只能有唯一确定的编码。不能存在同物异码或异物同码现象,当一物多码时,系统将视为多种物品而不会自动合并;反之,当多物一码时,系统会将这些物品视为同一物而不作分辨。

(2) 整体性和系统性。编码组织应该具有一定的系统性,便于分类和识别。物料编码

必须覆盖所有的物料,有物料必须有编码。

(3)易于识别和记忆。编码应便于管理人员识别和记忆,也要便于计算机识别和分类。对于容易与数字混淆的字母 I,O,Z,V 等尽量不用。

(4)可扩充性。制定编码方案时,应考虑公司未来业务、生产、人员等方面可能的发展,预留足够的备用代码位,以免编码不够使用。当增加新的实体或属性时,可以直接利用原编码体系进行编码,而不需要变动原编码体系。

(5)简明性和效率性。在不影响编码系统的容量和扩充性的前提下,编码要尽可能简短、统一,以方便输入,提高处理效率。

(6)标准化和规范化。编码设计要尽量采用国际或国内的标准,以方便实现信息的共享,并可以减少以后系统的更新和维护的工作量。编码的结构、类型、格式等必须严格统一,同时要有规律性,以便于计算机进行处理。

(7)中文限制。如果以中文加字符的方式来编码,虽然容易记住,但不便于有序化和输入,一般应尽量避免使用中文字来编码。

信息分类编码标准化是把信息分类编码的原则、方法、分类结构、编码结构、分类项、分类项代码等内容制定成标准。为规范信息分类与编码,我国制定了许多国家级的信息分类与编码标准,见表 5-3。

表 5-3　部分信息分类与编码的国家标准

标　准　号	标　准　名　称
有关产品和物品的分类与编码标准	
GB/T 7635—1987	全国工农业产品(商品、物资)分类与编码
GB/T 2260—1999	中华人民共和国行政区划代码
GB/T 3259—1992	中文书刊名称汉语拼音拼写法
有关人员与组织机构的信息分类与编码标准	
GB/T 11714—1997	全国组织机构编码规则
GB/T 12404—1997	单位(或机构、部门)隶属关系代码
GB/T 13496—1992	银行行别和保险公司标识代码
GB/T 16711—1996	银行业 银行电信报文 银行标识代码
GB/T 11643—1999	公民身份证号码
GB/T 13745—1992	学科分类与代码
GB/T 16835—1997	高等学校本科、专科专业名称代码
其他	
GB/T 12906—1991	中国标准书号(ISBN)条码
GB/T 5795—1986	中国标准书号
GB/T 3469—1983	文献类型与文献载体代码
GB/T 9648—1988	国际单位制代码
GB/T 17295—1998	国际贸易用计量单位代码
GB/T 12406—1996	表示货币和资金的代码
GB/T 15424—1994	电子数据交换用支付方式代码
GB/T 14885—1994	固定资产分类与代码
GB/T 6512—1998	运输方式代码
GB/T 16962—1997	国际贸易付款方式代码

5.3.5　代码设计举例

代码设计可以参考以下步骤进行：(1)确定代码对象。(2)考察是否已有标准代码。如果有国家标准或某个部门对某些事物已规定了标准代码,那么应遵循这些标准代码。(3)根据代码的使用范围、使用时间,根据实际情况选择代码的种类。(4)考虑检错功能。(5)编写代码表。代码编写好后,要编制代码表,并作详细说明,通知有关部门组织学习,以便正确使用。

1. 图书类型数据的编码

下面以图书馆管理信息系统为例进行代码设计。图书管理系统要设计的主要代码对象有图书号、读者号、留言号、出版社号等。这个例子的编码类型属于分组码,其中图书分类号是国家统一规定的,与行业标准统一。图书馆硬件设备齐全,采用条码器读入读者信息和图书信息,防止了手工输入可能造成的代码输入错误,因而没有必要再设置代码校验位。

例 5-4　图书号设计。

图书号的分类编码采用的是我国目前普遍使用的《中国图书馆图书分类法》,分类表的基本结构是：基本部类、大类、简表和详表。基本部类有 5 大类,基本部类下分 22 个大类,分别用字母标识,见表 5-4。

表 5-4　部分图书类型一览表

图书类型代码	图书类型名称	图书类型代码	图书类型名称
A	马克思主义、列宁主义、毛泽东思想	TB	一般工业技术
B	哲学	TD	矿业工程
C	社会科学总论	TE	石油、天然气工业
D	政治、法律	TF	冶金工业
E	军事	TG	金属学、金属工艺
F	经济	TH	机械、仪表工业
G	文化、科学、教育、体育	TJ	武器工业
H	语言、文字	TK	能源与动力工程
I	文学	TL	原子能技术
J	艺术	TM	电工技术
K	历史、地理	TN	无线电电子学、电信技术
N	自然科学总论	TP	自动化技术、计算机技术
O	数理科学和化学	TQ	化学工业
P	天文学、地球科学	TS	轻工业、手工业
Q	生物科学	TU	建筑科学
R	医药、卫生	TV	水利工程
S	农业、林业技术(科学)	T-0	工业技术理论

续表

图书类型代码	图书类型名称	图书类型代码	图书类型名称
T	工业技术	T-1	工业技术现状与发展
T-2	机构、团体、会议	V	航空、航天
T-6	参考工具书	X	环境科学、劳动保护科学
U	交通、运输	Z	综合性图书

例 5-5 读者号设计。

读者号利用的是读者注册当天的日期再加上当天注册的流水号来设计，即层次码加上顺序码。其中流水号为 3 位，即假设图书馆一天内累计注册的人数的上限为 999 人。读者注册的读者号为 20080321001，代表的意义如图 5-17 和表 5-5 所示。

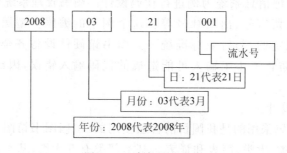

图 5-17　读者号示意图

表 5-5　读者代码设计

代码层次	第 1 层代码	第 2 层代码	第 3 层代码	第 4 层代码
代码内容	2008	03	21	001
代码区间意义	年	月	日	流水号

例 5-6 出版社号。

出版社号利用的是已经形成的城市代码加上该城市出版社流水号。这个例子第 2 层代码采用的编码类型是序列码，其中流水号为 3 位，即假设一个城市与此图书馆有联系的出版社上限为 999 家。出版社号为 1001，代表的意义见表 5-6。

表 5-6　城市代码设计

代码层次	第 1 层代码	第 2 层代码
代码内容	1	001
代码区间意义	城市代码 1-北京、2-天津、3-上海、…	流水号

2. 用友数据库会计科目的编码

分组码在会计信息系统中的应用非常广泛。会计科目的编码就是采用分组码的编码方式。分组码能够准确地反映上下级间的逻辑关系，便于分类和排序，容易追加。在用友财务软件中，会计科目编码就是按科目编码方案对每一科目的编码进行定义。其作用是：便于反映会计科目间的上下级逻辑关系；便于计算机识别和处理，将会计科目编码作为数据处理的关键字,便于检索、分类及汇总;减少输入工作量,提高输入速度;促进会计核算的规范化和标准化。

例 5-7 会计科目代码。

会计科目代码采用了分组码的编码方法。在我国,一级会计科目的编码方案是由财政部发布的《企业会计制度》(2001 年)统一规定的,代码长度固定为 4 位数。一级科目(应交税金)4 位数码的第 1 位为科目类别码,科目类型分为五大类,即资产、负债、所有者权益、成本、损益。财政部规定的一级科目编码的第 1 位,即科目大类代码为:"1=资产","2=负债","3=所有者权益","4=成本","5=损益"。因此,在指定科目类型时必须将定义的类型与编码的第 1 位保持一致,如图 5-18、图 5-19 和表 5-7 所示。

图 5-18 用友会计科目——资产

图 5-19 用友会计科目——负债

表 5-7 用友代码设计

代 码 层 次	第 1 层代码		第 2 层代码	第 3 层代码
代码区间意义	一级科目(应交税金)		二级科目(应交增值税)	二级明细科目(进项税)
	科目类别码(负债)	科目名称码		
代码内容	2	171	01	01

2171 代表"应交税金",217101 代表"应交增值税",217102 代表"未交增值税",21710101 代表"进项税额"。

5.4　数据库设计

数据库设计是信息系统设计阶段的重要组成部分,它是在选定了硬件、操作系统和数据库管理系统(DBMS)环境的情况下,准确地表达用户的需求,并将其转换为有效存储数据的数据模型的过程。在设计阶段,从全局出发,为数据的存储提出一个较为合理的逻辑框架。其中包括数据的分类、数据存储的规模设计、存储空间的分布设计、文件设计以及数据的完整性和安全性设计。

数据库设计的全过程包括用户需求分析、概念结构设计、逻辑结构设计、物理结构设计、数据库的实施、数据库运行与维护这 6 个阶段。其基本操作步骤如图 5-20 所示。本书只重点讲解设计过程的前 4 步。

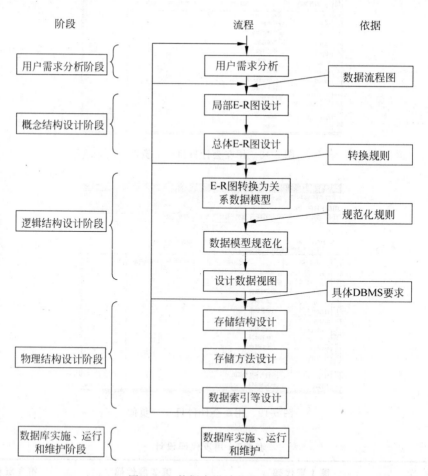

图 5-20　数据库设计的基本步骤

5.4.1　用户需求分析

用户需求分析是数据库设计的起点,需求分析是否充分、准确直接决定了信息系统是否能够最终使用户满意,并影响到数据库结果是否合理实用。需求分析实际上早已在系统分析和设计中完成,数据库设计阶段只需进一步确认以下需求:

(1) 数据要求。即要根据用户需要从数据库中导出的信息要求,包括对数据内容、来源去向、性质、取值范围、数据存储等的要求。

(2) 处理要求。即为了满足用户信息需求所要做的处理功能、处理方式、响应时间等。

(3) 安全性与完整性要求。进一步明确数据的有效性、安全性、完整性、冗余性等的相关需求与约束条件。

5.4.2　概念结构设计

概念设计是整个数据库设计的关键,它通过对用户需求进行综合、归纳与抽象,形成了一个独立于具体数据库管理系统的概念模型。概念模型是一个面向问题的数据模型,概念设计的主要步骤是:

(1) 先根据系统分析的结果设计各个局部 E-R(实体-联系)图;

(2) 再将局部 E-R 图集成为总体 E-R 图。

考虑到本书第 8 章中的案例均对 E-R 图的使用方法、概念结构设计进行了描述,本节不再进行详细介绍,只给出图书馆管理信息系统中从出版社购书及读者预订图书的总体 E-R 图,如图 5-21 所示。

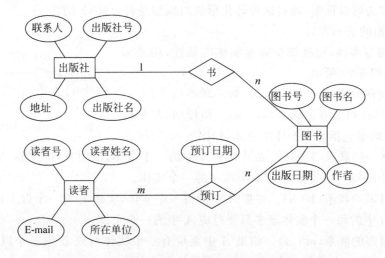

图 5-21　从出版社购书及读者预订图书的总体 E-R 图

5.4.3　逻辑结构设计

逻辑结构设计是在概念设计的基础上完成的,其主要任务是将概念结构 E-R 图转换为某个数据库管理系统所支持的数据模型,并对其进行优化。这种数据模型提供了有关数据库内部构造的逻辑描述,与计算机环境更加接近,因此能够为在某种特定的数据库管理系统上进行数据库物理存储结构设计提供便利。在关系型数据库中,逻辑结构设计的步骤是先将 E-R 图转换为关系数据模型,然后再利用规范化理论对此模型进行规范和优化;之后,结合信息系统需要提供功能设计数据视图。

1. E-R 图的基本概念

数据库设计是数据库应用领域中至关重要的工作,设计一个性能良好的数据库模型,有益于有效地存储和管理,有益于减少不必要的数据冗余,也有益于通过联合查询以满足用户的需求。相反,“不好”或“不规范”的数据库模型存在许多毛病。例如,会出现冗余大、插入或删除异常、综合查询困难或不实用等现象。那么,设计一个良好的数据库模型至少有两种辅助设计规范的方法。一种是规范化,即范式升级的方法,另一种就是 E-R 图分析工具。鉴于使用第 1 种方法时需要不少数学知识,且比较繁琐,这里不多作介绍。下面对 E-R 图分析工具进行讨论。

1) E-R 图的主要优点

E-R 图是 1976 年由 P. S. Chen 提出来的描写现实世界数据关系的实体-联系模型(Entity-Relationship Approach,E-R 图)。E-R 图至少具有如下优点:

(1) 清楚地描述了实体、实体属性以及实体之间的关系。

(2) 存在一定的转化规律。将 E-R 图转化为规范的关系模型。

(3) 有方法可以证明,通过这种转化形成的模型是符合 3NF 的。

2) E-R 图的表示方式

用矩形描写实体,用椭圆框表示实体的属性,用菱形表示联系,如图 5-22 所示。

实体之间的联系可分为 3 种:一对一联系(1:1)、一对多联系(1:n)和多对多联系(m:n)。假设 A,B 是两个实体,并且均是包括多个个体的总体,如图 5-23 所示。

图 5-22　学生实体的 E-R 图

(1) 一对一的联系(1:1)。如果对于 A 中的一个实体,B 中有唯一的一个实体与其对应,并且,B 中的每一个实体对应 A 中唯一的一个实体。

(2) 一对多的联系(1:n)。如果 A 中的每一个实体,实体 B 有一个以上的实体与之有联系,反之,B 中的每一个实体至多只能对应 A 中的一个实体。

(3) 多对多的联系(m:n)。如果 A 中至少有一个实体对应 B 中一个以上的实体,反之,B 中也至少有一个实体对应 A 中一个以上的实体。

这里假设一个班只有一个班长。一个班有许多学生,一个学生只能属于一个班。一个学生可以选择多门课程,一门课程可以有多个学生选择。

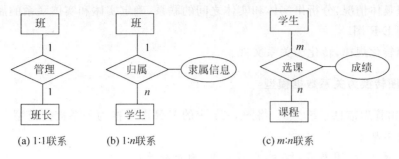

图 5-23 实体之间的联系图

2. E-R 图转换为关系数据模型的方法

关系模型是应用最为广泛的模型,而 E-R 图描述的是现实世界的实体关系模型。这就需要我们将 E-R 图转换为关系数据模型。这种转化的方法简单实用,掌握起来也比较容易。具体转换可以根据以下规则:(1:1)的关系转换为两个关系表,(1:n)的关系转换为两个关系表,(m:n)的关系转换为 3 个关系表。下面通过表格举例说明转换的过程和规律,如图 5-24 和表 5-8 所示。

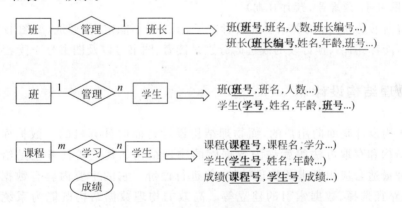

图 5-24 E-R 图到关系模型的转化

表 5-8 E-R 图转换为关系数据模型的规律

E-R 图类型	1:1	1:n	m:n
转化表格的个数	2	2	3
转化规律	$A(\underline{A_1},A_2,\cdots,A_m,B_1)$ $B(\underline{B_1},B_2,\cdots,B_n,A_1)$	$A(\underline{A_1},A_2,\cdots,A_m)$ $B(\underline{B_1},B_2,\cdots,B_n,A_1)$	$A(\underline{A_1},A_2,\cdots,A_m)$ $B(\underline{B_1},B_2,\cdots,B_n)$ $C(\underline{A_1},\underline{B_1},C_1)$
转化说明	实体 A 的关键字是 A_1,通过属性 B_1 与实体 B 联系。B_1 是实体 B 的关键字,实体 B 通过属性 A_1 联系实体 A,形成 1:1 的联系	实体 A 的关键字是 A_1,实体 B 的关键字是 B_1。实体 B 通过属性 A_1 与实体 A 联系,形成 1:n 的联系	实体 A 的关键字是 A_1,实体 B 的关键字是 B_1。添加实体 C,实体 C 的关键字是 (A_1,B_1),形成多对多的关系

从以上说明可以看出,使用 E-R 图分析工具进行数据库设计主要包括以下步骤:
① 描述实体和属性,确定主码。

② 按照具体情况,分析出实体和实体之间的联系,确定实体和实体联系的属性。

③ 绘制 E-R 图。

④ 按照转化规律,转化为关系文件。

3. E-R 图转换为关系数据模型

以图书馆管理信息系统为例,将图 5-21 中的 E-R 图转换为关系数据模型:

1) 一对多联系

图书表(图书号,图书名,作者,出版日期,出版社号)

出版社表(出版社号,出版社名,地址,联系人)

图书与出版社之间为 $1:n$ 的关系。具体地说,图书实体的候选码是图书号,出版社表中候选码是出版社号。如果图书号定了,则出版社号就决定了;而如果出版社号定了,则图书号不能确定即一个出版社对应多本书,而一本书对应一个出版社。

2) 多对多联系

读者表(读者号,读者姓名,E-mail,电话,可否预订)

图书表(图书号,图书名,作者,出版日期)

预订(图书号,读者号,预订日期)

读者与图书是 $m:n$ 的关系。如读者定了,图书号不能定,相似地,如图书号定了,读者号不能定。读者、图书、预订表的候选码分别是读者、图书号以及图书号+读者号。

5.4.4　物理结构设计

逻辑结构设计是面向用户的,而物理结构设计是面向计算机的。数据库在物理设备上的存储结构和存取方法等就称为数据库的物理结构。其主要任务就是给逻辑数据模型选择一种最适合应用要求的物理结构,并进行评价。它的主要内容有数据库存储结构设计、存取路径选择、数据索引的建立等。高效的物理数据结构既能为系统节省存储空间,又能提高存取速度。在系统实施阶段,开发人员可以依据物理结构设计,用所选的数据库管理系统所提供的命令进行上机操作,建立数据库并对数据库中的数据进行查询、连接等操作。

设计数据库存储结构时需要综合考虑数据存取时间、存储空间利用率、数据库维护代价等方面的因素。一般来讲,"鱼和熊掌不可兼得",比如消除数据冗余和关系冗余虽然能够节省存储空间,但同时也降低了检索性能,因此,在实际设计存储结构时,要依据用户使用功能的倾向性来决定设计方案。数据库存储设计一般包括关系的属性、数据类型、字段长度、备注说明等项目,表 5-9～表 5-11 以图书馆管理信息系统部分逻辑设计为依据来设计数据库存储结构。参见第 8 章案例材料。

(1) 图书表。存储有关图书的信息,主码为图书号,其他属性都决定于主码。

(2) 读者表。存储有关读者的信息。主码为读者号,其他属性都决定于主码。

(3) 借阅表。存储有关借阅的信息。主码为图书号和读者号的组合,其他属性都决定于主码。

表 5-9　图书表

属　　性	数　据　类　型	字段长度（字节）	说　　明
图书号	文本	20	图书表的主码
图书名	文本	50	
作者	文本	20	
出版日期	日期/时间	8	
库存总数	数字	1	
可借册数	数字	1	

表 5-10　读者表

属　　性	数　据　类　型	字段长度（字节）	说　　明
读者号	文本	10	读者表的主码
读者姓名	文本	10	
密码	文本	10	
所在单位	文本	50	
E-mail	文本	20	
电话	文本	20	
可否预订	是/否	1	只填写是或否

表 5-11　借阅表

属　　性	数　据　类　型	字段长度（字节）	说　　明
读者号	文本	10	读者号、图书号的组合为
图书号	文本	10	预订表的主码
借阅日期	日期/时间	8	
归还日期	日期/时间	8	
借阅数量	数字	1	

图 5-25 和图 5-26 给出了在 Access 中图书表和借阅表的存储设计界面。

图 5-25　图书表的 Access 存储结构

图 5-26　借阅表的 Access 存储结构

数据设计还涉及一个较为重要的问题,即数据库的安全性和完整性保护的问题。安全性保护是防止机密数据被泄露,防止无权者使用、改变或有意破坏他们无权使用的数据。完整性保护是保护数据结构不受损害,保证数据的正确性、有效性和一致性。由于数据的保护与计算机系统环境的保护是密切相关的,因此这个问题需要在更大的范围内才能彻底解决,例如,计算机系统所在的环境,硬、软件,信息和通信设施等方面的保护,以及必要的行政和法律手段。而在系统设计与实施阶段的关键任务是,从软件方面设计和实现数据保护的功能,例如,对数据并行操作(即多个用户同时存取和修改同一数据)的控制和管理,设置口令校验功能等。

5.4.5　数据库实施、运行和维护

数据库的实施是根据数据库逻辑设计和物理设计的结果,建立实际的数据库结构、装入数据、进行测试和试运行的过程。数据库的运行和维护是指数据库转储和恢复、维持数据库的安全性与完整性、监测并改善数据库性能、数据库的重组和重构等开发后续工作。数据库的实施、运行和维护分别在系统实施和系统试运行阶段执行。

5.5　用户界面设计

系统用户界面设计对于用户使用和系统安全性来说是十分重要的,它包括系统输入设计、输出设计和人机界面设计。一个好的输入系统可以为用户和系统双方带来良好的工作环境,为管理者提供简洁明了、有效实用的管理和控制信息。用户界面设计需要先进行输出设计,然后再反过来根据输出所要求的信息进行输入设计。

5.5.1　输出设计

输出设计是系统实现业务、管理功能所不可或缺的部分,能否为用户提供准确、及时、适用的信息是评价信息系统优劣的标准之一。输出信息的使用者是用户,所以输出的内容与格式等是用户较为关心的问题。因此,在设计过程中,开发人员必须深入了解用户要求,及时与用户充分协商。输出设计的主要工作和基本步骤包括:确定输出类型、输出内容、输出格式和输出方式等。

1. 输出类型设计

输出类型包括以下几种:(1)外部输出。输出目标是系统之外的环境,如向 Internet 发布信息。(2)内部输出。系统内部子系统之间的信息输出,如将学生成绩子系统生成的学生成绩表输出给学籍管理子系统。(3)中间输出。系统处理的一个中间结果的输出。(4)交互输出。系统与用户间的对话输出。(5)操作输出。计算机运行过程中系统提供的与操作有关的输出,如错误信息、程序清单。

2. 输出内容设计

输出内容的基本要求是准确、及时、适用。输出内容要根据调查和分析用户在使用信息方面的要求来具体确定。设计输出信息的内容主要包括两个方面：一为有关输出信息使用方面的内容，如使用者、使用目的、报告量、使用周期、有效期、保管方法和复写份数等。二为输出信息的内容，即输出信息的名称和形式，包括输出的项目、数据类型、宽度、精度、数据来源及生成算法等。

3. 输出格式设计

输出格式要满足使用者的要求和习惯，做到格式标准化，术语统一化，不仅清晰、美观，而且易于阅读、理解和计算机实现。输出格式设计是输出设计的一个重要内容。

报表是较常用的输出格式之一。报表的类型有详细型报表、汇总型报表和分析型报表。详细型报表主要记录单位一定时期往来数据的明细列表。汇总型报表是指将填列在不同位置上的有关信息共同反映在一张报表上。分析型报表是指为支持单位管理部门工作，对数据进行统计处理过的报表。例如，如图 5-27 所示的报表上就是图书信息的详细型报表。此外，还可以使用较直观的图形输出格式，包括折线图、条形图、散列图、饼图等。

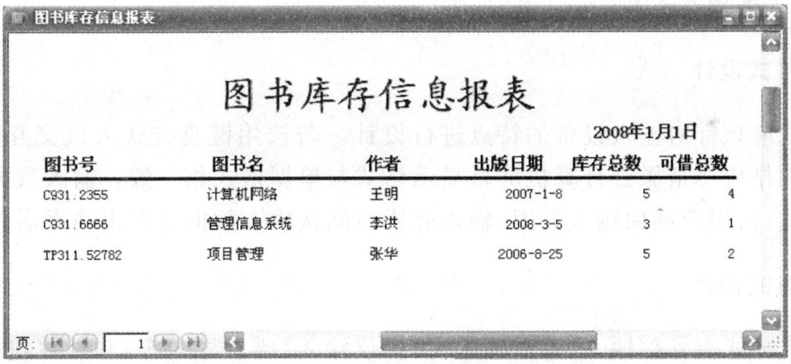

图书号	图书名	作者	出版日期	库存总数	可借总数
C931.2355	计算机网络	王明	2007-1-8	5	4
C931.6666	管理信息系统	李洪	2008-3-5	3	1
TP311.52782	项目管理	张华	2006-8-25	5	2

图 5-27 图书库存信息报表

4. 输出方式选择

除特别指定以外，输出方式应根据输出的内容、格式特点、用户需求情况等因素来确定。常用的输出设备有显示器、打印机、磁带机、缩微胶卷输出器、多媒体设备等。输出介质有纸张、磁带、磁盘、缩微胶卷、光盘、多媒体介质等。这些设备和介质各有特点，应结合现有设备和具体条件来选择。需要送给其他有关人员或者需要长期保存的材料必须使用打印机打印输出。需要作为以后处理用的数据，可输出到磁盘或者磁带上。需要临时查询的信息，则可通过屏幕显示。

5.5.2 输入设计

要输出高质量的信息，首先就要输入高质量的信息。输入设计的目标是在保证输入信息正确性和满足输出需要的前提下，做到输入简便、迅速、经济。数据输入的准确性和简洁性直接影响到系统使用时的效果和效率。因此,必须科学地进行输入设计,使之正确、及时、方便地收集及录入信息。输入设计的主要工作和基本步骤包括确定输入内容、输出格式、输入方式、输入数据的校验等。

1. 输入设计原则

输入设计应遵循以下基本原则:(1)输入量小。输入量应保持在能够满足处理要求的最低限度。输入的数据越多,产生错误的几率越高,花费的时间成本也越高。数据需要共享的大系统、多子系统一定要避免重复输入。(2)输入简便。输入数据的汇集和输入操作应尽可能地简便、易行,从而减少错误的发生。(3)数据转换少。输入数据应尽量用其处理所需的形式进行记录,以便减少或避免数据由一种介质转换到另一种介质时可能产生的错误。(4)数据尽早检验。对输入数据的检验应尽量接近原数据发生点,以使错误能够及时得到更正。

2. 输入内容设计

输入内容主要是指向计算机输入原始数据。输入内容设计主要是根据数据库设计和输出设计的结果确定哪些数据在哪一个模块进行输入,包括数据项的名称、类型、长度、精度、取值范围、输入处理方式等。

3. 输入格式设计

输入格式应该针对输入设备的特点进行设计。若选用键盘方式人机交互输入数据,则输入格式的编排应尽量做到计算机屏幕显示格式与单据格式相一致。输入数据的形式一般可采用填表式,由用户逐项输入数据,输入完毕后确认输入数据是否正确无误。

4. 输入方式设计

数据输入方式有外部输入(键盘输入、扫描仪输入、磁盘导入等)和计算机输入(网络传送数据等),输入设备有键盘、鼠标、扫描仪、光电阅读器、光笔、磁盘、磁带、网络等。信息系统对数据的准确性要求较高,应选择从条码阅读器、子系统或网络终端直接传送的方式,而少用人工输入的方式,避免数据输入错误所造成的损失。

图 5-28 给出了图书借阅子系统的输入界面。读者号、图书号等原始数据通过条码阅读器读入,然后系统内部链接读者表和图书表将与读者和图书有关的信息予以显示。借阅日期默认为当天的日期,归还日期默认为当天日期加 30 天,借阅数量默认为一本。这样,不用任何手工输入就可以添加一条记录,很大程度上避免了输入信息可能发生的错误。

5. 输入数据的校验

为了尽可能地避免错误的数据存储到系统中,在输入设计中需要考虑采用具体的检测方式对数据输入的正确性进行校验。常见的输入校验方式有两次输入校验法、静态校验法、平衡校验法、文件查询校验法、界限校验法、数据格式校验法和校验码方法等,见表 5-12。

图 5-28　图书借阅子系统输入界面

表 5-12　输入校验方法

校 验 方 法	具 体 内 容
重复校验	要求同一个数据内容输入两次,以两次输入内容一致作为正确性判断的依据。对于特别重要的数据输入,也可以要求输入两次以上
视觉校验	采用目测的方法检查输入数据的正确性,目测一般在屏幕前进行,在输入内容复杂的情况下也可以打印出来检测
校验位校验	在数据编码的后面加一位校验码,该校验码是根据一定的计算方法由校验码前的各位编码计算出来的
控制总数校验	对所有数据项的值求和进行校验
数据类型校验	从数据类型和数据格式的角度来检测输入数据的正确性
格式校验	检验数据记录中各数据项的位数和位置是否符合预先规定的格式
逻辑校验	检查数据项的值是否符合逻辑
界限校验	界限校验法是通过检验数据是否在限定的取值范围内来检测输入数据的正确性
平衡校验	平衡校验法根据数据之间的计算关系来检查输入数据的正确性。例如,利用会计等式(借方金额合计=贷方金额合计)对输入的会计凭证数据进行校验
记录统计校验	统计记录个数,检查记录有无遗漏或重复

5.5.3　人机对话设计

1. 人机对话设计的考虑因素

人机对话设计的任务是根据用户在使用信息系统时的操作动作及所遇问题,设计友好的、有辅助操作意义的人机交互方式。人机对话使用户亲自参与到系统操作中来,提高了用

户对系统的满意程度。对话设计的基本原则是用户第一,而不应从设计人员的角度来考虑,具体应注意以下几点:

(1) 对话设计以用户需要为先。用户界面设计要解决的是用户与软件系统交互的问题,为此,必须要考虑到用户的工作环境、工作习惯等,对话风格要清楚、简单,用词要符合用户观点和习惯。例如,尽量使用用户所在领域的专业术语、思维定式等。

(2) 对话设计的实质是信息交换。对话设计的目的就是通过灵活的信息确认更好地帮助用户与系统沟通。设计者可以通过提示框、问答、菜单等方式强调或警告某些操作可能带来的后果,对用户使用系统起到一定的辅助和导向作用,避免了误操作等所带来的后果。

(3) 对话设计友好性强。对话设计的一大重点就是错误信息提示。设计人员不但要在易出错的地方预先进行提示,还要在出错时以合适的建议帮助用户做出正确操作。一个较大的系统会分为很多子系统,每个子系统所面对的操作对象并不相同,对话设计既要达到整个系统风格统一一致,又要针对不同的操作对象采取不同的对话策略。如图书馆管理信息系统的图书查询子系统面向的读者是没有经过培训、对系统操作不熟悉的用户,应预先设计出较全面的出错提示,帮助读者正确地使用系统。图 5-29 给出了图书查询子系统的对话设计界面。

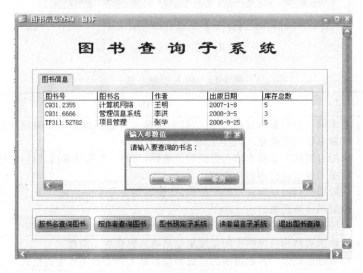

图 5-29　图书查询子系统

2. 人机对话设计的基本类型

人机对话界面主要有以下几种基本类型。

1) 菜单式

菜单式是较传统的功能选择操作方式,用户可以通过选择屏幕显示出的功能代码来进行下一步的处理。随着软件技术的发展,菜单设计也更加趋于美观、方便和实用。目前,系统设计中常用的菜单设计方法主要有下拉菜单和弹出菜单等。

2) 命令式

命令式是为操作水平较高级的使用者准备的,用户可以直接输入某种语言或命令使系统完成某种功能,减少了层层菜单的复杂操作,提高了系统的效率。但是要用户记住较抽象的命令比较困难。

3）填表式

填表式一般用于通过终端向系统输入数据，系统将要输入的项目显示在屏幕上，然后由用户逐项填入有关数据。另外，填表式界面设计常用于系统的输出。如果要查询系统中的某些数据，可以将数据的名称按照一定的方式排列在屏幕上，然后由计算机将数据的内容自动填写在相应的位置上。由于这种方法简便、易读，并且不容易出错，所以它是通过屏幕进行输入输出的主要形式，如图 5-30 所示。

图 5-30　图书馆管理信息系统用户登录界面

4）应答式

当系统运行到某一阶段时，可以通过对话窗口向用户提问，系统根据用户选择的结果决定下一步执行什么操作。这种方法通常可以用于提示操作人员确认输入数据的正确性，或者询问用户是否继续某项处理等。例如图 5-29 所示的图书查询子系统。

如果是进行网站设计，则建议：记住客户以便联系，尽量使系统易于导航，具有搜索能力、具有兼容性以及避免无效链接等。

5.6　物理配置方案设计

信息系统是建立在信息技术平台上，辅助工作人员进行管理和决策的综合人机系统。这个系统平台是信息系统开发的基础，包括计算机软硬件选择、计算机网络的设计、数据库管理信息系统的选择等。系统物理配置投资较大，设计出合理的配置方案对系统开发来说至关重要。本节从物理配置方案的设计依据、设计原则和设计方法开始谈起，介绍物理配置各方面的选择方法。

5.6.1　物理配置方案设计的依据

（1）系统的吞吐量

吞吐量指的是每秒钟执行的作业数。系统的吞吐量越大，系统的处理能力越强，要求响应计算机和网络系统的性能就越高。系统吞吐量、响应时间等计算机系统性能并不是越高越好,应本着实用性和适用性的原则理智地加以选取。

（2）系统的响应时间。

系统的响应时间指的是从用户向系统发出一个作业请求开始,经系统处理后,给出应答结果的时间。如果选择 CPU 运算速度较快的计算机及传递速度较快的网络系统,就能获得较快的响应时间。

（3）系统的可靠性。

系统的可靠性可以用连续无差错工作的时间来表示。对于金融、航空等行业,可靠性是非常重要的。如果系统要求长时间稳定地连续工作,则可选择双机双工方式并经常进行数据备份,最大程度地减小不可靠的风险。

（4）系统的处理方式。

如果信息系统的处理方式是集中式的,则信息系统既可以是主机系统,也可以是网络系统。若系统的处理方式是分布式的,则采用微机网络将能更有效地发挥系统的性能。系统处理方式的选择不仅要考虑到系统的现状,还要考虑到系统的未来应用环境,对其可扩充性有充分的规划,信息处理方式在系统实施后是不太容易改变的。

（5）系统的地域范围。

分布式系统要根据系统覆盖的范围来决定采用广域网还是局域网。

（6）系统的数据管理方式。

物理配置设计时应根据数据管理方式的不同选择相应的数据库管理系统。

5.6.2　系统工作模式设计

信息系统运行平台的配置与计算机的工作模式紧密相连。

1. 集中式系统

集中式系统是集设备、软件和数据于一体的工作模式。集中式系统主要包括单机结构和主机结构。单机结构是指系统在单个的计算机上独立使用,各自运行自己的信息系统和数据,计算机之间不能进行通信和资源共享,系统靠磁盘备份完成不同机器之间的数据传输。单机结构仅适用于个人信息处理系统。主机结构是指系统安装在大型主机上,用户可以同时通过在本地或远程连接的多个终端上运行信息系统,系统需要配备功能强大的主机,系统采用批处理方式和实时方式处理业务。主从系统适用于某些特定的应用领域,如订票系统、银行储蓄系统、出纳系统、登记查询系统等。

2. 分布式系统

分布式系统的工作模式是将整个系统分成若干个地理上分散的配置,业务可以独立处理,但系统在统一的工作规范和技术要求下运行。分布式系统主要包括文件服务器/工作站模式、客户机/服务器(C/S)模式和浏览器/Web 服务器(B/S)模式。

（1）文件服务器/工作站模式一般用于由 PC 组成的局域网。文件服务器上安装了数据库管理系统,但仅提供对数据的共享访问和文件管理,数据处理和应用程序均分布在工作站上。由于所有的运行处理都在工作站上完成,数据传送量较大,系统效率较低。

(2) 在客户机/服务器(C/S)模式中,客户机为前台,服务器为后台,协同执行一个应用程序任务。客户机前台负责数据处理的启动和部分控制以及与用户的交互。服务器后台则运行 DBMS,完成大量的数据处理和存储管理任务,如数据库的增、删、改、查等,以合理均衡的事务处理充分保证数据的完整性和一致性。前台和后台之间只传送前台的处理请求和结果数据,可提供更快、更有效的应用程序性能。

(3) 浏览器/Web 服务器(B/S)模式是一种 3 层结构。客户端利用浏览器统一通过 Web 服务器访问数据库,以获取必需的信息。而 Web 服务器与特定的数据库系统的连接可以通过专用的软件实现。B/S 冲破了局域网的范围限制,可以共享 Internet 资源,提供了一种通用客户机(浏览器),克服了 C/S 中的客户端多种程序所带来的数据不一致等缺陷。

在设计系统工作模式时,应考虑系统的类型、处理方式、数据存储要求、软硬件的配置情况,还应照顾到系统使用的方便程度、维护和扩展的性能、安全性、可靠性和经济实用性等。如果企业是小型的地域型企业,人员比较集中,可以采用客户机/服务器(C/S)模式开发系统;如果企业是一个跨国公司,业务和人员分布广,浏览器/Web 服务器(B/S)模式应作为首选方案。

5.6.3 计算机硬件设计

计算机硬件选择是建设信息系统的一个关键问题。目前,系统建设中计算机设备仍是最大的一项投资。计算机在价格、配置、功能等方面的差异直接关系到计算机网络设计、操作系统及其他应用软件的选择。而且,一旦购入了设备就要在较长时间内持续使用,因此购买设备需要兼顾好短期和长期的利益。一般来说,设备选择与配置应根据实际情况来确定,具体来说,需要考虑的因素包括系统工作模式设计、数据存储容量、外设、终端或网络的配置、计算机及网络系统速度、应用软件等。

5.6.4 计算机软件设计

1) 操作系统

操作系统是统一管理计算机软、硬件资源的系统软件,在计算机和用户之间起到接口和桥梁的作用。一般常用的操作系统有:UNIX,OS/2,Windows 和 Windows NT。应选择功能较强、操作方便的操作系统。

2) 数据库管理系统

信息系统以数据库系统为基础,数据库系统是否选择恰当对信息系统有着举足轻重的影响。在选择数据库时,首先应通过系统分析中的数据流程分析、数据分析等方面,充分明确对数据库系统的需求,做到"量体裁衣,物尽其用";其次,应适当了解各种主要数据库的性能、适用对象及范围,再考虑性能价格比、售后服务、企业员工熟悉程度等因素选择合适的数据库系统。另外,应考虑数据库与信息系统相关的外部环境之间的关系,尽量有利于数据的传递和共享。目前流行的数据库系统很多,如 Oracle,DB2,Sybase,SQL Server,MySQL,Access 和 Visual FoxPro 等。这些产品各有特色,Oracle,DB2,Sybase 均是大型数据库管理系统,SQL Server 用于中小企业的系统开发。

3）开发工具

开发工具的选择首先依据信息系统的总体结构设计。基于 B/S 模式的开发工具有 Delphi，ASP，Power Builder 等。基于 C/S 模式的开发工具有 Delphi，Power Builder，Visual Basic，Visual C++等。具体使用哪一种工具，主要取决于开发人员对于语言的熟悉程度。

5.6.5　计算机网络设计

网络设计是根据组织的现有条件和实际业务的需要，考虑如何配置网络和选用网络产品。计算机网络是系统运行平台的重要组成部分，解决系统内部信息的传递和共享、系统和外部系统的信息交换等问题。影响信息系统运行的网络因素包括网络的传输速度、吞吐量、带宽、安全性和灵活性等。

1）网络拓扑结构的设计

网络的拓扑结构指的是网络上的通信线路以及各个计算机之间相互连接的几何排列或物理布局形式。目前常用的网络拓扑结构有总线型、星型、环型、混合型等。网络拓扑结构的设计应根据应用系统的地域分布、信息流量等因素进行综合考虑。

2）网络设备的选择和配置

选择和配置服务器、主干通信媒体（如路由器、网关、用户终端连接设备等）以及各种辅助设备（如接口设备、多媒体设备等）。

3）网络软件与网络协议的选择

网络软件和网络协议是网络系统的基本组成部分。网络协议是网络上所有设备（网络服务器、计算机及交换机、路由器、防火墙等）之间通信规则的集合，它规定了通信时信息必须采用的格式和这些格式的意义。

一般来说，网络操作系统应选择具有高容错功能、网络维护简单、容易扩充并可靠的、性价比合理的产品。目前流行的有 UNIX，Netware，Windows 等。

5.6.6　物理配置方案举例

1）系统工作模式设计

由于读者较多，而且需要在远程终端上自行查询图书、进行图书预订，因此图书借阅系统的总体结构采用浏览器/Web 服务器（B/S）模式，这种模式不仅可以满足读者的远程查询要求，还能使信息共享更加完全。而且把图书查询、预订等业务直接搬到网上来进行，使图书借阅的效率更高。

2）计算机硬件设计

由于总体结构设计中采取分布式的方案，可使用多台微型机和服务器连成局域网，以增加系统的灵活性。图书馆已有的计算机数量足够且性能较好，不必再另买计算机。但需要购买服务器、路由器等网络建设所需的硬件设备。为保证较高的服务质量和避免设备马上过时的危险，选择的是在目前市场上配置比较先进的设备品种。

3）计算机软件设计

操作系统选择 Windows NT。考虑到图书借阅系统所在单位的信息管理规模不大，没有必要采用 Oracle 等较大数据库管理系统,而且原单位的 Office 中就有 Access。因此,根据单位的特色选择 Access 为数据库管理系统。它是典型的关系型数据库,支持标准的 SQL 查询语言,具有很强的可移植性和可兼容性。Access 还能进行用户界面的设计,支持网络信息交换,能够满足图书借阅系统对外服务的要求。

　　4)计算机网络设计

　　为了保证内部管理的方便性和协调性,网络的拓扑结构采用的是星型网络。将整个网络按照功能划分为办公室、图书查询室、图书借阅室、图书采编室和图书维护室,由于图书维护室存放了核心数据,给图书维护室几台机器安装了安全集线器。图 5-31 画出了图书借阅系统的网络结构图。此设计将各部门的计算机、系统服务器分别与中间的路由器连接,各部门的计算机之间只能通过路由器来相互通信。系统外部的读者可以通过 Internet 与信息系统服务器取得联系,按权限访问、修改系统内部的信息。

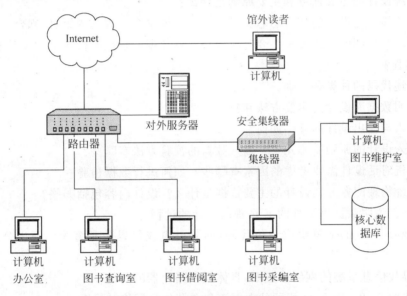

图 5-31　图书借阅系统网络设计图

5.7　系统设计说明书

　　系统设计报告是系统设计阶段的成果,也是下一阶段系统实施的蓝图与依据。系统设计报告的内容主要是各种设计方案和设计图表,其内容大致应包括以下几部分。

　　(1)功能结构设计。

　　① 系统的模块结构图(或子系统结构图)。

　　② 模块设计说明书(包括各模块的名称、功能、调用关系、局部数据项和详细的算法说明等)。

　　(2)代码设计(各类代码的编码方案、类型、功能、使用范围和使用要求等)。

　　(3)数据库设计。

　　① 用户需求分析(设计目标、数据信息需求等)。

　　② 概念设计(局部 E-R 图、总体 E-R 图等)。

③ 逻辑设计(E-R图转换为相应数据模型、数据模型优化等)。

④ 物理设计(物理存储设计、数据存取路径选择、安全性和完整性设计等)。

(4) 用户界面设计。

① 输出界面(输出类型、内容、格式、方式、功能、要求等)。

② 输入界面(输入内容、格式、方式、人员、功能、校验等)。

(5) 物理系统配置方案设计(系统工作模式设计、硬件设计、软件设计、网络设计等)。

(6) 系统实施方案及说明(实施方案、计划、审批等)。

5.8　思　考　题

(1) 系统设计的主要任务和主要原则是什么?

(2) 简述模块化设计的核心思想。举例说明系统聚合实现高内聚、低耦合。

(3) 模块结构图的导出方法主要有哪两种?从数据流程图到模块结构图是不是单纯的符号转化过程?

(4) 简述代码的种类和区别。

(5) 说明数据库设计的主要方法和技术。

(6) 输入与输出设计的顺序如何?

(7) 输入设计的原则有哪几条?输入数据的校验方法有哪些?

(8) 人机对话设计需要考虑的因素有哪些?如何进行数据检验?

(9) 系统物理配置方案设计的主要依据是什么?设计内容包括哪些?

(10) 举例说明数据库文件的 E-R 规范设计的过程。

(11) 现有 1~9 的字符组成三位代码,问共可组成代码数是多少?写出公式,计算出结果。

(12) 寻找信息系统的网络示意图,具体说明路由器的功能。

(13) 将图 5-32~图 5-34 所示的数据流程图转化为模块结构图。

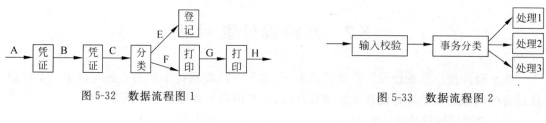

图 5-32　数据流程图 1　　　　　　　　　　图 5-33　数据流程图 2

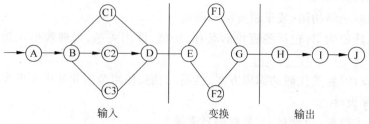

图 5-34　数据流程图 3

（14）分析图 5-35 所示的网络图，说明 Hub 的作用。

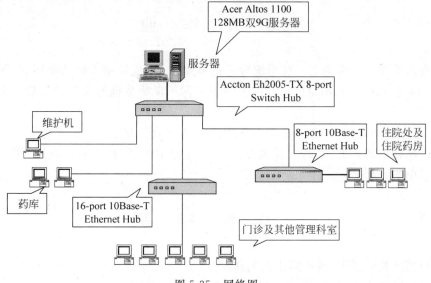

图 5-35 网络图

（15）计算机硬件主要由哪些部件组成？

（16）按照覆盖范围，计算机网络可分为哪几类？

（17）数据库、数据库管理系统、数据库系统三个概念有什么区别和联系？

（18）"不好"的关系数据模型主要问题是什么？什么是关键字？举例说明什么是完全依赖、部分依赖、传递依赖。举例说明如何进行数据库文件的规范化。

（19）E-R 图转换为关系数据模型的流程和规则是什么？

（20）如何理解数据仓库的"非易失性"？

（21）通过"啤酒和尿布"数据挖掘的例子，说明数据挖掘与传统查询的区别。举例说明多维数据库的不同维度。

（22）Access 有哪些特点？这对于建立管理信息系统有什么帮助？

（23）Access 数据库中表与表之间的关系分为哪几种？

（24）Access 中数据类型主要有哪几种？

（25）Access 中包括哪几种查询方式？各有什么特点？

（26）Access 中查询 1985 年出生的人员记录有哪些准则表达式，试分别表示出来。

（27）设计数据仓库与数据库的主要区别是什么？

（28）举例说明"不好"（即不规范）的数据库设计的弊病是什么。举例说明数据库规范的方法。并说明关系数据库管理对数据库设计、系统功能设计以及数据库维护的作用。

（29）举例说明数据挖掘技术如何支持决策支持系统。

（30）互联网如何进行安全管理？举例说明具体的措施。

（31）就你所了解的软件技术，说明能为组织带来的益处。

（32）如何购置和配置企业的软、硬件资源？

（33）有些企业为何选择分布式网络方式处理订单业务？

（34）整理材料，解释超媒体数据库与传统数据库的区别。

（35）解释企业内部网和外部网的不同。

5.9　大　作　业

（1）写出系统设计说明书。在系统分析的基础上,完成绘制模块结构图、代码设计、数据库设计、物理设计,并写出系统设计说明书等工作。说明数据库文件详细设计内容、系统的主要功能等。

（2）在题(1)的基础上,在 Access 或其他数据库平台上建立数据库文件。

（3）说明代码的种类,对每一种类型的代码进行举例,写出说明。调用"用友"财务软件,说明代码的设计特点。

5.10　实　验　题

（1）根据网络示意图,说明路由器的作用。

（2）根据网络示意图,具体说明 Hub 的功能。

（3）了解 Access 环境,掌握软件主要功能。建立管理信息系统,完成数据库设计以及基本的管理功能(建立、增、删、改、查询、统计等)。

5.11　数据库设计练习题

（1）某部门管理数据库设计

假设一个部门的情况为:一个部门有多名职工,销售多种产品,但每名职工、每种产品只能属于一个部门;每种产品可由多个制造商生产,而每个制造商也可以生产多种产品。其中,职工的信息包括职工号、姓名、地址和所在部门,部门的信息包括部门号、经理,产品的信息包括编号、产品名、型号,制造商的信息包括制造商名称、地址。试画出这个部门的 E-R 图,并将该 E-R 图转换为关系模型。

（2）某医院病房计算机管理中心数据库设计

需要如下信息:

* 科室　科室名、科室地址、科室电话、医生姓名。
* 病房　病房号、床位数、所属科室名。
* 医生　姓名、职称、所属科室名、年龄、工作证号。
* 病人　病历号、姓名、性别、诊断、主管医生、病房号。

其中,一个科室有多间病房、多名医生,一间病房只能属于一个科室,一名医生只能属于一个科室,但可负责多个病人的诊断,一个病人的主管医生只有一个。

完成如下设计:

① 设计该计算机管理系统的 E-R 图。

② 将该 E-R 图转换为关系模式结构。

③ 指出转换结果中每个关系模式的候选码(即关键字)。

（3）一个图书借阅管理数据库设计

要求提供的服务为：可随时查询书库中现有数据的品种、数量与存放位置。所有各类书籍均可由书号唯一标识。可随时查询书籍借还情况，包括借书人单位、姓名、借书证号、借书日期和还书日期。此处约定：任何人可借多种书，任何一种书可为多个人所借，借书证号具有唯一性。当需要时，可以通过数据库中保存的出版社的编号、电话、邮编及地址等信息向相应出版社增购有关书籍。设定：一个出版社可出版多种书籍，同一本书仅为一个出版社出版，出版社名具有唯一性。根据以上情况和假设，试进行如下设计：构造满足需求的 E-R 图；转换为等价的关系模式结构。

（4）工厂（包括厂名和厂长名）数据库设计

存储以下信息：

- 一个厂内有多个车间，每个车间有车间号、车间主任姓名、地址和电话。
- 一个车间有多个工人，每个工人有职工号、姓名、年龄、性别和工种。
- 一个车间生产多种产品，产品有产品号和价格。
- 一个车间生产多种零件，一个零件也可能为多个车间制造。零件有零件号、重量和价格。
- 一个产品由多个零件组成，一个零件也可装配出多种产品。
- 产品与零件均存入仓库。
- 厂内有多个仓库，仓库有仓库号、仓库主任姓名和电话。

试画出该系统的 E-R 图；给出相应的关系模式。

（5）结合数据库（数据仓库）的设计，自学 PowerDesigner 软件。该软件是全球数据库巨擎 Sybase 公司为了适应数据库设计发展需要，推出的面向对象模型的全方位可视化的建模工具。

第6章

系统实施与评价

系统开发工作按照管理信息系统的生命周期逐渐推进,经过系统设计阶段后,便进入了系统实施、维护和评价阶段。该过程是将系统从开发方手中移交到用户手中的过程,这一阶段,不仅需要重视系统实施的工作质量,还必须兼顾系统的维护性。因此,程序与文档的规范化、系统的兼容性至关重要。本章围绕系统实施工作,介绍了系统实施阶段的主要风险、主要工作、系统评价与系统维护等内容。

学习目标

- 了解系统实施中程序编制和管理文档的要求。
- 了解系统测试的主要方法。
- 掌握各种系统转换方式的特点。
- 了解系统评价体系的主要内容。

6.1　系统实施

系统实施作为系统开发的后期阶段,其目的是把审核过的系统设计说明书转换为可以实际运行的系统,交付给用户一个可以实际运行的信息系统。系统实施的质量直接关系到系统的成败。1963年美国一个飞往火星的火箭爆炸,造成高达1000万美元的损失,究其原因,是由于程序中一个逗号错误,把一个循环语句"DO 5 I=1,3"误写成了"DO 5 I=1.3"。

在学习本章以前,首先了解系统实施阶段容易出现的问题:

(1) 人员安排不妥。为了使测试工作相对客观,从事测试工作的人员和程序的编写人员不应是同一批人员,即测试工作应尽量不安排编写程序的人员来做。

(2) 人员分工不明确。没有建立较严格的管理制度。人员分工不够明确,从而造成工作遗漏或重复开发。

(3) 测试用例不全面。测试用例仅包括了合理的数据,而没有包括无效和不合理的数据。

(4) 编码鲁莽。开发人员为了追赶进度加班加点,甚至在比较恶劣的工作环境下工作。编码质量差、重用性差、文档不齐、说明混乱、编码鲁莽均是造成以后问题的隐患。

(5) 缺乏复审。软件是一种逻辑产品。没有复审的软件不仅包含大量的错误,而且一个错误还会连带若干个错误,造成恶性循环。通过复审,可以过滤错误。

（6）对并行转换时间的理解错误。有的单位把手工和计算机的双工方式的时期简单地理解为对软件的可靠性、准确性的测试，因此，会把双工并行方式的开始时间定位在系统开展软件使用以前。例如，假设某单位决定今年6月份开始使用新的系统，而将3月～5月的数据输入作为验证系统正确的数据。这种做法是不对的。正确的做法应该是用系统开展软件使用以后即用6月～8月的数据进行验证。

（7）纠正错误的方式不恰当。在测试出错误后，没有进行记录、上报、统一安排，而是匆忙地进行编码，极易造成水波效应，也不利于以后的维护工作。

（8）系统转化缺乏安全管理。系统转化是存在风险的。如果转化工作的随意性较大、缺乏安全的管理，势必会造成严重的后果，其中包括：原系统数据的丢失与混乱、原系统程序的丢失与混乱、当前阶段原始文档的丢失与混乱、新系统数据的丢失与混乱等以至影响正常工作，见表6-1。

表 6-1　系统实施风险

信息缺乏安全管理					人员、进度、成本缺乏控制
原系统的信息被破坏		新系统的信息被破坏			分工、计划、资金的管理混乱，人员不到位，资金缺乏
数据丢失	数据混乱	数据丢失	数据混乱	日常的工作文件丢失	

系统实施的主要工作包括软、硬件准备、程序设计、系统测试、用户培训、系统转换等工作。

6.1.1　软、硬件准备

软、硬件准备的主要依据是系统设计中的系统物理配置报告和可行性报告中的财力资源约束。

1. 设备的购置与安装

物理配置报告中详细地规划了机器型号和配置清单，系统实施阶段就据此购置信息系统建设中所需的硬件设备。这个过程可以由用户方自行配置，或者纳入系统开发计划，由系统开发方负责，还可以委托专业设备公司承购。

典型的管理信息系统应当是由一个由通信线路相互连接起来的各种设备所组成的计算机网络。当前，两种基本类型的网络是局域网和广域网。局域网可以实现一座大楼内部或彼此相近的几座大楼之间的内部联系。广域网可以用于远程设备之间的通信。系统实施过程主要由考察管理信息系统所涉及区域的网络状况、网络布线、网络线路测试和设备连接组成。

2. 软件的购买与安装

服务器软件的安装：在一般情况下，在服务器上，需要安装的系统有：网络操作系统、防病毒系统、网络管理系统、数据库管理系统。数据库系统同时涉及硬件与软件，所以数据库系统的确定要将硬件和软件综合考虑。

在安装调试过程中需要注意：软件系统安装和调试是非常复杂和耗时的过程，系统环境配置是一项复杂的工程，除了必要的软、硬件条件外，机房的位置、恒温防尘设施的配备、稳定的供电设备的配备都对系统的稳定性有重要作用。软件的安装有一定的顺序。软件版本的选择要符合硬件设备的配置；网络操作系统的默认配置是系统的基本配置,但不是最优配置。在系统环境的安装和配置基本完成后,必须由有经验的技术人员对系统的整体环境进行调试和优化。调试还包括软、硬件运行情况与性能指标的测试,多用户联机通信效率的测试,机器硬件与软件、网络设备与相关机器配合的测试等。值得一提的是,需要特别关注匹配问题。

6.1.2　程序设计的基本要求与主要指标

1. 基本要求

（1）应以系统分析、设计阶段的文档和成果为依据。

（2）尽量采用已有的工具和程序。由于信息系统的应用程序通常规模较大、复杂性较高,所以,开发系统程序时,应尽量采用已有的工具和程序。

（3）提高可阅读性和可维护性。尽量清楚,不需要强调技巧；明确程序的功能与关系,包括主要任务、输入、输出、调用关系、使用的数据库文件以及数据的要求与处理算法；系统功能、结构、边界需要明确。

2. 主要指标

随着软、硬件价格的变化以及开发技术的发展,衡量程序的重点有所不同。过去主要强调程序的正确性和效率,这对小型程序来说可能是正确的,但对于大型程序,人们则倾向于首先强调程序的可维护性、可靠性和可阅读性,其次才是效率。衡量程序的指标很多,包括可维护性、可靠性、可阅读性和效率等。

（1）可维护性

软件的修改是必要的,但应尽量减少维护工作量。信息系统在其运行期间往往会逐步暴露出隐含的错误以及需要补充的地方,程序维护的工作量是很大的。维护性好的程序可以减少修改工作量,减少因程序修改造成的连带反应（水波效应）。为此,需要提高程序的可阅读性与相对独立性。

（2）可靠性

系统的可靠性主要是指程序和系统的安全可靠,如数据存取的安全可靠、通信的安全可靠、操作权限的安全可靠以及通信的安全可靠等。

（3）可阅读性

程序不仅要求逻辑正确,使计算机能够执行,而且应该层次清楚,便于人们阅读。由于程序设计的维护工作量很大,程序维护人员经常要他人修改程序,如果一个程序不便于阅读,那么将会给程序检查与维护工作带来极大的困难。

（4）效率

程序效率是指计算机资源能否被有效地使用。如前所述,由于硬件价格近年来大幅下降,而其性能却不断完善和提高,所以效率已经不像以前那样举足轻重了。效率与可维护性和可理解性通常是矛盾的,片面追求程序的运行效率将不利于程序设计质量的全面提高。

在实际编写程序时,人们往往宁可牺牲一定的时间和空间,也要尽量换取程序可维护性和可理解性的提高。

6.1.3　系统测试

任何软件系统都不可能完美无缺,尤其是像管理信息系统这样的大型、复杂的软件系统。软件系统的错误可能来自于程序员的疏忽,也可能在系统分析和系统设计时就已产生。有些错误很容易发现,而有些错误却隐藏得很深,测试是发现问题的重要途径。系统测试的意义不仅在于发现系统内部的错误,还可以通过某些测试方法,了解系统的响应时间、事务处理吞吐量、载荷能力、失效恢复能力以及系统实用性等指标,从而对整个系统做出综合评价。所以,系统测试是保证系统开发成功的重要环节。

1. 测试的注意事项

(1) 需要制定一个测试计划。

(2) 测试的目的不是证明程序的正确,而是尽量发现错误。

(3) 应避免编写程序人员承担测试任务。

(4) 测试用例应包括输入的数据和预期的输出结果。

(5) 测试用例不仅包括合理、有效的数据,还要包括无效或不合理的输入数据。

例如,对于学生成绩(1～100 分),需要检查负数以及大于 100 的数、打印表是否正确、有没有多余的内容等。

2. 系统测试的步骤

系统测试的步骤如图 6-1 所示。

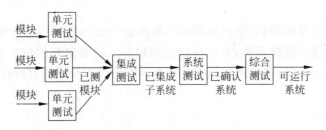

图 6-1　测试的步骤

1) 单元测试

单元是指程序中的一个模块或一个子程序。单元测试的主要目的是使每个单元都能独立运行。

2) 集成测试

在每个模块完成单元测试后,需要按照系统设计要求进行组装测试。集成测试的主要目的是保证单元接口的完整性、一致性,人机界面及各种通信接口能否满足设计等要求。

3) 系统测试

系统测试就是将信息系统的所有组成部分包括软件、硬件、网络环境等综合在一起进行测试,以保证系统的各组成部分协调运行。另外,系统测试在系统的实际运行现场和在用户的直接参与下进行,应尽量发现系统与需求不符的问题。

4)综合测试

综合测试至少包括如下内容:测试新系统是否与其他相关系统和环境兼容、运行时间、所需要的存储容量、用户操作、通信能力以及系统运行的主要瓶颈等。

3. 系统测试的方法

系统测试的方法如图 6-2 所示。

1)个人复查

个人复查是指某个编程人员检查自己编写的程序。一般情况下,人们不易检查出自己的错误。该方法适合那些较小的程序或与其他方法结合使用。

图 6-2   系统测试方法

2)走查与会审

走查是指测试人员通过人工测试方法检查程序中的错误。该方法要求测试人员不是编写这段程序的人员。测试人员阅读程序,假设数据,按照程序过程导出结果。

会审是将编程人员的讲解与走查结合在一起。具体来说,先由程序编写人员在测试组面前讲解自己编写的程序,然后测试人员逐个审查、提问等,并阅读材料,列出容易出错的问题,形成检查表。

3)黑盒测试

黑盒测试也称为功能测试,它将被测程序看作黑盒子,不考虑内部程序结构与处理过程。对程序接口进行测试,只检查程序功能是否能够按照需求规格说明书的规定正常使用,程序是否能够适当地接收输入数据并产生正确的输出信息。

4)白盒测试

白盒测试也称为结构测试,它将被测程序看作透明的白盒子。该方法按照程序的内部结构和处理逻辑来选定测试用例,对程序的逻辑路径及过程进行测试。其中包括:对所有的独立路径均要执行一次,条件语句和循环语句的每个代表分支均要执行一次。

6.1.4   用户培训

软件开发是一项依赖训练有素的专业人员的事业。在培训中,应该根据每一个项目当前以及将来对技能的需要,正确判断组织、项目及个人所需要的培训。为了提高软件的质量,如何提高组织中每个人的知识和技能的问题就显得尤为重要,在开发的同时应该在开发的全过程实施培训工作。这里,主要讨论对用户的培训工作。

为了使新系统能够按照预期目标正常运行,需要在系统转换前对用户进行必要的培训。虽然用户比较熟悉或精通原来的手工处理过程,面对新的业务操作方式总会难以上手。一般来说,对用户单位人员的培训工作应尽早进行。如果不及时进行培训,促进全员共同参与,就会导致用户满意度较低、系统转换困难的局面。实际上,与其说是用户培训过程,还不如说是与用户交流的过程。通过不同方式的培训,促进用户了解系统,将业务过程与系统流程良好地融合,避免由于用户不习惯新系统而使系统发挥不了作用。另一方面,培训过程也可以进一步了解用户的需求和建议,为维护工作积累材料。

1. 用户培训的主要对象

信息系统的正常运行需要对用户单位不同级别层次的人员分别进行培训。

(1)事务管理人员的培训。事务管理人员的理解和支持是新系统成功运行的重要条件。对用户管理人员的培训主要包括:新系统的目标与功能;系统的结构及运行过程;对企业组织结构、工作方式等产生的影响;采用新系统后,职工必须学会新技术的要领;今后如何衡量任务完成情况等。

(2)系统操作员的培训。系统操作员是管理信息系统的直接使用者。统计资料表明,管理信息系统在运行期间发生的故障,大多数是由使用不当造成的。所以,对用户系统操作员的培训应该是人员培训工作的重点。对用户系统操作员的培训主要包括必要的计算机软、硬件知识,键盘指法、汉字输入等训练,新系统的工作原理,新系统输入方式和操作方式的培训,简单错误及时处置知识,运行操作注意事项等。

(3)系统维护人员的培训。对系统的维护人员来说,除了要具有良好的计算机软、硬件知识以外,还必须对新系统的原理和维护知识有深刻的了解。在较大的企业或部门中,系统维护人员一般由计算机中心的专业人员担任。培训用户系统维护人员的最好途径就是让他们直接参与系统的开发工作,这样有助于他们了解整个系统,为维护工作打下良好的基础。

2. 培训工作的问题及解决办法

(1)认识上的错误。错误地认为培训工作仅针对程序的使用。

(2)错误地选择了培训时间。许多员工频繁地出差,而且日常工作较为繁重。如果时间选择不当,培训的效果就要打折扣。

(3)过窄或过宽的培训范围。培训范围选择得过窄或过宽均会影响培训的效果。

(4)组织与人员的保证。建立一个专门负责培训的小组。任命一个管理经理负责培训工作。

(5)提供必要的资源。考虑培训使用的工具、各项设施等资源。

(6)制定培训计划。培训计划包括培训的目标、时间、对象、途径和课时计划。培训应是一个开放式的交流过程,而不仅仅是课堂授课形式。开发人员不仅应认真地准备、组织与开展培训工作,还应认真安排培训后的评价与监督工作。另外,还要针对培训对象,在培训时间、地点、范围方面做好细致的准备工作。

6.1.5　系统转换

新系统测试通过以后,并不能马上投入运行,还存在一个新旧系统如何交替的问题,系统转换就是指以新系统转换原系统的过程。系统转换的任务就是保证新、旧系统进行平稳而可靠的交接,最后使整个新系统正式交付使用。系统转换主要包括数据的转换、系统环境的转换、资料建档与移交和人员培训等。系统转换方式很灵活,可以根据用户的要求、管理状况及转换过程中的进度情况调整速度。主要的系统转换方式包括直接转换、并行转换和分段转换,如图 6-3 所示。

　1) 直接转换

直接转换是指在旧系统停止运行的某一时刻,新系统立即开始运行,中间没有过渡阶段。这种方式最节省人力和费用,但风险较大,适用于新系统不太复杂或原系统完全不能使用的场合。采用这种方式应该具有谨慎的转换计划,做好各项准备工作,安排充分的时间去修正各种可能出现的问题。

　2) 并行转换

并行转换是指让新、旧系统并行工作一段时间后,使用户的操作逐渐从旧系统方式转换成新系统方式,在新、旧系统并存期间,一旦新系统有问题就可以暂时停止而不会影响原有系统的正常工作。并行转换的优点是风险小,在转换期间还可以同时比较新、旧系统的性能,并让系统操作员和其他有关人员得到全面培训。其缺点是因为在并行期间两套班子或两种处理方式同时并存,系统开销大、费用高且工作量大。因此,比较适合于较大系统的转换。

　3) 分段转换

分段转换是对上述两种转换的综合。它既避免了直接转换的高风险,又避免了并行转换的高费用,一般适合于比较大的系统。分段转换的主要问题是接口的复杂性。系统的各个部分是互相联系的,当旧系统的某些部分切换给新系统去执行,其余部分仍由旧系统完成时,就容易使切换部分和未切换部分产生如何衔接的问题。所以,当新旧系统差别比较大的时候不宜采用这种方法。分段转换的方式主要有按功能分阶段逐步转换和按部门分阶段逐步转换两种,如图 6-3 所示。

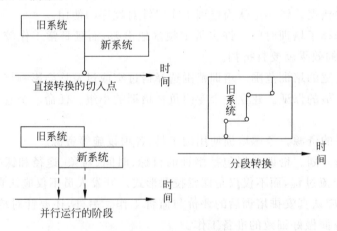

图 6-3　系统转换的主要方式

在系统转换的工作中,需要特别注意原系统和新系统的文件保护工作,加强人员和资金的管理以及备份工作,以确保系统转化的安全、有效。

6.1.6　主要文档

信息系统的开发是一个复杂的社会过程,投入大、风险高、时间长、人员多。无论是系统分析、系统设计还是编写程序、系统调试,都是个体思维的过程,必须用规范的文档记录开发过程,才能便于交流思想,统一认识。这些文档是项目成员之间沟通的主要工具,也是开发人员与用户交流的工具,具有极其重要的作用。为了建立一个良好的信息系统,不仅要充分利用各种现代化信息技术和正确的系统开发方法,同时还要做好文档管理工作。没有规范的文档,就不可能维护程序。可以说,没有文档就没有信息系统,文档是信息系统的生命线。

1. 管理信息系统的主要文档

信息系统的文档有多种分类方法。根据服务目的的不同可以分为用户文档、开发文档和管理文档。按照信息系统生命周期的不同,可以分为系统可行性研究报告、系统分析报告、系统设计报告、系统测试报告和用户手册等。图 6-4 给出了信息系统文档常用的分类。

图 6-4　信息系统常用的文档分类

2. 文档编写指南

(1) 针对性。文档编写前应分清读者对象,根据不同类型或不同层次的读者决定如何适应他们的需要。

(2) 完整统一、文字准确、简单明了。行文要确切,没有二义性;前后内容协调一致,没有矛盾。一份文档应该是完整的、独立的、自成体系的。

(3) 可追溯性。同一项目各开发阶段之间提供的文档应当有可追溯的关系,必要时可以追踪调查。文档的结构安排和装订都应方便读者查阅。

(4) 文档管理制度化、规范化。必须形成一整套文档管理制度,包含文档的标准、修改文档和出版文档的条件、开发人员在系统建设不同时期就其文档建立工作应承担的责任和任务。根据这一套完善的制度来协调系统开发工作、评价开发人员的工作。

(5) 维护文档的一致性。信息系统开发建设过程是一个不断变化的动态过程,一旦需要对某一文档进行修改,要及时、准确地修改与之相关的文档。否则,将会引起系统开发工作的混乱。而这一过程又必须由制度来保证。

6.2 系 统 评 价

评价的前提是明确评价的标准。需要说明的是,评价的角度不同,使用标准和方法就不同。在实际评价中不要机械地使用数据,而需要综合考虑。

6.2.1 评价概述

在管理信息系统开发过程中,系统评价发挥着把关、找出差距、促进改进等功能。信息系统的评价主要包括:立项评价、中期评价以及结项评价。

立项评价主要是指信息系统的可行性研究,鉴于用户需求,根据拥有的资源在经济上、技术上、社会方面进行可行性分析,对立项进行评价。

中期评价是指阶段性评价。在信息系统开发的过程中,对开发的阶段性成果进行评价。另外,当遇到外界情况或内容资源发生重大变化,或发现原设计有重大问题时,需要进行中期评价。

结项评价是指信息系统正式投入运行以后,对系统进行全面的评价。

6.2.2 评价的主要内容

评价的目的和角度不同,评价的指标就会有所不同。具体地说,从开发方、用户需求、项目经济效益等方面评价,所用的指标就会不同。开发方关注技术和质量指标的评价,用户关心的是系统功能和运行质量,用户投资方关心的是项目的开发和运行成本以及直接和间接的经济效益。下面列出总体宏观情况评价内容以及其他评价内容。

1. 系统总体情况评价

(1) 规模、结构、应用范围等情况。

(2) 支出是否超预算。

(3) 是否满足质量要求(使用性、正确性、可扩充性、可维护性、通用性等)。

(4) 文档是否齐全。

(5) 系统的安全保密情况。

2. 其他

(1) 满足用户需要的情况。

(2) 企业资源的利用情况。

(3) 直接经济效益参考指标。包括系统的投资额、运行费用、经济效益增加额、成本降低额、投资回收期等。直接经济效益的评价指标主要有年利润增长额、年经济效益、系统的投资效益系数和投资回收期等。直接经济效益主要取决于系统正式投入使用后,由于合理地利用现有的资源,使产品产量有所增加;因减少工时损失和生产设备停工损失,使劳动生产率有所提高,缩短了产品生产周期;由于改善了组织管理,减少了物资储备,提高了产品质量,降低了非生产费用;科学的决策带来的难以估计的经济效益。

（4）费用使用情况。成本包括开发成本、运行成本、管理成本以及维护成本等。

（5）间接经济效益。间接经济效益主要体现在工作效率的提高、资源利用率的提高、管理模式的改进和对市场反应能力的提高以及社会效益。参考第1章、第2章相关内容。

（6）系统性能指标。包括工作效率、响应时间、配置合理、输入处理输出的速度匹配、稳定性、故障指标等。

6.2.3　评价的主要步骤

系统评价的主要方法有定量和定性的方法。一般使用多因素加权平均法。这种方法把各项指标列成表,请专家对每项指标按照其重要性确定一个权重,可以计算出加权平均分。系统评价的一般步骤如下:

（1）根据系统的目标与功能要求提出若干评价指标,形成信息系统评价的多指标评价体系。

（2）组织专家对整个评价指标体系做出分析与评审,确定单项指标的权重。权重的确定要能反映出系统目标与功能的要求。

（3）进行单项评价,确定系统在各个评价指标上的优劣程度的值。对于定性的效果可以利用效果表来估算。

（4）进行单项评价指标的综合,得出某一大类指标的价值。

（5）进行大类指标的综合,依次进行,直到得出系统的总价值。

6.3　系　统　维　护

鉴于管理信息系统的特殊性,维护工作的好坏发挥着非常重要的作用。维护工作影响着系统能否正常运行,决定着系统寿命,具有"牵一发而动全身"的特点,特别需要对修改工作进行良好的组织和控制,做好必要的再测试和文档修改工作。

6.3.1　系统维护的主要内容

系统维护工作的任务非常繁重。系统硬件、软件、数据以及产品代码等方面均存在修改的需求。

（1）硬件的维护。硬件的维护工作包括硬件的日常保养和硬件的更换维修工作。一方面,定期和不定期地进行硬件的检查、保养,易耗品的补充等;另一方面,当系统发生故障时,对硬件的维护。

（2）软件的维护。软件的维护工作包括正确性维护、适应性维护以及预防性维护等。

正确性维护是对程序中的错误进行修改。适应性维护是指为适应信息技术的发展或新的管理需求,对程序进行修改工作,例如适应软件平台修改的程序修改工作。预防性维护是为了适应未来的发展,主动对程序进行的修改。

（3）数据文件的维护。对数据文件进行定期与不定期的检查和维护。

（4）产品代码的维护。对代码进行必要的修改或重新设计，例如身份证号码长度的变化等。

6.3.2　系统维护的注意事项

系统维护工作绝不仅仅是修改代码，更重要的是对修改工作的组织和控制，以避免修改带来的混乱，同时，为以后进一步修改做好必要的测试和记录工作。以下几个方面需要特别注意：

（1）减少修改的随意性。在修改时易于产生水波效应，即一个模块的修改而导致隐含缺陷、错误的放大以及一连串的新错误的出现，如图 6-5 所示。所以，修改工作需要实行审批制度。

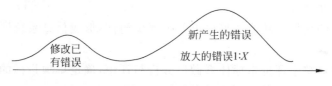

图 6-5　水波效应

（2）提供必要的资源。需要人员与组织保证，由专人负责，具有必要的资金。

（3）测试需要按照规则。按照测试的规则进行测试。

（4）注意对文档的维护。维护工作需要记录。在系统修改的同时，需要对文档进行修改，包括对数据流程图、数据字典等文档的修改。

（5）修改工作规范化。纠错的工作量很大，需要以表格的形式加以记录。填写问题报告单，请有关人员批准后再修改，见表 6-2。修改完成后，填写问题修改报告书，以记录修改的情况。

表 6-2　问题报告单样式举例

项目名	代码	子程序	版本号	文档	数据库	测试用例	硬件

问题报告单　登记号／登记日期／发现日期

问题描述	
修改建议	
审批	

6.4　思　考　题

（1）系统实施的主要工作有哪些？

（2）程序员的主要依据是什么？程序设计的基本要求是什么？

（3）说明系统总体评价的内容。

（4）系统投入运行后，哪些原因导致系统需要维护？

（5）用户培训的作用是什么？

（6）如何减少维护的工作量？

（7）新的管理信息系统替代原有系统通常采用何种方式？说出各种方法的优缺点。

（8）为什么说程序的可理解性和可维护性往往比效率更为重要？

（9）如何进行系统调试？

（10）系统维护时，相关的数据字典需要维护吗？文档编写的基本要求包括什么？

（11）引发信息系统安全的各种因素。

（12）试编写程序，实现代码的基本管理（增、删、改、查询）。

6.5 大 作 业

（1）以系统分析和设计的文档材料为依据，参考 Access，Delphi，Java，Visual Basic 等应用案例，进行系统实施。

（2）整理系统开发文档，并说明文档对系统维护的重要意义。

（3）在系统测试、维护过程中建立和管理相关文档。

第3篇

管理挑战与建设

质量担保从口头到书面的形式经历了相当长的时期,交换形成了跨区域性的贸易,产品的行销通过不同级别的市场商人而得以实现。在这种方式下,人们发明了新的质量保证形式,即"质量担保"。质量担保的做法能够激励生产者重视质量,促使销售商寻求可靠的供货来源。质量保障是如此的重要,以至于国际上的一些立法机构规定了担保的标准。最近几十年来,国际上的质量标准,如 ISO 9000, 6σ, CMMI (Capability Maturity Model Integration) 形成了一种市场力量,其中, CMMI 是针对软件产品国际认同的能力成熟度集成模型。没有哪个企业喜欢自己处于这样的境地,即竞争对手获得了国际质量标准的认证而自己却没有通过。依靠质量认可取得效益是人类步入 21 世纪后的最大选择,外包质量管理就是如此。本篇主要围绕 6σ 和 CMMI 来讨论质量标准的质量问题分析、控制的内容以及质量认证的审核标准与认证实施的核心内容,在讨论信息系统风险管理与质量管理的基础上,简单介绍了质量管理的标准,据此,读者可以体会其与产品外包的关系以及在质量管理知识体系的重要作用。

本篇由第 7 章组成。

管理信息系统风险管理与质量管理

学习目标

- 了解软件风险以及过程管理的主要思路和措施。
- 理解和掌握质量管理的理论和主要方法。
- 理解国际质量标准的作用以及与外包的关系。
- 了解 6σ 的统计与技术含义。

7.1 管理信息系统风险管理与过程管理

7.1.1 管理信息系统风险管理

1. 管理信息系统的风险

管理信息系统（MIS）的风险是指软件开发过程中及软件产品本身可能造成的伤害或损失。软件项目的损失可能有不同的后果形式。前面曾提到过项目的商业风险、管理风险以及技术风险。在研制和实施信息系统的过程中，上述风险均存在，并且软件不可见等特性使得不确定因素多，开发和应用风险大。安全风险主要包括自然事件风险、意外的人为事件风险、有意的人为事件威胁以及用户使用风险。其中，用户使用风险主要包括资源使用不充分、系统不兼容、冗余、责任分工不明确、侵犯版权、病毒破坏信息等。随着流程重组和延伸，MIS 在技术、安全和管理上的风险更为显著。流程重组的风险涉及技术、管理和安全等许多方面，为了增强图的阅读性，这里把流程重组风险放在安全风险部分，如图 7-1 所示。

2. 风险管理文档举例

随着信息系统应用的不断深入，信息系统风险管理也在不断成熟。这里以风险管理的计划工作模板为例，说明规避风险的具体措施，如图 7-2 所示。需要说明的是：在制定计划的过程中，除了需要考虑上述风险以外，还需要考虑项目的限制条件，包括人员、时间、资金、设备等方面的限制。

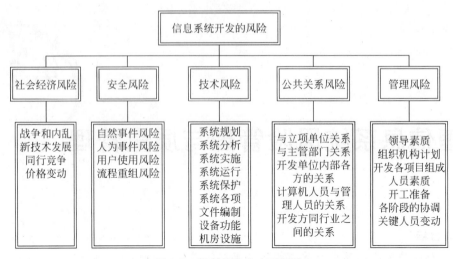

图 7-1　信息系统的主要风险

> 项目风险计划
>
> ➢ 项目概述；
> ➢ 风险计划的目标、范围、风险概要；
> ➢ 列出风险管理所涉及的人、群体，明确各自的任务和责任；
> ➢ 列出项目的资源约束条件（人员、时间、资金、设备等）；
> ➢ 列出用于风险管理的预算；
> ➢ 列出不同阶段的主要风险项，确定优先级，采取的策略（降低、规避或预防以及应急预案等）；
> ➢ 工具和技术：管理风险信息、跟踪风险状态以及形成风险报告的工具和技术。

图 7-2　风险管理计划模板举例

　　信息系统的风险涉及方方面面，风险管理的工作也是繁杂而众多的，很难一一列举，主要是从管理、技术和安全上规避风险。管理上规避风险主要包括考虑环境的变化、人为安全问题、人员流动和责任问题、加强人员培训、强化计划与控制、提高预防意识、从"救火"的管理方式逐步转变成"防火"的方式等。从宏观上来说，从软件方法规范的角度对 MIS 进行管理，包括文档管理，加强安全方面风险管理，加强审计和控制工作。

　　以下是汇总的关于软件项目的典型风险，包括项目规划风险、配置风险、培训风险、外包风险以及需求分析、设计、实施的风险和系统维护的风险。

7.1.2　管理信息系统过程管理举例

　　下面以计划、培训、需求分析等来说明 MIS 的开发风险以及过程管理，详细内容可参看 CMM 的相关内容。

1. 软件项目规划的风险与过程管理

1）系统规划的主要工作

系统规划是项目开发的起始阶段。这一阶段的主要任务有：根据组织的目标和发展战略制定项目开发的战略,明确组织的总体信息要求,估计系统的所需硬件、软件、网络、资金、人员等资源,制定项目建设总计划。具体内容描述如下:

(1) 根据组织目标和发展战略制定项目的开发战略。

(2) 估计系统的各项资源需求。

(3) 制定项目的总体、中期以及长期计划。

(4) 可以利用辅助工具、方法进行系统规划工作。例如 BSP(Business System Planning,企业系统规划)、U/C(Creating/Using,功能/数据类矩阵)。

2) 规划阶段的主要风险

(1) 规划缺乏总体性。计划应包括成本、进度与质量等全方位的内容。以往有些项目也有计划,但计划缺乏总体性。例如,有些项目总管从一开始就太过于关注技术事务等具体的细节,缺乏总体规模和动态平衡的调节。

(2) 不现实的计划。或许有人认为不合理的进度计划只是个别现象,事实上,这样的案例已屡见不鲜,很多计划虽然理论上是"最佳的",但并不现实。不现实的计划可能还来源于过高地估计了新技术或新方法带来的效益。但我们必须承认,采用新的技术与方法是需要花费时间去消化的,应用新的技术与方法同样也存在风险。在有些项目中,为了取得投标的成功或用户的信任,开发方会出现考察不周到、计划制定得过于乐观等问题。

过紧的计划必然会降低工作的精确度与质量。由于开发队伍频繁地加人、换人,他们无暇顾及设计的合理性,结果就会造成项目实现的功能范围缩小,项目仓促收尾,造成恶性循环,如图 7-3 所示。

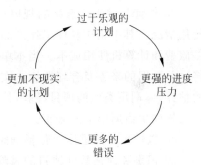

图 7-3　计划过分乐观的不良后果

(3) 缺乏管理上的有效支持。大量的事实反复证明:缺乏有效的高层支持注定了项目的失败。软件项目的开发是复杂的系统工程,它涉及开发方、用户、项目主管、监理方等一切内部、外部授权使用者的利益。在诸多方面以及关键时期需要高级领导的协调、指挥,其中包括计划的制定、变更与控制。如果没有有效的高层支持,当组织内部的其他用户意见不统一时,项目很难有实质性的进展。

3) 规划实施过程管理

软件项目计划管理在软件开发过程中处于十分重要的地位,这是因为软件项目计划体现了对客户需求的理解,并为软件工程的管理和运作提供可行的方案,是有条不紊地开展软件项目活动的基础,也是跟踪、监督、评审计划执行情况的依据。没有完善的工作计划常常会导致事倍功半,或者使项目在质量、日期和成本上达不到要求,甚至使软件工程失败。因此,制定周密、简洁和精确的软件项目计划是成功开发软件产品的关键。

从应用的角度出发,对软件项目计划进行分析,可归纳为组织人员、资源保证、计划的全面性、主要活动与评审等内容。具体描述如下:

(1) 提供组织与人员保障。项目软件开发计划由项目软件经理负责和制定,计划要与有关经理(或组)协商约定后确定。项目软件经理直接或者委托代表,协调项目软件计划。

首先,对软件工作产品和活动的职责进行分解,这种分解不仅要明确,而且必须是可追踪的。在可能的条件下,负责人应是具有较好的专门知识并有经验的人才。项目经理在其中起了重要的作用。项目经理应在对项目结果负责的同时也被授予足够的权力。在某些时候,权力显得特别重要。例如,获取或协调资源的决策工作等。另外,项目经理和用户应主动介入工作,不能被动地坐享其成。多数项目经理和用户都能正确地要求和行使批准(全部或部分)项目目标的权力。但伴随这个权力的是相应的责任,主动地介入项目的各个阶段,例如,共同确定项目目标;对完成的阶段性目标进行评估;以确保项目能够顺利进行;帮助项目获得必要的文件资料。

(2) 提供足够的资源。为制定软件项目计划提供足够的资金,提供支持软件项目计划的合适工具。例如,电子表格程序、估计模型、项目计划和调度程序等。

(3) 软件项目计划的主要内容。计划的集合称为软件开发计划,应包括计划与估计等主要内容,具体应包括以下主要内容:

① 软件项目的目的、目标、范围、对象。

② 软件生命周期的选择。常用的软件生命周期有瀑布型、重叠瀑布型、螺旋型、原型构造等。

③ 精选的供软件开发维护用的规程、方法和标准。这些软件标准和规程有软件开发策划、软件配置管理、软件质量保证、软件设计、问题跟踪与解决以及软件测量。

④ 待开发软件工作产品的确定和更改。

⑤ 估计软件工作产品的规模。软件项目管理的工作量和成本,预计关键计算机资源的使用情况。其中制作软件工作产品的工作量及重要的成本,可以包括直接劳务费、管理费、差旅费和计算机使用成本。当本单位的历史的和当前的生产率和成本数据可用于估计,并将这些数据的来源及合理性记入文档;在可能的情况下,对项目的工作量、人员配置和成本的估计,应利用类似的项目经验,计划各种活动的时间阶段,做出工作量、人员配置和成本估计在软件生命周期上的分布。

⑥ 软件项目的进度。包括确定里程碑和评审,编制软件进度表。

⑦ 识别和评估软件项目的风险。软件的风险起源于偶发事件,而偶发事件通常表现为进度受阻、更换人事等。为此,需要配置计划,修改附加计算装置计划等。因此,首先是风险的鉴别,然后才是风险的评估,无论是风险的鉴别还是评估,都要联系项目的成本、资源、进度和技术等诸方面因素,进而估计风险对项目的潜在影响,对风险进行分析和优先级排序,最后建立文档。

⑧ 提出项目软件工程设施和支持工具的计划。

⑨ 对项目的关键计算机资源进行估计。这里的关键计算机资源是指宿主环境、集成与测试环境、目标环境和以上这些环境的任何组合中用到的计算机资源。一般先识别项目的关键计算机资源,如计算机存储能力、计算机处理器的运算能力和通信通道的容量;然后对关键计算机资源进行估计,应注意的是,资源估计与软件工作产品的规模、运行处理的负载和通信量估计有关。

(4) 计划制定的步骤。软件项目计划分为计划初始阶段、制定软件开发计划、对 SDP 草稿进行审查和批准、实施软件开发计划、软件开发过程的度量和评价、修改计划 6 个阶段。

(5) 项目计划的评价。对于软件项目计划实施的实际情况进行测量,将测量结果用于确定软件计划活动的状态。例如,将软件项目计划活动里程碑的完成情况与计划相比较,将

软件项目计划活动中所完成的工作、所用的工作量和所消耗的资金与计划相比较。软件项目计划的验证实施,分以下3个层次进行:

① 高级管理者定期参加评审软件项目计划的活动。高级管理者定期参加评审活动,为了在合适的抽象层次上及时了解和洞察软件过程活动,评审间隔时间,以满足组织的需要为原则。分析在较低层次上没有解决的矛盾和问题,分析软件项目的风险;安排和评审措施条款并跟踪到结束;准备每次会议的摘要报告,将其散发给相关的工作组和个人。

② 项目经理定期参加事件发生项目的评审活动。当项目经理评审时,除了对照软件项目的工作陈述和分配需求、评审软件项目计划活动的状态和当前结果以及分析组间的依赖关系外,评审工作还包括:分析在较低层次上没有解决的矛盾和问题,分析软件项目的风险;安排和评审措施条款并跟踪到结束;准备每次会议的摘要报告,将其发给受到影响的组织和个人。

③ 软件质量保证组评审的评审活动。软件质量保证组评审委员评审软件项目计划活动和工作产品,并报告其结果,所要做的审查和(或)审核工作可参考软件质量保证关键过程域的具体内容。

4) 规划实施过程管理的现实指导意义

当要开发一个初始规划时,虽然不必知道全部需求,但也应对项目范围有清晰的认识。标准的信息系统开发模型可以保证专业标准和成功的经验能够融入项目计划。有效的计划不仅可以保证质量,还可以使重复劳动降到最低程度。实施软件项目计划管理具有事先的约定以及在组织、人员、资源等方面提供的保证。这些是顺利实施软件项目计划管理的基础。

(1) 提供人员与组织的保障。计划由项目经理负责,同时,项目经理要与软件经理、系统工程组、硬件工程组和系统测试组协商,相关的工作组有软件工程组、软件估计组、系统工程组、系统测试组、软件质量保证组、软件配置管理组、合同管理组和文档支持组等。

(2) 计划需客观、可行、具体、全面。计划要包括规模、工作量、进度、质量、成本估计以及开发方法的选择等多项事宜。制定计划时可以借助于甘特图等辅助工具。项目计划包括组织机构调整与设置计划、阶段进度计划、人员需求和培训计划、测试计划、安装与运行计划、经费概算和运行计划。有关培训的管理参见培训程序的有关内容。可以为整个项目建立一个时间表,时间表(Timeline Chart)也叫甘特图(Gantt Chart)。各个项目参与者也可以分别编制各自的时间表,如图7-4和图7-5所示。

ID	任务名称	负责人	开始时间	完成时间	持续时间	02.02	03.02			
						Jun	Jul	Aug	Sep	Dct
1	系统规划	吴　斌	2002-5-28	2002-6-28	4.8周	▨				
2	需求分析	王羿晨	2002-7-1	2002-8-2	5周		▨			
3	系统设计	王景博	2002-8-5	2002-8-23	3周			▨		
4	系统实施与转化	吴一娜	2002-8-23	2002-9-16	3.4周			▨		
5	系统评价与维护	王章莼	2002-9-19	2002-10-25	5.4周				▨	

图7-4　时间表举例

(3) 调整计划需规范化。计划的调整与过程改进之间存在内在的关系,计划的调整要与过程改进之间建立通畅的信息交流与反馈关系,如图7-6所示。

系统	阶段	工作日	图示	需求分析时间安排表(2001年6月20日～2001年7月28日)
哈龙行业	总时间	6		20 21 22 23 24 25 26 27 28 29 30 1 2 3 4 5 6 7 8 9 10 11 12 13 14 15 16 17 18 19 20 21 22 23 24 25 26 27 28 29 30 31
	需求调查	3		
	讨论需求分析	2		
	确认需求分析	1		
化工行业	总时间	5		
	需求调查	2		
	讨论需求分析	2		
	确认需求分析	1		
汽车空调	总时间	5		
	需求调查	2		
	讨论需求分析	2		
	确认需求分析	1		
清洗行业	总时间	4		
	需求调查	2		
	讨论需求分析	1		
	确认需求分析	1		
烟草行业	总时间	3		
	需求调查	1		
	讨论需求分析	1		
	确认需求分析	1		
泡沫行业	总时间	3		
	需求调查	1		
	讨论需求分析	1		
	确认需求分析	1		
单个项目	总时间	3		
	需求调查	1		
	讨论需求分析	1		
	确认需求分析	1		

1.2001年7月19日递交全部需求分析规格说明书　　2.2001年7月21日软件数据提交反馈意见　　3.2001年7月23日评审会

图 7-5　甘特图举例

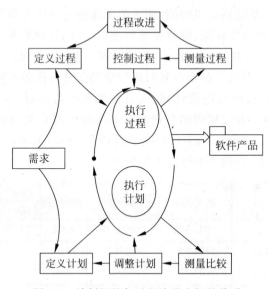

图 7-6　计划调整与过程改进之间的关系

（4）确定项目的开发方式。在项目计划的制定过程中，要确定项目的具体开发方式，例如生命周期法、原型法、面向对象等。

（5）采用市场的运作机制。在多数情况下，项目经理应按照市场运作机制管理项目。注意合同和经济的调节作用。其中，实现项目目标的过程中获得明确的许可是非常重要的。应将投资方的签字批准视为项目的一个出发点。项目计划一旦被批准，项目经理应当定期提醒项目小组成员必须满足的业务需求以及工作方式。

从软件项目计划的过程中可知,软件项目计划的成熟程度是在计划的制定与执行过程中,通过不断总结经验,逐步提高,使软件项目开发过程逐渐趋于成熟。

2. 培训风险与过程管理

软件开发是一项依赖训练有素的专业人员工作的事业。在培训程序中,应根据每一个项目当前以及将来对技能的需要,正确地判断组织、项目及个人所需要的培训。为了提高软件的质量,如何提高组织中每个人的知识和技能就显得尤为重要,在开发的同时应在开发的全过程实施培训工作。

1) 培训工作

培训程序的目的是提高软件开发者和软件管理者的知识和技能,以便使他们可以更加高效率和高质量地完成自己的任务。为此,培训活动应是有计划的,并按照培训对象的不同提供所需的培训。

技能的培训途径有多种,有些技能通过非正式渠道(如在岗培训和非正式的培养),而有些技能则需要通过正式培训才能有效获得(如办培训班、有指导的自学)。在具体实践中可以灵活地、适当地加以选择。

2) 培训工作中的主要风险

培训工作管理非常薄弱是普遍具有的现象,培训的效果经常被不停地打折扣。具体表现形式如下:

(1) 认识上的错误。错误地认为培训工作是仅针对于程序的使用。

(2) 错误地选择了培训时间。许多员工频繁地出差,而且,日常工作较为繁重。如果时间选择不当,培训的效果就会大打折扣。

(3) 过窄或过宽的培训范围。培训范围选择得过窄或过宽均会影响培训的效果。

3) 培训过程实施过程管理

(1) 组织与人员保证。成立一个负责实现组织培训的小组。小组的成员可以是来自组织内部的全职或兼职指导人员,也可以来自组织外部。相关组及个人随时可以使用组织培训计划。相关组及个人主要包括:高级管理者、培训组、软件相关组管理者、软件工程、软件评估组、系统工程组、系统测试组、软件质量管理组、软件配置管理组、合同管理组、文档支持组等。

(2) 提供必要的资金。为实施培训工作提供充足的资金,同时也包括提供支持培训活动的各种工具,如工作站、教学设计工具、数据库程序以及课件制作软件等;具有进行培训的各项设施。需要注意的是,为了减少干扰,在办培训班时,应与受培训者的工作环境相分离。如果条件可以,培训场所最好模拟实际的工作环境以及实际工作的各种可能情况。

(3) 培训的途径。典型的途径有办培训班、计算机辅助教学、有指导的自学、正式的师徒关系和按严格程序进行的指导、基于视频设备的培训,可在组织内部开展培训,合适时也可从组织外部获得培训。外部培训的途径可以是客户提供的培训、商业上提供的培训教程、大学教程、专家会议、讨论会等。

(4) 培训的主要活动。实施培训程序的活动主要包括每个软件项目制定和维护满足其培训需求的培训计划;按照组织培训计划实施组织培训。

① 培训计划包括组织所需的特定培训及需要的时间、进行培训或从外部获得培训所需

的资金和资源(包括员工、工具和设备)、由培训组制定的培训课程的教材标准、由培训组制定的培训课程的开发和修订计划、根据预测的需要日期和学员数而制定的培训日程表、选择接受培训的员工及注册。

② 培训记录包括写出每一个培训课程的说明。说明应包括的主题有可能的参加者、参加前的准备、培训时间、培训目标、课时计划、判断学生满意程度的标准、定期评估培训有效性的规程以及其他一些特殊考虑。

(5) 培训的评价。对培训程序的评价包括度量、分析与验证实施。用以确定培训程序活动状态的度量内容包括用以确定培训程序质量的度量,内容通常有培训后测试的结果、学员对课程的评价以及来自软件经理的反馈等。

验证实施主要包括高级管理者定期参与评审培训程序的活动,定期地、独立地评价培训程序,评审、审计培训程序的活动及其工作产品并以报告的形式输出审核结果。

4) 培训过程实施过程管理的现实指导意义

培训应面向全过程,为了达到预期的目的,培训需认真加强其组织工作。应特别注意以下几个方面:

(1) 组织与人员的保证。建立一个专门负责培训的小组,任命一个管理经理负责培训工作。他山之石可以攻玉,培训的教师可以是来自软件项目内部的人员,也可以是外部的专家。

(2) 提供必要的资源。考虑培训使用的工具、各项设施等资源。

(3) 培训应贯穿于开发过程的始终。仅在系统运行后实施培训工作是远远不够的。正确的做法应该是从一开始的系统规划直到系统的运行、评价甚至到系统维护阶段,都要对开发人员、维护人员、用户、领导以及评价人员实施全面的培训工作。

(4) 培训计划。培训计划包括培训的目标、时间、对象、途径、教材以及课时计划。

(5) 认真地准备与组织并做好服务工作。培训应是一个开发式的交流过程,培训不仅在课堂上安排,从培训的准备到培训后的评价与监督均要认真地进行组织,并做好服务工作。针对培训对象,在培训时间、地点、范围等方面均要做好细致的准备工作。

3. 需求分析风险与过程管理

系统分析是指对现有系统的内、外情况进行调查、研究、分解、剖析。系统分析的主要目标是根据系统规划所确定的系统总体结构方案与计划,拟定系统的逻辑模型。这是在系统建设中任务最为繁重、难度最大的阶段。其中,如何获取真正的需求是最具挑战性的问题。

1) 需求分析的主要工作

通常,需求可分为 3 类:用户需求、技术需求和项目需求。用户需求陈述了用户的要求;技术需求陈述的是满足用户需求的技术功能和质量属性,表明必须做什么而不是如何做;项目需求用于项目计划和跟踪行为,并通过项目计划和项目跟踪进行管理。

一个项目的开发过程可以概括为:首先将用户的价值取向转化成用户需求,然后将用户需求又进一步转化为技术需求,再根据技术需求进行设计,进而进行编码。满足需求的产品才能为用户提供价值。在需求管理过程中,可用一个数据库(基线库)来标志需求在各个阶段的状态,称为基线化管理,目的是明确分配需求管理活动的状态。简单地说,需求管理就是要确定便于所有人理解的需求,稳定软件需求并说明需求的更改对项目的成本和日程的影响。需求分析在技术上应选择适当的方法,并采用一些较好的工具以规范过程和文档管理工作。主要工作如下：

（1）需求分析方法的选择与应用。结构化分析、数据结构分析和面向对象分析。

（2）文档的建立与管理。可行性分析报告、组织结构图、数据流程图、数据字典、实体关系图、系统开发建议书。

（3）与用户交流方式的选择与应用。用户界面原型、开讨论会、JAD（Joint Application Development，联合应用开发）。用户界面原型可以通过用况模型形成，用况提供了一种系统而直观的方法捕捉功能性的需求，该方法特别强调在用况模型的基础上要为用户或外部系统提供增值功能，如图 7-7 所示。

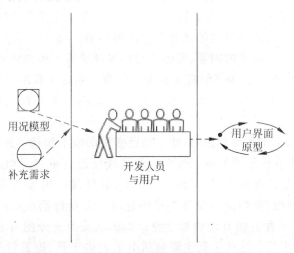

图 7-7　用况模型的应用

JAD 是一种对需求进行定义并设计用户界面的方法，它更关注的不是技术问题而是管理、商业问题，因此，JAD 方法对于商业系统的开发是非常适用的。

2）需求分析的主要风险

捕捉真正的需求是困难的。需求分析中最具挑战性的问题是如何获取真正的需求，如图 7-8 所示。对需求的误解将会直接影响后期的开发工作，一旦需求分析中出现了漏洞或偏差，将会导致较大的风险。一些国外企业的业务较为规范，需求很清楚，但国内企业或组织往往不能清楚地描述自己的需求，造成软件项目管理的难度加大，甚至项目失败。捕捉真正的需求困难的主要原因如下：

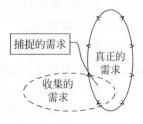

图 7-8　捕捉真正的需求

（1）用户不能准确地表达需求。有些工作了多年的用户，虽然对工作很熟练，但对需求描述不清。另外，对于同一项工作，不同的用户阐述的需求内容也不相同。

（2）用户参与不够深入。用户很少参与需求分析阶段的工作。用户的日常工作繁重，他们没有将精力介入到系统中。有些用户是担心新的系统应用后别人会代替他的工作。

（3）研究导向造成的目标偏离。一些开发团体尤其喜欢甚至痴迷于新的技术，他们渴望尝试新的开发语言、新的环境或建立新的算法。使用新的算法虽然有利于研制人员发表文章或通过技术鉴定，但是，这样做容易造成开发人员将过多的时间和精力投入到一些难度很大、风险较大但并不是主要需求的模块中,从而偏离了需求分析的主要目标。

（4）开发人员缺乏交流与说服能力。在一般情况下,开发人员往往在技术上比较擅长,但他们的性格往往比较内向,缺乏交流和说服能力,他们或多或少地认为软件是开发人员的艺术产品,既不愿意虚心听取用户的建议,也缺乏耐心与用户沟通自己的设计思想。有时,开发人员与用户之间会发生摩擦与冲突,这时,用户会对系统开发工作非常不配合。

3）需求分析实施过程管理

需求管理（Requirements Management,RM）就是对分配需求进行管理,即要在客户和实现客户需求的软件项目之间达成共识;控制系统软件需求,为软件工程和管理建立基准线;保持软件计划、产品和活动与系统软件的一致性。需求管理主要包括需求管理的基础、实施需求管理的活动以及需求管理的评价等方面的内容。基于开发实践,对需求分析的基本要求描述为人员、资金、需求的内容、实施活动以及评价等方面的内容。

（1）人员与组织的保证。需求管理要有专人负责。系统工程组与软件工程组需要对需求管理特别关注。系统工程组侧重抓总体,软件工程组的任务是首先对分配需求的原始内容、修订内容进行审查,然后将其合并到软件项目中;并且要保证当系统需求发生变化时,调整相应的软件计划、工作产品和活动,使之与已变更的需求保持一致等。为了使分配需求能够切实可行,必须由软件经理和其他受影响的组成员进行审查。相关的小组包括系统测试组、软件工程组（包括全部的小组,如软件设计组、软件编码组等）、系统工程组、软件质量保证组、软件配置管理组、文档支持组等。其中有两点需要特别注意:在人力上,需要指定在应用领域里和软件工程方面有经验和专业知识的人员负责分配需求;在技术上,应提供支持管理需求活动的工具。这些工具主要包括电子表格工具、配置管理工具、跟踪工具、文本管理工具等。

（2）提供必要的资金。为了有效地管理分配需求,组织应该提供足够的资源和资金。这些资源包括人力、物资以及技术工具等。

（3）需求的分类。分配需求包括以下3项内容:

① 决定软件项目活动的非技术性需求。即协定、条件和（或）合同条款,如交付的产品、交付日期、里程碑等。

② 软件技术性需求。如对最终用户及操作人员的支持或综合功能、系统性能需求、系统设计约束、编程语言、操作界面要求等。

③ 使软件产品满足分配需求的接收标准（Acceptance Criteria）。为了在开发过程中有章可循,要为分配需求建立规范的文档。

（4）实施需求管理的主要活动。实施需求管理的主要活动包括需求确定的管理、需求实现的管理以及需求变更的管理。

（5）需求更新的控制。为了保持一致性,当需求变更时,软件计划、工作产品和活动也要随之更改。不仅要明确地提出由分配需求的变更所引起的软件计划、工作产品和管理活动的变更,并评价这些变更,对其进行风险评估,为其建立文档,将这些变更传达到受影响的组和个人,而且还要在今后的软件开发过程中进行全程跟踪。

（6）需求管理工作的评价。对需求管理进行度量,以确定分配需求管理活动的状态。这些度量内容包括:每个分配需求的状态、分配需求的变更情况、分配需求的变更次数,包括变更的提出、公开、批准和加入到系统基准的总次数。

验证实施活动的安排可以是定期的，也可以在需要时随机确定。主要包括以下几点：

① 定期地与上级管理部门一起审查分配需求的管理活动。

② 项目经理定期地和在有事件发生时，对分配需求的管理活动进行审查。

③ 软件质量保证组应审查管理分配需求的活动与工作产品，并报告结果。所要做的至少包括：在软件工程组提交之前，由软件质量保证组审查分配需求并解决问题；当分配需求发生变化时，软件计划、工作产品和活动要进行适当修正等内容。

4）需求分析实施过程管理的现实指导意义

系统分析阶段是最繁重的开发阶段，在需求分析中让用户参与固然重要，但更重要的是如何帮助用户找到真正的需求，要想获得项目成功必须对项目目标进行透彻的分析，研究结果表明，项目经理应当坚持这样一个原则，即在组织机构启动项目之前，应当为该项目在业务需求中找到充分的依据，参见表 7-1。

表 7-1　系统分析的常见风险和过程管理

系统分析常见的风险	系统分析加强过程管理
用户不能准确地表达自己的需求	人员、组织上支持
用户参与工作不够深入	资金提供保障
研究导向造成的目标偏离	需求的分类，需求优先级的设定
开发人员缺乏交流与说服能力	防止需求的遗漏和过分蔓延
⋮	描述应规范化
	数据字典的描述的必要
	需求更新的管理
	系统分析阶段评审会的重要作用…

（1）人员与组织的保证。组成一个中心攻关组，配备较强的系统分析人员队伍。系统分析人员应既懂技术又懂管理。

（2）提供必要的资金。为需求分析提供足够的资源。这些资源包括人力、物资、技术工具等。

（3）需求优先级的设定。收集需求信息，并将它们进行分类，设定其不同的优先级。

（4）预防需求遗漏和过分蔓延。对需求更改加以审核与控制。以阶段形成的文档为依据，进行系统开发工作，作为下一个工作阶段的基础，这些文档和需求更改的管理机制对需求的遗漏和过分蔓延起到一定的抑制作用。

（5）文档的规范化。系统的文档、版本号应统一且规范化。其中，数据流程图应遵循自上而下、由粗到细、逐步求精的方法来绘制。

（6）发挥数据字典的重要作用。数据字典是系统分析的重要文档。它清楚地定义并详细地解释了数据流程图上未能详细表达的内容，它是数据流程图的必要补充说明。数据流程图的元素主要有 4 种，即外部实体、数据处理、数据存储、数据流。在数据字典中对上述元素都要描述其类型、名称、编号内容等。对于外部实体元素来说，要着重说明其输入流、输出流；对于数据处理来说，说明其数据处理的主要功能，如果有必要，则可利用判断树、判断表等工具；对于数据流，则应说明其组成、来源及取向；对于数据存储，应重点说明数据文件的结构、数据项的属性、关键字、输入流以及输出流等内容。数据字典包括的统一性、数据来源与去向的相互关系，随着数据流程图自顶向下逐层展开，数据字典也逐步充实与完整。不仅在建立数据字典的过程中要保持一致性和完整性,在数据流程图的修改过程中,也要保持数据字典的一致性和完整性,见表7-2～表7-5。

表 7-2　数据处理"审核"的说明

编　　号	P3.1	类型	数据处理	名称	审核
说明	审核卡是否符合要求？ 就餐卡中的金额是否足够？				
输入数据流	就餐申请、查询结果				
输出数据流	不合格申请、合格的就餐申请				

表 7-3　数据处理"就餐"的说明

编　　号	P3.2	类型	数据处理	名称	就餐
说明	1. 在就餐文件中修改记录。余额＝余额－就餐金额 2. 在明细文件中添加一条记录,记录卡号、日期、就餐金额				
输入数据流	就餐申请				
输出数据流	修改就餐文件、在明细文件中添加的记录				

表 7-4　数据存储"就餐文件"的说明

编　　号	F02	类型	数据存储	名称	就餐文件
说明	名称	类型		长度	
注：关键字为	卡号	字符型		6	
卡号	余额	数值型		8.2	

表 7-5　数据存储"明细文件"的说明

编　　号	F03	类型	数据存储	名称	明细文件
说明	名称	类型		长度	
	卡号	字符型		6	
注：关键字为	日期	日期型		8	
卡号＋日期	存款金额	数值型		8.2	
	取款金额	数据型		8.2	

系统分析阶段评审会的重要作用

通过会议,用户和开发方可以对系统分析报告进行充分的讨论、审核与认定。通过评审,便于把握系统分析的质量。形成的系统分析报告是系统设计的基础,同时,通过对系统分析报告文档的讨论,可以对用户的需求变化和开发方的下一步工作范围构成约束。

4. 系统设计风险与过程管理

软件开发设计阶段的主要目的是将系统分析阶段所提出的逻辑模型转换成基于计算机与通信系统的便于实现的物理方案。良好的物理设计原则及其工作价值在于：在保证所规定的功能的前提下,尽可能地提高系统的效率、服务质量、可靠性及适应性。这里重点介绍系统设计阶段与软件项目跟踪和监控过程关键过程域的融合技术。

1）系统设计的主要工作

系统设计阶段的工作技术性强、涉及面广，主要包括以下几项工作：

（1）系统的总体设计。系统总体设计，网络、硬件、软件的总体设计，数据存储的设计。

（2）详细设计。输出设计、输入设计、处理过程设计。

（3）系统设计说明书的编写。

2）系统设计的主要风险

（1）未充分利用系统分析的阶段结果。系统设计没有以系统分析为基础，设计师只是凭借经验和自己的理解设计系统。

（2）设计难度不适度。设计过于简单或者过于复杂，简单到无法确定主要事件和相互关系；或者复杂到不易理解导致不必要的投入。

（3）混乱的设计易造成水波效应。系统内部模块之间的耦合度太大。由于设计上的混乱，在修改时易产生水波效应，即一个模块的修改而导致缺陷的隐含、放大以及一连串的新错误的出现，如图 7-9 所示。

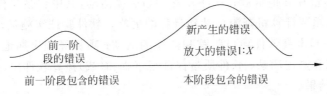

图 7-9 错误放大易产生水波效应

（4）对开发工具的过高估计。过高地估计开发工具带来的效益，从而不切实际地估计了设计的进度。

（5）忽视总体效果。设计时只关心个别用户的需求，而忽视了总体设计。

（6）综合查询难以实现。数据库设计得不合理。在数据库规范化、分解的过程中，漏掉了必要的合成码和外部码。这样会造成综合查询实现上的困难。

3）跟踪和监控实施过程管理

软件项目跟踪和监控（Software Project Tracking and Oversight，SPTO）是可重复级的一个关键过程域，根据文档化的软件项目计划来跟踪和审查软件的完成情况和成果，并根据实际完成情况和成果纠正偏差和（或）调整项目计划。软件项目跟踪和监控为软件过程提供了可视性。当软件项目的执行与软件项目计划产生一定的偏离时，项目管理人员能够及时发现，因此可以采取有效的纠正措施，避免在偏离的道路上走得太远。同时，跟踪与监控活动还可以发现软件项目计划中不恰当的部分，从而使计划得以及时调整。

CMM 的软件项目跟踪和监控过程关键域对管理的要求阐述了软件项目跟踪和监控的基础、实施软件项目跟踪和监控活动以及监控和评价活动。从开发的实际出发，将其分解归类成人员、组织、资金的保证、实施活动、更改和评价等内容要求。

（1）人员与组织的支持：

指定一名负责软件项目跟踪和监控的项目经理，他可以随时知道软件项目的状态和问题，并向相关的人员报告。随时将软件项目的状态与问题通知项目经理；在相关组参与并取得其同意的情况下，更改软件的约定。相关组包括软件工程组、软件评估组、系统工程组、系统测试组、软件质量保证组、软件配置管理组、合同管理组、文档支持组。

（2）资金的保证：

为跟踪软件项目提供足够的资源和投资，并拥有支持软件跟踪的工具。例如，电子表格程序、项目计划和日程安排程序等。对软件项目经理进行必要的培训，使其具备较强的管理软件项目的技术和管理工作人员的能力。这些培训包括管理技术项目；跟踪和监控软件的大小、工作量、费用和日程；人员管理等。为此，需要考虑到培训的费用。

（3）软件项目跟踪和监控的主要活动：

软件项目跟踪和监控的主要活动包括：利用 SDP 跟踪活动，修订项目的开发计划；跟踪实际开发过程，必要时采取纠正措施；记录软件项目的实际度量数据；审查工作。

（4）软件项目跟踪和监控的评价：

在软件开发过程中，不仅要对软件过程进行跟踪和监控，还要对软件项目跟踪和监控本身进行不同程度的审查，将其活动状态量化，直观地评价软件项目跟踪和监控的作用和效果。对软件跟踪和监控活动进行度量以确定其状态。这些度量通常包括：执行跟踪和监控活动中花费的工作量和其他资源；软件开发计划更改活动，其中包括软件工作产品大小估计、软件费用估计、重要计算机资源估计和日程的更改。软件验证实施活动应包括：定期地与上级管理部门一起审查软件项目跟踪和监控的活动；项目经理定期地或有问题发生时，审查软件项目跟踪和监控活动；软件质量保证组审查和（或）核算软件跟踪和监控的活动和工作产品，并报告结果。

4）跟踪和监督实施过程管理的现实指导意义

系统设计的主要依据是系统分析的成果，同时，还要考虑到系统实现的内、外环境和主、客观条件。重视系统的配置工作，减少设计的随意性是非常重要的，具体问题及对策参见表 7-6。

表 7-6　系统设计常见问题和过程管理

系统设计常见的问题	系统设计加强过程管理
没有充分利用系统分析的阶段结果	人员与组织保证
设计的难度不适度	提供必要的资金
混乱的设计容易造成水波效应	减少设计与修改的随意性
过高地估计开发工具带来的效率	数据库的规范化
忽视总体效果	设计阶段评审会的重要作用…
数据库设计得不合理，不能满足综合查询	进行基线化管理
⋮	⋮

（1）人员与组织保证。指定一名负责软件设计的项目经理。

（2）提供必要的资金。为跟踪软件项目提供足够的资源和投资，提供支持软件跟踪的工具，并考虑到培训工作的费用。

（3）减少设计和修改的随意性。设计的基础是系统分析的逻辑模型，在软件设计中要重视软件项目跟踪和监控工作，这样可以减少设计的随意性。根据计划跟踪实际的成果，当实际的成果不符合软件项目计划时，应采取纠正措施及时纠正。软件约定的更改应由相关组和个人认可，减少修改的随意性。

（4）数据库的规范化。数据库设计后应按规范化理论，借助于 E-R 关系模型。一个不规范的数据库可能会造成大量的数据冗余，综合查询难以实现。在设计时，如果必要的外部码设计被遗漏，将对数据库文件之间的查询造成困难，那时，综合查询也无济于事了。下面是对数据库设计中几个基本概念的描述：

① 候选码。在一个关系中，如果某一属性集合 K 取定值后，关系中其他属性的值也就唯一被确定了，且删除属性集合中的任意一个属性后，该属性集不再有上述特性，则称该关系属性集 K 为候选码。

② 合成码。当某个候选码包括多个属性时，则称该候选码为合成码。

③ 外部码。如果关系 $R1$ 的某一属性组 A 不是 $R1$ 的候选码，而是另一关系 $R2$ 的候选码，则称 A 是 $R1$ 的外部码。合成码和外部码提供了一种建立表示两种关系联系的方法。

④ 外部码的设计。在就餐卡管理系统中，我们设计了关键字和外部码，关键字、合成码、外部码的设计为综合查询打下了良好的基础。

就餐数据库设计包括职工文件、就餐卡文件以及明细文件 3 个文件。其中，明细文件是基于对账功能而设计的，具体描述如图 7-10 和图 7-11 所示。

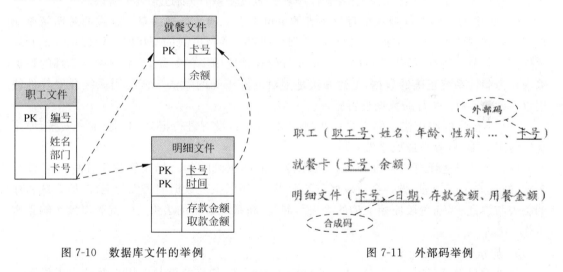

图 7-10　数据库文件的举例　　　　　　图 7-11　外部码举例

（5）设计阶段评审会的重要作用。组织召开用户、领导、开发方、监理等成员参加的设计评审会。评审会为系统实施和质量跟踪提供依据，并且会后形成的文档对实施阶段的修改工作也将起到重要的约束作用。

5. 系统实施风险与过程管理

系统实施作为系统开发的后期阶段，其目的是把审核过的系统设计说明书转化为可以实际运行的系统，交付用户一个可以实际运行的信息系统。我们知道，再好的系统分析甚至是优秀的系统设计，如果不实施，也仅仅是纸上谈兵，带来不了经济效益。本节描述了系统实施阶段融合软件质量保证关键过程域的有关技术。

1）系统实施的主要工作

系统实施的主要工作包括编程、测试、系统安装以及系统的转化等活动，主要分两大部分：程序的编写与测试和系统的安装与转化。

2）系统实施阶段的主要风险

相对于系统分析、系统设计阶段而言，系统实施阶段的工作量较大，投入的人力、物力也较多，出现不可预测的错误就会较多。具体描述如下：

（1）不妥的人员安排。为了使测试工作相对客观，测试工作的人员和程序的编写人员不应是同一批人员，即测试工作应尽量不安排那些编写程序的人员。

（2）不明确的人员分工。没有建立较严格的管理制度，人员分工不够明确，造成有些工作被遗漏，而另一些工作却被重复开发。

（3）测试用例不全面。用例仅包括合理的数据，而没有包括无效和不合理的数据，测试的用例缺乏全面性。

（4）鲁莽的编码。开发人员为了追赶进度加班加点，甚至在比较恶劣的工作环境下工作。编码质量差、重用性差、文档不齐、说明混乱、鲁莽的编码均是造成以后问题的隐患。

（5）缺乏复审。软件是一种逻辑产品，没有复审的软件不仅包含大量的错误，而且一个错误还会连带若干个错误，从而造成恶性循环。通过复审，可以过滤若干错误。

（6）对并行转换时间错误的理解。有的单位把手工和计算机的双工方式的时期简单地理解为对软件的可靠性、准确性的测试。因此，把双工并行方式的开始时间定位在系统开展软件使用以前。例如，假设单位决定今年6月份开始使用新的系统，而将3月～5月的数据输入作为验证系统正确的数据，上述做法是不对的。正确的做法应该是用系统开展软件使用以后即用6月～8月的数据进行验证。

（7）不恰当的纠正错误的方式。在测试出错误后，没有进行记录、上报，统一安排，而是匆忙地进行编码，容易造成水波效应。

（8）缺乏安全管理的系统转化。系统转化是存在风险的。如果转化工作的随意性较大，并缺乏安全的管理，势必会造成严重的后果，例如原系统数据的丢失与混乱、原系统程序的丢失与混乱、当前阶段原始文档的丢失与混乱、新系统数据的丢失与混乱等以致影响正常工作。

3）质量保证实施过程管理

软件质量保证（Software Quality Assurance，SQA）的目的就是向用户及社会提供满意的高质量的软件产品，建立对项目软件产品质量的定量了解和实现特定的质量目标。

软件的质量保证活动是确保软件产品从生产到消亡为止的所有阶段，达到需要的软件质量而进行的有计划、有系统的管理活动。其主要功能包括质量方针的制定和贯彻，质量保证方针和质量保证标准的制定，质量保证体系的建立和管理；明确各阶段的质量保证工作，各阶段的质量评审，确保设计质量，重要质量问题的提出与分析，总结实现阶段的质量保证活动；整理面向用户的文档、说明书等，产品质量鉴定、质量保证系统鉴定，质量信息的搜集、分析和使用。

软件质量管理包括：确定软件产品的质量目标；制定实现这些目标的计划；监控及调整软件计划、软件工作产品、活动和质量目标，以满足客户和最终用户对高质量产品的需要和期望。软件质量管理的实践基于3个关键过程域，前两个（集成软件管理和软件产品工程）是建立和实施项目定义软件过程的关键过程域，而后一个（定量过程管理关键过程域）则是对项目定义软件过程实现所期望的结果能力建立定量了解。实施软件质量管理要达到 3 个目标：项目的软件质量管理活动是有计划进行的；软件产品质量的可测目标和这些目标的优先级是确定的；实现软件产品质量目标的实际进程能够被量化和管理。以下是主要内容：

（1）人员与组织的保证。

① 指派一名经理特别负责项目的 SQA（Software Quality Assurance，软件质量保证）活动。

② 指定一名有丰富 SQA 知识并具有权力的高级经理负责受理软件质量问题。

③ SQA 组有向上级管理部门汇报的渠道，这个上报渠道不应通过项目经理、项目工程组、软件配置管理组、文档支持组等相关环节。

在满足企业战略经营目标和经营环境的同时，企业必须确立一种组织机构来支持像 SQA 这样相对独立运行的活动。这种组织机构应保证执行 SQA 任务的人员能够随时无阻碍地向上级管理部门汇报软件项目的有关情况，保护执行 SQA 任务的人员不会因为上报活动而影响管理部门在评审项目中对他们成绩的评定，使上级管理部门确信报告上来的关于软件项目过程和产品信息的客观性。

（2）资金的保证。提供足够的资金，包括用于支持 SQA 活动的工具和用于培训的费用，如工作站、数据库程序、电子表格程序、审核工具等。

（3）软件质量保证的主要活动。软件质量保证的实施需要从以下几个方面来考虑：

① 根据文档化的规程制定软件项目的 SQA 计划。

② SQA 组按照 SQA 计划来开展活动。

③ SQA 组参与项目软件开发计划、标准和规程的制定和审查。

④ SQA 组评审软件工程活动，以检验一致性。

⑤ SQA 组定期地向软件工程组报告其活动结果。

⑥ 根据文档化的规程对在软件活动和软件工作产品中所找出的偏差建立文档。

⑦ 在合适的时候，SQA 组与客户的 SQA 人员一起对 SQA 组的活动和调查结果进行定期审查。

（4）质量的监督与管理。软件质量保证活动要有计划；客观地检验软件产品和活动对可用的标准、规程和需求的遵守程度；软件质量保证活动和结果将通知受影响的组和个人；上级管理部门处理软件项目内部不能解决的不一致问题。最后，还要对 SQA 组的活动提出一些要求，例如，要求 SQA 组产生的文档；为软件工程组和其他软件相关组提供 SQA 活动反馈的方法和频率。

（5）软件质量保证的评价。软件质量保证的评价可以采用一些度量方式来确定 SQA 活动的费用和进展情况。例如，参照计划比较 SQA 活动里程碑的完成情况；参照计划比较 SQA 活动完成的工作、工作量和资金使用情况。参照情况比较产品审核和活动审查的次数。质量保证验证实施主要有以下 3 个方面：定期地与上级管理部门一起审查 SQA 活动。项目经理定期地以及在需要审查时审查 SQA 活动。独立于 SQA 组的专家定期地审查项目 SQA 组的活动和软件工作产品，质量测评的内容较多，主要内容见表 7-7。

表 7-7　软件过程中的测量实体

软件过程中的测量实体		
可用的资源	消耗的资源	产品
		有形产品
• 产品 • 来自于其他过程的产品 • 方案	• 人力 • 原材料 • 能源 • 资金	• 需求分析说明书 • 设计说明书 • 测试用例
资源	主要的活动	• 测试结果 • 需求改变 • 数据 • 其他
• 人员 • 设备 • 工具 • 原材料 • 能源 • 资金 • 时间	• 需求分析 • 设计 • 代码 • 测试 • 配置控制 • 变化控制 • 问题管理 • 检查 • 监控 • 集成	无形产品 • 知识 • 经验 • 技术 • 改进产品 • 良好的信誉 • 顾客的满意程度 • 数据
指导性文件	流程	
• 政策 • 目标 • 规划 • 法规、制度 • 培训 • 说明书	• 产品、资源、数据、控制	

4）质量保证实施过程管理的现实指导意义

软件质量保证是软件过程中每一步都进行的"保护性活动"。它们和组间协调、同级评审等关键过程域对系统实施阶段均有重要的指导意义，是软件工程中软件质量保证内容必要的补充，参见表 7-8。

表 7-8　系统实施常见的风险与过程管理

系统实施常见的风险	系统实施加强过程管理
测试工作的人员安排不妥	人员、组织上的保障
测试用例不全面	提供必要的资金
鲁莽的编码	组间协调的管理
人员分工不明确	复审工作
缺乏复审	编程与测试的准备工作
对并行转换时间的理解不对	技术回顾
纠正错误的方式不恰当	系统转化过程的安全管理
系统转化缺乏安全管理	基线化管理
⋮	⋮

（1）人员与组织上的保障。建立软件质量小组、测试组，指派一名经理专门负责程序的编程、测试工作。测试人员的安排要妥当，如图 7-12 所示。程序测试尽量不安排编制本程序的人员。

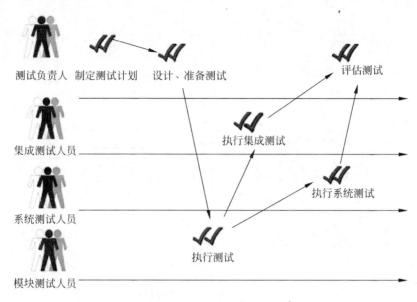

图 7-12　测试工作的人员分工

（2）提供必要的资金。为系统编程和测试提供足够的资金，包括拥有支持编程、测试的工具。

（3）组间协调以及复审工作。在程序的编写、集成以及模块测试和系统测试时加强协调工作。另外，通过测试不可能发现所有的错误，为此，应安排复审工作。

（4）编程与测试的准备工作。为了系统编程和测试工作，要做好准备工作。其中包括硬件的准备、软件的准备、人员的培训、数据的准备。为了防止测试数据不够全面，测试的选择用例应事先进行策划，讲究策略，这样，通过有限的测试能够达到较好的效果。

（5）技术回顾。发现错误后，就局部和表面的问题进行仓促的修改这种做法是不可取的。技术回顾是指当错误发现后，对其原因和环境进行深层的剖析，规划方案、指定人员后加以修改，如图 7-13 所示。

（6）正确选择并行转化时间。并行工作应该注意正确地选择时间。假设某个系统开始运行的时间是 6 月，那么试运行的时间应是 6 月～8 月，而不是 3 月～5 月。并行转化方式如图 7-14 所示。

（7）系统转化的安全管理。保存全部测试用例和结果、统计出错的比例。注意原系统和新系统的信息保护以及日常工作文件的保护工作。加强人员和资金的管理，以确保系统转化的安全和有效。

6. 系统维护风险与过程管理

当系统交付使用以后，系统开发工作将进入一个新的阶段。一方面，意味着实施阶段暂

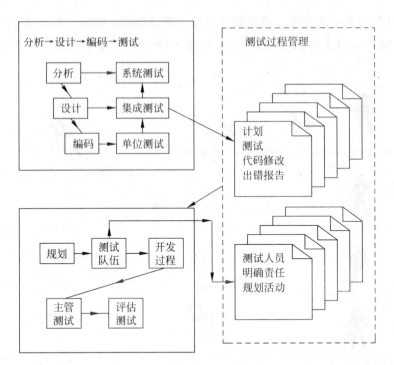

图 7-13　纠正错误的管理过程

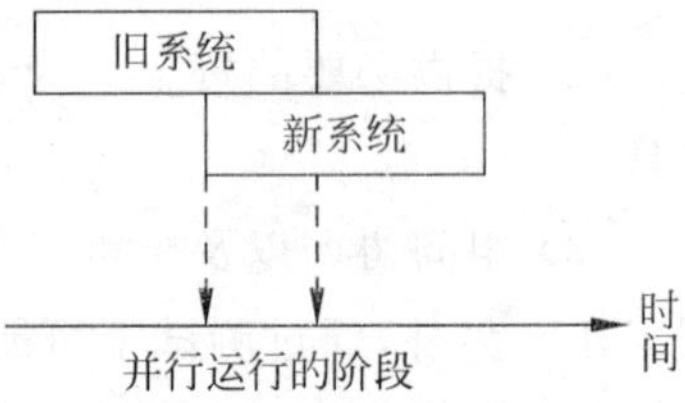

告一个段落；另一方面，代表着大量的系统维护、管理工作才刚刚开始。系统维护的目的是保证管理信息系统正常而可靠地运行，并能确保系统不断得到改善和提高。这里重点描述维护阶段以及开发全过程进行基线化管理的内容。

1）维护阶段的主要工作

系统维护工作主要包括程序维护、数据维护、代码维护、机器和设备以及应用系统维护。按维护的性质划分主要有：纠错性维护、适应性维护、预防性维护以及完善性维护。维护的工作量很大，据统计表明，软件开发机构要把 40% 以上，甚至 70% 以上的工作量用于维护工作。其中，维护活动总的工作量可以用下列公式表示：

$$M = P + K^{(C-D)}$$

其中，M 代表项目维护总的维护工作量；P 表示生产性活动的工作量；K 表示经验常数；C 表示复杂性程度；D 表示维护人员对软件的熟练程度。上式表明：项目复杂程度 C 越大，维护人员对软件的熟练程度 D 越低，则维护工作量将会越大。

2）维护的主要风险

对"老"的程序维护是困难的。软件维护是一件不吸引人的、枯燥的工作，其工作难以表现为成果，而且工作量大，困难大。维护工作的困难主要是由系统分析和系统开发过程的缺陷以及软件本身的性质造成的，具体描述如下：

（1）阅读程序的难度。阅读别人的程序是困难的。一般人都有这样的体会，与其修改

图 7-14　系统并行转换的方式

别人的程序还不如自己重新编写新的程序。若再缺乏程序的说明文档(数据字典),则将导致维护人员不知所措的局面。

(2) 文档不规范、信息不一致。文档不一致、不规范是造成维护工作困难的又一个原因。这种不一致包括文件和程序的不一致以及文档之间的不一致等。

(3) 修改程序产生副作用。修改容易造成一系列新的错误,即水波效应。有时对一个错误作一个简单的修改,就有可能导致灾难性的后果。而产生这种副作用的机会很多,其中包括修改程序代码的副作用、修改数据的副作用、修改文档的副作用等。

3) 实施基线管理

基线是软件配制管理等关键过程中的重要组成部分。软件配置管理的目的是建立和维护项目在整个软件生命周期中标识进展、控制完整性、一致性。基线对关键过程域中的每个配置项/单元进行了描述,如图 7-15 所示。

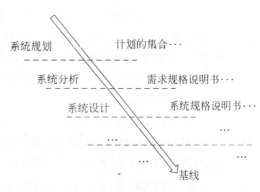

图 7-15　基线化管理举例

具体来说:实施软件配置管理应达到以下几个目标:

(1) 软件配置管理活动是有计划的。

(2) 选定的软件工作产品是已标识的、受控制的和适用的。

(3) 已标识的软件工作产品的变更是受控的。

(4) 受影响的组和个人得到软件基线的状态和内容的情况的报告。

为了配合软件配置管理的实现,基线库的建立、管理以及审核至关重要。

在基线库建立之后,还要定期地对其审核。基线库管理的相关基础工作如下:

(1) 组织与人员的保障。建立一个有权力管理项目软件基线的委员会,即软件配置控制委员会(Software Configuration Control Board,SCCB)。SCCB 主要负责以下工作:

① 建立软件基线和标识配置项/单元。

② 审查和审定对软件基线的更改。

③ 审定由软件基线库制造的产品的生成。

建立一个负责协调和实施项目的软件配置管理的工作组(即 SCM 组),SCM 组负责协调或做以下工作:

① 创建和管理项目的软件基线库。

② 制定、维护和发布 SCM 计划、标准和规程。

③ 标识置于配置管理之下的软件工作产品集合。

管理软件基线库的使用,更新软件基线,生成基于软件基线库的产品,记录 SCM 活动,生成和发布 SCM 报告。

(2) 建立软件基线库。基线是指已经通过正式评审和认可,作为以后进一步开发的基础,只有通过正式的更改控制规程才能进行更改的规程说明或产品。当软件基线形成时,就将它们纳入软件基线库。存取软件基线库内容的工具和规程就是配置管理库系统。这个配置管理库系统应符合以下几个条件:

① 提供配置项/单元的存储和检索。

② 帮助确保由软件基线库制造的产品的正确生成。

③ 提供 SCM 记录的存储、更新和检索。

④ 为 SCM 报告编制提供支持；提供库结构和内容的维护。

（3）更改、控制、审核软件基线。通过软件配置管理的更改控制和配置审核功能，可以系统地控制基线的更改和那些利用软件基线库构成的软件产品的发行。具体地讲，有以下几项活动：

① 执行审查并进行测试以确保所作的更改不会对基线产生未预料到的影响。

② 只有被 SCCB 认可的配置项/单元才可存入软件基线库。

③ 为维护软件基线库的正确性和完整性，必须严格检查配置项/单元的出入库情况。

通常，检查配置项/单元的出入库的步骤包括：

① 检验修改是否经过审定，建立更改日志，保留一份更改副本，更新软件基线库以及建立被替换的软件基线的档案。

② 根据文档化的规程生成由软件基线库制造的产品，并控制它们的发行。该规程一般规定：SCCB 审定由软件基线库制造的产品的生成，无论是用于组织内部，还是用于组织外部，凡是由软件基线库制造的产品，都只能由软件基线库中的配置项/单元组成。

③ 根据文档化的规程指导软件基线审核。

④ 评定软件基线的完整性。

⑤ 审查配置管理库系统的结构和设施。

⑥ 检验软件基线库内容的完整性和正确性。

⑦ 检验软件基线与适用的 SCM 标准和规程的一致性。

⑧ 向项目软件经理汇报审核结果。

全程跟踪审核行动条款；编制、使用标准报告。编制记录 SCM 活动和软件基线内容的标准报告，并使相关组和个人使用它。该标准报告一般包括：SCCB 会议备忘录，更改申请的摘要和状态，故障报告的摘要和状态（包括排除故障），软件基线更改的摘要，配置项/单元的修改历史，软件基线状态，软件基线的审核结果等。

4）实施基线化管理的现实指导意义

基线是软件项目管理不可缺少的管理方式。通过对软件需求和为实现需求所开发的工作产品建立基线（Baseline），能够较好地标识进展、控制完整性。基线也是软件项目设计、跟踪、项目评价、维护以及软件项目质量提高的基础，见表 7-9。

表 7-9　系统维护的主要风险与过程管理

系统维护常见的风险	系统维护加强过程管理
维护人员阅读别人的程序是困难的	维护工作要有专人负责
文档不规范，信息不一致	提供必要的资金
修改程序的副作用	判定错误的类别，并设定其优先级
……	文档的管理与维护工作
	……
	基线化管理

（1）专人负责。维护工作涉及硬件、软件、文档、用户的要求等多项内容，因此，工作上容易出现漏洞与重复，需要有专人负责。维护工作要做到分工到位、责任明确。

（2）提供必要的资金。维护工作量是很大的，且其费用较难准确估计。维护工作的难度大，如果没有必要的资金保障，维护工作的计划将很难实现。

（3）判定错误的类别，确定优先级。纠正错误的工作是从分析错误的严重性开始的。当错误发现后，首先分析错误类型及其严重性。对于非常严重的错误，应立刻进行代码的修改，这是一种救火式的修改方式。应该说，救火式的维护应尽量避免。一旦"火势"消除，相关的控制、评价活动以及文档的整理工作都要按要求随之补齐和完善。对于那些不必立刻进行修改的错误，应将其分类，确定其修改的优先次序，然后，按照软件配置管理和基线库管理等要求进行修改错误的管理工作，如图7-16所示。

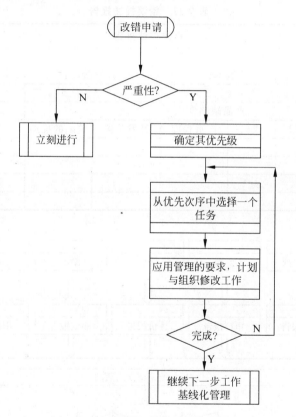

图 7-16　判断错误类别与确定优先级

（4）监控与修改工作的规范化。监控、修改错误需规范化，监控以及纠错的工作量很大，应尽量以表格的形式加以记录，见表7-10和表7-11。

（5）基线化管理。文档反映了诸多元素的联系关系，同时，也必须始终保持数据之间的一致性和完整性。不仅在建立文档时要保持数据的一致性和完整性，并且在维护修改、补充、维护过程中也要保持一致性与完针整性。不论是在系统分析、系统设计阶段，还是在系统实施阶段、系统评价和维护阶段，基线化管理文档均是行之有效的，如图7-17所示。

表 7-10 监察报告样式

监 察 报 告			
项目：	版本：	开发阶段：	被审核产品名称：
产品描述			
审核时间：	审核时间：	审核方法：	
编程人员		是否重新监察？	
技术负责人		错误修改的时间：	
测试人员		技术负责人签字：	
质量负责人		质量负责人签字：	

表 7-11 错误描述报告

错误描述报告								
项目：		版本：		开发阶段：		被审核产品名称：		
产品描述：								
产品缺陷							改写工作	
类型	页号	行号	代码	严重程度	开发阶段	缺陷的描述	完成	核对

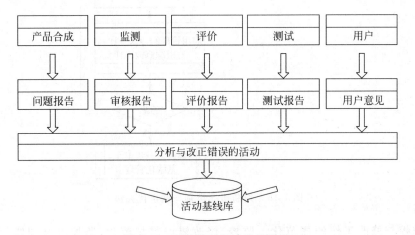

图 7-17 项目管理活动的基线库

7.2 质量管理与质量标准

质量是产品的生命线。信息系统作为计算机软件产品的一种，也毫不例外地存在着质量问题。信息系统里很微小的一点差错就可能给顾客带来极大的事故和损失。本节讨论质量管理、质量管理发展以及质量管理标准的内容。

7.2.1　现代质量观与质量管理战略

质量是现代质量管理学最基本的概念之一,几乎是人们最常提及的名词之一,同时也是一个很难定义的概念。产品的质量是相对于一定的市场区域、消费层次、顾客认知及相应的质量标准而言的。当讨论质量时,一个主要问题就是这个概念是模棱两可的,以至于常常被人们误解。产生这种概念混淆的原因很多。首先是因为常规用法与专业用法不同。其次是人们对质量管理研究的角度不同,研究的体系、方法也处在不断的发展中。

1. 质量概述

质量观念研究是进行质量管理的基础,是讨论问题的前提。在质量管理过程中,从不同的角度审视,质量的定义是不同的,其中包括常规的观点与专业的观点,狭义的观点与广义的观点等。

1) 常规观念

一般情况下,人们谈到质量时,经常使用"质量好"或"质量坏"等比较模糊的词语对其进行描述。比如:评论某车的质量比较高,而另一种车质量较差。认为那些没有"缺陷"或"缺陷少"的产品是质量好的以及较高的质量通常与昂贵的价格、复杂的生产工艺联系在一起。这些常规的观念是一种直觉的感知,但却不适于质量的度量与控制。

2) 相关概念

(1) 质量的维度。所谓维度(Dimension)是指连接两个同种空间的通路。质量维度通常表现为各种数值指标。一个具体产品可以用多项指标来反映它的质量。质量维度不仅是各类产品质量的基本属性和特征,还是应予重点关注的关键因素和改进方向。按产品产生过程的不同,可以将产品划分成 3 类:一般商品、服务和软件。为了将产品进一步细化以便于管理,哈佛商学院的戴维·加文(David Garvin)在质量定义的基础上,列举了一般商品和服务的质量维度。在此基础上,我们增加了对软件产品维度的分析,形成了产品的质量维度表,见表 7-12。

表 7-12　不同产品的质量特性(质量维度)

类　　型	举　　例	主要质量属性(质量维度)
一般商品	汽车、计算机硬件、化学试剂等	性能、特性、可靠性、耐用性、美观性、感知性、安全性、持久性、易用性等
服务	银行、保险、运输、旅馆、秘书等	无形性、可靠性、响应性、保证性、可用性、专业性、适时性、完整性、愉悦性等
软件	程序、文档等	可靠性、功能性、实用性、维护性、可扩展性、可安装性、性能等

(2) 质量的时效性与相对性。产品的质量具有时效性与相对性。质量时效性是指由于顾客的期望和需求是在不断变化的,原来受顾客欢迎的产品有可能现在不再受欢迎了,其质量具有时效性。质量相对性是指质量是相对于顾客的满意度而言的,有的顾客

重视产品的价格,有的顾客重视产品的方便性和耐用性。例如,一架照相机,甲说"价格低,质量好",乙却说"不耐用,质量不高"。可以看出,对产品质量的评价本身就是仁者见仁,智者见智的。对于不同领域的消费群体,质量具有不同的内涵,即质量具有相对性。

(3) 狭义的质量(小 q)与广义的质量(大 Q)。狭义的质量称为小质量,用小写的 q 表示,主要是指以内部为中心的质量观点,重视缺陷率和可靠性等。在小质量管理下,主要的质量工作是围绕制造过程进行的,通过检验工作,在技术上测量、比较和把关。当质量检测人员发现产品有缺陷时,其错误才被识别,但费用已经支出了,人们能够做的只是防止未来发生更大的损失。还有一种情况是,当产品已经成型了才发现其不能满足顾客的需求,不能形成商业价值,只能重新对产品进行设计。于是,人们想到过程控制,开始从预防、顾客满意、商业目标等方面寻找根本的解决方案。

广义的质量称为大质量,用大写的 Q 表示,主要是指以顾客为中心的质量观点,包括内部质量、过程质量以及用户的满意度等。大质量涉及过程管理、质量战略、资源分配和质量文化等要素。

可以看出,从小质量到大质量、从狭义的内部质量管理到涉及生产、设计、销售等全过程的广义质量管理,是从事后检验到事前预防的转变,是被动到主动的积极转变,是传统质量管理到全面质量管理的转变,也是质量管理开始成为提高企业核心竞争力的重要途径的转变,见表 7-13。

表 7-13　小 q 与大 Q 质量观点

以内部为中心的质量观点(小 q)	以顾客为中心的质量观点(大 Q)
把产品与规格作比较	把产品竞争与最佳作比较
若检验通过,便获得产品	在产品使用期内提供满意服务
防止工厂与现场缺陷	满足顾客对商品和服务的需求
以制造为关注焦点	关注所有职能活动
使用内部质量测量	使用以顾客为基础的测量
把质量看作是技术问题	把质量看作是商业问题
质量经理协调质量活动	高层管理者协调质量活动

马尔科姆·鲍德里奇国家质量奖(Malcolm Baldrige National Quality Award,MBNQA)由美国国家标准与技术协会管理颁发。这个奖项创立于 1987 年,多年以来,其评奖标准的重点从单一的质量管理转移到整个企业的质量管理效果和顾客的满意度的评定上,带动起整个质量管理领域对持续改进顾客满意度的重视。评价准则要求企业以顾客和市场为中心,确定顾客与市场的需求、期望和偏好,与顾客建立良好关系并为其提供优质的产品和服务,从而提高其满意度和忠诚度。具体的奖项评价框架如图 7-18 所示。

除此以外,比较著名的奖项还有欧洲质量奖和日本戴明奖等。欧洲质量奖是欧洲最权威的组织卓越奖,旨在突出质量管理在经营中的重要性和社会影响力,它引导欧洲企业重视管理效率和效果。戴明奖对日本质量管理的发展做出了不可估量的贡献,它引导企业更加重视过程,引进全面质量管理模式(TQC),实施统计质量控制,进行持续改进,建立企业的

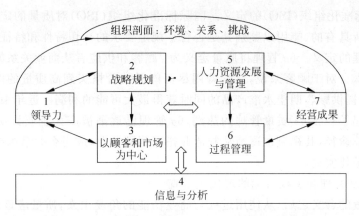

图 7-18　马尔科姆·鲍德里奇国家质量奖评价框架

自我完善机制。在国内,企业要想提升质量管理水平,就必须在自身条件和特点的约束下,尽可能地与国际标准相靠近。自 2005 年起,我国新的全国质量奖评审标准吸收和借鉴了国外先进的观念,开始注重组织从战略策划、顾客和市场调查、领导作用、人力资源管理、过程管理直至售后服务的全过程控制,注重组织运作绩效、满足顾客需要和持续改进能力,以及外部环境变化时组织的应变能力和发展潜能。

3) 专业观念

从专业的角度出发,对质量的理解应该尽量消除模糊性,并应进行实际的定义、度量、监控、管理和改进。随着时代技术的发展,人们对质量的理解也在不断深化和发展。下面列举一些质量管理大师对质量的理解。例如,Crosby 把质量描述成"符合规格";Juran 将质量定义为"适用性";戴明将质量描述为"可预测的一致性程度";田口玄一认为质量是"社会的损失";国际质量标准 ISO 9000:2000 质量管理体系认为质量就是"一组固有特性满足要求的程度"等。下面是一些对质量观点的具体描述。

(1) 质量是符合规格。Crosby 的这个定义认为每个行业必须要制定出其专业的产品标准,各个厂商应按照此标准持续地对生产状况进行衡量和控制,使生产出的产品和服务符合相关规定。Crosby 还把质量分成若干个层次,认为质量是镶嵌在产品中的,质量问题的解决思路不仅是通过统计技术加以控制,而且应该从预防开始,并不断进行质量改进。

(2) 质量是有较好的适用性。适用性意味着该产品或服务不仅可以达到一定的产品标准,而且还能在使用过程中充分地满足顾客的需要。这个定义超越了认为质量就是符合标准的传统观念。"适用性"与现代社会"顾客第一"的质量管理理念是一致的,这个质量的定义引导企业以适用性为质量目标,进行质量计划、质量控制和质量改进。例如,鞋有不同的型号,老人和年轻人对鞋的质量需求有所不同。

(3) 质量是一组固有特性满足要求的水平。所谓固有特性指的是产品本来就具有的某种特征。这种要求不仅针对顾客,还要考虑到其他受益者和社会的需要,如法律法规、环境保护等规定、员工及股东等的需要。这个质量定义是对满足程度的一种描述,质量优劣的标准就是满足顾客程度的高低等级。

（4）国际标准化组织（ISO）的定义。国际标准化组织（ISO）对质量的定义为："质量是指产品或服务所具有的、能用以鉴别其是否合乎规定要求的一切特性和特征的总和。"

（5）6σ管理的定义。6σ管理将质量定义为：顾客和供应者从商业关系的各个角度共同认知的价值理念。对于顾客来说，意味着用尽可能低的价格买到高质量的商品；对于供应者来说，意味着提供顾客期望水准产品的同时获得最大可能的利润。近年来，从美国、欧洲、亚洲到世界掀起了一股6σ质量管理的热潮，6σ管理已逐渐被广大企业界认同为依靠质量取得效益的有效途径，其视点也逐渐从制造业拓展到服务业，成为企业组织在战略改进和解决问题方面的最佳实践。

4）基于质量管理和实践目标的现代质量观

在理解质量的含义之后，从使用过程与商业功能的角度出发，质量应该理解为"稳定的满足客户需求的水平"。"满足客户"体现了客户的目标，"稳定性"体现了客户在使用期间内对产品的实用性与维护性的认可。

2. 现代质量管理

质量管理最重要的目标之一就是顾客满意。顾客满意度的提高将增加顾客的忠诚度，从而提高企业的经济效益。

1）用户观念

"质量，就是把客户的质量要求分解转化为设计参数，形成预期目标值，最终生产出低成本且性能稳定可靠的'物美价廉'的产品"（田口玄一）。生产出来的产品最终要提供给用户使用，因此，质量管理的出发点和落脚点都是满足用户不断变化的需要。质量管理强调以用户为关注的焦点，理解并满足其当前和未来的需求。而"用户"是指受到产品或过程影响的人，有时候也称为"利益相关方"，用户可以分为以下两种类型：

（1）外部用户。企业外部的、会对产品产生影响的、当前的或潜在的用户。例如，一件产品的外部用户包括企业管理者、各级分销商、直销顾客等，如图7-19所示。产品对不同用户所产生的影响不尽相同，这取决于用户的经济实力、偏好以及其他商品的价格等。产品质量不仅要符合用户的要求，还要具有个性化、多元化和增值性等，这样才能留住顾客，从而创造更大的价值。

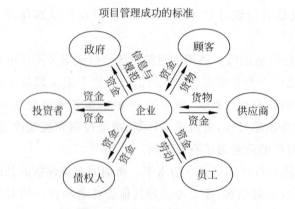

图 7-19　项目的相关利益者

（2）内部用户。这是指企业内部与产品管理、生产相关的部门或车间等。"海尔"公司曾经提出"下道工序就是用户"的质量管理观念，提醒每个员工都有自己的一份质量责任，要为下一道工序提供满足要求的产品。例如，当企业研发部门为销售部门提供新产品时，销售部门就是一个内部用户；当零件生产车间将生产好的零件送到装配车间时，装配车间就成为内部用户。

2）从预防抓起——救火与防火

克劳斯比曾经说过："只用一次就正确地完成工作，其成本是最经济的"。所以，质量管理要想彻底消除产品质量缺陷、提高产品质量水平，不仅要检验已经生产出来的产品是否合格，更应重点关注如何通过各种质量管理方法和标准来进行质量计划、控制、改进和预测，从"事后"检验系统转变为"事前"预防系统。为了做好质量预防工作，必须做好产品质量计划、控制等工作，提高领导及员工的预防意识，让各层工作人员积极主动地肩负起保证质量的责任，这样才能从根本上消除产品的缺陷，解决质量问题。

3）持续的质量改进

在市场竞争日趋激烈的今天，企业为满足客户不断变化的质量要求，必须持续地进行质量改进。质量改进是质量管理的一部分，致力于增强满足顾客质量要求的能力。质量改进内容参见戴明的 PDCA 循环圈、6σ、CMMI 模型等。20 世纪 80 年代中期，由美国国防部资助卡内基·梅隆大学软件工程研究所（CMU/SEI）颁布了一系列软件能力成熟度模型（Capability Maturity Model for Software，CMM）标准。到 2002 年，软件工程研究所又推出了软件能力成熟度集成模型（Capability Maturity Model Integration for Software，CMMI）。CMM 具有混沌级、管理级、定义级、量化管理级和优化级 5 个成熟度级别。这个模型揭示了质量管理水平的层次关系，指出了质量从混沌到规范、定量管理持续改进的规律。

4）质量控制

质量控制致力于满足质量要求，即通过对产品生产环境和生产过程的密切控制，确保产品和服务的质量能够满足企业、社会和顾客的需要。具体来说，质量控制需要先找到偏差，再进行改进活动，然后，控制质量水平，再找到偏差，循环上述过程，并从而提升产品质量水平。具体可参考统计控制图的相关内容。

5）现代的质量管理观

只有组织中所有职能部门共同努力才能使产品符合质量的要求。传统的质量管理关注"小质量"，现代质量管理包括"大质量"的所有活动。重要的 3 种质量过程为：质量策划、质量控制、质量改进。在解决偶发性质量问题与慢性质量问题时，需要采用不同的方法，具体内容参见 CMMI 第 4 级相关内容。表 7-14 是从不同角度分析的管理质量。

表 7-14　从不同角度分析的管理质量

内部管理的观点	现代质量管理的观点
如果检验通过，便获得产品	在产品的使用期内提供满意的服务
出现质量问题处理（救火）	预防质量问题的出现（防火）
关注检验	过程管理与持续改进（混沌、规范、定量管理）。3 种质量过程：质量策划、质量控制、质量改进
把质量仅作为技术问题	质量问题是技术问题，也是管理问题，同时还是商业问题
质量经理协调质量管理工作	高层管理者指导质量活动，并与所有职能部门系统管理质量

3. 质量管理战略

质量管理的目的是"以经济的生产方式,生产出让顾客满意的产品"。克劳斯比曾在《质量免费》中写道:"提高质量的积极性总是来自于对质量成本的分析。"众所周知,企业经营的最终目的是通过向市场提供顾客满意的高质量产品而获得利润,产品质量已经成为企业降低成本、提高收益,进而在市场中获取核心竞争力的一种战略手段。

1) 质量成本

质量成本是为保证满意的质量而付出的费用以及没有获得满意的质量而导致的有形或无形的损失。

质量成本的概念由美国管理专家 A. V. Feigenbaum 在 20 世纪 50 年代初最早提出,他将质量成本分为投入成本和故障成本,并形成质量成本报告,成为企业高层管理者了解质量问题并进行决策的重要依据。其中,投入成本又可分为预防成本和鉴定成本。它是对产品质量的管理和控制,我们可以将其看作是对获得质量目标的投资。而故障成本是产品生产中的损失,可细分为外部故障成本和内部故障成本。分类情况如图 7-20 所示。

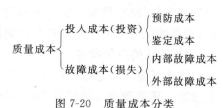

图 7-20　质量成本分类

(1) 预防成本。它是为预防质量缺陷所支付的相关费用。预防成本主要包括质量策划、过程策划、新产品评审以及质量审核等活动所支出的成本,不包括产品、过程设计、过程维护及其他质量管理基本活动的费用。

(2) 鉴定成本。它是为了评定产品是否满足质量要求而产生的成本,包括各种实验、测试、检验、产品质量审核以及质量标准认证等活动的成本。

(3) 内部故障成本。产品在生产过程中发生质量故障所造成的损失,包括未能满足顾客需要的成本。如产品再设计、设备失效等而造成的损失。

(4) 外部故障成本。产品在生产过程后发生质量故障所造成的损失。

例 7-1　减少质量成本带来巨大故障成本。

从某企业的质量成本构成表 7-15 中可以看出,该企业每年共花费质量成本 90 万余元,其中总成本的 77.53% 是故障成本,尤其是浪费的产品和退货的产品质量成本较高。而鉴定成本和预防成本只是全部质量成本的 16.22% 和 6.25%。可见,该企业并不重视产品的质量预防及检验工作,虽然在这两方面节省,但直接的后果就是使得产品的故障成本增加,以至于不但没有节省总费用,反而增加了费用。因此,企业应根据质量成本构成情况,加强质量预防措施,集中力量在产品缺陷产生以前将其消灭,加强产品的质量检验,同时杜绝各种资源浪费。

表 7-15　某企业的质量成本构成

质量成本内容	质量成本金额(单位:元)	占总成本比重(单位:%)
质量故障成本(内部和外部):		
有缺陷的存货	2762	0.29
报废的存货	2388	0.25

质量成本内容	质量成本金额(单位：元)	占总成本比重(单位：%)
质量故障成本(内部和外部)：		
产品维修	62 993	6.71
浪费的产品	201 426	21.46
退货的产品	434 898	46.33
质量降级的产品	23 412	2.49
小计	727 879	77.53
鉴定成本：		
进货检验	29 876	3.18
流程检验总计	65 987	7.03
抽查	56 398	6.01
小计	152 261	16.22
预防成本：		
企业质量控制	8765	0.93
供应链质量控制	49 862	5.31
小计	58 627	6.25
总计	938 767	100.00

2) 质量成本与效益的分析

据芝加哥大学经济学博士戈泽宁德统计资料表明，一个产品质量在 3σ 水平的公司直接与质量问题有关的成本要占其销售收入的 $10\%\sim15\%$，当一个企业的产品生产水平达到 5σ 时，质量成本就会减少至 $5\%\sim10\%$，而一个 6σ 质量水平企业的质量成本只占到其整个销售额的 1%。为什么会发生这种情况呢？一方面，企业花费一定成本来进行质量管理，能够保证并提高产品的质量，降低产品的质量故障成本，从而获得市场占有率等作用，提高产品的经济效益；另一方面，如果花费较大预防成本和鉴定成本来提高质量，虽然能够减少故障成本，但也可能导致产品质量成本过高，而使价格超过消费者可以接受的范围，使企业难以提高经济效益。因此，6σ 质量管理成功地降低成本、提高效益的关键就是使质量成本管理的收益的增长超过质量成本的增长。

可以利用伦德瓦·朱兰(Lundvall-Juran)质量成本模型对这个问题作进一步说明，如图 7-21 所示。图中曲线表明：由于边际收益递减规律，随着预防成本和鉴定成本的增加，质量水平有相应的提高；随着质量水平的提高，故障成本也随之降低。因此，可以找到一个最佳经济效益的质量水平，使得总成本最小，这个最佳点就是预防成本和鉴定成本曲线、故障成本曲线的交叉点，即图 7-21 中的 A 点。此时，质量成本 C 为 $C1+C2$，如果再提高预防、鉴定成本，虽然质量水平有所上升，但质量成本将更高，若此成本超过了用户和企业可以接受的范围，则不能实现单位质量的最大经济效益。可见，虽然大量的预防和鉴定活动可以较大程度地提高质量水平，但它们同时也会带来较高的成本。因此，一方面，企业既要不惜资金成本搞好预防、鉴定等质量保证工作，防止故障成本过多；另一方面，企业又要依据自己的企业情况量力而为，在控制好故障成本的同时防止预防、鉴定成本过高而导致总成本过高。只有兼顾了这两个方面才能真正保证企业合理的质量水平和较高的经济效益。

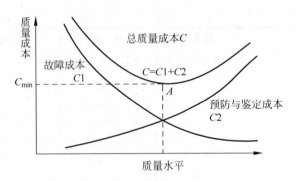

图 7-21　伦德瓦·朱兰质量成本模型

3）质量管理战略

质量管理具有商业价值，它是提高效益的重要途径。质量活动能够尽可能地发现质量问题，降低成本，降低产品总的生产周期，从而提高生产效率和经济效益。另外，产品设计花费了质量成本，但却可以促进价格提高以及市场份额的扩大，从而提高经济利润，如图 7-22所示。质量对企业效益的影响主要有两个方面：其一，高质量的项目有较少的差错和现场故障，所以只需较少的成本就可以克服上述差错。其二，高质量的项目能够更好地满足顾客的需要，实现了较好的劳资关系，扩大了市场份额，提高了劳动生产率，从而为企业赢得了较高的利润。为了获得经济效益，企业把质量管理提升到战略的地位，围绕质量战略，形成了一系列的方法、工具以及质量标准，通过质量管理实现产品的质量战略。

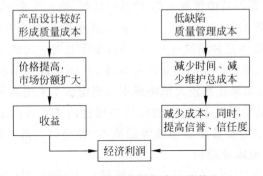

图 7-22　质量管理的商业价值

7.2.2　质量管理的发展与著名质量管理大师的主要贡献

现代质量以及质量管理理论体系的形成是人们长期实践和总结的结果，它绝不仅仅是技术或理论研究，而是人们面临实际质量问题、面对企业商业目标、面向商业环境与技术变化，进行系统研究的积累与反复实践的总结。质量管理的研究成果无不凝聚了很多献身于质量管理的先辈们的努力。从研究质量的规律的专家到致力于质量改进的实践者，他们每个人都做出了自己的贡献。对质量管理的发展产生了深远的影响。

1. 质量管理的发展

对于质量管理的发展，不同的学者有不同的划分，但仔细分析后可以发现这些不同的划分并不矛盾,只是在划分的粗细上有所区别。从解决方法和手段的角度,将现代质量管理的发展分成 4 个阶段:产品质量检验阶段、统计质量控制阶段、全面质量管理阶段、以顾客为中心以及国际质量标准的应用的质量管理与质量鉴别商业阶段,如图 7-23 所示。

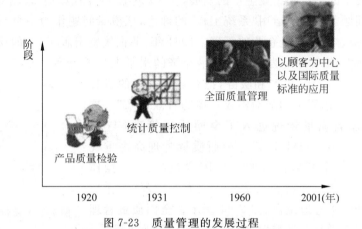

图 7-23　质量管理的发展过程

1) 产品质量检验阶段

第 1 阶段是质量检验(Quality Inspect)阶段,主要是指在生产过程中,对零部件和产品进行检验,以减少不合格产品进入下一道工序的概率。质量检验又分为自检与独立检验两种。

(1) 自检是指工人完成一道工序后对产品进行检验后再进入下一道工序,即由生产产品的工人完成检验产品。这个阶段称为操作者自检阶段。

(2) 20 世纪初,美国的泰勒(F. W. Taylor)提出"科学管理"的思想以及按职能的不同进行分工的思路。基于这种思想,企业首次将质量检验作为一种管理职能从生产过程中分离出来,建立了独立的检查部门和专职检验制度,专门对产品质量进行检验。但是,在这种情况下,产品检验只由检验部门负责而没有其他管理部门职工参加,尤其没有直接操作者的参与,这样很容易使操作人员与检验人员产生矛盾,不利于质量的提高。

2) 统计质量控制阶段

统计质量控制(Statistical Quality Control,SQC)阶段的主要特点是对产品不再逐个检验,而是利用数理统计方法与质量管理相结合,引进了工序控制、预防控制以及事后检验相结合的管理方式。著名的质量管理大师休哈特从产品的变异或波动的角度,对抽样结果进行研究,提出了统计过程控制(SPC)理论,并在 1924 年首创了过程控制的工具——控制图,使之成为减少变异进行质量改进的主要手段。他总结出统计过程控制理论的两个重要的原理:

(1) 质量变异是不可避免的。

(2) 仅仅使用一种方法进行质量分析和决策是不合适的。以下两种方法在质量分析中是非常常用和有效的:

① 绘制直方图,观测分布。

② 绘制控制图。

将数理统计方法引入质量管理是数理统计应用的重要创新,将产品误差模拟成波动和稳定性的指标,进行统计分析,奠定了"质量工程学"的基础。

3) 全面质量管理阶段

全面质量管理更突出"管理",并且已经演变成以质量为中心的、综合的、全面的管理方式。随着科学技术的进步和工业生产的发展,在 20 世纪 60 年代以后,市场对质量的要求越来越高。质量问题需要人们运用"系统工程"的理念,把质量问题作为一个有机整体加以综合研究,实施全员、全过程、全企业的管理。1961 年,菲根堡姆出版了《全面质量管理》一书,该书指出:"全面质量管理是为了能够在最经济的水平上且考虑充分满足顾客需求的条件下进行市场研究、设计、生产和服务,把企业各部门的研制质量、维持质量和提高质量的活动构成一体的有效体系"。这本书的出版标志着质量管理进入了全面质量管理(Total Quality Management,TQM)阶段。全面质量管理高度重视人的素质。全面质量管理涉及的 5 大因素包括:人(操作者)、机(机器设备)、料(原材料)、法(工艺、方法)、环(工作环境)。其中,人处于中心地位,如图 7-24 所示。全面质量管理围绕着这 5 个因素进行质量策划、质量控制和质量改进等。

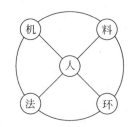

图 7-24　质量管理的 5 大因素

全面质量管理的基本观点如下:

(1) 质量第一,形成质量品牌优势。"关注质量"要求企业在确定经营目标时,首先应根据用户或市场的需求,科学地确定质量目标,安排人力、物力、财力,保证目标的实现。当质量与数量、效益发生矛盾时,应把质量、社会效益和长远利益放在首位。

(2) 重视用户的需求,并将下道工序也视为用户。实行全面质量管理,一定要把用户的需要放在第一位。在全面质量管理过程中,用户的概念是广泛的,它不仅仅指产品的购买者、使用者,而且还包括企业内部生产过程中的每一个部门及每一个岗位。

(3) 以预防为主。全面质量管理要求把管理工作的重点从"事后"把关转移到"事前"预防。当然,以预防为主并不意味着不要事后的检验工作。事实上,事后的质量检查和监督工作不但不能削弱,而且还应进一步加强。全面质量管理是要做到"防、检结合",以防为主,把不合格产品消灭在产品质量的形成过程中。

(4) 数据是质量分析与管理的基础。实行全面质量管理,要用事实和数据说话,对产品质量的优劣做出准确的评价。在全面质量管理中应用最多的几种工具包括鱼刺图、排列图、直方图、相关图、控制图、分层图和调查表等。

(5) 充分调动人的积极因素。人是最积极、最活跃、最重要的因素,全面质量管理阶段格外强调调动人的积极性,发挥人的主观能动性。全面质量管理既是技术问题,更是管理问题,这就要求在管理实践中,必须调动每个职工的聪明才智以面对各种挑战。

(6) 质量管理经济效益的分析。全面质量管理强调质量,但同时也要考虑成本。也就是说,不能脱离企业的经济实力,不问成本地一味讲求质量。全面质量管理应重视质量成本的分析,把质量与成本加以统一考虑,确定最适宜的质量。比如在产品设计时选取质量检验方式为抽样检验还是全体检验,我们就需要考虑经济效益来加以确定。再如,从 4σ 到 5σ、6σ 质量水平所需要花费的成本很大,一个小公司实现 6σ 是不经济的。

例 7-2　全面质量管理给企业带来的巨大变化。

日立是世界上最大的电器设备制造商之一,它的产品遍及信息系统和电子设备、动力和产业系统、家用电器、材料工业四大领域，共 20 000 余种。日立能够取得如此巨大的成功，主要原因之一是企业对质量管理的高度重视。一方面，日立企业十分注重生产技术的革新和应用，建立了完善的研究与开发体制，为产品不断满足客户需求提供了保证。另一方面，日立企业坚持高质量标准，严格进行质量管理，把质量意识渗透到每一个企业员工的心中。

日立公司的质量管理是典型的日本式全面质量管理。它在中国的第一家合资企业福日公司自成立时起就一直推行"双零管理"，即以降低成本为目的的"零库存管理"和以提高产品质量为目的的"零缺陷管理"。企业的高层领导还明确提出要全员参与狠抓产品质量，建立"将质量意识注入每位员工的血脉之中"的质量文化。日立在确立先进的质量管理思想和管理模式的同时，还建立了完善的质量管理制度和管理措施。例如，设立质量保障机构、建立全面的质量保障体系，建立全面的激励机制、制定标准工作时间，以均衡生产促优质高产等。企业得到了顾客的满意和认同，收益/成本比大幅提高，增强了企业的核心竞争力。

4) 以顾客为中心以及国际质量标准的应用

人们越来越达成这样一个共识：质量稳定地满足顾客的需要。世界各国先后颁布了质量标准，但是各国标准的不统一又阻碍了相互之间的交流，所以建立国际通用性的质量管理体系极为重要。目前，很多企业正是用一些产品的国际标准来规范化产品的特征和生产过程，造就买方主导型企业的质量管理。这些相关的质量管理标准有 6σ、ISO 9000、CMMI 等。上述质量标准从不同角度吸纳了全面质量管理的内容，发展成为各具特色的质量体系。

2. 著名质量管理大师的主要贡献

在质量管理的道路上，各国学者纷纷就质量管理在基本理论、方法等方面提出了自己的见解，其中比较著名的是休哈特的质量控制、戴明的 PDCA 循环和朱兰的三部曲等理论。

1) Shewhart(休哈特)

休哈特被誉为统计过程控制之父，是统计质量控制的奠基人。第一次世界大战后期，他将数理统计的原理运用到质量管理中来，发明了控制图。控制图的出现使质量管理从单纯事后检验进入预防的阶段，是质量管理开始成为一门独立学科的标志。休哈特认为质量管理不仅要进行事后检验，而且应在发现有废品生产的先兆时就进行分析改进，通过统计过程控制监测过程能力和过程稳定性，预防废品的产生。他在所著的《从质量控制角度谈统计方法》一书中提出的控制过程如图 7-25 所示。

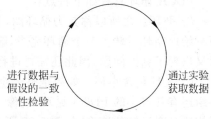

图 7-25　休哈特提出的控制过程

2) Deming(戴明)

戴明(W. Edwards Deming)博士被誉为现代质量管理之父。1900 年出生于美国衣阿华州，1928 年获耶鲁大学数学物理学博士，1950 年，他前往日本在工业界担任讲师和顾问，1956 年荣获裕仁天皇发给的二等瑞宝奖。1987 年，里根总统给他颁发国家技术奖。他逝世于 1993 年，享寿甚高。戴明终年游走于世界各地，介绍他的著作，每年有上万人前来参加他的研讨会。为了纪念他的贡献，丰田公司总部悬挂着他的画像，日本科技联盟也以他的名字设立了戴明奖。

（1）戴明的管理 14 要点

戴明教授从管理模式的角度提出持续改进的关键所在。他认为美国管理层进行质量管理的传统方法存在基本性错误，其主要观点是："质量不佳并非员工的过错，而是对系统持续改进的不良管理导致的"。他所提出的管理 14 要点对这些观点进行了详细的叙述，为管理者进行质量改进提供了指导，见表 7-16。戴明指出，质量不仅是一种控制系统，更是一种管理职能。

表 7-16　戴明的管理 14 要点

1. 建立提高质量的持续的目标	8. 排除恐惧，使人人有效地为公司工作
2. 采用新哲学（目标和长期效益）	9. 打破部门之间的障碍
3. 停止依靠大量检验来提高质量	10. 消除要求过高的口号
4. 废除以低价竞标的制度	11. 废除现场的工作标准量，代之以领导
5. 持续改进系统，提高质量，成本下降	12. 排除那些不能使员工以技术为荣的障碍
6. 建立在职培训制度	13. 建立一个教育和自我提高的机制
7. 建立领导体系	14. 让所有员工都致力于转型

（2）戴明的 PDCA 循环

戴明博士首先提出了 PDCA 循环，PDCA 是能够使任何一项活动有效进行的一种合乎逻辑的工作程序。PDCA 循环不但在全面质量管理中得到应用，更为所有领域的现代管理理论和方法开拓了新的思路。PDCA 循环由计划、执行、检查和处理这 4 个阶段组成。PDCA 这 4 个英文字母及其在 PDCA 循环中所代表的含义如下，图 7-26 给出了 PDCA 循环结构。

- P(Plan)——计划，确定方针、目标以及活动计划。
- D(Do)——执行，实地运作，实现计划中的内容。
- C(Check)——检查，总结执行计划的结果，注意效果，找出问题。
- A(Action)——处理，对总结检查的结果进行处理。对于取得成功的经验加以肯定并适当推广或标准化；同时，对于失败的教训加以分析，以免再次失败。将未解决的问题放到下一个 PDCA 循环中。

PDCA 循环具有如下特点：

① 循环。之所以称其为循环圈，是因为这 4 个过程不是运行一次就完结了，而是要周而复始地循环运转。一个循环完毕，解决了一部分问题，但可能还有其他问题尚未解决，或者又出现了新的问题，因此还需再进行下一次循环。

② 大环包含小环。如果把整个企业的工作作为一个大的 PDCA 循环，那么各个部门、小组还有各自小的 PDCA 循环，就像一个行星轮系一样，大环带动小环，一级带一级，有机地构成一个运转的体系，如图 7-27 所示。

图 7-26　PDCA 循环结构

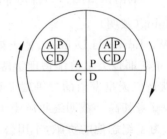

图 7-27　PDCA 循环大环带小环

③ 阶梯式上升。PDCA 循环不是在同一水平上循环。每循环一次,可以解决一部分问题,取得一部分成果,工作就前进一步,水平就提高一步。到了下一次循环,又有了新的目标和内容,更上一层楼。图 7-28 表示了这个阶梯式上升的过程。

④ 综合应用科学管理分析方法。PDCA 循环综合应用以质量管理的 7 种工具(鱼刺图、排列图、直方图、相关图、控制图、分层图和调查表)为主的统计处理方法以及工业工程(IE)中工作研究的方法,是进行工作和发现、解决问题的工具。

⑤ PDCA 的 4 个阶段又可细分为 8 个步骤,每个步骤的具体内容如图 7-29 所示。

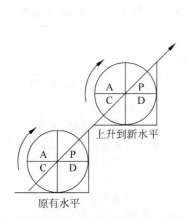

图 7-28 PDCA 循环阶梯式上升

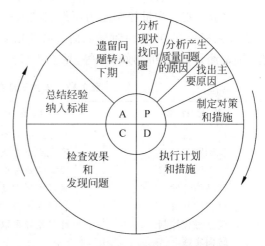

图 7-29 PDCA 循环的基本步骤

a. 分析现状,发现问题。

b. 分析问题中各种影响因素。

c. 分析影响问题的主要原因。

d. 针对主要原因,采取解决措施。

e. 执行,按措施计划的要求去做。

f. 检查,把执行结果与要求达到的目标进行对比。

g. 标准化,把成功的经验总结出来,制定或调整相应的标准。

h. 把没有解决或新出现的问题转入下一个 PDCA 循环中去解决。

灵活地掌握和运用 PDCA 循环方法对提高质量管理效率有着非常重要的作用,这种方法可以用于解决几乎任何领域的质量管理问题。另外,日本著名的质量管理专家池泽辰夫主张可以先从 C、A(检查、处理)两步入手,然后再进入 PDCA 循环,至少可以在制定本年度质量计划之前先对上一年度的质量方针和实现情况进行充分的认定,这样一来就可以提高计划的水平和有效性,同时巩固前一个阶段的成果。

3) Juran(朱兰)

朱兰(J. M. Juran)是美国著名的质量专家,在过去的半个世纪中,他对质量管理的推进做出了巨大的贡献。与戴明相比,他更偏向于以战略和规划的方法来改进质量,即强调组织的质量管理问题是由不充分的和无效的质量规划造成的,企业必须从战略的角度进行质量规划。他还将质量定义为适用性,表达出了现代社会"顾客第一"的质量管理理念。

（1）朱兰三部曲。朱兰认为要想提高产品质量，必须在组织战略目标的指导下，通过严格的质量计划、质量控制、质量改进这 3 个主要环节来保证质量管理的有效进行，这种管理模式就称为朱兰三部曲。

① 质量计划。质量计划是为了满足顾客需要，明确质量目标并实现这个目标的规划和部署过程。为了建立一个有能力满足质量的标准化工作程序，质量计划是必要的。其内容包括确定顾客的要求、确定能够满足顾客需求的产品质量目标、开发出产品生产程序等。

② 质量控制。质量控制是为了严格按照质量计划进行生产和运作所进行的管理活动。它可以提供稳定性，规定何时采取何种必要措施纠正质量问题。其主要内容包括选择控制对象、确定测量方法和绩效标准等，见表 7-17。

表 7-17　朱兰三部曲管理活动步骤

质 量 计 划	质 量 控 制	质 量 改 进
设立项目	选择控制对象	确定改进对象
识别顾客	确定测量方法	组织诊断，寻找改进机会
发现顾客需求	确立绩效标准	提供修正办法并证实其有效性
产品的开发	测量实际的绩效	实施改进并控制改进过程
过程的开发	与标准比较，说明差异	应付变化阻力
建立过程控制	针对差异采取措施	控制收益的获得
转向实施		

③ 质量改进。质量改进是突破原有质量计划并达到前所未有的质量水平的过程。朱兰理论的核心观点就是管理是不断的改进工作。所谓改进指的是有组织地取得良性改变，使得产品质量得到突破性的提高。良性改变包括产品特性不仅要满足明确的需求，也要进一步满足潜在的需求；也包括尽量避免由于产品缺陷而导致顾客满意度降低、经营成本增加等状况。质量改进的主要内容包括确定改进对象、组织诊断、寻找改进机会等。

图 7-30 是朱兰三部曲的示意图。此图以时间为横轴，以不良质量成本为纵轴。过程中的质量问题有两类：非常突出的偶发的质量问题和不引人注目的长期存在的问题。过程质量控制只能检测和解决偶发的质量问题，而后一类问题通常都需要质量改进过程来解决。

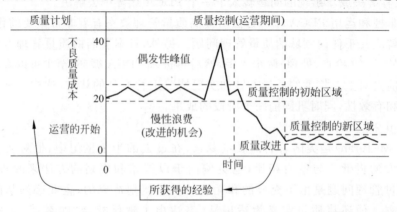

图 7-30　朱兰三部曲示意图

控制图是偏差与稳定性分析的非常适宜的工具。造成偏差的原因包括两种,即特殊性原因与一般原因。

① 特殊性原因一般是偶发的,存在特殊性原因的过程是不稳定的过程。

② 一般性原因是慢性的,需要通过系统改进来完成。如图 7-29 中控制线中间的部分。

(2) 帕累托分析的应用。朱兰将经济学中的帕累托定律(又称为 80/20 原则)应用于质量问题。他认为大部分(假设 80%)的质量问题是由相对少数(约 20%)的原因造成的。他进一步分析,在所发生的质量问题中,有 80% 的问题是由于管理不善引起的,只有 20% 的问题来自于基层操作人员。这些规律为质量问题的解决提供了思路和切入点。

4) Crosby(克劳斯比)

克劳斯比(Philip B. Crosby)是世界著名的质量管理专家,被誉为当代伟大的管理思想家、零缺陷之父和世界质量先生。他不仅是质量管理概念和理论的杰出研究者,还是质量管理经验丰富的实践者。其主要著作《质量免费》是质量管理的经典著作之一,在整个世界范围内广为流传,对世界经济发展,特别是西方经济发达国家的经济发展起到了很大的促进作用。此著作中提出 14 个步骤的质量改进计划,规范了管理者和员工的行为,见表 7-18。

表 7-18　克劳斯比提出的 14 个步骤

1. 清楚表示管理阶层对质量做出承诺
2. 由各部门的代表组成质量改进团队
3. 确定如何测量目前和潜在的质量问题
4. 计算质量成本
5. 提高质量意识和对所有员工的关心
6. 采取正式的行动来纠正所识别的问题
7. 成立零缺陷计划委员会
8. 培训所有员工以积极完成属于自身部分的质量改进计划
9. 成立零缺陷日,以使员工知道已做的改变
10. 鼓励个人为自己和团队建立改进目标
11. 鼓励员工与管理阶层相互沟通他们在实现质量目标时所遇到的障碍
12. 认可和感谢参与的人
13. 举行经常性的质量会议
14. 再作一次

克劳斯比致力于质量管理哲学的发展和应用,引发了全球源于生产制造业继而扩大到软件以及工商业等所有领域的质量运动,他创造了许多独有的词汇,例如,零缺陷、可靠的组织和质量成本等。零缺陷的工作标准,意味着企业的每一个工作过程在任何时候都要满足全部的质量要求,企业员工要极力预防错误的发生,绝不能使顾客得到不符合要求的产品或服务。自此,企业逐步开始开展 6σ 管理。克劳斯比还最早在全面质量管理中提出了质量成本的定义。质量成本是产品总成本的一部分,它包括确保满意质量所发生的费用,以及未达到满意质量的有形损失与无形损失,如预防成本、评估成本和故障成本等。

5) 石川馨

石川馨(Ishikawa Kaori)是日本著名的质量管理专家。他是因果图的发明者,日本质量管理小组(QC 小组)的奠基人之一。他致力于开创质量管理新的理论和方法,培养了大批的质量管理人才,为日本经济发展乃至世界经济发展做出了巨大的贡献。他率先将统计技

术和计算机技术应用到了质量管理过程当中。之后,石川馨又总结和发明了质量管理的 7
种工具,这几种管理工具实际上就是统计技术和计算机分析技术在质量控制活动中的具体
应用形式。他提出了非常重要的观点,包括不要将方法和目标混淆以及公司 95% 的问题可
以用 7 种质量控制工具来解决等。

6) 田口玄一

田口玄一(Genichi Taguchi)博士首次将田口方法引入美国的贝尔实验室,对质量改进
的发展做出了巨大的贡献。他突破了在传统质量定义中强调规格符合性的局限,认为如果
一个产品在其设计的寿命期限内被合理使用,能够表现出预期的功能且没有不良副作用,则
该产品达到了理想的质量,而理想的质量是一个有关顾客感知和满意度的函数。田口方法
是指通过稳健性设计保证产品或服务先天无缺陷且具有高质量的设计过程,以减少系统原
因(非正常波动)对产品功能稳定性的影响,在此基础上,引发了质量管理的重大变革,即减
少质量波动。

7) 权变的观点

可以看出,不同的质量管理大师从不同的角度揭示了市场竞争中的质量管理哲学。事
实上,单一的管理理论不能解释所有的质量现象,到目前为止,并没有一种质量管理理论能
够被质量界广泛地接受。世界各大企业都不仅仅采用一种质量哲学,而是分别根据自己的
不同时期、不同状况采用不同的质量管理模式,这就体现出了权变的观点。

所谓"权变"指的就是"变化",即不存在任何一种企业经营理论或方案可以运用于所有
的情况,应根据不同的应用情景,根据权变变量的不同,选择不同的理论和方案。因此,领导
者和管理者必须根据自身的情况,对含糊不清的现实状况进行整理和分析,整合出适合自己
企业的质量管理观点、模式和工具,形成企业质量改进的基础。质量管理的权变观点所依据
的权变变量包括外环、内环和核心这 3 个层次,包括质量环境、质量突破、信息收集与分析、
质量战略规划、以质量部门为中心、团队工作方式、强有力的领导者、员工培训、质量保证、以
顾客为中心、质量改进哲学等,如图 7-31 所示,企业在进行质量改进时应对这些变量多加
考虑。

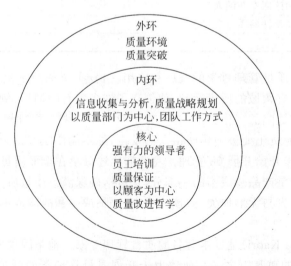

图 7-31　质量管理的权变变量

7.2.3　质量管理标准简介

标准化是信息系统质量管理的基础,是实现大范围信息资源交流与共享的必要条件。如果不重视信息系统的标准化,势必会严重阻碍信息化的秩序和效率。在世界范围内提供质量标准的统一的尺度,有利于质量管理的规范化水平健康发展。不过,运用质量标准不能简单、机械地照搬,也不能走形式,应借助标准的培训提高企业人员的素质和管理水平,扩大外包的宣传渠道。

1. ISO 9000

目前应用最广泛的是国际标准组织 ISO 制定的 ISO 9000 标准。目前已有 100 多个国家的企业采用和实施这一系列的标准,并成为衡量各类产品质量的主要依据。我国对应的标准是 GB/T 9000。

ISO 9000 系列的核心内容是质量保证标准,它是质量体系认证的依据。ISO 9000 标准系列是一个大的家族,它由 5 部分组成:

(1) 质量术语标准

(2) 质量保证标准

(3) 质量管理标准

(4) 质量管理和质量保证标准的选用和实施指南

(5) 支持性技术标准

该标准重视评价的结果。通过评估,它能告诉人们被评估的软件产品是否通过 ISO 9000 系列的认证。但是,此标准仅仅是为了满足软件需求者最低标准,即起码要求。它需要补充过程控制和不间断改进的内容。此标准包括 3 个模式,即 ISO 9001、ISO 9002 以及 ISO 9003。其中,ISO 9001 包括的标准最多,评估费用最高,并且它包含了 ISO 9002 和 ISO 9003 的主要内容。ISO 9001 包括了设计、开发、生产和服务,ISO 9002 包括了生产、安装和服务,ISO 9003 包含的是最终检验和实验。

鉴于软件产品的特殊性,ISO 特别制定了该标准 ISO 9000-3,ISO 9000-3,它们是计算机软件中软件开发、供应、维护的指南。

2. CMM 与 CMMI

CMM 与 CMMI 是由美国 Carnegie Mellon 大学软件工程研究所专门针对软件产品的特点而定做的。从 20 世纪 80 年代中期开始,由美国国防部资助,卡内基·梅隆(Carnegie Mellon)大学软件工程研究所(CMU/SEI)最先提出的"软件能力成熟度模型理论及其应用",在 90 年代正式发表为研究成果。这一成果已经得到了众多国家软件产业界的认可,并且在北美、欧洲和日本等国家及地区得到了广泛应用,成为事实上的软件过程改进的工业标准。

CMM 提供了一个软件过程改进的框架,可以极大地提高按计划的时间和成本提交有质量保证的软件产品的能力。企业的软件过程能力越是成熟,其软件生产能力就越有保证。企业在执行软件过程中可能会反映出原定过程的某些缺陷,可以根据反映的问题来改善这个过程。周而复始,这个过程逐渐完善、成熟。这样一来,项目的执行不再是一个黑箱,企业可以清楚地知道项目在按照规定的过程进行。软件开发及生产过程中成功或失败的经验教训也将成为今后可以借鉴和吸取的对象,从而大大加快了软件生产成熟程度的提高。CMM模型描述和分析了软件过程能力的发展程度,确立了一个软件过程成熟程度的分级标准,如图 7-32 所示。

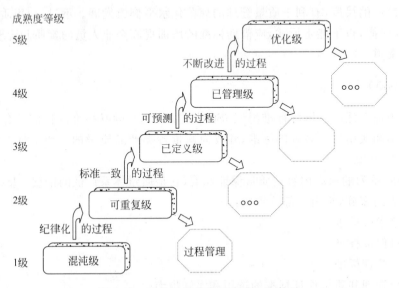

图 7-32　软件过程成熟程度的 5 个等级

下面介绍 CMM 的分级结构及其主要特征:

(1) 初始级(混沌级)。软件过程的特点是无秩序的,有时甚至是混乱的。软件过程定义几乎处于无章法和步骤可循的状态,软件产品取得的成功往往依赖于极个别人的努力和机遇。

(2) 可重复级。已建立了基本的项目管理过程,可用于对成本、进度和功能特性进行跟踪。对类似的应用项目有章可循,并能重复以往所取得的成功。

(3) 已定义级。用于管理和工程的软件过程均已文档化、标准化,并形成了整个软件组织的标准软件过程。全部项目均采用与实际情况相吻合的、适当修改后的标准软件过程来进行操作。

(4) 已管理级。软件过程和产品质量有详细的度量标准。软件过程和产品质量得到了定量的认识和控制。

(5) 优化级。通过对来自过程方面、新概念方面和新技术方面的各种有用信息的定量分析,能够持续地对过程进行改进。

以上 CMM 5 个级别的划分给出了软件组织开展实施活动的应用范畴。第 1 级实际上是一个起点,大部分准备按 CMM 体系进化的软件企业都自然处于这个起点上,并通过这个起点向第 2 级迈进。除第 1 级以外,每一级都设定了一组目标,如果达到了这组目标,则表明达到了这个成熟级别,自然可以向下一个级别迈进。CMM 体系不主张跨越级别的进化,因为从第 2 级起,每一个低级别的实现均是高级别实现的基础。只要持续不断地进行软件过程改进,遵循分级标准的规定,就会逐步地过渡到上一级别的成熟阶段。这种分级方式使得 CMM 模型具有可操作性,软件组织也可以通过这种方式达到自己的目标。

3. 6σ

6σ 管理的概念起源于 20 世纪 80 年代,摩托罗拉的主席鲍伯高尔文于 1987 年提出 6σ 的概念。他要求摩托罗拉的产品必须在 5 年内质量有 10 倍的改善,并相继制定了具体的工具和方法,以提高顾客完全满意度。采取 6σ 管理模式后,该公司平均每年提高生产率 12.3%,减少了由于质量不合格造成的费用消耗 84%,运作过程中的失误率降低了 99.7%。6σ 管理模式其名声大振是在 20 世纪 90 年代后期,通用电气(简称 GE)全面实施 6σ 管理模式取得辉煌业绩之后。通用电气 1995 年开始引入 6σ 管理模式,此后,6σ 管理模式所产生的效益加速递增,1998 年,公司因此节省资金 75 亿美元,收益率增长了 4%;1999 年,6σ 管理模式继续为通用电气节省资金达 150 亿美元。传统企业一般按 3σ 要求实施质量控制,即每百万次活动或机会中失误不超过 66 800 次的目标。但进入 20 世纪 80 年代以来,随着人们对产品质量要求的不断提高,全球市场竞争的日益激烈,在客观上要求企业必须提高产品质量和管理效益,以保持在激烈的市场竞争中的优势地位。6σ 管理方法在摩托罗拉、GE 等跨国公司的成功,使得 6σ 管理方法风靡全球。从目前我国企业推行 6σ 管理的情况来看,大体上有以下几种类型:

(1) 直接移植。通用电气(GE)、摩托罗拉(Motorola)等跨国公司的中国公司,直接从总部移植过来开展 6σ 管理活动。

(2) 寻求指导。国内合资、独资的公司,在顾问公司的指导下开展 6σ 管理。

(3) 培训等方式。公司招聘或培训 6σ 管理专业人员,自行组织 6σ 管理活动。

(4) 借鉴 6σ 质量管理理念。没有明确指出在开展 6σ 管理,但在经营管理中却根据 6σ 管理的理念、方法来开展质量经济性管理活动。

中国政府也在积极引导企业开展 6σ 管理的实施,2002 年 8 月 6 日,中国质量协会成立了"全国 6σ 促进委员会"。全国 6σ 促进委员会由中国质量协会、6σ 咨询管理公司、国内著名企业共同组成,旨在推动国内企业实施 6σ 管理。2001 年 7 月,联想与摩托罗拉合作,在联想推进 6σ 黑带培训咨询项目,成为中国首家正式引入 6σ 黑带培训咨询项目的企业。6σ 的核心价值观可以概括为"客户导向,数据驱动,持续改善,追求卓越"。这与联想的核心价值观是完全一致的。联想集团根据自己企业的特点建立了 3 个层次的质量管理体系框架。在一年多的时间里,联想集团成功完成了 26 个 6σ 项目,这些项目使联想可以每年节约费用达 2000 多万元。中兴通讯从 2001 年年初开始引进 6σ 管理法,据中兴通讯 2002 年第一财季的不完全统计,从全部完成的 6σ 管理项目中,公司经财务确认的收益达 1850 万元(大约相当于 3 倍的收益率)。现在,6σ 管理已逐渐被广大企业界认同为是依靠质量取得效益的有效途径,从美国到欧洲、到亚洲掀起了一股 6σ 热潮,并逐渐把 6σ 的视点从制造业拓展到服务业,成为企业/组织在战略改进、业务变革和解决问题的最佳实践。

1) 6σ 的统计含义

6σ 管理可称为是质量与效率的管理,即以对工作流程的精细化管理为目标,对工作流程的效率进行定量度量,要求缺陷率控制在 3.4% 以内。6σ 有两层含义:一层是指 6σ 在统计方面的解释;另一层是从管理角度的理解。σ 是统计学中用来衡量任意一组数据或过程流程中的离散程度的指标,是一种评估产品和生产过程特性的统计量。在统计学中,σ 常记为

$$\sigma = \sqrt{\frac{\sum_{i=1}^{n}(x_i - \overline{x})^2}{n-1}}$$

实施 6σ 的项目应该是可以度量的。换句话说，6σ 项目中设定的目标应该是清晰且可测量的。这里列出几个可用于度量 6σ 相关的基本概念。

- 缺陷　不能达到质量要求的事件。
- 缺陷机会(可能)　任何可能带来缺陷的并且可以衡量的事件。
- 过程能力　项目产生的缺陷级别。例如，如果项目在 100 万个缺陷机会中，只有 3.4 个缺陷，则该项目能力就达到了 6σ。

无漂移的过程是实际分布中心与规格中心重合的过程，图 7-33 为无漂移产品特征分布图。通过查询标准正态分布表，可以得到随机变量 X 取值在 $\pm 6\sigma$ 中的概率为 0.999999998。

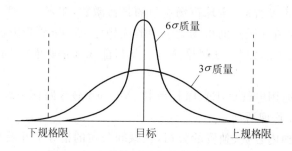

图 7-33　产品特征正态分布图(无漂移)

表 7-19 显示了 σ 水平与合格率及缺陷数之间的关系(无漂移)。σ 值水平越高，过程执行结果越好。

表 7-19　σ 水平与缺陷数(无漂移)

σ 水平	合格率(%)	ppm(百万分之)缺陷数
1	68.27	317 300
2	95.45	45 500
3	99.73	2700
4	99.9937	63
5	99.999 943	0.57
6	99.999 999 82	0.0018

在长期的生产过程中，即便是短期最佳的过程也会随着时间的推移产生波动——漂移，即实际分布的中心与规格中心不重合，如图 7-34 所示。因此，在分析长期过程能力和水平时，需要观察过程的均值、标准差，同时，包容那些部分的漂移过程。

6σ 质量水准允许正态分布的中心向左或向右偏移 1.5σ。因此，是对过程能力减去 1.5σ，即 $6\sigma - 1.5\sigma = 4.5\sigma$。在正态分布的 4.5σ 分位处，通过查表得到值为 3.4ppm，其他 σ 水平值可依此方法类推。表 7-20

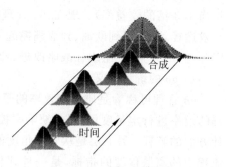

图 7-34　漂移示意图

显示了在有漂移的情况下，σ水平与合格率及缺陷数之间的关系。

表 7-20　σ水平与缺陷数（中心偏移±1.5σ）

σ水平	合格率（%）	ppm（百万分之）缺陷数
1	30.23	697 700
2	69.13	308 700
3	93.32	66 810
4	99.3790	6210
5	99.976 70	233
6	99.999 660	3.4

2）6σ的管理含义

从统计范畴考虑，似乎6σ要求的是过程不断改进以减少缺陷，并趋于完美。然而，6σ强调的内涵不是完美，它的实际含义要比统计含义大得多。在实际中，6σ属于面向实践的管理范畴，它已经成为高水平质量管理的代号。质量和利润息息相关，6σ搭建了质量改进的平台，创建了提高用户满意度以及实现利润战略的途径。因此，有管理专家将6σ定义为"寻找同时增加顾客满意和企业经济增长的经营战略途径。"6σ主要不是技术项目，而是管理项目。6σ打造了有利于通向国际市场、有利于创新的企业文化。因此，也有管理学家将6σ定义为"一种全新的管理企业的方式。"无论如何定义，6σ管理理念至少应该包括以下几个方面：

（1）工作出发点与落脚点是"顾客的需求"。从统计分析方面考虑，过程的质量水平是将过程的样本平均值、标准差与顾客要求的目标值、规格限制连接起来考虑的结果，是衡量研究对象满足顾客要求能力的一种度量方式，这样充分体现了质量管理的出发点与落脚点是顾客的需求以及需求变化的期望值。

（2）关键是"流程的改进"。过程改进的成功不仅在于研究某一项具体的指标，还在于研究工作的流程以及流程的改进。例如，产品和服务的设计、业绩的评价、效率的改进等工作流程。

（3）预防性的管理。防火和救火同样重要，防火能够节省维护的资金、维护名誉创造品牌、满足用户的需求。

（4）合作、打破边界。6σ力求消除部门之间以及上下级之间的隔阂，力求在广泛的合作链上的合作，当然，这种广泛意义上的合作并不代表"无边界"或"无条件"，而应该是，理解流程上相关利益者的需求，尽量获得共赢。在本书后面的内容中，将提到黑带的责任，包括这种跨部门的合作。

（5）包容失败、鼓励创新。6σ管理提出的目标是近乎完美的，但是质量改进是一项系统工程，需要克服不少困难。为了实现质量改进，一方面，需要学习、实践，同时，更需要在失败中结合实际不断创新，并取得新的经验。所以，6σ管理不是追求达到完美，而是永无止境的创新过程。

综上，可以将6σ的管理定义为"获得和保持企业经营成功的综合管理体系，增加顾客满意和使企业获得增长的经营战略途径"。

3）6σ的组织构架

图 7-35 描述的是 6σ 组织结构。这个组织构架图体现了现代组织结构是一个以"顾客为中心"的组织结构。而 6σ 质量标准也正是围绕顾客建立起来的。绿带、黑带、黑带大师、负责人各个级别的 6σ 团队成员形成一个支柱，一层对一层构成强有力的支持。

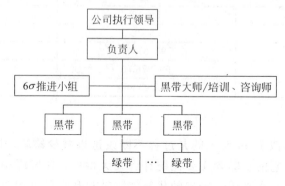

图 7-35　组织结构的构架图

6σ 团队的这些职务级别借用了柔道、空手道中获得一定段位所配腰带的说法，即"黑带"、"绿带"，这是因为空手道与 6σ 战略有相似之处，两者都依赖脑力训练和系统的强化培训。

- 负责人　负责人是 6σ 项目的领导者，负责批准 6σ 的项目计划，对项目做出预算，排除一切妨碍计划执行的障碍。
- 黑带大师　黑带大师是 6σ 项目的教练级人物，负责培训和指导黑带、绿带，参与项目的讨论与评价，并能提出建议及要求。黑带大师应具备丰富的统计方面的知识。
- 黑带　黑带是专门从事 6σ 项目的骨干力量。DMAIC 模型中具体步骤及方法的实现是黑带的主要任务。
- 绿带　绿带是半专职的 6σ 项目组成员。他所做的工作与黑带类似，他已接受过DMAIC 程序的培训，但可兼任其他业务。关于 DMAIC，下文会有具体的说明。

6σ 团队成员来自于公司的各个部门，在选择时，要重点关注那些与企业内部问题密切相关的部门和人员，如发生问题或有痛感的地方、可能发现问题的来源或原因的地方、有专门知识和技能的人及部门、挖掘"问题的根本原因"的人及部门、有助于实施改进方案的领域、被选中的每个成员应具备参加团队会议和完成任务的时间。

7.3　6σ 实施案例介绍

背景介绍：这是一家美国公司，专门生产汽车配件，公司总部和制造厂在一起，员工在此处上班。其所有的订单登记是通过电话完成的，接线员三班轮换。由于市场的竞争，需要提高服务质量，管理者决定在公司开展 6σ 管理。于是，公司决定成立一个项目组，并选择 M 先生为此项目组的主办人（负责人），负责协调、沟通以及引导指挥。项目组还包括沟通部、客户服务部、财政部、人力资源部、信息技术部、内部审计、法律部和采购部等部门。订单登记部门的工作流程如图 7-36 所示。

项目组将按照 DMAIC 模型的每个阶段逐步进行。

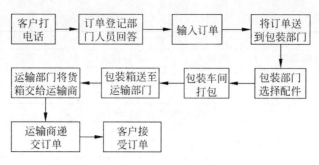

图 7-36　订单登记部门的工作流程

7.3.1　定义阶段

在这一阶段中,项目组解析问题,描述与提炼问题,排列问题,并且,针对这些问题,制订项目进度表、项目纲要、思维过程图、客户需求列表等一系列文档。通过这些工作,使项目组的任务书面化、具体化,有计划性,便于交流、度量与管理。项目组研究了历史资料后,发现了存在的问题,并且写出了问题陈述:2004 年 6~12 月,本公司客户满意度比业内领先企业低 10%,而退货率却高出 20%。搞清楚存在的问题后,项目组确定表 7-21~表 7-25 所示的几个文档。

表 7-21　项目纲要

项 目 纲 要				
概　　要				
受影响的过程	订单登记	总的财务效果		
项目组领导	N 先生	主办人	M 先生	
开始日期	2005.06.22	项目完成日期	2005.10.21	
项目描述	增加客户的满意度为 10%,并将由于延迟和发错货物导致的退货率降低 20%			
	单位	当前情况	目标	实际完成的数量	计划日期
σ 级别					
客户满意度					
其他客户利益					
项目组成员				
姓名	角色	部门	时间(%)	通过 GB(绿带)培训?
O 先生	领导	订单登记		是
P 先生	项目组成员	订单登记		否
…				
所 需 支 持				
所需培训				
所需其他支持	项目组成员需要对相同的共享网络设备进行访问			
信 度 表				
里程碑/交付	目标日期	负责人	估计成本	注释
定义	6/22/05			
度量	7/20/05			
分析	8/20/05			

续表

信 度 表

里程碑/交付	目标日期	负责人	估计成本	注释
改进	9/20/05			
控制	10/20/05			

关键的成功因素和风险

关键的成功因素	
风险	

表 7-22　初始的思维过程图表

制表日期：2005.6.1

我们了解该项目的哪些事实

- 客户抱怨延迟交货以及错发货物的数量增加。
- CFO 关心订单登记的风险成本。新的竞争者们降低价格和实行 24/7 服务争夺客户。

问题：在此我们有何问题需要回答？

1.项目的范围是什么？2.迟交了多少次货物？3.这个数与 6 个月前相比如何？4.发错了多少次货物？
5.订单与错发货物的百分比是多少？6.客户满意度的当前级别是多少？7.该级别与 6 个月前相比如何？8.我们了解当前过程吗？

问题编号	回答日期	答　案	使用手段
1	6/01/05	此项目将集中精力于提高客户的满意度和减少由于延迟交货和错误发货而导致的退货	集思广益法（即集体讨论法）

表 7-23　客户需求列表

客户：Big Oil
需求：按时处理订单；订单的完整性和正确性；产品信息的精确性；提示性的电话回答
客户：包装部门
需求：根据发货最后期限及时处理订单；所有特殊的需求文档化

表 7-24　二次思维过程图表

制表日期：2005.06.08

问题：1.什么延迟发货的百分比在增加？2.7 个月前的错发货物的百分比不规则吗？3.什么满意度在下降？

答案：这些问题的答案是什么？（包括所有使用的实际工具的参考）

问题编号	回答日期	答　案	使用手段
2	6/08/05	在前 6 个月中延迟发货占 12%（在 2570 批次发货中占 310 次）	
3	6/08/05	7 个月前延迟发货占 5.5%	
4	6/08/05	因错误发货而退货占 3%（185005 个配件占 5521 个）	
5	6/08/05	错误发货次数占 6.6%	
6	6/08/05	本月的客户满意度为 3.2；前 6 个月平均为 3.7	
7	6/08/05	7 个月前为 4.2	
8	6/08/05	我们已经取得了进展	
10	6/08/05	作为度量阶段的一部分,我们打算将精力集中在当前发货上	

表 7-25　二次客户需求列表

客户：Big Oil
需求：在 3 个工作日内交付订货的需求为 95％，订购的货物交付到正确地址的需求为 95％，按指定数量和尺寸的配件交付的需求为 99％，订购的货物一次发货完成为 95％；剩余物品在首次发货后的 7 天内交付的需求为 99％
客户：包装部门
需求：订单在发货最后时间内及时收到的需求为 98％，所有特殊的需求文档化的需求为 98％

7.3.2　度量阶段

在这一阶段，项目组对定义阶段确定了度量的对象，对问题进行了分类和量化。为下一个阶段的进一步分析奠定了基础。针对振铃时间长的问题，进行以下度量和分析。

1. 认识过程的主要偏差（缺陷）

在从接受订单到货物发出的过程中，可能形成偏差的环节和因素是研究和度量的对象。选择振铃次数、总通话时间、工作日、客户满意度 4 个度量字段进行基本统计，并计算出初始统计度量。样本初步统计指标表（$N=75$）见表 7-26，其中 N 为电话数量。

表 7-26　样本初步统计指标表（$N=75$）

变　　量	目标	平均数	标准偏差	中值	Q1 箱线图	Q3 箱线图	最小值	最大值
振铃次数	<3	3.080	1.421	3.000	2.000	4.000	1.000	6.000
总通话时间（分钟）	2	3.333	3.147	2.000	2.000	3.000	1.000	18.000
工作日	3	3.7600	0.6333	4.0000	3.000	4.000	3.0000	5.0000
客户满意度（％）	4.2	3.3600	0.7822	3.0000	3.000	4.000	1.0000	5.0000

观察表 7-26，振铃的最大值和最小值的差距较大，从 1 次到 6 次，并且标准差为 1.421。可以考虑将振铃作为关注的重点问题。根据表 7-26 中的数据绘制出振铃的箱线图如图 7-37 所示。

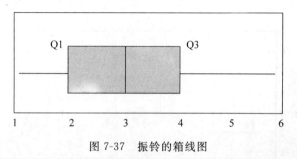

图 7-37　振铃的箱线图

根据实际数据绘制出直方图，并添加了正态曲线（如图 7-38 所示）。从图 7-38 分布可以看出，均值接近要求的铃声，但图形较宽，这意味着存在较大的偏差。

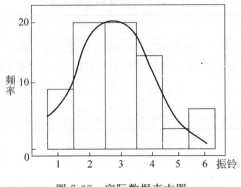

图 7-38　实际数据直方图

2. 针对问题进行统计分析

在调查中,75 部电话中只有 18 部在 3 次振铃中应答。那么,人们自然想知道,在 5 或 6 次振铃应答的具体情况下,发生这种长时间不应答存在的原因。为此,按时间顺序绘制了趋势图,如图 7-39 所示。

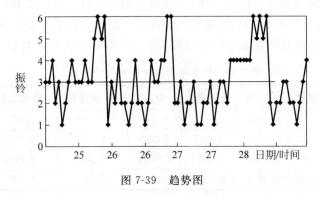

图 7-39　趋势图

在审查时间顺序图和趋势图时,项目组惊奇地发现:延长到 5 或 6 次振铃才得到应答的电话是有规律的,这些电话都几乎出现在同一个班上。为此,项目组专门按照班次分类数据,制作了班次的箱线图,如图 7-40 所示。箱线图进一步证实了是第 3 班振铃次数多这一情况。

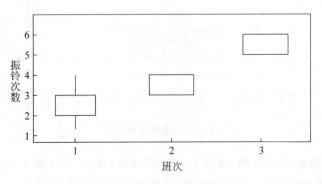

图 7-40　班次的箱线图

3. σ质量水平计算

1）计算当前过程的σ级别

明确以下为缺陷机会（10个）：振铃3次以上才响应的电话；持续通话超过2分钟的电话；超过3天才交付的订单；递交到错误地址的订单；不完整的订单；数量或尺寸错误的配件订单；订单在订单处理部门停留超过10分钟；订单在包装部门停留超过15分钟；库存不足以满足订单；订单在下午4点以后到达运输部门。

2）确定缺陷率

计算公式如下：

* 单位缺陷率 $=\dfrac{缺陷数}{单位产品数}$

* 机会缺陷数 $=\dfrac{缺陷数}{单位产品数\times 机会数}$

* 百万机会的缺陷数 $=$ 机会缺陷数 $\times 10^6$

本例中，这个过程75个订单中发现了40个缺陷，其中：

* 单位缺陷率 $=40/75=0.533\,333$
* 机会缺陷数 $=0.533\,333/10=0.053\,333$
* 百万机会的缺陷数 $=53\,333$

通过 DPMO 与 σ 转换进行比较，σ级别为3.1。

4. 过程能力分析

到此为止，项目组已经度量的是过程的性能。下一步，项目组将要计算的是该过程的能力。

过程能力描述了在遵循一个软件过程后能够得到的预期结果的界限范围。该指标是对能力的一种衡量，用它可以预测一个组织在承接下一个项目时，所能期望得到的最可能的结果。当一个过程是"稳定的并且符合需求时"，则称之为有能力的，包括两个重要的指标 C_p 和 C_{pk}。

C_p 是英文 Process Capability index 缩写，译作工序能力指数或过程能力指数。工序能力指数是指工序在一定时间里处于控制状态（稳定状态）下的实际加工能力。它是工序固有的能力，或者说它是工序保证质量的能力。工序能力越高，产品质量特性值的分散就会越小；工序能力越低，产品质量特性值的分散就会越大。无偏离的 C_p 表示过程加工的均匀性（稳定性），即"质量能力"，C_p 越大，其质量特性的分布越"苗条"，质量能力越强。

$$C_p=\frac{容差}{过程能力}=\frac{USL-LSL}{6\sigma}$$

式中：USL 表示质量特性的标准上限，LSL 表示质量特性的标准下限。

参数 μ 和 σ 可用容量为 n 的样本来估计。μ 为样本均值，σ 为过程特性值分布的样本标准差。

$$\sigma=\sqrt{\frac{\sum_{i=1}^{n}(x_i-\bar{x})^2}{n-1}}$$

C_{pk} 是工序能力的另一个重要指数，它反映分布中心与公差中心的偏移程度记为 C_{pk}。C_{pk} 至少有以下两种计算公式：

- $C_{pk} = (1-K)C_p$

其中 k 是过程平均值与规格限中值的距离，

$$K = \frac{2|M-\mu|}{T}$$
注：$T = \mathrm{USL} - \mathrm{LSL}$
$M = (\mathrm{USL} + \mathrm{LSL})/2$

- $C_{pk} = \min[(\mathrm{USL} - \mu/3\sigma),(\mu - \mathrm{LSL}/3\sigma)]$

可以看出，C_p 与 C_{pk} 的着重点不同，需要同时加以考虑。一般情况下，当 $C_p > 1$，$C_{pk} > 1$，且值接近 1.33 时，其过程能力较合适。当 C_{pk} 越大时，分布中心与公差中心的偏离越小，也即过程中心对公差中心越"瞄准"。当过程是无偏移的 6σ 水平时，$C_p = C_{pk} = 2$。同时，6σ 过程允许漂移，可以容许 $C_p = 2$，$C_{pk} = 15$。

1）"客户的声音"过程能力分析

在订单管理部门停留 1~10 分钟，这是需求规格说明的下限和上限值。"过程的声音"说明一个订单在订单部门停留的平均时间为 4.6 分钟，区间为 2.5 分钟和 8.5 分钟。正如直方图和正态分布曲线所示，该过程较好地落在了客户需求规格说明界限的中心（LSL 和 USL）。客户应该对该过程满意。该过程的 C_p 为 1.91，C_{pk} 为 1.52。此过程通常偏差很小且正好在客户需求水平的中间，即使应该增加可变性，此过程仍能满足客户的期望（某个过程的 $C_p = 2.0$ 且 $C_{pk} = 1.5$，则被认为在 6σ 级别中），如图 7-41 所示。

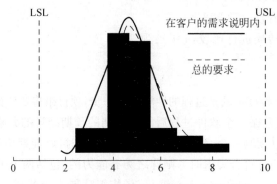

图 7-41　"在客户需求规格说明内的"过程

2）"振铃"过程能力分析

振铃的 $C_p = 0.33$，振铃的 $C_{pk} = -0.03$。图形更宽，振铃的过程偏差更大，需要消除偏差因素。没有满足客户的需求规格。

3）"工作日"过程能力分析

工作日过程的 $C_p = 0.68$，工作日过程的 $C_{pk} = -0.51$，没有满足客户的需求规格。

7.3.3　分析、改进阶段

在这一阶段，项目组通过使用统计工具控制图和箱线图进行分析，找到了振铃次数偏差以及长电话、发送不正确的货物、货物发错地址的原因。他们采用了"头脑风暴"的方法讨论消除偏差的方法并且提出过程改进的建议。面对众多过程改进的建议，项目组依据"摘取挂得较低的果子"的原则，即优先实现对客户满意度有高影响并且费用较低的建议，得出导致过程偏差的原因，确定了消除偏差的建议后，项目组又对修改过程的相关风险进行了评估。

其中,没有评估风险的建议是不完整的。

项目组在分析阶段仍然要使用前面的统计软件来帮助确定引起偏差的特殊原因。时间趋势图有助于区分偏差的常见原因和特殊原因,如图 7-42 和图 7-43 所示。图中有数字的点与所显示的特殊原因的测试描述相对应。

项目组在分析阶段的具体工作如下:

(1)绘制控制图。如图 7-42 和图 7-43 所示。

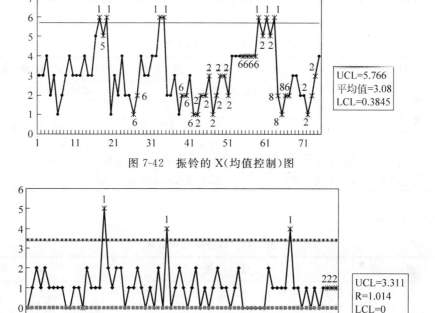

图 7-42 振铃的 X(均值控制)图

图 7-43 振铃的 MR(极差控制)图

(2)观测变异点、找特殊原因。通过 X,MR 图可以看出,过程的图形存在不在控制范围内的点,为此,项目组寻找这些偏差的特殊原因。如图 7-44 所示,问题 1 是 A 和 B 的振铃次数最多,问题 2 是第 3 班的振铃偏差大。进一步调查和分析如下:

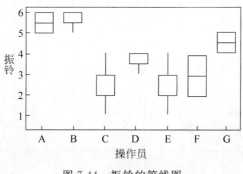

图 7-44 振铃的箱线图

① 操作员分析。发现职员没有接受过有关培训,例如 A 和 B 操作员。通过对该职员进行询问,项目组得知常常会由于公司组织的一次野餐而削减培训计划等情况,造成培训不

足。再进一步纠察削减培训预算的根本原因是经理忽视了培训的重要性。解决办法是提高部门经理对培训重要性的认识,以便恢复这些程序。

② 班次的调查。项目组勘察了第 3 班的操作过程,发现了出现问题的原因:由于夜间的电话量较低,第 3 班职员在接电话的同时还需要负责另一项任务,即管理传真机,操作员经常性地离开工作岗位去检查传真机,以致电话可能要响 5~6 次才被接听。项目组注意到了这一点,并对过程做了更改。

除了对振铃延时情况进行分析以外,项目组还对交货的延时现象进行分析并归纳,如表 7-27 所示。

表 7-27　延迟交货的原因分析表

功　能	延　迟	原　因	次　要　原　因	频率
订货登记	订货＞1000 件配件的检查	政策	希望减少退货	6
	一天只检验两次	优先权冲突		4
包装	不足的库存量	"完整发货"的策略	系统不能处理部分发货	33
运输部门	内容检验	政策	希望减少退货	2
	包裹在下午 4 点后收到	发货员在下午 4 点提货		5
发货员(外部供应商)	用卡车递交货物	需要使成本最小化		15

(3) 改进措施见表 7-28。

表 7-28　改进措施评估表

行动	费用		效　益						影　响					
	实施费用/元	实施时间	减少费用/元	避免费用/元	σ 级别	客户满意度	时间周期	降低不良质量的成本(COPQ)	职员	客户	政策	工序	培训程序	计算机系统
移动传真机	0	1 天				X	5 分钟					X		
取消大订单检验	0	1 周				X	4 小时				X	X		
按配件尺寸拆分订单	8000	2 周	9000/年				1 天			X				X
协商新的运输商协议	15 000	3 个月	20 000/年			X	2 天			X	X	X		
开发 Web 前端系统	32 000	8 周	50 000/年			X	1 分钟	2000/年,开始第 2 年	X	X		X	X	X
增加客户记录更改功能	16 000	4 周				X				X		X	X	X

续表

行动	费用		效益						影响					
	实施费用/元	实施时间	减少费用/元	避免费用/元	σ级别	客户满意度	时间周期	降低不良质量的成本(COPQ)	职员	客户	政策	工序	培训程序	计算机系统
建立产品信息数据库	50 000	8周	50 000/年	2000/年,开始第2年		X			X	X			X	X
连接包装系统	150 000	4个月	150 000/年	6000/年,开始第2年			5分钟		X			X	X	X
连接库存记录	200 000	6个月	50 000/年	8000/年,开始第2年		X			X	X	X	X	X	X
合计	471 000		329 000/年	18 000/年,开始第2年										

可以看出,尽管开发自助式订单登记系统可能会给客户提供全方位的好处,但是,这是一项高费用/高时间的项目,在新系统开发期间不宜实行。移动传真机无须花钱,而且在一定程度上提高了客户的满意度,即响应电话的速度更快了。

项目组把注意力集中在减少交付时间方面有高影响、低费用的改进上。由于消除大订单的手工检验是无费用/无时间花费的改进,项目组探讨该策略的原因和消除该步骤所带来的风险。当他们发现在1000个订单里只有1个在此步骤中发现了错误,因此,认为消除此步骤(取消大订单检验)的风险很小。

至此,该项目组的辛勤劳动终于得到了回报,由于DMAIC是一个迭代过程,订单登记部门的客户满意度提高了10%,由于延迟发货和错发货物导致的退货率降低了20%,达到了项目组的初始目标。该项目组的成功,使得该公司的管理上升了一个新的层次,大量6σ方法也在全公司中被广泛应用,公司员工都经历了一场6σ管理方法的洗礼,深深地体会到了6σ在公司经营及管理中的重要作用。通过实行6σ管理方法,总公司看到了自己的企业在未来激烈的市场竞争中的光明前景。

7.4　数据仓库的反规范化设计

在构建数据库时都要对其进行规范化处理。通过规范化,减少更新的异常和数据的冗余,提高系统性能。但是,我们必须认识到,不能单纯地为了规范化而规范化,一个完全规范化的设计并不总能生成最优性能和适用的数据库。对于数据仓库的建立,反规范化设计尤其重要。与数据库相比,数据仓库反映的是历史数据内容,涉及的操作主要是数据查询,一般情况下并不进行数据更新操作,因此数据进入数据仓库后极少更新或不更新,所以,没有必要绝对规范化。在建立数据仓库时考虑到查询的快速执行,将尽量减少多表的连接操作,为此,合并一些表,删除一些对决策分析无用的数据,即进行反规范化设计是实际的需要。

7.4.1 反规范化设计的基本概念

反规范化设计是指通过合理增加冗余数据、表合并等策略来改进原有的规范化关系模式,以达到改善数据仓库性能的目的。其主要优势在于可以有效地减少查询时的多表连接,提升查询的效率。数据库规范化的方法往往遵循"一事一地"的原则,即把表拆分(规范)成相关列最少的表。而当进行数据库查询时,通常需要更多、更复杂的连接操作,这样查询时就需要占用较多 CPU 资源和输入/输出操作,从而,导致复杂度的增加和性能的下降。如图 7-45(a)所示,一个程序开始执行,首先访问一个表,然后再访问另一个表,为了运行成功,程序必须在多个单表之间跳来跳去,这样就必须进行大量的输入/输出操作。若适当地进行反规范化处理,如图 7-45(b)所示,即把单个表适当合并在一起,则可使消耗输入/输出代价减小,提高了系统的性能。

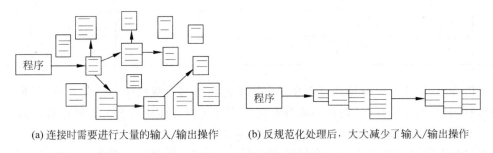

(a) 连接时需要进行大量的输入/输出操作　　　(b) 反规范化处理后,大大减少了输入/输出操作

图 7-45　对表进行物理合并

7.4.2 常用的反规范化设计方法

1. E-R 模型转化星型模型

反规范化设计方法主要有增加冗余数据、重新组表、分割表等,下面逐一加以介绍。

1) 增加冗余

(1) 增加派生列。派生列的数据往往可以由表中的其他数据项计算生成。见表 7-29,由于"金额"字段值是由"单价×数量×折扣"得到,所以"金额"是派生性冗余列。按照规范化理论,在设计此表时是不应有"金额"字段的。若不要该字段,则在频繁地使用到总金额数据时,计算金额代码的执行次数也随着增加,这显然会影响到数据库的运行效率。

表 7-29　产品表

产品名称	产品型号	单价	数量	折扣	金额(增加的派生列)

(2) 增加冗余列。这里的冗余列是指多个表中具有相同的列。增加冗余列是指增加其他表中的某些已有属性列,以避免表之间的连接过于频繁。例如,在教务管理系统中,按照规范化的要求,建立如下表:课程(课程号,课程名称)、教师(教师编号,教师姓名)、教学(课程编号,教师编号,课时)。在实际应用中,经常检索一门课(例如"管理学")的任课教师姓

名、课时等信息，如果在"教学"表中增加一列"教师姓名"，就可以减少连接操作，见表 7-30。

表 7-30　教学表

课程编号	教师编号	课时	教师姓名（增加的冗余列）

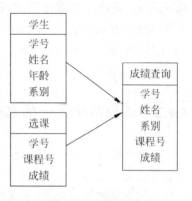

图 7-46　重新组表

2）重新组表

重新组表是指将两个或多个表的某些数据列重新组成一个新表。重新组表常应用于主要的应用程序在执行时需要经常将多个表连接起来进行查询的场合，经常使用两个或多个表中的某几列时，可以把这些列重新组成一个表来减少连接。例如，在教务管理系统中用户经常需要同时查看姓名、系别、课程号、成绩，则可把学生表和选课表合并成一个成绩查询表，如图 7-46 所示。

3）分割表

（1）水平分割。当一个表在行数规模上变得很大时，数据存取时间会增加。相应的解决方法是将一个表分为多个表，每个相关表都有相同的结构，但存储的数据不同。例如，如图 7-47 所示，一个销售明细表有 900 万个数据记录，可以将这个表分成 12 个相同结构的表，让每个月的数据各占一张表。

（2）垂直分割。把一个数据库的属性集分成若干子集，并在这些子集上作投影运算，每个投影称为垂直分片。我们常把主键和一些频繁访问的属性列放到一个表中，把主键和其他属性列放到另一个表中。例如，对于账户余额的访问率远远高于另外几个属性，因此可以把该表拆分为"账号,姓名,家庭住址,开户日期"和"账号,姓名,账户余额"两张表，如图 7-48 所示。

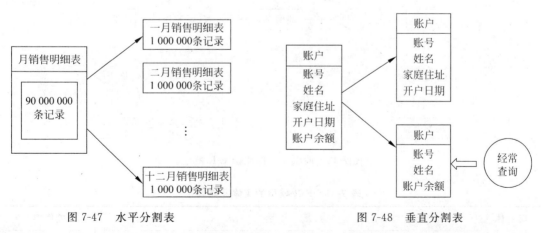

图 7-47　水平分割表　　　　图 7-48　垂直分割表

（3）混合分割。在实际应用中仅仅进行单一的水平或垂直分割往往是不够的，常常同时用到这两种方法的综合，可以先水平分割，再垂直分割，或先垂直分割，再水平分割。

2. 对规范关系模型进行反规范化设计

（1）3NF 反规范化设计。如果是 3NF，在表之间寻找传递依赖的关系，将表适度合并，包容传递依赖。关系模式 $R<U,F>$ 中若不存在这样的码 X，属性组 Y 及非主属性 $Z(Z\nsubseteq Y)$ 使得 $X\rightarrow Y,Y\rightarrow Z$ 成立，$Y\nrightarrow X$，则称 $R<U,F>\in 3NF$。为反规范设计，可以将 X,Y,Z 集合的部分属性合并。例如，R1(学生号，姓名，，，，，系)，R2(系，系主任，系地址)。反规范设计 R(学生号，姓名，，，，，系，系地址)。

（2）2NF 反规范化设计。若 $R\in 1NF$，且每一个非主属性完全函数依赖于码，则 $R\in 2NF$。为了进行反规范化工作，我们在表之间寻找部分依赖的关系，然后，在表中设置部分依赖以减少查询的效率。例如：R1(学生号，姓名，，，，，)，R2(学生号，课程号，成绩)。如果(学生号，课程号)为关键字，R1 中的属性如"姓名"等对(学生号，课程号)是部分依赖，对(学生号)是完全依赖。为了提高查询的效率，反规范化设计设置 R(学生号，姓名，课程号，成绩)。

7.4.3　反规范化设计的具体实例

下面结合证券行业股票交易的多维建模过程，对 E-R 模型到多维数据模型的转化进行详细的说明。证券股票交易系统每天都有上百万条的交易记录，以前的管理信息系统只能对基本的交易进行记录，对于大量的数据没有有效地利用。例如，图 7-49 是从股票交易信息系统中抽取出来的 E-R 模型(表 7-31 给出了该 E-R 模型的实体及属性)。下面以该 E-R 模型为基础，按照上面讲述的步骤逐步构建多维模型。

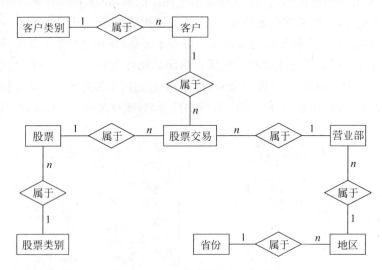

图 7-49　股票交易的原始 E-R 模型

表 7-31　E-R 模型的实体及其属性

实　体	属　　性	关键字
股票交易	成交序号、成交日期、股票代码、营业部代码、客户代码、买入股票数量、买入股票价格、卖出股票数量、卖出股票价格	成交序号
客户	客户代码、地区代码、客户类别代码、客户地址、身份证号码、客户姓名、客户性别、开户日期	客户代码
客户类别	客户类别代码、类别名称	客户类别代码
股票	股票代码、类别代码、股票名称	股票代码

续表

实 体	属 性	关键字
股票类别	类别代码、类别名称	类别代码
营业部	营业部代码、类别代码、地区代码、营业部地址、营业部名称	营业部代码
地区	地区代码、省份代码、地区名称、邮政编码	地区代码
省份	省份代码、省份名称	省份代码

1. 实体分类

基于 E-R 模型进行多维建模的第 1 步是对 E-R 模型中的实体进行分类，进而识别事实与维数据。从构建多维数据模型的角度出发，实体分为事务实体、组件实体和分类实体。

1）事务实体

事务实体记录了商业过程的操作细节信息。比如货物定购、股票交易和旅馆预订等。它们是决策者理解和分析的对象，并且，数据量随着时间的推移而剧增。事务实体的关键特性有：一般描述了在某一时刻发生的事件；包含了能够被统计的度量和数量属性，如交易数量、交易价格、交易金额、利润额等。

2）组件实体

组件实体可以通过它与事务实体的联系来加以识别，组件实体通过带箭头的直线与事务实体相连，即组件实体是事务实体主键属性的来源表。它们定义了商业事务的细节信息，比如，在股票交易这个事务中定义了这样一些组件：客户（谁在进行股票交易）、股票（是什么类型的股票）、营业部（是哪个地区的交易）、时间（什么时间的交易）。对历史数据进行分析是数据仓库系统的一个重要部分，因而时间也成为所有事务的一个重要组件。

3）分类实体

分类实体是通过外键的引用关系与组件实体相联系，组件实体的外键来源表就是分类实体，它通过带箭头的弧线与组件实体相连接。分类实体在功能上依赖于组件实体。分类实体描述了数据模型中的层次关系，它们可以合并进组件实体中，从而形成星型模型的维表。

图 7-50 是从图 7-49 中抽取出来的一个实体分类图，其中："股票交易"为事务实体；"股票、营业部、客户"为组件实体；"股票类别、地区、客户类别"等为分类实体。

在对实体进行分类时，在某些实例中，同一实体可能适用于多个类别。因此，在对这些实体进行分类时，必须定义一个实体分类的优先级，以消除分类时产生的不确定性。实体从高到低的优先级为：事务实体（最高优先级）、分类实体（次优先级）、组件实体（最低优先级）。

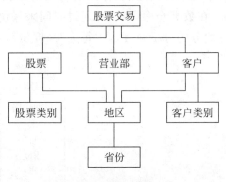

图 7-50　实体分类情况

2. 识别层次关系

层次是多维数据模型中一个非常重要的概念，没有层次关系，就很难进行上钻、下钻的分析。在 E-R 模型中,一个层次关系通过两个实体间一对多的关系体现出来。图 7-49 是从股票交易数据模型中抽取来的一个层次关系,其中地区是营业部的父亲层次,省份是地区的父亲层次,省份、地区是营业部的祖先层次。省份实体处于最高层次,股票交易实体处于最低层次。在层次关系中,可以定义这样一些术语:

- 父亲　如果实体 B 通过外键引用实体 C,那么实体 C 是实体 B 的父亲。例如:营业部实体通过外键引用地区实体,则地区实体是营业部实体的父亲。
- 儿子　如果实体 B 通过外键引用实体 C,那么实体 B 是实体 C 的儿子。营业部实体是地区实体的儿子,地区实体是省份实体的儿子。
- 祖先　如果实体 A 通过外键引用实体 B,而且实体 B 通过外键引用实体 C,那么,实体 B、C 是实体 A 的祖先。在图 7-51 中,省份、地区实体是营业部实体的祖先。

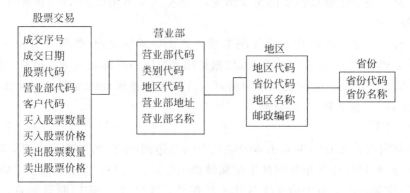

图 7-51　营业部层次关系

3. 添加时间维

如果 E-R 模型中的关系存在时间属性,则也只是记录操作的时间,并没有根据时间进行深层次的分析。然而数据仓库具有时变性,所以,在数据仓库多维数据建模过程中都要通过添加时间维来保留企业的历史信息,进而对历史数据进行统计对比分析。比如,在一个销售系统中,库存关系存储的是当前最新数据,每进行一次产品销售就伴随着一次更新。然而,在数据仓库系统中,通过时间来保留历史信息,进而对历史数据进行统计分析。根据证券业务的分析粒度(以"每天"来度量),可以构造如图 7-52 所示的时间维度。

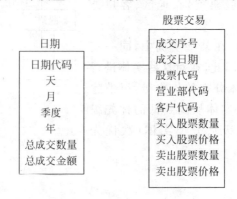

图 7-52　添加时间维度

4. 消除层次关系

在 E-R 模型中,由于规范化的要求,对一些实体进行了分割。但在数据仓库系统中,主要是通过牺牲空间的方法来换取查询上的效率,所以适当的冗余是允许的,也是必要的。消除层次关系的举例如图 7-53 所示。

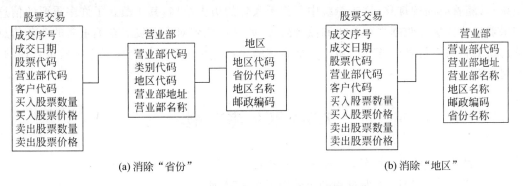

图 7-53 消除"省份"、"地区"反规范化操作

5. 构建多维数据模型

多维建模依赖于数据模型,由于星型模型是多维数据模型广为采用的一种模式,这里,讨论将 E-R 模型转换到星型模型,目的是提供事务层次间的"钻取"能力。图 7-54 显示了股

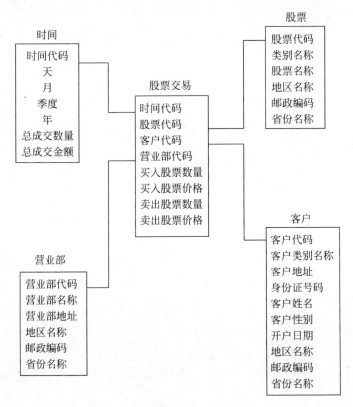

图 7-54 转换后得到的星型模型

票交易 E-R 模型转换后得到的星型模型。星型模型中的事实数据包括股票交易分析中常用到的一些信息,如买入股票数量、买入股票价格、卖出股票数量、卖出股票价格等分析人员所关心的数据。维数据则包括交易方式、时间序列、营业部名称、地域划分、股票编码、类型以及有关客户的信息等。

从目前情况来看,许多企业和机构已经建立了相对完善的 OLTP 系统(联机事务处理系统)。随着时间的推移,这些系统中积累了大量的历史数据,其中蕴含了许多重要的信息。如果能对这些历史数据进行分析和综合处理,就可以找到对企业发展至关重要的业务信息,从而帮助相关主管和业务部门做出更加合理的决策。它也是数据仓库建立中质量管理的重要组成部分。

7.5　思　考　题

(1) 结合 6σ 案例的材料,具体分析该案例质量缺陷以及改进的过程。

(2) 举例说明 MIS 开发过程的风险以及过程管理。

(3) 说明质量管理方法的演变过程。

(4) 软件项目如何管理其资源?

(5) 什么是项目管理? 软件项目管理的特征是什么?

(6) 质量管理经历了哪些发展阶段? 解释 PDCA 的质量管理过程。

第**4**篇

综合案例与实验分析

本篇通过案例——某高校图书馆管理信息系统开发和使用 Access 数据库开发的学生教学管理系统、人财物管理等系统,结合前几章学习的管理信息系统的基础知识,给读者一个实际应用所学知识的综合指导。需要说明的是,以下案例都是对实际应用系统经过删减和归纳的结果。案例侧重了 MIS 开发的整体框架、关键步骤和设计思路。因为篇幅有限,只在部分地方作了详细介绍。本篇由第 8 章组成。

综合案例分析

学习目标

- 体会和实践信息系统开发过程。
- 体会和实践信息系统开发过程形成的文档体系。
- 了解典型的人、财、物信息系统。
- 了解典型的信息系统功能演变过程。

在管理信息系统的学习过程中,案例的阅读和学习尤其重要。为此,案例阅读、案例分析与案例研制内容贯穿了本书的始终。在前几章中,包括了结合章节内容的案例、思考题、练习题、实验题以及国际质量标准的实施案例。围绕案例的学习,本章再次进行讨论。本章的案例主要分 3 种,第 1 种为管理信息系统开发实施案例(8.1 节以及 8.2 节),第 2 种为典型信息系统的应用实验,主要包括财经类院校学生对人、财、物应用软件学习需要的典型实验(8.3 节~8.5 节),第 3 种为管理信息系统应用综合案例(8.6 节)。

8.1 某高校图书馆管理信息系统开发案例

图书馆管理信息系统是信息技术在教育领域的一个重要应用。它针对学校的图书馆管理,以信息技术来促进学校图书馆管理水平的提高,是学校发展的重要组成部分。

8.1.1 背景介绍

一般的高校都有自己的图书馆和不同专业的资料室,藏书从几千册到几百万册,规模大小不一,为学生、教师和科研人员提供各种服务。它所能提供服务的好坏、管理水平的高低、信息化的程度等对整个学校的教学、科研发展至关重要。本案例选择图书馆管理信息系统具有一定的代表意义,它适用于各种综合性大学、学院、专科、中专学校。系统的功能包括读者管理、图书维护、读者留言管理、图书采编、图书借阅管理、图书查询、图书预订等相互关联的子系统,实现了从读者借阅到图书维护的全过程管理,并且为读者提供了查询、预订和留言等服务。图书借阅和图书维护管理不仅能够根据扫描的图书条码信息和读者信息直接完成图书借阅工作,而且还能根据对图书的维护和对读者留言的管理制定采购计划。系统内部还要进行多种形式的报表输出。例如,采购计划表,包括需要采购的图书名称、作者、出版社、采购数量等信息。又如,库存统计表,包括库存图书名称、作者、出版社、在库册数、损耗册数等信息。此外,还要把图书馆新书信息上传到读者管理子系统发布等。

图书馆管理信息系统必须具备如下特点:

- 图书管理和读者管理的人性化和方便性。
- 根据读者的需求,考虑借阅的权限设置、提供预订服务。
- 图书管理员合理安排分类、检索方式,为用户提供各种方便的查询服务。
- 图书馆管理信息系统的开放性较强,能够提供丰富的子系统接口与相关的子系统联合使用,构成一个信息高度共享的有机整体。
- 可向读者和图书管理员提供较强的查询功能、报表打印和馆内用于管理的统计功能。

总之,图书馆管理信息系统的设计,充满着科学性、复杂性、先进性和实用性。例如,同一种书不能被同一个读者借阅 1 本以上,以避免资源外流或同一个人占用过多资源。读者借阅的图书归还以后若还想借阅需等 5 天以上,即归还的图书不能被同一读者立刻再次借阅。读者的借书证是一张 IC 卡,记录着读者个人信息和借书、预订图书等信息,借书证只限本人使用,不得转借他人等。

当系统背景情况了解清楚以后,下面从系统分析和系统设计两个方面来介绍图书馆管理信息系统的开发过程。因为篇幅有限,我们只能介绍一个基本的框架,但实际系统比较繁杂,具体的开发工作方法基本遵循本书相关内容。

8.1.2 系统分析

系统分析是系统开发能否成功的关键,需要管理人员和系统开发人员的共同努力。其任务有初步调查、可行性分析、详细调查、系统功能与数据分析、业务流程分析、数据流程分析等,其最终目标是提出新系统的逻辑方案。针对图书馆管理信息系统,这里重点分析以下几个方面。

1. 初步调查及可行性报告

经过初步的系统调查,编制了图书馆管理信息系统的可行性研究报告。

可行性分析报告的样板

1. 引言

1.1 编写目的

对学校图书馆管理信息系统进行可行性分析。

1.2 项目背景

- 学校图书馆管理信息系统
- 本项目的任务提出者:＊＊＊

  开发者:＊＊＊,＊＊＊,＊＊＊

  用户:学校的学生,老师

  软件开发单位:＊＊＊＊＊＊

- 本项目与其他软件或其他系统的关系:工作于 Windows 所有的系统。

1.3 参考材料

***

1.4 系统简介

用人工管理的图书馆管理系统不仅有很大的麻烦,而且也会造成很大的人力资源浪费。而通过计算机对图书馆管理系统实行自动化管理,就可以节省人力并且提高工作效率。

本系统可细化为7个子系统:读者管理系统、图书维护系统、读者留言管理系统、图书采编系统、图书借阅系统、图书查询系统、图书预订系统。

读者管理系统简介:系统维护对读者的管理。只有系统中注册的用户才能在本馆借阅图书。注册为预订的读者可以在本馆预订图书。本模块将审查合格的用户信息输入到读者表中。

图书维护系统简介:系统的维护系统为图书管理人员提供图书统计信息和读者统计信息,以便于管理人员从宏观上掌握图书馆运行的总体状况。

读者留言管理系统简介:留言处理。通过留言板,读者将需要的图书、要求和建议等记录下来,与图书馆管理人员交流。图书馆管理人员每日查看读者留言,并进行人工处理。

图书采编系统简介:图书采购入库后,经过编目等处理后,将其目录信息存入数据库,提供给读者检索使用。目录信息包括图书编号、图书类别、书名、作者、出版社、定价、出版日期和数量等。

图书借阅系统简介:读者查找到所需图书后应当到图书馆办理借阅手续。图书借阅系统处理图书借阅、还书、续借等手续。

图书查询系统简介:读者进行图书查询,读者进入图书馆管理信息系统后,可以根据需要检索书目或期刊。检索条件可以是图书名称、图书编号、作者姓名或关键字等条件,如果读者拥有的信息不够充分,还可以进行模糊查询。

图书预订系统简介:读者检索到需要的图书后,单击所需图书条目,进入图书预订系统,读者也可以从图书馆管理信息系统主界面进入图书预订系统。系统查询图书表,如果书表中有此书,但在库册数为0,则可预订,预订后其他读者若将此书还回,即在库册数大于等于1时,读者预订的书可借阅,此书为该读者保留3天。读者应当在3天内到图书馆办理借阅手续,否则系统将自动取消保留。

1.5 技术要求及限定条件

- 凡书库中书的数量发生变化(包括购书或借书)时,都应修改相关的图书记录,如图书表和借阅表。
- 在实现上述采购和借阅的工作过程中,都应考虑有关单据的合法性验证(例如购书单、借书信息等的有效性)。

2. 可行性研究的前提

2.1 要求

- 功能:实现学校图书馆管理最基本的功能,进库和出库都有非常详细的记录,对所需书的名称和数量也有非常详细的记录,并且能够发出提示信息。
- 性能:能够使学校在图书管理中所购书的名称、数量和借阅的书的名称、数量显示出来。

- 输出：有关图书馆管理的各种信息。
- 输入：借阅、采购、预订、查询等各种信息。
- 基本数据流程和处理流程。
- 安全与保密要求：读者设有自己的密码。
- 与本软件相关的其他系统：无。
- 完成期限：2 个月。

2.2 目标

- 人力与设备费用的节省。
- 人员工作效率的提高。

2.3 条件、假定和限制

- 建议开发软件运行的最短寿命：1 年。
- 进行系统方案选择比较的期限：1 周。
- 经费来源和使用限制：经费由上级拨款，无限制。
- 法律和政策方面的限制：不违反国家的法律。
- 硬件、软件、运行环境和开发环境的条件和限制：奔腾以上，运行于 Windows 系统全系列。
- 可利用的信息和资源：（略）。
- 建议开发软件投入使用的最迟时间：开发后 3 个月。

2.4 可行性研究方法

对图书馆管理的调查。

2.5 决定可行性的主要因素

技术可行性、经济可行性和法律可行性。

3. 对现有系统的分析

3.1 处理流程和数据流程

- 现行系统

采用手工方式，图书馆管理员编制图书采购计划，由采购员负责新书的采购工作，采购图书入库后，交采编室编目，粘贴标签，产生图书目录。图书交图书借阅室上架，供读者借阅。

读者分为注册读者和非注册读者，只有注册读者可以在本图书馆借书，非注册读者可查询目录但不能借书。读者填写注册登记表交图书馆管理员审核后，记入读者登记表，成为注册读者，发给借书证。注册读者借书时，需填写借书单，连同借书证一起交给借阅管理员，借阅管理员核对无误后，填写借阅登记表，修改图书登记表中该书的数量，上架取书交给读者。

图书馆设有读者信箱，读者需要但没有库存的图书，读者可以通过读者信箱反映，图书馆管理员定期处理读者信箱中的意见，将读者需要的图书编制成图书采购计划交采购员购买。

- 分析

（1）存在学生等待时间较长的问题。

（2）书库中书的借阅查询时，由于采用手工操作，速度过慢。

（3）采购员不能及时、准确地知道哪些书需要购买、更新或者补充。

3.2 费用支出

3.3 人员

需要6个人，精通数据库SQL Server和ASP。

3.4 设备

计算机。

3.5 开发新系统的必要性

便于图书馆业务的管理，并且节省了大量的人力和财力。

4. 所建议技术可行性研究

4.1 对系统的简要描述

此软件是为各个大学的图书馆管理开发的，安装、使用十分方便、简单，有良好的安全性，并有很好的兼容性。

4.2 处理流程和数据流程

教师和学生在使用本系统之前，须进行身份验证，注册系统有效身份之后，才能进行借书、预订等操作。

4.3 与现有系统比较的优越性

更有效、更安全。

4.4 采用建议系统可能带来的影响

对现有设备，软件设备均无影响。

4.5 技术可行性评价

利用 ASP，FrontPage 以及 SQL Server 等技术。

- 在限制条件下，功能目标是否能够达到：看是否能够给出正确的信息和提示。
- 利用现有技术，功能目标能否达到：能。
- 对开发人员数量和质量的要求，并说明能否满足：能满足，6个开发人员，需要精通数据库技术和ASP。
- 在规定的期限内，开发能否完成：能。

5. 所建议系统经济可行性研究

5.1 支出

开发人员费用，设备维护费用，系统维护费用。开发该系统需要支出的费用包括：基建投资、其他一次性支出，共约 1.2 万元，采用任务分解法估算该系统的开发共需 4 人 1 个月完成，每人月成本为 2500 元，估计系统的人工费用为 2500 元×4＝1 万元，开发成本共为 1.2 万元＋1 万元＝2.2 万元。

将来的收入主要体现在每年可节省的人力、耗材等方面，约每年 1.14 万元。估计软件使用寿命为 5 年。

可以列表计算系统的开发纯收入，系统的投资收益表如表8-1所示，i 为 12%。

5.2 投资回收期

投资回收期＝2＋2733.42/8114.46＝2.34 年。

表 8-1　系统的投资收益表

购买设备软件费			1.2 万元	
人工费			1 万元	
开发成本费(设备软件费+人工费)			2.2 万元	
每年收入			1.14 万元	
年	收入/元	$(1+i^n)$/万元	现值/元	累计现值/元
1	11 400	1.120 0	10 178.57	10 178.57
2	11 400	1.254 4	9 088.01	19 266.58
3	11 400	1.404 9	8 114.46	27 381.04
4	11 400	1.573 5	7 245.00	34 626.04
5	11 400	1.762 3	6 468.82	41 094.86
总收入				19 094.86

6. 社会因素可行性研究

6.1　法律因素

符合法律规定,没有触犯合同中双方所签署的条款。

6.2　用户使用可行性

会使用计算机和对网络的安全性有一点了解的人员均可使用。

7. 结论和意见:方案可行

此份报告在经过主管领导的批准后,系统分析的工作就可以开始了,先是对现行系统进行全面、深入的详细调查和分析,弄清楚现行系统运行状况,发现其薄弱环节,找出要解决的问题实质,确保新系统比原系统更有效。

2. 系统概述

1) 系统内部人员结构、组织及用户情况分析

该"图书馆管理信息系统"是为一所综合性大学设计的图书馆管理信息系统,该校学科设置包含天文、地理、历史、管理、信息、机械、自动化、化工等近 50 个专业,图书馆藏书 100 多万册,每天的借阅量近千册。在手工操作方式下,图书编目和借阅等工作量非常大,存在准确率低、效率低、易出错等问题。读者借书只能在馆内以手工方式查找书目,很不方便,现有的系统满足不了读者对借阅图书和资料的需求,馆内需要提高管理水平和信息化程度,建设一套网络化的电子图书馆信息系统。开发人员首先从以下几个方面入手:

(1) 分析服务对象。该图书馆管理信息系统的服务对象有两部分人,即注册用户和一般读者。一般读者经注册后可为注册用户,注册用户可以在图书馆借阅图书,其他人员只可查询图书目录,但不能借阅图书。

(2) 了解系统内部人员结构、组织及用户情况。为了对系统有一个全貌性了解,调查了图书馆的组织结构图,如图 8-1 所示。

(3) 图 8-1 对图书馆的组织结构作了简要描述。馆长负责全面工作,下设办公室、财务室、采

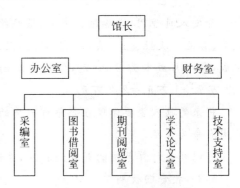

图 8-1　图书馆的组织结构

编室、学术论文室、图书借阅室、期刊阅览室和技术支持室。各部门的业务职责明确。办公室协助馆长负责日常工作,了解客户需求,制定采购计划。财务室负责财务方面的工作。采编室负责图书的采购、入库和图书编目,编目后的图书粘贴标签,并送图书借阅室上架借阅。学术论文室负责学术论文的收集整理。图书借阅室提供对读者的书目查询服务和图书借阅服务。期刊阅览室负责期刊的收集整理和借阅。技术支持室负责对图书馆的网络和计算机系统提供技术支持。

2)业务情况调查

业务流程调查是系统分析中的基础环节,其目的就是要理清业务关系,明确图书馆管理信息系统的主要业务流程并抽象出管理模式。其业务如下:

(1)图书馆管理员编制图书采购计划,由采购员负责新书的采购工作,采购图书入库后,交采编室编目,粘贴标签,产生图书目录。图书交图书借阅室上架,供读者借阅。

(2)读者分为注册读者和非注册读者,只有注册读者才可以在本图书馆借书,非注册读者可查询目录但不能借书。读者填写注册登记表交图书馆管理员审核后,记入读者登记表,成为注册读者,发给借书证。注册读者借书时,需填写借书单,连同借书证一起交给借阅管理员,借阅管理员核对无误后,填写借阅登记表,修改图书登记表中该书的数量,上架取书交给读者。

(3)图书馆设有读者信箱,读者如果需要某类图书,但图书馆没有库存,读者可以通过读者信箱反映,图书馆管理员定期处理读者信箱中的意见,将读者需要的图书编制成图书采购计划交采购员购买。

根据图书馆的业务流程,可以画出现行系统的数据流程图,如图8-2所示。

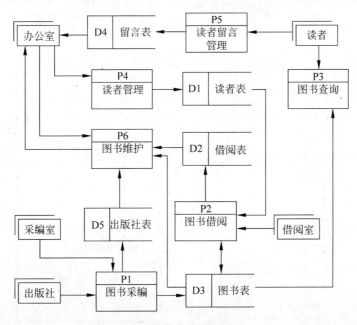

图 8-2 图书馆现行系统数据流程图

数据流描述说明包括读者留言汇总、图书维护需求、库存图书统计、借阅情况统计、读者情况汇总、读者管理信息、读者留言信息、图书查询信息、图书采编信息及图书借阅信息。

3. 系统业务流程优化

图书馆管理信息系统业务流程优化内容详见 5.3 节。

4. 新系统的数据流程图

系统业务流程分析完成后,在对系统充分研究、改进和优化的基础上,把对新系统的设计思路融入到新的数据流程图中。通过对数据流程的设计,可以准确定位管理活动的全过程,分析出各种管理活动的实质和相互间的关系,也为新系统逻辑模型、数据库结构和功能模块设计奠定了基础。图书馆管理信息系统部分数据流程图的顶图如图 8-3 所示,中图如图 8-4 所示,部分底图如图 8-5~图 8-7 所示。

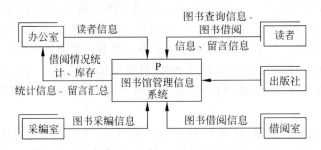

图 8-3　顶层数据流程图

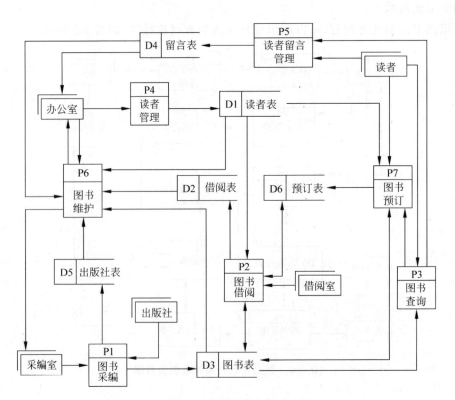

图 8-4　中层数据流程图

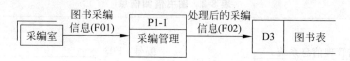

图 8-5 图书采编系统数据流程图

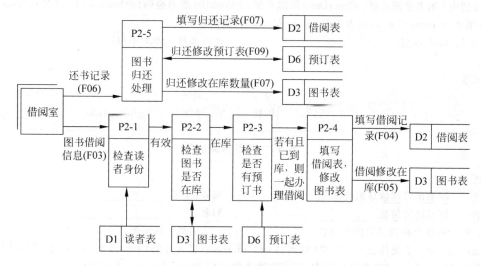

图 8-6 图书借阅系统数据流程图

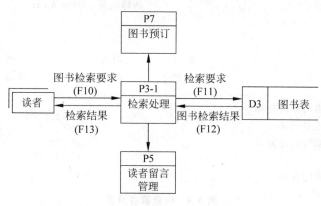

图 8-7 图书查询系统数据流程图

读者管理系统数据流程图、读者留言系统数据流程图、图书维护系统数据流程图和图书
预订系统数据流程图略。

5. 数据字典

在新系统数据流程图的基础上,针对其中的数据流、文件和数据项加以详细描述和定义
说明。下面给出了部分数据字典的样本。

(1) 数据流描述(部分)的数据字典见表 8-2 和表 8-3。

(2) 数据处理描述的数据字典见表 8-4 和表 8-5。

表 8-2　图书借阅信息

数据流

系统名：　图书馆管理信息系统		编号：F03	
条目名：　图书借阅信息		别名：	

来源：借阅室　　　　　　　　　　　　　　　　去处：P2-1 检查读者身份

数据流结构：图书借阅信息：OrderDate(借阅日期)＋BookID(图书编码)＋BookName(书名)＋ReaderID(读者账号)＋ReaderName(读者姓名)＋O－Quantity(借阅数量)

数据流量：1000 本/日　　　　　　　　　　　高峰流量：5000 本/日

简要说明：

修改记录：

	编写	刘凌	日期	2006 年 7 月 1 日
	审核	李文	日期	2006 年 7 月 4 日

表 8-3　填写借阅记录

数据流

系统名：　图书馆管理信息系统		编号：F04	
条目名：　填写借阅信息		别名：	

来源：P2-4 检查合格的借阅图书信息　　　　　去处：借阅表

数据流结构：填写借阅信息：OrderID(借阅号)＋OrderDate(借阅日期)＋BookName(书名)＋BookID(图书编码)＋ReaderName(读者姓名)＋ReaderID(读者账号)＋ReturnDate(还书日期)＋O－Quantity(借阅数量)＋State(状态)

数据流量：1000 人/日　　　　　　　　　　　高峰流量：2000 人/日

简要说明：

修改记录：

	编写	刘凌	日期	2006 年 7 月 1 日
	审核	李文	日期	2006 年 7 月 4 日

F05 数据流　　借阅修改在库
F06 数据流　　还书记录
F07 数据流　　填写归还记录
⋮
F25 数据流　　采购计划

表 8-4　检查读者身份

数据处理

系统名：　图书馆管理信息系统		编号：P2-1	
条目名：　检查读者身份		别名：	

输入数据流：图书借阅信息 F03　　　　　　　输出数据流：处理信息

处理逻辑：查询读者表，已注册读者可以借书。

处理频率：100 本/日

简要说明：检查读者身份，已注册读者可以借书。

修改记录：

	编写	姜玉	日期	2006 年 7 月 1 日
	审核	李文	日期	2006 年 7 月 5 日

表 8-5　检查图书是否在库

数据处理

系统名：　图书馆管理信息系统　　　　　　　　编号：P2-2　_____

条目名：　检查图书是否在库　　　　　　　　　别名：　_____

输入数据流：图书借阅信息 F03　　　　　　　　输出数据流：可以借阅

处理逻辑：访问图书表,检查所借图书是否有足够的库存。

处理频率：100 本/日

简要说明：检查所借图书是否有足够的库存。

修改记录：

	编写	姜玉	日期	2006 年 7 月 1 日
	审核	李文	日期	2006 年 7 月 5 日

P2-3 数据处理　　　检查是否有预订书
P2-4 数据处理　　　填写借阅表,修改图书表
P2-5 数据处理　　　图书归还处理

（3）数据存储描述的数据字典见表 8-6。

表 8-6　借阅表

数据存储

系统名：　图书馆管理信息系统　　　　　　　　编号：D2　_____

条目名：　借阅表　　　　　　　　　　　　　　别名：　_____

存储组织：　　　　　　　记录数：　　　　　　主关键字：

每次借阅增加一条记录　　随着借阅发生而增加　　OrderID

记录组成：

项名：OrderID＋PreOrderDate＋OrderDate＋BookName＋ReaderName＋ReaderID＋ReturnDate＋O－
Quantity＋State

长度　　4　　　8　　　8　　　50　　　20　　　10　　　8　　　1　　　1
（字节）

相关联的处理：P2-4,P2-5,P6-1

简要说明：读者信息,读者在本馆注册后成为注册读者。

修改记录：

	编写	姜玉	日期	2006 年 7 月 1 日
	审核	李文	日期	2006 年 7 月 5 日

D3 数据存储　　图书表
D6 数据存储　　预订表

（4）外部实体描述的数据字典见表 8-7。

表 8-7　办公室

外部实体

系统名：　图书馆管理信息系统　　　　　　　　编号：S2　_____

条目名：　办公室　　　　　　　　　　　　　　别名：　_____

输入数据流：F13,F16,F18,F19,F20　　　　　　输出数据流：F14,F17,F20,F22

简要说明：

修改记录：

	编写	姜玉	日期	2006 年 7 月 1 日
	审核	李文	日期	2006 年 7 月 5 日

8.1.3　系统设计

系统设计的任务就是要将系统分析提出的逻辑方案变为系统的物理方案,解决"怎么做"的问题。它的内容包括功能结构设计、代码设计、数据库设计、输入/输出设计、物理配置方案设计等。下面针对图书馆管理信息系统的系统设计重点描述前 3 个方面。

1. 功能结构设计

功能结构设计的主要任务是根据系统的总体目标和功能,将整个系统划分为具有独立性的模块,处理好模块之间的调用关系。在此将给出系统的整体功能结构图,再细化形成二级或三级的功能结构图。例如,图书馆管理信息系统功能结构图(参见第 5 章图)主要的子系统包括图书采编系统、图书借阅系统、图书查询系统、图书预订系统、图书维护系统、读者留言系统和读者管理系统这 7 个模块。模块确定后,通过模块说明书对各模块的功能进行细致说明,为后面的系统实施提供依据。图 8-8 给出了图书预订和图书维护子模块的模块说明书样板。说明的内容包括模块名、模块编号、模块上下层调用关系、输入流、输出流、模块处理功能、所用语言及算法说明等。

图书管理信息系统模块说明书

模块名:图书预订系统	模块编号:M3
有哪些模块调用: 图书借阅系统、图书查询系统、图书维护系统	调用哪些模块: 读者管理系统、图书采编系统
输入流: 图书表、读者表、预订信息	输出流: 预订表
模块处理功能: 依据预订信息、图书表和读者表为读者预订图书,将信息记录在预订表中	
算法说明: 利用Access及其内嵌的VBA编程工具编写程序设计人机界面	

模块名:图书维护系统	模块编号:M4
有哪些模块调用: 无	调用哪些模块: 图书采编系统、图书预订系统、图书借阅系统、图书查询系统、读者管理系统、读者留言系统
输入流: 借阅表、预订表、图书表、读者表、留言表	输出流: 借阅统计信息、库存统计信息、读者统计信息等
模块处理功能: 根据输入流将整个系统平台的各种信息处理生成各种汇总信息或统计信息	
算法说明: 利用Access及其内嵌的VBA编程工具编写程序设计人机界面	

......

编写者:张苹
2006年9月16日

图 8-8　模块说明书

2. 代码设计

代码设计的原则之一是,如果有国家标准或某个部门对某些事物规定的标准代码,应遵循标准代码。国家发行图书时,给每本书都设置了固定的图书分类号,所以每个图书馆由其采编室在图书分类号的基础上继续编写后面的图书代码。

图书号,第 1 层代码是国家图书的分类号,后面的代码就意味着前一层图书类别的子类。此设计采用了十进制码,对于图书一类难以估计扩展总数的编码对象很适用。例如,表 8-8 中图书号为 C931.6666 的图书代表的是 C931.6 图书类,66 子类中的 6 子类的图书。

表 8-8　图书号代码设计

代 码 层 次	第 1 层代码	第 2 层代码	第 3 层代码
代码内容	C931.6	66	6
代码区间意义	图书分类号	子类	子类的子类

留言号,利用读者留言当天的日期再加上当天留言的流水号来设计,即层次码加上顺序码。其中流水号为 3 位,假设图书馆一天内累计留言人数的上限为 999 人。表 8-9 中读者发表的留言号为 20080923001。

表 8-9　留言号代码设计

代 码 层 次	第 1 层代码	第 2 层代码	第 3 层代码	第 4 层代码
代码内容	2008	09	23	001
代码区间意义	年	月	日	流水号

3. 数据库设计

在数据库设计中,主要的步骤如下:

(1) 分析。系统设计人员通过系统分析阶段的初步调查和详细调查掌握系统关于数据的需求。在数据库设计阶段确认用户有关数据、关系和数据库信息的要求。

(2) 概念结构设计。在分析的基础上,使用 E-R 图工具描述出现实世界中(如图书馆管理信息系统)实体和实体之间的关系。

图书馆管理信息系统的局部 E-R 图(样本)如下。

① 读者发表留言 E-R 图如图 8-9 所示。

发表联系涉及的实体有"读者"和"留言"。

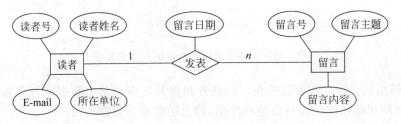

图 8-9　读者发表留言 E-R 图

"读者"的属性包括"读者号"、"读者姓名"、"密码"、"所在单位"、E-mail 等,其中"读者号"为主关键字。

"留言"的属性包括"留言号"、"留言主题"和"留言内容"等,其中"留言号"为主关键字。

"发表联系"本身的属性包括"留言日期"。

一个读者可以发表多条留言,而一条留言只能由一个读者发表,所以此联系的类型是一对多联系。

② 读者借阅图书 E-R 图如图 8-10 所示。

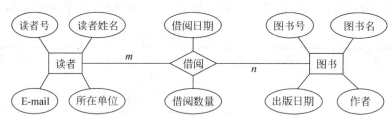

图 8-10 读者借阅图书 E-R 图

借阅联系涉及的实体有"读者"和"图书"。

"读者"的属性和主关键字与①相同。"图书"的属性包括"图书号"、"图书名"、"作者"、"出版日期"等,其中"图书号"为主关键字。

借阅联系本身的属性包括"借阅日期"和"借阅数量"。一个读者可以借阅多本图书,而一本图书也能被多个读者借阅,所以此联系的类型是多对多。

③ 图书馆管理信息系统的总体 E-R 图。这里利用集成总体 E-R 图的方法,给出一个图书馆管理信息系统的总体 E-R 图,如图 8-11 所示。

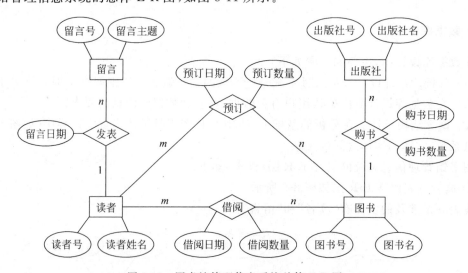

图 8-11 图书馆管理信息系统总体 E-R 图

(3) 逻辑结构设计。逻辑结构设计的任务是将 E-R 图分解为数据库管理系统所支持的数据模型,利用规范化理论进行规范和优化,给出功能设计数据视图。

图书馆管理信息系统的局部逻辑结构设计(样本)如下。

① 一对多联系。以读者发表留言为例,利用从 E-R 模型到关系模型的转换规则得到以

下结果,其中带下划线的属性为主关键字。

　　a. 如果将"发表"单独作为一个关系模式,则将"读者"表、"留言"表的主关键字("读者号"、"留言号")与"发表"本身的属性("留言日期")作为"发表"表的属性,"发表"表的主关键字是"读者号"与"留言号"的组合。

　　b. 如果将"发表"与 n 端实体"留言"表合并,可把一端实体主关键字("读者号")和"发表"本身的属性("发表日期")加入到"留言"表中,"留言"表的主关键字还是"图书号"。由于"发表"表当中的属性与"留言"表联系紧密,故选择合并到 n 端实体的 E-R 图分解方式。

　　• 分解前实体所对应的关系模式的属性和主关键字

　　读者表(<u>读者号</u>,读者姓名,密码,所在单位,E-mail,电话,可否预订)

　　留言表(<u>留言号</u>,留言主题,留言内容)

　　• 分解后

　　实体:读者表(<u>读者号</u>,读者姓名,密码,所在单位,E-mail,电话,可否预订)

　　　　　留言表(<u>留言号</u>,留言主题,留言内容,读者号,留言日期)

　　② 多对多联系。以读者借阅图书为例,利用从 E-R 模型到关系模型的转换规则得到以下结果。"借阅"表只能单独作为一个关系。将"图书"表、"读者"表的主关键字("图书号"、"读者号")与"借阅"的 3 个属性("借阅日期"、"归还日期"、"借阅数量")作为"借阅"表的属性,"借阅"表的主关键字是"图书号"与"读者号"的组合。

　　• 分解前实体所对应的关系模式的属性和主关键字

　　读者表(<u>读者号</u>,读者姓名,密码,所在单位,E-mail,电话,可否预订)

　　图书表(<u>图书号</u>,图书名,作者,出版日期,库存总数,可借册数)

　　• 分解后

　　实体:读者表(<u>读者号</u>,读者姓名,密码,所在单位,E-mail,电话,可否预订)

　　　　　图书表(<u>图书号</u>,图书名,作者,出版日期,库存总数,可借册数)

　　联系:借阅表(<u>读者号</u>,图书号,借阅日期,归还日期,借阅数量)

　　(4) 物理结构设计。它是面向计算机的。数据库在物理设备上的存储结构和存取方法等就称为数据库的物理结构。图书馆管理信息系统的关系模式一共有 7 个,系统设计时已经给出了其中的 3 个,现将其他关系模式给出。

　　物理结构设计(样本)如下。

　　① 留言表用于存储有关留言的信息。主关键字为留言号,其他属性都决定于主关键字,见表 8-10。

表 8-10 留言表

属　性	数 据 类 型	字段长度(字节)	说　　明
留言号	文本	10	留言表的主关键字
留言主题	文本	50	
留言内容	文本	255	
读者号	文本	10	
留言日期	日期/时间	8	

　　② 出版社表用于存储有关出版社的信息。主关键字为出版社号,其他属性都决定于主关键字,见表 8-11。

表 8-11　出版社表

属　　性	数 据 类 型	字段长度(字节)	说　　明
出版社号	文本	10	出版社表的主关键字
出版社名	文本	20	
地址	文本	50	
联系人	文本	20	

③ 购书表用于存储有关购书的信息。主关键字为图书号和出版社号的组合,其他属性都决定于主关键字,见表 8-12。

表 8-12　购书表

属　　性	数 据 类 型	字段长度(字节)	说　　明
图书号	文本	10	图书号、出版社号的组合为购书
出版社号	文本	10	表的主关键字
购书日期	日期/时间	8	
购书数量	数字	1	

④ 预订表用于存储有关预订的信息。主关键字为图书号和读者号的组合,其他属性都决定于主关键字,见表 8-13。

表 8-13　预订表

属　　性	数 据 类 型	字段长度(字节)	说　　明
读者号	文本	10	读者号、图书号的组合为预订表
图书号	文本	10	的主关键字
预订日期	日期/时间	8	
应借日期	日期/时间	8	
预订数量	数字	1	
借阅状态	是/否	1	只填写是或否

8.2　学生教学管理系统案例(Access 综合应用举例)

前面的案例以管理信息系统的系统分析和设计为主线,使读者对管理信息系统理论基础和开发方法的运用有了初步认识。但要想真正运用好这些知识,应该通过开发一个应用实例来进行。这样可以帮助读者形成一个开发管理信息系统的正确思维。下面的案例主要以高校的学生选课和成绩管理的具体应用为主线,介绍一个教学管理信息系统开发的基本过程。这个例子不仅包括系统分析、系统设计的全过程,还通过使用 Access 数据库管理系统建立一个小型但实用的学生选课和成绩管理系统,教给读者如何利用 Access 的知识,进行学生选课和成绩管理系统的实施。建议读者亲自实施操作,这对于掌握 Access 相关知识点和提高系统设计能力非常有帮助。

8.2.1 背景情况分析

高校教务管理工作是高等教育中的一个极为重要的环节,而这些管理工作,就发生在我们身边,读者也便于理解。因此本书选择这个问题来分析说明,帮助读者通过实践更好地学习管理信息系统知识。

1. 问题的提出

学生的教学管理工作是指学校管理人员按照一定的教育方针,运用先进的管理手段,组织、协调、指挥与指导人员的各方面活动,以便高效率、高质量地完成各项教学任务,完成国家所制定的教育目标。学生教务管理工作是学校教学工作的中心,是确保高校教学机制正常运转的枢纽,它是一项目的性、计划性、适应性、创造性和科学性都很强的工作。学生教学管理工作,不但关系到高校教学秩序的稳定和教学质量的提高,而且对于一个学校教学水平和人才培养质量的提升也是十分关键的,更深层次地关系到高校的发展,关系到国家有限教学资源的高效利用。

学生教务管理包括很多方面,如学籍管理、住宿管理、档案管理等。其中学生选课及成绩评估分析是学生管理工作的重点,如何高效地管理学生的学业培养工作是非常重要的课题。建立一个简单、易用而又高效的 MIS 是值得研究的问题。可以说,这个系统是教学管理系统的一个子系统。要保证系统开发成功首先需要了解高校教务管理的内容、方法和流程等知识,清楚高校教学管理系统的需求。随着计算机技术的飞速发展和高等教育体制改革的不断深入,传统的教务管理方法、手段以及工作效率已不能适应新的发展要求,无法很好地完成教学管理工作。提高教务管理水平的主要途径是革新管理者的思想,增强对管理活动的科学认识。同时,运用先进的信息技术开发高校教务管理信息系统,是深化教务体制改革的有利措施。

2. 管理模式

既然对于所要建立的学生教学管理问题已经有了一定的认识,那么接下来就开始着手这个系统的分析设计工作。

1) 主要内容

教务处是高校教学业务工作及教学行政管理工作的主管机构,其主要工作职责范围包括教务管理工作、考试管理工作、教学研究和教学改革工作、招生工作、学生实践性教学管理工作、教学质量管理工作以及综合工作等。教学教务工作主要有负责教学日历、排课时间地点、学生教学计划执行、安排学生选课等,而考试管理工作主要有考试组织管理、成绩登录、学生选课成绩分析统计和总结、结合学生成绩对教学提出建议以及成绩查询校对等。将管理这两块工作的系统命名为学生教学管理系统。

2) 管理模式的流程

学生教学管理的工作流程是学生教学管理系统管理模式的基础,也是后面系统分析和设计的一个理论依据。图 8-12 描述了这个系统所管理内容的基本流程,它可以帮助读者从整体的高度看清问题。

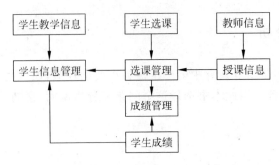

图 8-12　学生教学管理内容

3）系统的目标和设计思路

首先系统能够建立供学生使用的选课信息平台，这意味着一个完善的数据库系统（包括学生情况、课程情况、讲授这些课程的教师的基本信息等）；对学生选课信息、学生成绩信息和学生个人档案信息等相关数据的处理便构成了学生信息管理功能的核心内容（它包括相关的查询和统计处理）；系统还必须能为学生的选课情况、成绩的综合评估提供准确的数据依据。另外，系统还要实现部分信息的打印功能。

总之，设计思路要清晰，数据库的设计要合理，处理的功能要完善，为后面详细的系统分析、设计和实施奠定良好的基础。

8.2.2　系统分析与设计

1. 系统分析

当一个系统的目标、管理模式和设计思路明确后，详细而细致地开展系统的调查，结合实际工作的需求情况，有针对性地进行系统的需求分析是建立管理信息系统的重要环节，它关系到系统设计的成败。本节介绍的学生教学管理系统，从功能来说主要用于高校学生教学信息管理，主要任务是为学生、教学管理人员和教师提供一个有效的教学管理软件（主要包括选课和成绩管理）。

用户的需求可以分为以下几个方面：

（1）教学管理人员通过该系统录入学生、授课教师、课程和成绩等相关信息。

（2）教学管理人员使用该系统，方便地管理学生选课信息和学生选课成绩信息，既实现了对学生所学课程及成绩的管理，又能帮助教务人员指导学生学习与其研究方向相关的课程。

（3）通过该系统对学生成绩进行分析和统计，从而对学生学业实现有效管理。

系统应具备的功能如下：

（1）学生基本信息管理。完成对学生基本信息和成绩信息的管理，具体包括学生信息录入、学生成绩录入、学生相关信息查询和统计以及学生相关信息浏览等。

（2）选课功能操作处理。完成学生选课信息和课程信息的管理，具体可以包括课程信息录入、选课信息录入和选课信息查询等。

（3）授课教师信息管理。这部分不是此系统的重点，但相关课程授课教师的信息对学生选课来说很有意义,有必要进行有效的管理。具体包括授课教师信息录入、查询、统计和浏览等。

通过调查分析,下面给出如图 8-13 所示的学生教学管理系统的数据流程图。

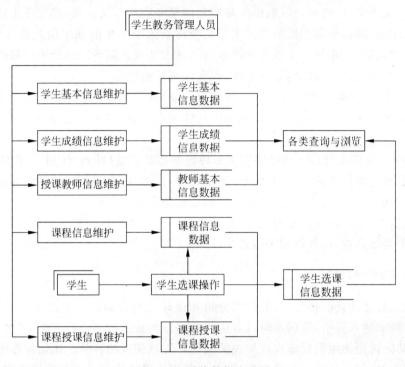

图 8-13 系统数据流程图

2. 模块设计

模块设计是系统设计的一个重要环节,主要任务是以系统管理模式、数据流程和用户需求为依据,按照系统功能设计原则,对整个系统进行模块划分。侧重从功能的角度对系统进行分析设计,分成不同的层次,其中每个功能都由若干相关联的子功能模块组成。具体的功能模块图如图 8-14 所示。

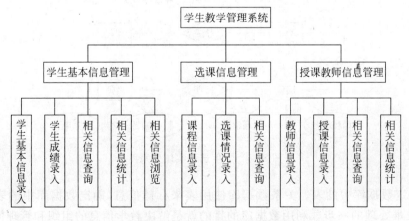

图 8-14 系统功能模块图

整个学生教学管理系统由 3 个主要模块组成,每个模块包含若干个子功能模块。

(1)学生基本信息管理。该功能模块包括学生基本信息录入、学生成绩录入、学生相关信息查询、学生相关信息统计、学生相关信息浏览等信息管理功能。例如,建立学生基本教学档案信息,录入学号、姓名、性别、出生日期和所学专业等。又比如,建立学生成绩信息,将学号、学年、学期、课程编号和成绩等录入。系统将新入学学生的基本信息输入到系统数据库的各种表中,还可以将每一学期所选课程的考试成绩录入到管理系统中。另外,该模块提供了对学生的基本信息、成绩信息等统计、查询和浏览的功能。

(2)选课信息管理。该模块用于实现课程信息(课程名、课程编号和学分等)和学生选课信息(课程编号和学号)的管理。包括学生选课情况录入、课程信息录入以及各有关课程情况的查询等。

(3)授课教师信息管理。该模块用于实现教师档案信息(姓名、性别、工作时间、政治面貌和学历等)和教师授课信息(课程编号、教师编号、授课地点和授课时间等)的录入,如果有调入学校的新职工,则为其建立档案并将基本信息输入到计算机中。同时,该模块还提供了对教师档案信息、教师授课信息的统计、查询功能。该功能模块包括教师信息和授课信息的录入、教师相关信息查询、教师相关信息统计等。

3. 数据库分析和设计

在系统分析和设计的过程中,数据库分析和设计尤为关键。一个成功的数据库设计方案会将用户需求融入其中,数据库设计者应与数据库的最终用户进行交流,了解现行工作的处理过程,共同讨论使用数据库应该解决的问题和应该完成的任务。比如保存哪些数据,如何保存这些数据,如何收集和处理数据,如何对数据库设计得当可确保数据库容易使用和维护,从而使管理系统运行高效。根据前面的需求分析和模块划分,这里将对数据库分析和设计的几个关键步骤做出介绍。

(1)根据需求确定关系模型。根据前面的需求分析,确定系统所涉及的实体和关系,然后应用 E-R 图对信息进行组织和连接。例如,学生选课的实体包括:学生实体、课程实体、教师实体;关系包括:学生选课、教师授课。它们之间的关系如图 8-15 所示。

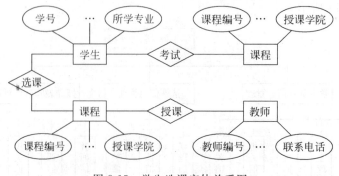

图 8-15　学生选课实体关系图

(2)确定数据库中的表。关系数据库使用表来存储信息,确定数据库中的表是数据库设计中比较难处理的一步。利用数据库的目的就是解决教学信息的组织和管理问题。设计者从数据库所要解决的问题和收集的各种表格中,不一定能够直接找出生成数据库表结构的线索。一般情况下,设计者不要急于在各种数据库软件中建立表,而应先在纸上进行设计。根据关系规范化的知识,将上面的 E-R 图化解为几个规范的关系,每个关系可以在关系数据库中用表来存储。此外,为了能够更合理地确定数据库中应包含的表,可按以下原则对数据进行分类:

① 每个表应该只包含一个主题的相关信息。表中只包含一个主题的相关信息,它就可以独立于其他主题来维护自己主题的信息。例如,将学生信息和教师信息分开,保存在不同的表中,这样,当删除某一学生信息时就不会影响到教师信息。

② 表中不应该包含重复信息,并且信息不应该在表之间复制。这样每条信息只保存在一个表中,只需在一处进行更新,效率高,同时也消除了不同信息重复项的可能性。

根据以上数据分类原则得到规范化的 E-R 关系图,如图 8-16 所示。

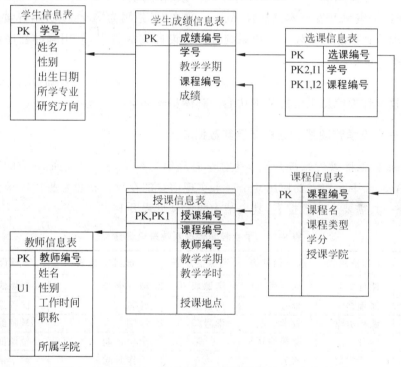

图 8-16　学生教学管理系统 E-R 图

通过理论分析和实际工作的经验,学生教学管理系统中需要设计如下数据信息表:

- 学生基本信息表　需要建立学生教学信息表,该表包括学号、姓名、性别、出生日期、所学专业和研究方向等字段。
- 可选课程表　为了记录课程的有关信息,该表包括课程编号、课程名、课程类别和学分等字段。
- 学生成绩表　为了记录学生成绩的有关信息,该表包括成绩 ID、学号、教学学期、课程编号和成绩等字段。
- 学生选课信息表　为了记录学生选课的有关信息,该表包括选课 ID、课程编号和学号等字段。
- 授课教师信息表　为了记录教师的基本信息,该表包括教师编号、教师姓名、性别等字段。

- 课程授课信息表 为了记录教师授课的有关信息,该表包括授课 ID、课程编号、教师编号、授课面向学年、教学学期、教学学时、授课地点和授课时间等字段。

到此为止,整个系统的分析和设计已全部完成。从上面的需求分析以及功能模块划分可以看出,教学管理系统包含了一个数据库应用系统最基本的功能,它是一个非常简单的系统原型。通过本例的系统分析设计过程,希望对读者起到抛砖引玉的作用。

8.2.3 使用 Access 数据库语言实施

基于前面对学生教学管理系统的背景分析、系统分析和设计,读者对这一系统有了一个全面的认识。下面使用 Access 数据库技术(也可以使用诸如 Oracle,DB2,SQL Server 等数据库)来实现这个案例开发。本例选择 Access 来实现,是因为 Access 功能较强,操作简单,适合小型管理信息系统的开发。只要系统分析和设计完成得当,使用哪种程序语言和数据库系统开发都可以。

本例重点介绍 5 个部分,以学生教学管理的需求和功能分析为基础,用 Access 数据库来实现学生教学管理信息系统的基本功能。具体步骤如下。

1. 建立学生教学管理系统数据库及其数据表

用 Access 数据库管理系统开发学生教学管理信息系统,首先以前面完成的数据库设计为依据,在 Access 中我们需要使用 6 个表来实现信息的存储。根据数据库需求分析和系统 E-R 图,系统一共需要 6 张数据表,其表结构的定义见表 8-14。

表 8-14 学生教学管理系统表设计结果

学生信息表	课程信息表	成绩信息表	选课信息表	教师信息表	授课情况表
学号	**课程编号**	**成绩表 ID**	**选课表 ID**	**教师编号**	**授课表 ID**
姓名	课程名	学号	选课编号	姓名	课程编号
性别	课程类型	教学学期	学号	性别	教师编号
出生日期	学分	课程编号		出生日期	授课面向学年
所学专业	授课学院	成绩		工作时间	教学学期
研究方向				最后学位	教学学时
				职称	授课地点
				学历和研究领域	授课时间
				重要荣誉	
				所属学院	
				联系电话	

表中的字段不能包含需要推导或计算的数据(即一定要以最小逻辑部分作为字段来保存)。在命名字段时,应符合 Access 字段命名规则。表中的黑体字为主关键字。这 6 个表的命名情况如下:学生信息表以"学号"为主关键字,登记学生的教学相关信息资源;课程信息表以"课程编号"为主关键字,登记可选课程的相关信息;成绩信息表以"成绩表 ID"为主关键字,登记学生的选课成绩信息;选课信息表以"选课表 ID"为主关键字,登记学生选课情况的信息;教师信息表以"教师编号"为主关键字,登记授课教师的重要信息,方便选课

学生了解教师情况；授课信息表以"授课表 ID"为主关键字，登记课程的具体授课信息。

创建 Access 中数据库及其表的关键流程如下：

（1）首先创建命名为"学生教学管理系统"的数据库。

（2）创建系统需要的 6 张数据表。

（3）使用设计视图创建学生信息表。

（4）其他 5 张表的建立方法类似于学生信息表。

完成以上步骤后，数据库窗口的表对象选项卡如图 8-17 所示。

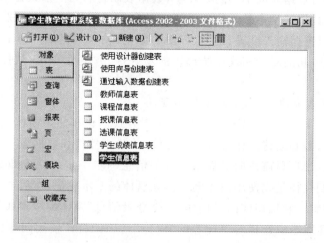

图 8-17　学生教学管理系统的 6 张数据表

2. 建立数据库中表与表之间的关系

在 Access 中数据表是数据库的基本组成元素，要想使用和管理相关数据，就必须建立好表与表之间的关系。这一步很重要，只有这样才能将不同表中的相关数据连接在一起，并为在 Access 中建立查询、创造窗体和报表打下良好的基础。

根据系统功能的需要，对学生教学管理系统数据库中的 6 个表建立了它们之间的关系，如图 8-18 所示。从图中可以看到，Access 中建立的关系符合我们前面 E-R 图分析的结果。

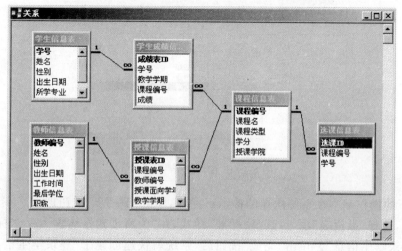

图 8-18　系统表关系图

学生信息表通过"学号"字段和学生成绩信息表进行关联；课程信息表通过"课程编号"字段和选课信息表进行关联；教师信息表通过"教师编号"和授课信息表进行关联；授课信息表和学生成绩信息表通过"课程编号"字段和课程信息表进行关联。

3. 使用 Access 的窗体实现系统功能模块

窗体是 Access 数据库中的一种对象。通过窗体，用户可以方便地输入数据、编辑数据和显示数据。窗体与数据表的不同之处在于，数据表以行和列的形式显示数据，而窗体可以按照任意格式显示数据。学生教学管理系统正是利用了窗体这一特点来实现数据登录的。实现数据登录时，应遵循输入准确、迅速、方便的原则，输入数据应尽可能地少，输入提示应尽量明确详细。这一功能对于实现系统模块的友好性、方便性非常有利。下面重点介绍这两部分内容。

1) 学生信息录入窗体的创建、调整与实现

（1）创建窗体。在 Access 中创建窗体有人工方式创建和使用窗体向导创建两种方法。人工方式创建窗体，需要创建窗体的每一个控件，并建立控件和数据源之间的联系。而使用窗体向导创建窗体，用户只需按向导提示的有关信息一步一步地完成即可，创建过程简单、快捷、效率高。人们往往是先使用窗体向导建立窗体的基本轮廓，然后再切换到设计视图使用人工方式进行调整。利用窗体向导创建"学生登录信息"窗体的步骤如下：

① 在数据库管理器中选择对象标签的"窗体"选项，双击"使用向导创建窗体"选项，启动"窗体向导"对话框。

② 在"窗体向导"对话框中，单击"表/查询"下拉列表框右侧的箭头，列出所有有效的表或者查询数据源，从中选择"表：学生信息表"。在"可用字段"列表框中选择需要在新建窗体中显示的字段，然后单击"＞＞"按钮，结果如图 8-19 所示。

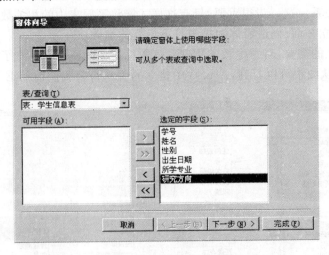

图 8-19 "窗体向导"对话框

③ 以下的操作基本在系统向导的提示下完成，单击"下一步"按钮即可。在出现的一系列对话框中，选择"纵栏表"项，再选择"标准"样式，在"为所创建窗体输入一个标题"对话框中，输入"登录学生信息"。单击"完成"按钮后，系统就快速创建了"登录学生信息"窗体（如

图 8-20 所示)。

注：本案例中的其他窗体基本上都可以通过上面的步骤创建。

（2）窗体调整及实现。用向导创建出来的窗体有许多不尽如人意的地方。例如，所有数据的输入都需要用户通过按键来完成，输入操作不简便，窗体布局比较混乱，这些都违背了输入设计的原则。仔细观察"登录学生信息"窗体

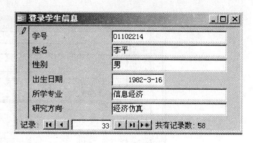

图 8-20 窗体设计视图

可以发现，窗体中包括的数据内容大致分为两类：一类内容范围不确定，像姓名、出生日期等；另一类内容范围确定，如性别。为了减少输入内容，方便输入操作，提高输入速度及准确性，对于内容范围确定的数据应尽量避免键盘输入。因此，需要对该窗体进行修改和调整。修改、调整窗体可以在设计视图中通过使用各种控件来完成。下面我们通过"视图"方式进行人工调整（调整窗体布局和增加命令按钮）。

调整窗体布局的具体方法和步骤如下：

① 在设计视图窗口中打开"登录学生信息"窗体，调整窗体中各控件的尺寸及位置。

② 在窗体中添加、设置所需控件。例如，在窗体上添加一个矩形控件，单击工具箱中的矩形控件按钮，在窗体主体区域画一个矩形区域，使现有的窗体内容放置其中；将矩形控件的特殊效果属性设为凸起。另外，添加一个标签控件作为窗体标题，由于像"性别"、"所学专业"等字段有固定的取值，如"性别"取值为"男"和"女"，因此可以将这些字段的控件改为组合框控件，这样可以简化输入操作，提高输入效率。如图 8-20 的上部分所示。

③ 创建命令按钮。在窗体下方添加"下一记录"、"上一记录"、"添加记录"、"保存记录"、"删除记录"以及"退出登录"6 个命令按钮。

下面以"退出登录"按钮为例，说明使用命令按钮向导创建命令按钮的过程和方法：

单击工具箱中的命令按钮，在窗体上单击要放置命令按钮的位置。屏幕上弹出"命令按钮"向导对话框，在对话框的"类别"列表中列出了可以供选择的操作类别，每个类别在操作列表框下都对应着多种不同的操作。先在"类别"框内选择窗体操作，然后在对应的操作框中选择关闭窗体。单击"下一步"按钮，弹出一个对话框，为使在按钮上显示文本，单击文本选项，然后在其后的文本框内输入"退出登录"。

单击"下一步"按钮，弹出对话框，在该对话框中可以为创建的命令按钮起一个名字，以便以后引用。

单击"完成"按钮，至此命令按钮创建完成。

其他按钮的创建方法与此相同。为了使窗体布局整齐美观，可再加一个矩形控件，将 5 个命令按钮放置其中。最后结果如图 8-21 所示。

到这里，"登录学生信息"窗体已基本设计完成。但在浏览窗体时，记录定位器、浏览按钮等是窗体不需要的，应该将其去掉。至此，完成了一个完整的窗体的创建。按照同样的操作方法，可以很容易地创建学生教学管理系统中学生成绩录入、教师授课信息录入等窗体。

2）利用窗体实现系统浏览功能

此外，本系统实施中还利用到 Access 提供的子窗体的控件工具。比如，学生相关信息

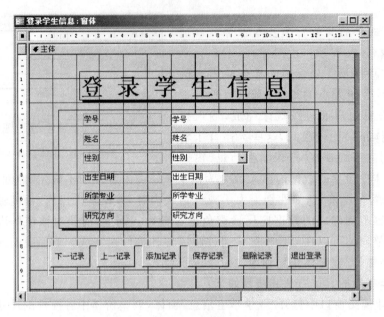

图 8-21　"登录学生信息"窗体

浏览窗体的实现是一个包含有子窗体的窗体,也可以使用窗体创建向导来创建它,如图 8-22 所示。

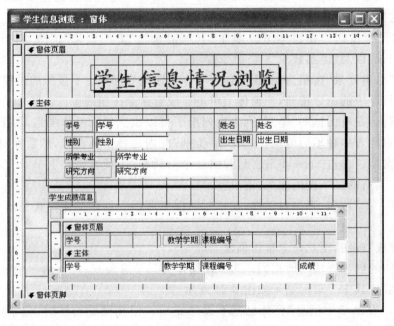

图 8-22　"学生信息浏览"窗体

具体方法和步骤如下:

(1) 建立学生成绩信息表子窗体。在数据库管理器中选择窗体标签,打开"窗体向导"对话框。

（2）在"窗体向导"对话框中选择学生成绩信息表，选定除成绩表 ID 以外的所有字段。单击"下一步"按钮，出现一个对话框。选中"表格"项，而不是纵栏表，为新创建的窗体选择布局。单击"下一步"按钮，在出现的对话框中输入窗体的名称"学生成绩信息子窗体"，然后选择"修改窗体设计"项，单击"完成"按钮，进入窗口设计视图，调整各数据框的位置。

（3）建立学生相关信息浏览窗体与前面建立登录窗体的步骤一样，只是最后不加命令按钮，而是在控件箱中选择子窗体控件，向窗体上添加一个子窗体。此时，将自动弹出子窗体生成向导，选择使用现有窗体项，单击"下一步"按钮。在选择子界面的对话框中，选择已经设计好的"学生成绩信息表子窗体"，单击"完成"按钮，保存添加的子窗体。设计完成后，新添加的窗体如图 8-22 所示。至此，学生相关信息浏览窗体设计完毕。

注：本系统中，信息浏览模块都是使用这种窗体实现的。

4. 用 Access 实现学生教学管理系统的主要功能

学生教学管理系统的主要功能有学生基本信息管理、选课功能操作处理、教师信息管理等。其中有相当一部分是查询、计算、汇总和统计功能。而数据查询和统计在学生选课和成绩管理中尤为重要，它通过对数据库中的数据进行统计分析，从中提取有用的信息。在 Access 数据库系统中，查询是一种统计和分析数据的工具，它能够把多个表中的数据抽取出来，供用户查看、更改和分析使用。下面重点介绍在学生教学管理系统中实现的一些查询和统计功能框架（如图 8-23 所示）。另外，介绍通过窗体和宏来与所建查询进行连接，以形成完整的查询统计功能模块的方法。

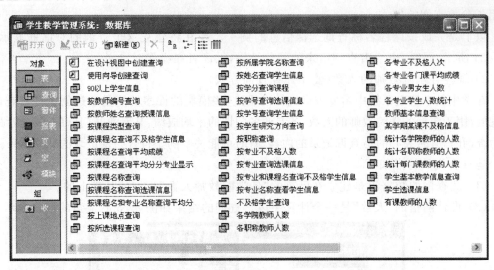

图 8-23 学生教学管理系统主要查询和统计功能

1）按课程名称查询选课信息

操作步骤如下：

（1）选择"对象"标签的"查询"窗口，单击"新建"选项，从设计视图进入"选择查询"对话框。

（2）从出现的"显示表"对话框中选择课程信息表和选课信息表作为查询的数据源。

（3）建立两个表之间的关系（如图 8-24 所示）。

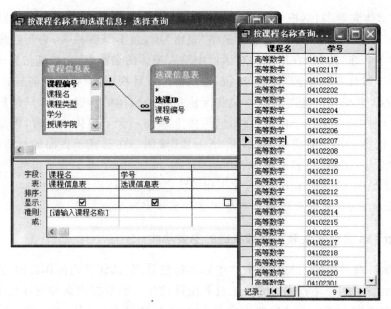

图 8-24 建立查询的对话框和部分查询的结果

（4）从两个表中选择适当字段（课程名，学号），拖入"选择查询"对话框下半部分的设计网格中。

（5）本例在"课程名"字段栏的准则行中，输入了查询条件"[请输入课程名称]"。这里采用了参数查询的方式。

以上是完成按课程名称查询选课信息的例子。现在将建立这个查询的对话框显示，如图 8-24 所示，同时，也给出查询出来的部分结果，供读者在操作时参考。

2）统计各学院教师的人数（使用计算查询方式）

在学生教学管理系统中需要查询统计模块，这些模块的许多功能是通过创建计算查询来实现的，用于统计各学院教师的人数、各专业各门课的平均成绩、某专业某门课的平均成绩等。因为查询时，有时关心的是查询记录的内容，有时可能关心的是符合条件记录的计算结果。

建立查询的特点如下：

（1）此查询的数据源是建立在已有的"各学院教师人数"查询的基础上的。

（2）设计网格的"人数"是一个计算字段。查询的结果如图 8-25 右上角的窗口所示。

图 8-25 "选择查询"对话框和部分查询结果（1）

3）教师授课学生人数统计

操作步骤如下：

（1）选择"对象"标签的"查询"窗口，单击"新建"选项，从设计视图进入"选择查询"对话框。

（2）从出现的"显示表"对话框中选择教师信息表、授课信息表、课程信息表和选课信息表作为查询的数据源。

（3）建立4个表之间的关系（如图8-26所示）。

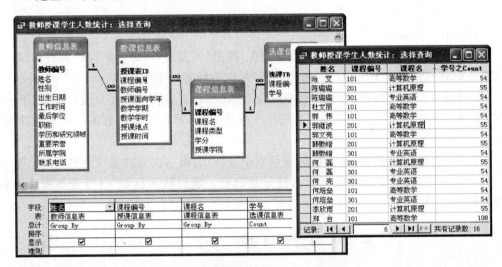

图8-26 "选择查询"对话框和部分查询结果（2）

（4）从两个表中选择适当字段（姓名、课程编号、课程名、学号），拖入"选择查询"对话框下半部分的设计网格中。

（5）单击工具栏上的总计按钮 $\sum$，这时Access在设计网格中插入了一个总计行，并自动将姓名、课程编号、课程名和学号字段的总计行设置成分组（GroupBy）。我们只需在学号字段的总计行，从下拉列表中选择计数（Count）函数即可。查询结果如图8-26右上角的窗口所示。

4）利用Access中的宏将创建的查询与窗体相连接

Access提供的宏方法能够帮助人们很好地实现系统功能。一般情况下，可以通过宏将查询连接到命令按钮上，当单击该命令按钮时，运行相应的宏打开对应的查询。

宏是一种特殊的代码，它没有控制转移功能，也不能直接操纵变量，但能将各对象有机地组合起来，按照某个顺序执行一些步骤，完成一系列操作动作。宏可以包括一个操作序列，也可以是一个宏组。所谓宏组就是以一个宏名来存储相关宏的集合。如果有很多宏，可以将相关的宏放在同一个宏组里，宏组中的每个宏都有自己的名字，它们相互独立，互不依赖。在很多情况下，使用宏组会给数据库的操作和管理带来极大的方便。

查询设计界面是用户和系统之间的接口，可以将所有已建立的查询、窗体和宏组合在一起。查询统计界面是通过窗体来实现的。而宏的利用主要是在窗体的按钮使用上。可以参照窗体按钮的建立。

注：宏的使用不是本书的重点，读者可以参考相关书籍学习。

5. Access 报表在系统实现中的应用

系统中许多信息需要打印，Access 中的报表为实现这个功能提供了便利。此外，本系统专门设置了数据浏览功能，学生信息的浏览通过窗体来控制，以报表形式来显示打印，教师信息的浏览也是以报表形式显示打印输出。

系统中主要包括了学生基本信息、学生成绩统计、学生人数统计以及教师基本信息等多张报表。基本上是先使用报表向导创建报表，再使用设计视图完善报表。下面介绍"学生人数统计表"的创建过程。

具体操作步骤如下：

（1）双击报表对象中的使用向导创建报表，弹出"报表向导"对话框，在"表查询"组合框中选择查询各专业男女生人数，在"可用字段"框中选择所有字段。

（2）单击"下一步"按钮，在该对话框确定分组级别，本报表不需要分组。单击"下一步"按钮，在弹出的对话框中确定报表记录的排序次序，并决定是否汇总数据。这里选择按"所学专业"升序排序。

（3）单击"下一步"按钮，在弹出的对话框中选择"表格"，在方向选项组选择"纵向"。单击"下一步"按钮，在弹出的对话框中选择任意选项。最后输入标题"各专业男女生人数"。结果如图 8-27 所示。

各专业男女生人数

所学专业	总人数	男	女
电子信息工程	8	7	1
工商管理	7	4	3
管理科学与工程	8	6	2
化学工程	7	5	2
计算机科学与技术	7	1	6
计算机软件	3	1	2
劳动经济	6	3	3
生物工程	5	3	2
信息经济	8	7	1

图 8-27   打印报表

至此，学生人数统计报表的设计已经完成。在学生教学管理系统中，学生成绩信息统计报表也可以用同样的方法来进行设计。

8.3   用友软件简介和实验

8.3.1   财务管理信息系统简介

财务管理信息系统是一套针对现代企业管理的需求，结合先进的财务管理理念和企业的实际情况，运用先进的技术手段，精心研发而成的一套软件产品。主要经历了单项型财务软件、基于局域网的核算型财务软件、管理型财务软件、基于 Internet 的第四代财务软件和智能分析型财务管理系统 5 个时期。随着企业外部经营环境和内部管理模式的不断变化，现行的财务系统将向新一代发展。新一代财务系统将更加适应企业国际化经营的需要，与电子商务、数据挖掘等技术融合发掘现存数据的深层次的关系，从而提供更加强大的决策支持功能。财务管理信息系统是 ERP 系统的核心之一。它不仅实现了内部各模块的充分集成，同时还与供应链和生产计划、生产制造等系统达到了无缝链接。从根本上解决了传统财务软件无法适应企业对市场灵活反应以及财务效率的问题，使企业各项经营活动的信息可以得到及时而准确的反映，为企业决策提供了可靠的财务依据。

与国内软件相比，国外同类产品起步早，技术比较成熟。SAP，Oracle 等国际大公司已经拥有了雄厚的技术支持和完备的实施团队。由于国外软件集成化、通用化程度高，价格也偏高，使得我国的应用企业尤其是中小企业望而生畏。因此，国内的企业得以发展，主要财务系统品牌用友、金碟、浪潮随之建立。用友 U8 涵盖了财务、人力资源、协同办公、供应链、CRM、生产制造、分销零售、绩效管理、成本管理、质量管理等十余个应用领域。其财务系统包括总账、应收款管理、应付款管理、固定资产、UFO 报表、网上银行、票据通、现金流量、网上报销、报账中心、公司对账、财务分析、现金流量表、所得税申报等。这些应用从不同的角度，帮助企业轻松实现从核算到报表分析的全过程管理。下面我们将介绍 U8 财务系统的部分功能。

8.3.2 实验目的

- 了解企业财务信息及财务信息流动方式。
- 了解财务软件的主要功能及与其他功能的联系。
- 学会使用 U8 信息系统财务模块。

8.3.3 实验环境

安装用友-U8。

1. 硬件环境(最低配置)

- 服务器 最低：主频 700MHz 以上，内存 256MB 以上。
- 客户端 主频 500MHz 以上，内存 128MB 以上。

2. 软件环境

- 服务器端 操作系统：Windows 2000 Server，后台数据库：SQL 2000。
- 单机或工作站操作系统为 Windows 98/NT/2000/XP。
- 网络协议 TCP/IP。

8.3.4　实验内容和主要步骤

1. 建立新账套

（1）注册。

（2）建立账套。打开账套菜单选择建立，输入账套号、名称、启用会计期。输入单位信息，进行核算类型设置，基础信息设置，单击"完成"按钮，系统提示开始建账。建账完成后，系统出现"分类编码方案"对话框，更改完之后，需要单击"保存"按钮进行更新后的设置，然后单击"退出"按钮，系统进入"数据精度定义"，定义完成后单击"确认"按钮，账套建立完毕。

（3）设置权限。为用户设置权限。考虑到制单人和审核人不能相同这一要求，设置新的用户并设置权限，如图 8-28 所示。

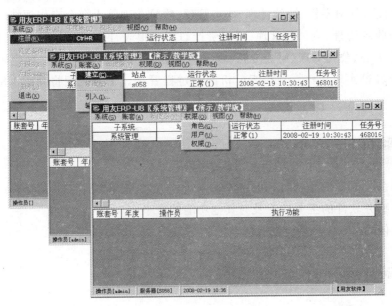

图 8-28　建立新账套

2. 总账初始化设置

（1）设置系统参数。打开企业门户登录界面，选用一套新建立的账套进行登录。登录成功后，选择财务会计下的总账系统，单击选项菜单，在选项中设置总账系统使用控制。

（2）设置会计科目。选择会计科目中的增加会计科目。输入需增加的科目信息，科目编码与"科目编码方案"要一致。

（3）设置凭证类别。选择凭证类别，勾选所需要设置的凭证类别。

（4）设置项目目录。选择项目目录中的增加项目目录。输入新项目大类的名称，设置项目级次，完成项目描述。

（5）录入期初余额。选择期初余额，录入该科目的期初余额。如果有下级明细科目，则只需录入末级明细科目的余额，而上级科目的余额由系统自动汇总之后填入；有红字余额的用负号"－"输入；外币核算先录入的是本币金额，而后录入外币金额。

（6）设置结算方式。选择结算方式，设置时注意结算方式的编码规则，结算方式一旦被引用，则不能进行修改和删除的操作，如图 8-29 所示。

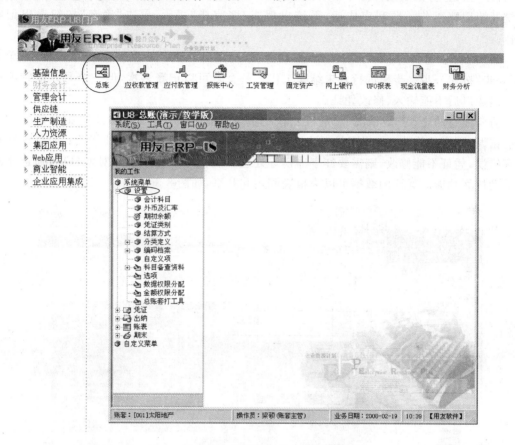

图 8-29　总账初始化设置

3. 凭证处理、形成账簿

（1）凭证输入。选择凭证下的填制凭证菜单，系统弹出"填制凭证"窗口，单击"增加"按钮。单击凭证类别旁的"放大镜"按钮，选择所需要增加的凭证类别。输入科目编码、摘要信息、制单日期、凭证编号和金额。输入完毕，按 Enter 键，系统自动将上一分录的摘要内容复制到下一分录的摘要栏中，对于最后一笔分录，可在其金额录入处按下等号键"＝"，系统会自动计算出该分录的结果，以达到借贷平衡的效果。单击"保存"按钮以保存该张凭证。

（2）凭证审核。打开"总账"窗口中的"凭证"菜单，单击"审核凭证"命令，系统弹出"凭证审核"条件过滤对话框，录入过滤条件。双击所需要审核的凭证，出现凭证审核窗口，单击"审核"按钮，系统自动打开下一张未审核的凭证。操作员也可以选择"成批审核"的功能进行凭证审核。

（3）记账。打开"凭证"菜单，单击"记账"，系统弹出"记账"对话框。系统进入"1. 选择本次记账范围",在"选择本次记账范围"栏中输入所需记账的凭证范围(只有经过审核的凭证才能进行记账),范围之间用"-"或","隔开。单击"下一步"按钮进入到"2.记账报告",单击"打印"按钮,将记账报告打印出来。单击"下一步"按钮,进入"3.记账",单击"记账"按钮,系统开始记账工作。顺利完成后,系统出现"记账完毕"提示,单击"确定"按钮退出记账工作。

(4)结账。打开"期末",选择"结账"功能,系统弹出"结账"对话框,依据系统提示,单击"下一步"按钮一步一步地进行月末结账工作。一个月可以记账多次,但一个月只能结账一次。结账以后不能输入、修改凭证。

需要注意的是:一般情况下,审核人和制单人不能是同一个人。如果在记账前发现凭证有错误,则直接修改;如果审核后发现错误,首先退审,然后在制单处修改;如果记账后发现错误,凭证不能修改,则需要红字冲销等处理。软件可以提供银行对账、应收账款管理等辅助核算功能。凭证的数据可以为报表调用和共享,如图 8-30 所示。

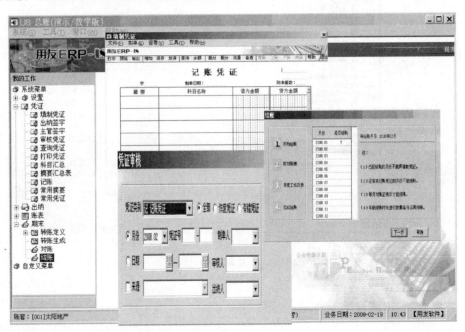

图 8-30　凭证处理 形成账簿

4. 形成报表

打开"格式"菜单,选择"报表模板"命令,系统弹出"报表模板"窗口,选择行业类型、所需的财务报表,然后单击"确认"按钮,系统提示"模板格式将覆盖本表格式!"。若继续原来表页的内容,则将全部丢失(此操作需慎重),表格式被新的财务报表所覆盖,当前的报表格式只是一个模板,并不一定与用户的需求完全相同,有可能还需要对公式或格式进行修改。修改完成之后,进行账套初始、整表重算等工作,最后将满意的结果保存起来。表格中的数据可以是常量,也可以是公式变量,通过公式调用相关账套的数据,如图 8-31 所示。

图 8-31　形成报表

5. 自定义 UFO 报表的制作

（1）打开 UFO 报表。在控制台中，选择账务会计中的 UFO 报表，系统打开 UFO 窗口，打开"文件"菜单，单击"新建"命令建一张空表。

（2）打开"格式"菜单，调整表尺寸、线条，设置单元格属性，设置组合单元。单击"数据"菜单，选择"关键字"，选择"设置"，出现"设置关键字"对话框，设置关键字。关键字的使用：定义的公式可以为财务人员多次或长期使用，应用的方法就是使用"关键字"。用户定义公式内容相对稳定，通过"关键字"调节，调用的是不同年月或不同账套的财务数据。

（3）定义单元公式，保存报表。选定需要录入公式的单元格，在此直接手工输入单元公式，也可以利用函数向导来定义单元公式和报表所需要的公式。定义完成之后，单击"文件"菜单，选择"保存"，保存报表，报表制作完成。报表使用时还要进行数据审核和表格调整等操作，如图 8-32 所示。

| 文件(F) | 编辑(E) | 格式(S) | 数据(D) | 工具(T) | 窗口(W) | 帮助(H) |

	A	B	C	D
1			货币资金表	
2	单位名称：太阳地产		2008 年 12 月 31 日	
3	项目	行次	期初数	期末数
4	现金	1	687.70	1687.70
5	银行存款	2	19382.16	31497.16
6	合计	3	20069.86	33184.86
7			制表人：	

图 8-32　自定义 UFO 报表的制作

8.3.5 实验作业

(1) 列举财务基本信息,绘制财务信息的流程。

(2) 学会使用 U8 软件。了解账套建立、初始化设置的基本内容。

(3) 了解凭证的基本信息,了解凭证审核、记账、报表的形成过程。

(4) 了解 ERP 系统模块中财务模块和其他模块的衔接。

8.4 人力资源信息系统实验

8.4.1 实验目的

随着市场竞争的日趋激烈,人已成为实现企业自身战略目标的一个非常关键的因素。一切的经济活动首先是人的活动,由人的活动才引发、控制、带动了其他资源的活动,人在经济活动中起着主导作用。人力资源是企业内部成员及外部的人即总经理、雇员及顾客等可提供潜在服务及有利于企业预期经营的总和,它是具有主观能动性的资源。

目前,国外的 SAP 和 Oracle 等软件以及国内用友 ERP 等软件都提供人力资源信息系统功能。其中,人力资源管理系统是 ERP-U8 的一个重要组成部分,如图 8-33 所示。

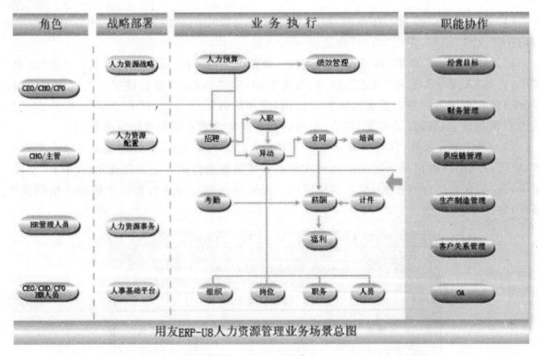

图 8-33 ERP-U8 人力资源管理系统概观

本实验主要是借助用友 ERP-U8(V6.1)软件来介绍人力资源系统。U8 人力资源管理系统是 ERP-U8 的一个重要组成部分,其人力资源的主要模块包括:HR(Human

Resource,人力资源)基础设置、人事管理、薪资管理、保险福利、考勤休假、人事合同、招聘管理、培训管理、经理自助、绩效管理、宿舍管理等。该实验的主要目标如下：

(1) 了解人力资源信息系统的主要功能和信息流程。

(2) 了解目前人力资源信息系统发展现状和典型软件。

(3) 了解人力资源信息系统如何与 ERP 系统的其他功能衔接。

8.4.2 实验主要内容

以下按照 U8(V6.1)的人力资源系统所包含的 HR 基础设置、人事管理、薪资管理、保险福利、考勤休假、人事合同、招聘管理、培训管理、经理自助、绩效管理、宿舍管理等几个模块来安排实验。在系统启用人力资源系统以及各个模块后，出现如图 8-34 所示的界面。

1. HR 基础设置

HR 基础设置是对 HR 系统进行初始化设置和定制，它提供给用户扩展人事变动业务的定制工具和规则配置功能以及多种报表及分析工具，并利用 U8 预警平台定制 HR 预警规则，如图 8-35 所示。

图 8-34　人力资源系统的主要功能

图 8-35　HR 基础设置功能

2. 人事管理

人事管理主要是提供基础数据的管理。企业所有的人员数据与 ERP 数据集成，其中，审核入库功能使得人员数据得到严格控制，未经审核的人员不能参与人事业务。人事变动处理过程为通用过程，根据用户的业务规则进行数据处理，保证了数据的完整性和一致性。可以浏览岗位的当前任职人员情况以及曾经在该岗位任职的人员情况，如图 8-36 所示。

3. 薪资管理

薪资管理适用于各类企业进行标准制定。它支持"计件工资"、多套工资核算、自定义工资套核算币种、个人所得税自定义计算申报等核算模式；支持网上银行；提供工资套打印

图 8-36　人事管理功能

功能,实现加密信封格式的工资数据打印;可根据企业的薪酬体系设置薪资标准;并与考勤、福利等模块紧密集成,通过配置可自动从考勤模块获取员工考勤数据,从福利模块获取员工个人缴费数据,如图 8-37 所示。

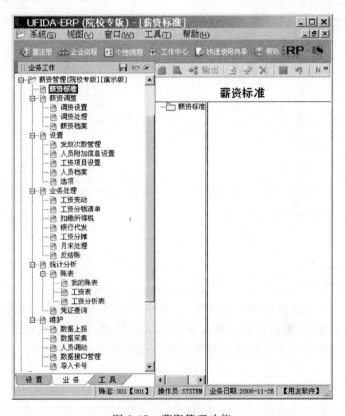

图 8-37　薪资管理功能

4. 保险福利

保险福利记录员工参加的各类保险福利,核算员工、企业应缴纳的保险费用。可以与薪资系统集成,从薪资系统获取工资数据,并将员工应缴费用作为扣减项传递到薪资系统。可以与总账系统集成使用,将福利费用凭证传递到总账中,如图 8-38 所示。

5. 考勤休假

考勤休假支持一个班次设置多个时间段,支持将延时下班、多余刷卡记录转为加班记录,或将多余刷卡记录转为某班次的上班记录,如图 8-39 所示。

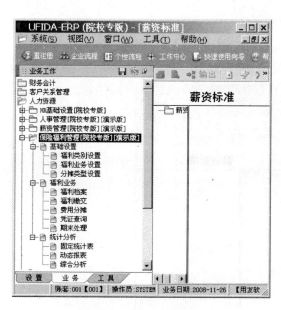

图 8-38 保险福利功能

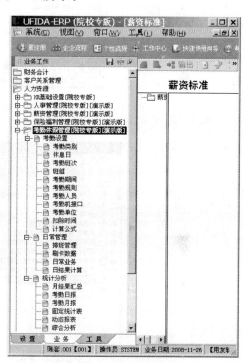

图 8-39 考勤休假功能

6. 人事合同

人事合同对用人单位与劳动者个人签订的劳动合同以及各种人事协议进行管理,另外还包括对劳动争议事件处理情况的管理,如图 8-40 所示。

7. 招聘管理

招聘管理对企业工作进行信息化管理,主要包括招聘计划制定、招聘活动流程化管理、应聘信息处理等功能。它记录招聘渠道的基本信息,制定、维护招聘需求及招聘计划,建立后备人才库,可满足招聘业务需要;可以对招聘计划的完成情况、招聘效果等进行多角度的统计分析,如图 8-41 所示。

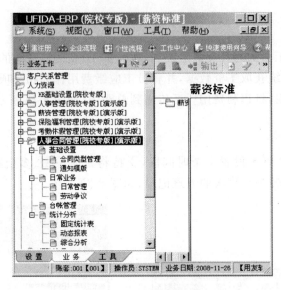

图 8-40　人事合同功能

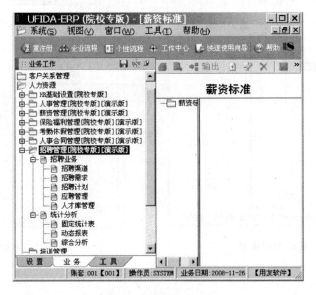

图 8-41　招聘管理功能

8. 培训管理

培训管理对企业培训工作进行信息化管理,主要包括收集培训需求、制定培训计划、记录培训活动信息、对培训活动进行评估、维护员工培训档案,并可以对培训工作进行统计分析,对培训资源、培训需求、培训计划、培训活动、培训评估、员工培训档案等进行增加、修改、删除等操作;并对培训活动的参加人员、培训活动的费用、人均费用、得分情况等进行统计分析,如图 8-42 所示。

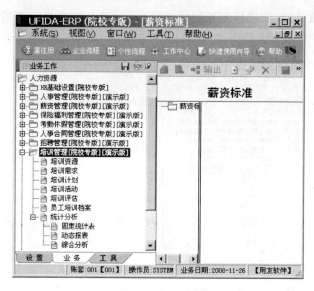

图 8-42 培训管理功能

9. 经理查询

经理查询主要是针对直线经理使用的功能,包括常用的查询、分析和报表,提交部门的招聘和培训需求。它支持常用查询以及综合分析、报表统计等功能,可填报和查阅部门招聘需求和培训需求,并可显示打印部门机构图或岗位体系图,如图 8-43 所示。

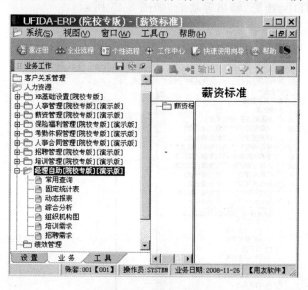

图 8-43 经理查询功能

10. 绩效管理

绩效管理是人力资源管理体系的重要组成部分,也是落实并确保企业战略得以实现的重要手段。它模拟企业实际绩效管理业务系统,针对绩效经理、直线经理以及员工等角色,分别提供了制定绩效计划、依照计划开展绩效评价、对评价结果进行沟通、绩效评价结果应用等功能,如图8-44所示。

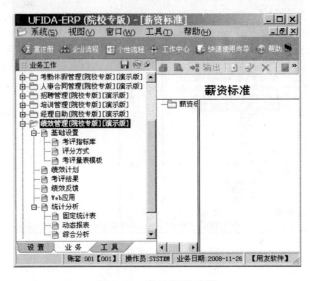

图 8-44　绩效管理功能

11. 宿舍管理

宿舍管理对员工进行信息化管理,可对宿舍信息及分配情况进行修改、删除等操作;提供预制报表的查询、打印、预览、输出等功能,如图8-45所示。

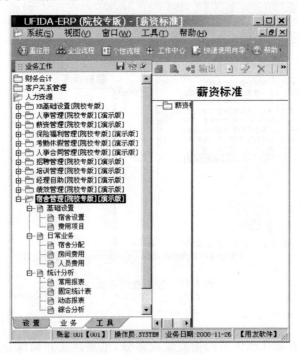

图 8-45　宿舍管理功能

8.4.3 实验作业

（1）试说明目前 HR 信息系统发展现状和典型软件。

（2）试说明人力资源信息系统的主要功能以及与 ERP 软件其他功能的衔接。

8.5 SAP 实验简介

8.5.1 简介

ERP（Enterprise Resource Planning，企业资源计划）系统是一种主要面向制造行业进行物质资源、资金资源和信息资源集成一体化管理的企业信息管理系统。它集信息技术与先进的管理思想于一身，成为现代企业的运行模式，反映现代企业对合理地调配资源、最大化地创造社会财富的要求，成为企业在信息时代生存、发展的基石。

目前，国内外有很多不同层次的 ERP 软件提供商。国外有 SAP，Oracle 等，国内有用友、金碟和新中大等靠财务打天下一举成名后步入企业信息化领域的软件商，也有其他一些比较小的软件公司。其中，SAP 公司是 ERP 思想的倡导者，成立于 1972 年，总部设在德国南部的沃尔多夫市，它是全球最大的企业管理和协同商务解决方案供应商、全球第三大独立软件供应商。SAP 的主打产品 R/3 是用于分布式客户机/服务器环境的标准 ERP 软件，主要功能模块包括：销售和分销、物料管理、生产计划、质量管理、工厂维修、人力资源、工业方案、办公室和通信、项目系统、资产管理、控制、财务会计。R/3 支持的生产经营类型是：按订单生产、批量生产、合同生产、离散型、复杂设计生产、按库存生产、流程型，其用户主要分布在航空航天、汽车、化工、消费品、电器设备、电子、食品饮料等行业。在本实验中，主要采用 SAP Business One（简称 SBO）来介绍 ERP 系统的基本功能。

8.5.2 实验目的

（1）通过 SAP 软件，理解 ERP 系统。

（2）了解企业管理的主要信息及信息流程。

（3）了解 ERP 系统的主要功能及与模块间的联系。

8.5.3 推荐实验环境

推荐实验环境见表 8-15。

表 8-15 SAP 推荐实验环境

	服 务 器	工 作 站
软件环境	NT 4 Server/Windows 2000 Server/MS SQL 2000	Windows 2000/NT/XP
CPU	Pentium Ⅲ 600 MHz 以上	Pentium Ⅲ 300MHz
内存	512MB 以上	128MB RAM
硬盘空间	2GB 以上	400MB

8.5.4 实验主要内容及主要步骤

1. 了解 SAP Business One 的界面

通过选择"管理"来选择公司。只要用户名在相应公司中存在,就可以直接切换到该公司。如需切换到其他用户,单击"其他",系统将清空用户代码和口令栏,在此处重新输入需要登录用户的代码和口令,单击"确定"就可以登录系统。首先出现的是主菜单,如图 8-46 所示。

图 8-46　SAP 的主要模块

2. SAP Business One 的主要模块

SAP Business One 中文版提供的业务功能覆盖了财务、销售、采购、库存、银行、客户关系管理、生产装配和成本管理等。

1)采购

采购模块用于管理向供应商的采购活动,包括合同、采购订单、库存的补充数量,进口货物、退货处理及贷款凭证、付款等。

例如:生成一张采购订单,如图 8-47 所示。路径为"主菜单"→"采购"→"应付账款"→"采购订单"。采购订单是企业采购业务流程最基本的组成部分。使用采购订单,系统会及时更新所采购物料的可用数量,同时把送货日期通知给库存管理员。当输入采购订单时,财务中不会产生基于价值变化的过账,然而在库存管理中将会列出订单数量。

2)库存

库存模块主要用于管理采购、销售和生产中的物料。用户可以定义物料或服务的主数据,在销售和采购的过程中对物料的出入库进行管理,并且可以处理库存盘点、转储等业务。

例如:创建一张库存转储业务单,如图 8-48 所示。路径为"库存"→"库存交易"→"库存转储"。库存转储功能用于从一个仓库到另一个仓库转储库存,也可以作为客户寄售来执行,将物料存储在客户的仓库中并从中销售。

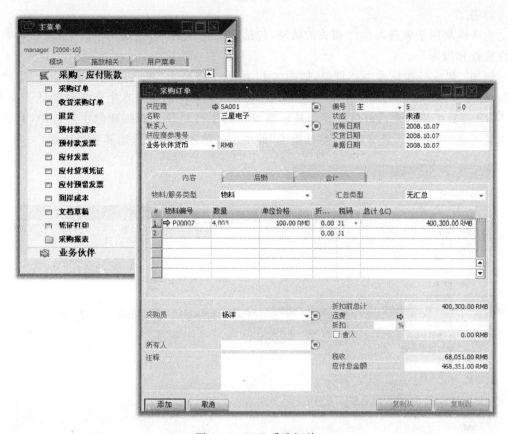

图 8-47 SAP 采购订单

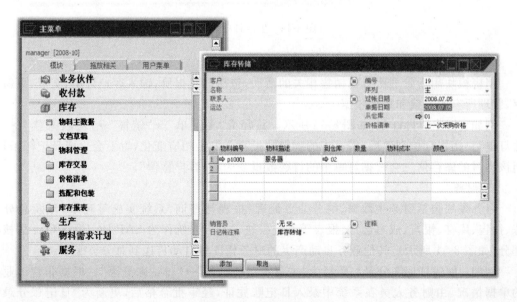

图 8-48 库存管理

3）生产

生产模块用于管理与生产相关的活动,包括定义物料清单、创建工单、产品及原料的可用性检查和报告等。

例如:生成一张标准生产订单,如图 8-49 所示。路径为"主菜单"→"生产"→"生产订单"。标准类型的生产订单是在 SAP Business One 中实现企业基本生产流程的凭证类型,由 MRP 运算生成的生产订单肯定都是标准类型的生产订单。新创建的生产订单,其订单状态只能是"计划的",只有状态为"已批准"的生产订单才能真正开始其生产过程。

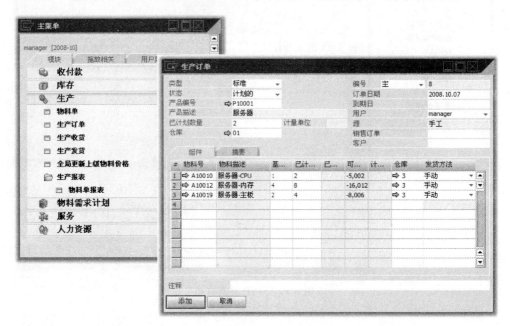

图 8-49　生产订单系统

4）销售

销售模块用于管理所有与销售相关的活动,包括创建报价、输入客户订单、交货、更新库存、管理所有的发票和账目收据。

例如:创建销售订单,如图 8-50 所示。路径为"主菜单"→"销售"→"应收账款"→"销售订单"。销售订单创建后,库存中的物料数量不会发生相应变化,也不会生成日记账条目,但该物料的库存信息会根据订单中的订购数量变为"为客户预留"。

5）财务

财务模块包括财务主数据、财务业务处理、报表与查询、系统实施等环节,涉及总分类账、销售、库存、银行、成本会计、报表等系统模块。财务系统作为 SAP Business One 的核心部分(如图 8-51 所示),其他业务自动产生的财务凭证将自动传送到总分类账中。

例如:创建日记账分录。路径为"主菜单"→"财务"→"日记账分录"。根据非营销业务的单据情况,由财务人员在系统中录入日记账凭证,经审批合格后,更新为"日记账分录"。用户输入日记账分录(人部分的日记账分录是从销售、采购、库存和银行模块自动过账)时可以将每笔分录分配到不同的项目和利润中心。通过使用在系统中创建的交易模板,可以节省账务处理时间。

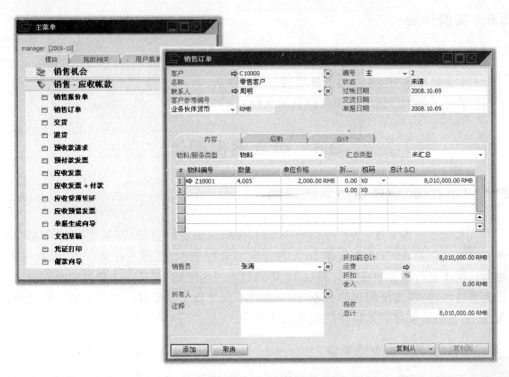

图 8-50 销售订单

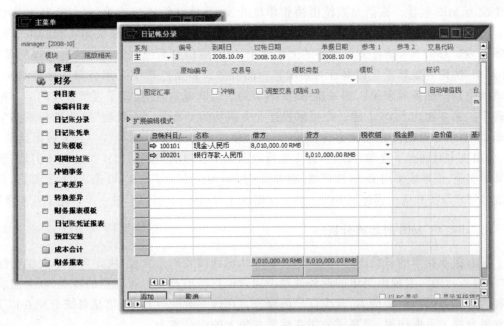

图 8-51 财务系统

8.5.5 实验作业

（1）通过上网或者阅读书籍，了解国内外主要的 ERP 软件。

（2）学会使用 SAP，并且知道各功能之间的联系。

（3）学习了解生产信息和相关信息的流程。

8.6 综合案例阅读

8.6.1 "小红帽"管理信息系统案例

本节参考了参考文献[30]～[32]。小红帽发行股份有限公司（以下简称"小红帽"）是北京著名的配送企业，不仅全面代理 40 多种报刊的发行工作，还涉及投递广告、收购旧报、送书、送奶、送水上门等多项业务。经过 10 年的创业，"小红帽"已从一个单纯的报刊投递公司成长为多品种、终端物流配送的企业，这一成就不仅来自于其敏锐的商业触觉和成功的体制背景，更主要的是来自于其管理信息系统的革命。

1. "小红帽"的 3 次 MIS 革命

在公司创建初期，小红帽就围绕报刊征订和投递业务建立了 3 层业务体系，即总公司（调度中心）——二级区站——分站（终端）。短短 5 年内，"小红帽"就开发了 3 套信息系统。第 1 次为 MIS 创建。该信息系统由协作单位开发，系统结构比较简单，仅包括基本信息管理、一位系统维护人员和若干数据录入人员，新用户拿到报纸周期最快为 4 天。第 2 次为 MIS 开发。1998 年，随着公司业务的大幅增长，原有的信息系统难以满足信息处理的要求，"小红帽"决定开发新系统以保证对新增客户的服务。新信息系统采用分布式处理结构，当天就能将用户的新要求录入到系统中，大大节约了时间成本，也提高了报纸投递的准时率和正确率。第 3 次为 MIS 重建。在报纸投递业务成功的基础上，"小红帽"将业务拓展到牛奶配送领域，但原有的信息系统整合性较差，无法使运营体系及时地对客户需求做出反应，因此，公司决定对现有系统彻底改造，建立支持数据集中管理的系统结构。2000 年 6 月底，新系统开始实施，该系统采用 B/S（浏览器/服务器）结构，专门成立了一支 20 余人的 IT 部门，负责系统的管理维护和应用程序的开发。新系统解决了投递错误的问题，进一步扩充了业务量。

2. "小红帽"MIS 的功能分析

随着报业竞争的日益激烈，"小红帽"更加认识到读者的重要性，决定为客户提供个性化的"一对一营销"，实现由简单的业务处理型向营销支持型及客户管理型的转变，以全面掌握读者的订阅习惯和消费行为，减少订户的流失。在这一改变过程中，信息系统分别在以下 3 个方面发挥了重要作用，提高了公司在促销竞争上的综合实力。

1）信息整合

报刊社在自办发行初期大多采用手工和系统并行的方式，但随着"争服务、争价格和争促销"的竞争越发激烈，拥有一个随需而变的信息系统就尤为重要了。目前，小红帽的信息系统可处理报刊、牛奶、物流配送等多种业务,100多个网点每天实时连接,为客户提供高效而优质的服务。图8-52即为公司信息系统对业务的处理过程:客户需求通过小红帽呼叫中心进入信息处理系统,不同的客户需求由不同的IT系统进行分析与支持,其中主要包括报刊发行系统、图书配送系统、零售数据采集系统和其他子系统,业务处理更为迅速和及时。公司建立了一套内部沟通和企业知识管理的平台(如图8-52所示),各部门能够畅通无阻地沟通协作,很大程度地改善了"孤岛"现象。

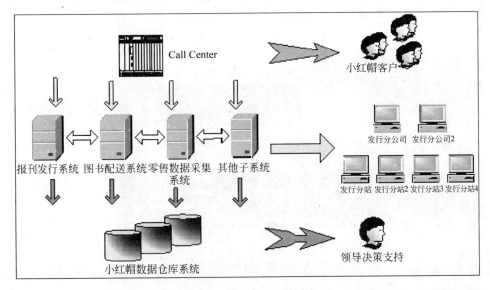

图 8-52　小红帽系统流程

2) 快速反应

快速、准确、强大的投递管理系统是一个企业制胜的核心。"小红帽"拥有一套完善的地理信息系统,以业务数据图形化管理和业务机构、业务对象图形化编辑为核心,将该系统与其业务系统配合,实现了从客户、产品(包括报纸、商品等)、业务结构3个层面上的业务图形信息化管理。"小红帽"的投递管理系统(如图8-53和图8-54所示)有如下特点:

(1) 系统数据丰富。包含整个北京城区的详细地图信息及小红帽所有区站、分站、投递段信息。

(2) 搜索定位快捷。楼房地址信息数据库庞大、搜索引擎强大。

(3) 采用最新的互联网技术。网上信息统一发布,用户端可在任意地方获取相关安全信息。

(4) 地图平台的信息可视化技术。强大的投递信息系统实现了丰富的功能,比如客户地址定位、地理分布,查询、投递路线编辑,广告区域选择、站点选择等。

3) 数据分析与数据挖掘

关注客户是保证企业不断进步与发展的核心。小红帽拥有业内规模最大的呼叫中心,40多名专职客户服务代表、38对中继线、网上服务、自动语音应答系统为客户提供每天24小时不间断服务,技术支持团队保障综合信息管理系统的正常运营。公司对投诉进行分级,每个季度对读者满意度进行测评,每周对客户服务状况进行总结,每天接听读者打来的3000多个电话,拨出几百个回访电话。

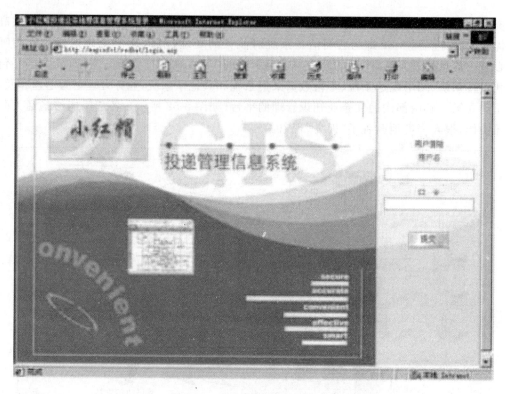

图 8-53　小红帽系统示意图(1)

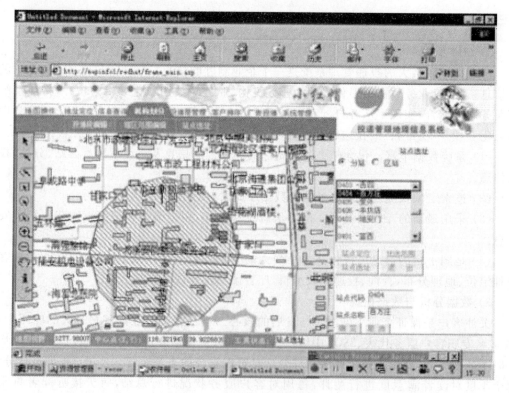

图 8-54　小红帽子系统示意图(2)

利用在客户服务和数据仓库系统方面的优势,"小红帽"逐步建立起报刊社和读者间的信息平台。在多产品报刊发行增值服务方面,公司可以为代理发行的报刊社开展发行服务、版面内容、受众群体、广告经营等调研工作,了解市场的动态以及读者、竞争对手情况,评估现有和拟采用营销策略的效果,为管理层和经营层提供决策依据。

小红帽的信息系统中存在几千万的订户消费记录和数百万的订户数据,通过实施数据仓库项目,这些数据被有机地整合在一起(如图 8-55 所示)。目前,数据仓库系统涵盖业务分析、大收订分析、客户分析、市场分析、收益分析、服务质量分析和网络分析七大主题 38 个模块的上百个维度的分析,可为营销部门提供有效的数据分析和决策依据。例如:大收订分析可对公司总体收订进度、历年进度、公费进度、私费进度、分公司进度、分站进度、收订排行、订期状况、订户结构、大收订流转额、平均单价、红灯客户数、黄灯客户数、蓝灯客户数等几十个维度进行组合分析,随时掌握收订工作的细节。客户价值分析则构建客户价值模型,将客户按价值不同分为黄金客户、白银客户和一般客户,对不同客户采取不同的营销策略。

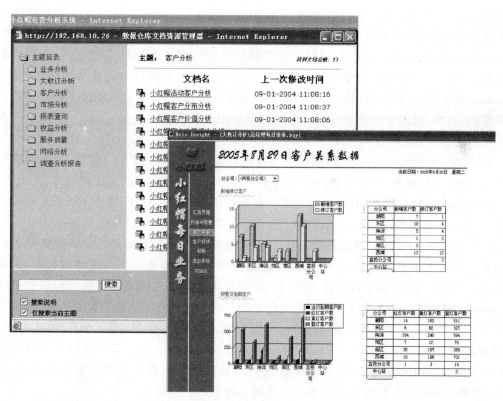

图 8-55　小红帽子系统数据分析示意图

数据仓库系统还可以计算订户流失率,并找出这些流失客户进行调研,分析流失原因并开展针对性的营销以挽留这些订户。小红帽公司曾开展社区资源普查工作,对覆盖北京所有城区及近郊 6 个区县的居民社区及商务写字楼进行了大规模普查,取得了生活社区及商务社区的大量一手资料,并从中得出很多有价值的信息,如从多个维度反映北京社区状况、社区属性及报刊发行市场份额、竞争者状况,根据不同报刊在生活社区的覆盖率,分析其应重点发展的区域等。

小红帽通过整合各个系统的功能并使其发挥应有作用,满足了企业自身战略发展的需要,使信息系统真正成为企业加速利润和优势提升的利器。

8.6.2 沃尔玛(Wal-Mart)供应链管理

本节参考了参考文献[33]和[34]。沃尔玛(Wal-Mart)是全球最大的零售企业,其成功经验不仅成为哈佛商学院的经典案例,也成为其他零售企业效仿的对象。沃尔玛的巨大成功是建立在其迅速利用信息技术,如电子数据交换(EDI)、卫星通信网络、电子商务和数据仓库技术等,整合优势资源的基础之上的。

1. EDI 助力高效的配送中心

20 世纪 70 年代,沃尔玛开始建立配送中心并应用了两项最新的物流技术,即交叉入库作业(Cross-Docking)和电子数据交换(Electronic Data Exchange,EDI)。供货商将货物运到配送中心,配送中心根据每个店面的需求量对货物重新打包,沃尔玛的价格标签和 UPC(Universal Product Code,统一产品码)条形码早已经在供货商那里贴好,服装类商品都已经挂在衣架上。货物在配送中心的一侧作业完毕后,被运送到另一侧准备送到各个店面。配送中心配备激光制导的传送带,货物成箱地被送上传送带,运送过程中激光扫描货物箱上的条形码,这样,这些货物箱就能够在庞大的配送中心找到将要装运自己的卡车,不用在配送中心存货。

20 世纪 80 年代早期,沃尔玛的整个连锁商店系统都用上了条形码扫描系统,代替了大量手工劳动,不仅缩短了顾客结账时间,更便于利用计算机跟踪商品从进货到库存、配货、送货、上架、售出的全过程,及时掌握商品销售和运行信息,加快商品流通速度。沃尔玛通过计算机用 EDI 不仅将自己的各个店面与配送中心连接起来,更把自己与供应商连接在一起。

20 世纪 80 年代中期,沃尔玛购买了当时美国最大的私人卫星通信系统来传输公司海量数据。借助 EDI 和配送中心,货物和信息在供应链中始终处于快速流动的状态,提高了供应链的效率。例如,如果你在沃尔玛的一家商店里购买了一件某种品牌的粗斜纹棉布衬衫,由于这种衬衫的供应商的计算机系统已经与沃尔玛的计算机系统连接在一起,供应商每天都会到沃尔玛的计算机里获取数据,包括销售额、销售单位数量、哪一个店面、库存情况、销售预测、汇款建议等。因此,沃尔玛的决策支持系统会向供应商提供这种衬衫在此之前 100 个星期内的销售历史记录,并能跟踪这种产品在全球或者某个特定市场的销售状况。而且,这种衬衫的销售数据只提供给生产这种品牌衬衫的供应商。

此后,供货商根据订单通过配送中心向沃尔玛的商店补货,提货的时间也逐渐缩短。从下订单到货物到达商店的时间由 20 世纪 80 年代中期的一个月缩短为现在的 3 天,因此,上述配送系统被称为快速反应系统(Quick Response System,QR)。

2. 卫星通信网络

沃尔玛拥有自己庞大的运输车队,每辆卡车都配备一台小型计算机和卫星定位仪,通过卫星与总部联系,总部通过全球定位系统得知每一单货物和卡车所在的位置。通过该系统,沃尔玛每天直接把销售情况传递给 5 000 家供应商,可以随时查货、点货。沃尔玛各分店、供应商、配送中心之间建立的卫星通信网络系统,极大地提高了营业的高效性和准确性。

3. 支持智能驱动需求

在销售以后,沃尔玛的员工和信息系统也会持续跟踪并做出消费调查,如果发现某供货商的货物不好销售,就会帮助其找出原因并提出建议,比如改变产品的包装、改变尺寸等。沃尔玛根据其庞大的销售网络而定期制定的"消费信息指南"已成为许多生产商愿意高价购买的信息,甚至生产商也购买这些信息来辅助决策生产和原料采购。

最近,沃尔玛公司宣布与 IBM 公司合作,将其数千家全球供货商纳入以互联网为基础的标准化体系中,帮助进一步削减支出。新系统将改变沃尔玛与供货商之间包括采购订单、发票和出货通知等数据的交换方式,并将其纳入符合行业标准的互联网系统。沃尔玛正在与麻省理工学院合作开发基于无线频率识别技术的"便宜的芯片",成本只有几美分,这些芯片将替代条形码,自动告诉系统自己的当前位置,无须人工介入,实现智能驱动的供应链。沃尔玛希望借助该工具对历史数据进行分析,预测未来的销售高峰,做好相应的准备。

4. 电子商务扩张全球业务

沃尔玛鼓励其供货商大量运用互联网系统。1996 年 7 月,公司就推出了自己的电子商务网站 www.wal-mart.com,集成了高技术及传统零售业务优势,提供了基于 SSL 加密协议的在线信用卡交易处理,使得 Internet 用户在浏览网站时将中意商品加入购物篮中,并方便地进行在线结算,订购的商品则经美国联合邮包服务公司直接送至客户手中。

沃尔玛时刻关注电子商务的发展,积极利用 Internet 提供的商机,逐渐利用网络来宣传自己,用新的经营理念、先进的信息技术进行业务重组,不断地发展经营规模。沃尔玛最终建立起一套属于自己专利的零售业信息系统标准,并向全球推广。

5. 数据仓库技术发挥作用

利用数据仓库技术,沃尔玛对商品进行市场类组分析,即分析哪些商品顾客最有希望一起购买。沃尔玛数据仓库里集中了各个商店一年多详细的原始交易数据,在这些原始交易数据的基础上,沃尔玛利用自动数据挖掘工具(模式识别软件)对这些数据进行分析和挖掘。其中,一个著名的案例就是发现与尿布一起购买最多的商品是啤酒。近年来,沃尔玛公司用大容量的数据仓库进行数据挖掘和客户关系管理,对其 3 000 多家零售店的 80 000 多种商品时刻都能把握住利润最高的商品品种和数量。

如今,沃尔玛利用 NCR 公司的数据仓库存储了海量数据,主要包括各个商店前端设备(POS,扫描仪)采集来的原始销售数据和各个商店的库存数据。数据仓库里存有 196 亿条记录,每天要处理并更新 2 亿条记录,要对来自 6 000 多个用户的 48 000 条查询语句进行处理。销售数据、库存数据每天夜间从 3 000 多个商店自动采集过来,并通过卫星线路传到总部的数据仓库里。沃尔玛数据仓库里最大的一张表格容量已超过 300GB,存有 50 亿条记录,可容纳 6 个星期 3 000 多个商店的销售数据,而每个商店有 50 000~80 000 个商品品种。沃尔玛成功地将数据变为信息,再由信息变为知识,通过全集团、全方位、全过程、全天候的自动数据采集技术,改变了传统的依靠假设和推断来确定订货的方式,从数据的不断积累过程中以小时为单位动态地运行决策模型,导出数亿个品种的最佳订货量和最佳商品组合分配、降价以及商品陈列等。利用数据仓库,沃尔玛在商品分组布局、降低库存成本、了解销售全局、进行市场分析和趋势分析等方面均有卓越表现。

通过以上分析可以看出,信息技术和系统对沃尔玛的成功起到了很大的基础性和推动作用。具体表现在:

(1) 沃尔玛使用技术和系统的目的非常明确,即为了"比对手快!比对手成本低!"。

(2) 沃尔玛以低于竞争对手成本的方式完成了价值链中的关键活动——物流配送。统一订购的商品送到配送中心后,配送中心根据每个分店的需求对商品就地筛选、重新打包。这种类似网络零售商"零库存"的做法使沃尔玛每年可以节省数以百万美元计的仓储费用。

(3) 使用计算机和卫星跟踪存货使得下订单到货物所在商店的时间从 1 个月缩短到 3 天,极大地改变了沃尔玛公司价值链活动的执行方式和效率。

(4) 技术和系统的运用也深刻影响了产业价值链。供应商的计算机系统已经与沃尔玛的计算机系统连接在一起,能够及时了解需求信息和商品的销售情况。

(5) 沃尔玛自身开发了基于信息技术的产品,如定期制定的"消费信息指南",已经成为许多生产商愿意高价购买的信息,这样的产品竞争对手很难复制。

(6) 利用先进的网络技术拓展市场,争取网络空间的顾客。

(7) 沃尔玛不断地创新,通过不断加强信息化的投资和运用先进的信息技术手段,跟踪可为自己带来竞争优势的关键技术,培育起了非同凡响的核心能力,并且试图主导全球零售行业的信息系统标准,以影响零售业的外部竞争势力。

8.7 实 验 题

(1) 试述管理信息系统的开发流程。说明信息系统在财经等领域的主要应用现状。

(2) 试编制一份文档,包括项目简介、组织结构图、数据流程图、数据字典等。

(3) 思考 Access 是如何用表来实现 E-R 关系以及增、删、改、查询等基本功能的。

参 考 文 献

[1] 杨一平,马慧.管理信息系统.北京:经济科学出版社,2007.

[2] 劳顿.管理信息系统——管理数字化公司.8 版.周宣光,译.北京:清华大学出版社,2005.

[3] J A O'BRIEN.信息系统概论.王丽娟,等译.北京:机械工业出版社,2006.

[4] 马慧,杨一平.质量评价与软件质量工程知识体系的研究.北京:人民邮电出版社,2009.

[5] 罗晓沛,侯炳辉.系统分析师教程.7 版.北京:清华大学出版社,2004.

[6] 赵苹.管理信息技术,管理科学与工程经典译丛.5 版.北京:中国人民大学出版社,2009.

[7] 黄梯云.管理信息系统.3 版.北京:高等教育出版社,2006.

[8] 杨一平.软件能力成熟度模型 CMM 方法及其应用.北京:人民邮电出版社,2000.

[9] 杨一平.现代软件工程技术与 CMM 的融合.北京:人民邮电出版社,2002.

[10] 薛华成.管理信息系统.北京:清华大学出版社,2007.

[11] 甘仞初.管理信息系统.北京:机械工业出版社,2008.

[12] 陈晓红.管理信息系统.北京:高等教育出版社,2006.

[13] 邝孔武.信息系统分析与设计.北京:清华大学出版社,2006.

[14] 萨师煊,王珊.数据库系统概论.3 版.北京:高等教育出版社,2006.

[15] 郭宁,郑小玲.管理信息系统.北京:人民邮电出版社,2006.

[16] 安忠,佟志臣.管理信息系统.北京:中国铁道出版社,2003.

[17] 高林,周海燕.管理信息系统与案例分析.北京:人民邮电出版社,2004.

[18] 陈国青,郭迅华.信息系统管理.北京:中国人民大学出版社,2005.

[19] 李健.企业资源计划(ERP)及其应用.北京:电子工业出版社,2004.

[20] 王国华.供应链管理.北京:国防工业出版社,2005.

[21] J VU.过程改进与 CMM 实践问答.赵悦,郝海静,译.北京:人民邮电出版社,2004.

[22] 刘国靖,邓韬.21 世纪新项目管理——理念、体系、流程、方法、实践.北京:清华大学出版社,2003.

[23] 韩万江等.软件项目管理案例教程.北京:机械工业出版社,2005.

[24] 劳动和社会保障部中国就业培训技术指导中心.企业信息管理师.北京:机械工业出版社,2004.

[25] Christopher Alberts,Audrey Dorofee.信息安全管理.吴晞,译.北京:清华大学出版社,2003.

[26] 格里纳.质量策划与分析.4 版.何桢主,译.北京:中国人民大学出版社,2005.

[27] 陈国青.管理信息系统.北京:高等教育出版社,2006.

[28] A W BROWN.大规模基于构件的软件开发.赵文耘,张志,译.北京:机械工业出版社,中信出版社,2003.

[29] 斯蒂芬·哈格等.信息时代的管理信息系统.4 版.严建援,等译.北京:机械工业出版社,2004.

[30] http://www.yn56.com/html/200612/200612250952515761.html.

[31] www.gispower.com/ProFiles/XiaoHongMao.pdf.

[32] www.zbfx.org/zbfxzyuanye/lunwen/64.doc.

[33] http://finance.sina.com.cn/jygl/20020416/195650.html.

[34] http://miea.hnu.cn/news/dayi/05.doc.

[35] www.wal-martchina.com.

[36] 卡尔夏皮罗,哈尔·瓦里安.网络规则——网络经济的策略指导.张帆,译.北京:中国人民大学出版社,2000.

读者意见反馈

亲爱的读者：

感谢您一直以来对清华版计算机教材的支持和爱护。为了今后为您提供更优秀的教材，请您抽出宝贵的时间来填写下面的意见反馈表，以便我们更好地对本教材做进一步改进。同时如果您在使用本教材的过程中遇到了什么问题，或者有什么好的建议，也请您来信告诉我们。

地址：北京市海淀区双清路学研大厦 A 座 602 室 计算机与信息分社营销室　收

邮编：100084　　　　　　　　　电子邮箱：jsjjc@tup. tsinghua. edu. cn

电话：010-62770175-4608/4409　　邮购电话：010-62786544

教材名称：

ISBN　978-7-302-21965-1

个人资料

姓名：_____　　年龄：_____所在院校/专业：_____

文化程度：_____　　通信地址：_____

联系电话：_____　　电子信箱：_____

您使用本书是作为： □指定教材 □选用教材 □辅导教材 □自学教材

您对本书封面设计的满意度：

□很满意 □满意 □一般 □不满意　改进建议_____

您对本书印刷质量的满意度：

□很满意 □满意 □一般 □不满意　改进建议_____

您对本书的总体满意度：

从语言质量角度看　□很满意 □满意 □一般 □不满意

从科技含量角度看　□很满意 □满意 □一般 □不满意

本书最令您满意的是：

□指导明确 □内容充实 □讲解详尽 □实例丰富

您认为本书在哪些地方应进行修改？（可附页）

_____

_____

您希望本书在哪些方面进行改进？（可附页）

_____

_____

电子教案支持

敬爱的教师：

为了配合本课程的教学需要，本教材配有配套的电子教案（素材），有需求的教师可以与我们联系，我们将向使用本教材进行教学的教师免费赠送电子教案（素材），希望有助于教学活动的开展。相关信息请拨打电话 010-62776969 或发送电子邮件至 jsjjc@tup. tsinghua. edu. cn 咨询，也可以到清华大学出版社主页（http://www. tup. com. cn 或 http://www. tup. tsinghua. edu. cn）上查询。

高等学校教材·信息管理与信息系统
系列书目